L'AME SOEUR

BETHANY ADAMS

À ma famille :
Mes parents, qui m'ont toujours encouragée
Mon mari, pour sa patience et son enthousiasme indéfectible
Mes enfants, pour le simple fait d'exister

CHAPITRE 1

ARLYN ENFONÇA DES MAINS TREMBLANTES dans ses poches alors que l'elfe s'approchait, ses longs cheveux voletant dans la brise. Sous ses airs nonchalants, il la détaillait de la tête aux pieds de son regard acéré. Elle se félicita d'avoir laissé ses armes au campement. L'elfe ne portait qu'une dague sur lui, mais la mère d'Arlyn l'avait prévenue qu'il était un guerrier redoutable, plus que capable de rivaliser avec elle. Elle ne voulait surtout pas être perçue comme une menace.

Ses doigts effleurèrent l'écran lisse et tactile du téléphone portable dans sa poche. Il glissa dans sa paume moite lorsqu'elle l'agrippa, même si elle doutait qu'il y ait du réseau dans ce monde de toute façon. Sa mère lui avait dit que ces Moranaiens étaient différents des elfes légendaires, mais les mythes n'étaient sûrement pas erronés à ce point. Arlyn sourit, malgré sa nervosité, et l'elfe qui approchait parut surpris. Les étrangers qu'il croisait au détour d'un sentier forestier ne devaient pas souvent lui sourire.

La lumière diffuse ombrageait le visage juvénile de l'elfe et créait des reflets dans ses cheveux brun foncé. Lorsqu'il s'arrêta à quelques mètres d'elle, Arlyn retint son souffle. Il ressemblait exactement à l'homme sur la photo que sa mère lui avait donnée, hormis le fait qu'il était alors assis dans la forêt près de sa maison familiale. Mais ce monde-là était différent. Malgré l'apparente similitude des lieux, les environs n'étaient pas les mêmes : les arbres et leurs feuillages étaient différents.

Dis quelque chose, s'exhorta-t-elle, mais seul un petit son étranglé lui échappa.

— Vous semblez perdue, remarqua l'elfe d'une voix douce et calme. Puis-je vous aider ?

Arlyn prit une grande inspiration. Il ne va pas me faire de mal. Probablement. Je vais délivrer le message et partir.

— *Êtes-vous le seigneur Lyrnis Dianore ?*

Avec un petit sourire poli, il inclina la tête.

— Lui-même, oui. Si nous nous sommes déjà rencontrés, pardonnez-moi, car je ne connais pas votre nom.

— Jamais. On ne s'est jamais rencontrés, je veux dire. Je m'appelle Arlyn.

— Ravi de vous rencontrer, répondit-il en la regardant fixement d'un air circonspect. Si vous êtes venue présenter une requête, vous pouvez prendre rendez-vous pour un entretien officiel.

Arlyn ouvrit la bouche, sans pouvoir émettre un son.

Les traits du seigneur Dianore se durcirent, son regard reflétant un soupçon d'agacement.

— Très bien. Si vous n'avez plus besoin de moi, je vous souhaite une bonne journée.

Après s'être poliment incliné, l'elfe entreprit de la contourner pour poursuivre son chemin. Arlyn écarquilla les yeux et les mots qu'elle devait prononcer restèrent coincés dans sa gorge. Oubliant le téléphone qu'elle tenait, elle sortit ses mains de ses poches pour le retenir alors qu'il passait à côté d'elle. Lorsqu'elle agrippa son avant-bras de sa main gauche, il se dégagea avec agilité de sa poigne et s'accroupit dans une position de combat. Sa main se posa sur le pommeau de la dague qu'il portait et il étudia avec suspicion le téléphone dans la main droite d'Arlyn.

— Vous avez quelques secondes pour vous expliquer, reprit l'elfe d'un ton cinglant.

Arlyn tressaillit devant la froideur de son ton, si différent de la chaleureuse politesse de ses salutations initiales. Elle tenta de rempocher le téléphone, mais rata son coup. L'appareil atterrit avec un bruit sourd sur le sol terreux alors qu'elle levait les mains.

— Je suis désolée. Je suis juste nerveuse.

— Qu'est-ce que c'est ? demanda-t-il en tirant sa dague. Ça ne vient pas de Moranaia.

Arlyn haussa les sourcils d'un air perplexe.

— C'est un téléphone. Vous parlez ma langue. Ne devriez-vous pas le savoir ?

Des yeux aussi verts que des émeraudes la dévisagèrent.

— Vous venez de la Terre.

— Oui, acquiesça Arlyn en se raidissant devant sa brusque assertion, espérant avoir l'air confiante et non apeurée. Ma mère m'a envoyée vous trouver.

L'elfe se crispa.

— Ta mère ?

— Elle s'appelait Aimee, annonça Arlyn en prenant grande inspiration. Aimee Moore.

Seuls des siècles d'entraînement permirent à Lyr de ne pas lâcher la dague qu'il tenait à la main. Il tressaillit en observant la jeune femme de la tête aux pieds. Bon sang ! Elle ressemblait en effet à Aimee avec ses cheveux roux foncé et sa silhouette élancée, bien qu'Arlyn soit plus musclée, ressemblant davantage aux éclaireuses surveillant son domaine. *Minute, qu'est-ce qu'elle vient de dire ?*

— S'appelait ? répéta-t-il en se redressant, la main crispée sur le pommeau de son arme. Elle *s'appelait* ?

Arlyn se tordait les doigts avec nervosité.

— Sa dernière volonté était que je vous retrouve.

Lyr se sentit oppressé par la douleur, et ses mains se mirent à trembler. Après deux essais, il parvint finalement à rengainer sa dague.

— Il y a combien de temps ?

— Quelques mois, je suppose. Mais le temps est impossible à déterminer dans les brumes, donc je ne suis pas vraiment sûre.

Lyr rejoignit d'un pas mal assuré l'un des bancs qui bordaient le sentier et s'affaissa dessus. Son âme sœur. La seule femme qu'il ait jamais aimée. *Morte.* L'estomac retourné, il ferma les yeux pour lutter contre cette douleur atroce. Pouvait-il croire cette fille ? Il était certain qu'elle était bien la fille d'Aimee. La ressemblance était trop frappante.

Il se passa une main sur le visage, s'efforçant de retrouver un minimum de contenance, avant de regarder de nouveau la jeune femme dans les yeux.

— Pourquoi vous aurait-elle envoyée ici ? Elle sait... *savait* à quel point le Voile serait dangereux pour un humain.

— N'avez-vous pas deviné ?

Arlyn fit glisser une mèche de cheveux derrière son oreille, dont elle traça le contour pointu.

— Elle voulait que vous fassiez la connaissance de votre fille.

— IMPOSSIBLE, répondit-il en devenant. Livide. De toute ma longue vie, je n'ai jamais...

— Oh, c'est arrivé au moins une fois, croyez-moi, l'interrompit-elle en serrant les dents.

Pourquoi avait-elle osé espérer qu'il la croirait ?

— Vous auriez peut-être dû prendre de ses nouvelles au lieu de l'abandonner. Et moi avec, reprit-elle.

Il bondit sur ses pieds, les mains sur les hanches.

— Je ne l'ai pas abandonnée. Une urgence nécessitait mon retour immédiat. Elle te l'a sûrement dit.

— Elle l'a fait, oui. Mais elle vous aimait.

Les explications flottèrent dans l'air entre eux, aussi écrasantes que la chaleur ambiante. Arlyn avait entendu des histoires sur son père durant son enfance. Sur lui et sur tout ce qu'Aimee savait de son monde. Mais les histoires de sa mère étaient teintées de son amour, et Arlyn s'était toujours demandé à quel point cette émotion avait altéré la vérité. L'amour avait-il fait croire à tort à sa mère que cet homme avait le cœur bon ?

— Elle s'est peut-être trompée.

Il fit quelques pas vers Arlyn, puis s'arrêta. Son expression s'assombrit.

— J'avais espéré qu'elle rencontrerait quelqu'un d'autre, reprit-il. Les sang-mêlé sont rares, et je ne suis resté que le temps d'une lune.

Sa dénégation ne fit que renforcer les doutes qu'Arlyn nourrissait. Elle rougit.

— Êtes-vous en train d'insinuer que ma mère était une Marie-couche-toi-là ? C'est petit.

— Pardon ? lança-t-il en écarquillant les yeux devant son ton furieux et il leva les mains dans un geste d'excuse. Du calme, Arlyn. Je ne voulais pas t'offenser. Nos coutumes sont différentes ici. Qu'elle ait eu d'autres amants ou non ne ferait aucune différence parmi mon peuple.

La jeune femme ressentit une douleur aussi cuisante que lorsqu'une flèche lui avait transpercé la cuisse lors d'un entraînement au printemps dernier.

— Très bien. J'ai compris. J'ai délivré les nouvelles, et maintenant je vais rentrer chez moi. Y a-t-il un endroit où on peut troquer quelques affaires contre des provisions ? J'ai ramené deux ou trois choses de la Terre qui pourraient intéresser du monde.

Les traits du visage de l'elfe se crispèrent, mais Arlyn ne parvenait pas à déchiffrer l'émotion qu'ils reflétaient.

— Non.

Arlyn leva brusquement les mains en l'air de dépit et tourna les talons pour retourner à son campement. Elle avait trouvé des fontaines d'eau dispersées à travers les brumes informes du Voile, mais pas de nourriture. Aurait-elle des ennuis si elle chassait dans ces bois ? Elle pourrait peut-être ajouter le fait d'avoir été *arrêtée par son propre père* à la liste de ses échecs durant ce voyage.

Des doigts chauds agrippèrent son bras.

— Hé ! Lâchez-moi !

Arlyn cria et se débattit pour se dégager de sa poigne, mais il tint bon.

— Je voulais dire que tu pouvais avoir des provisions, mais que tu ne pouvais pas partir.

Arlyn haussa les sourcils, interloquée.

— Pourquoi, vous avez d'autres insultes à proférer ?

— Pardonne-moi, s'excusa-t-il en la regardant droit dans les yeux. J'étais sous le choc. Une telle allégation...

Elle voûta les épaules lorsque sa colère s'estompa. À quoi s'était-elle attendue ? Qu'il la fasse tournoyer dans ses bras comme elle en avait rêvé quand elle était enfant ? Il avait le droit de douter de sa parole.

— Maman avait l'air de penser que vous me croiriez sans poser de questions.

Boum ! Un roulement de tonnerre retentit dans l'air, et Arlyn sursauta. Son regard se tourna subitement vers la canopée au-dessus d'eux, mais elle n'aperçut aucun nuage entre les feuilles des arbres séculaires. La senteur de la pluie flottait pourtant dans le vent et la chaleur déjà étouffante s'accrochait à ses vêtements et à sa peau à mesure que l'humidité augmentait. Juste un autre désagrément.

Une petite pression sur son bras lui fit reporter son attention vers le bas.

— Qu'est-ce que c'était ?

— Un orage, comme sur Terre, expliqua-t-il en souriant, mais ses yeux étaient toujours empreints de chagrin. Il sévit à l'extrémité nord de la vallée, à bonne distance pour l'instant. Mais il se déplace plus vite que ce que j'avais prévu. Viens avec moi à Braelyn, mon foyer. Nous allons discuter de tout ça.

Devrait-elle le suivre ? Elle avait encore le cœur lourd à cause de son refus de la reconnaître, mais elle avait littéralement traversé des mondes pour le rencontrer. Lui seul pourrait répondre aux questions qu'elle se posait sur son héritage.

— D'accord. Si vous promettez de me laisser partir quand je le souhaiterai.

Il hocha la tête.

— Je te fournirai un guide pour traverser les brumes.

Une bourrasque fit bruisser la canopée au-dessus de leurs têtes. Le seigneur Lyrnis lâcha son bras puis commença à remonter le sentier à vive allure, et Arlyn lui emboîta aussitôt le pas. Son attention oscillait entre lui et les arbres – ressemblant à des chênes ou à des érables, mais ils étaient aussi imposants que des séquoias – alors que leurs branches se balançaient d'avant en arrière. Les espèces terrestres pourraient-elles aussi pousser autant si elles étaient préservées ? Elle espérait simplement que ces arbres-là étaient robustes. Si l'une de ces branches tombait, elle les tuerait à coup sûr.

Le sentier bifurquait en bordure d'une longue vallée. À droite, le chemin descendait vers la plaine en contrebas. La route sur la gauche suivait la ligne de la crête jusqu'à une grande maison domaniale agencée autour de la base des arbres séculaires. Arlyn ne l'avait aperçue que de loin, puis depuis un autre tronçon du sentier qui menait à un grand jardin. Mais il ne la fit pas entrer par l'arrière de la propriété. Une question de confiance ? Cette supposition la blessa malgré elle.

Des éclairs illuminaient par intermittence les fenêtres et les murs massifs en pierre de la demeure, semblant donner vie aux motifs sculptés ornant les façades. Arlyn plissa les yeux pour les détailler. Des fleurs, des feuilles et des arbres stylisés étaient aisément discernables, mais les animaux... Des créatures qui n'étaient pas des écureuils et presque des chevreuils changeaient curieusement d'aspect chaque fois qu'un éclair zébrait le ciel. *Oui, vraiment pas comme sur Terre.*

Lyrnis emprunta un sentier latéral, évitant la double porte à l'avant, et se dirigea vers une petite entrée encastrée dans un mur légèrement incurvé avec de nombreuses fenêtres. Arlyn se figea sur place à la vue de la sentinelle qui gardait les lieux – une grande femme à la peau foncée vêtue de cuir. Sur Terre, les elfes étaient généralement dépeints de deux manières : clairs et bienfaisants, ou sombres et diaboliques. Toute cette histoire d'opposition entre les elfes blancs et les elfes noirs n'était-elle qu'un mythe ? Une transposition du racisme humain ? Les Moranaiens ne faisaient-ils pas la même distinction ? Arlyn se détendit. Ces elfes n'étaient peut-être pas aussi froids et intolérants qu'elle l'avait craint.

Adressant un signe de tête à la sentinelle, le seigneur Lyrnis ouvrit la porte et invita Arlyn à le précéder. Elle s'arrêta quelques centimètres après le seuil tandis que ses yeux s'adaptaient à la faible lumière. La fraîcheur de l'intérieur la fit frissonner dans ses vêtements rendus humides par la transpiration et la pluie. Le temps d'un battement de cœur, elle put distinguer le petit couloir qui reliait la pièce ovale sur sa droite au bâtiment principal sur sa gauche, séparée par une porte.

— Tu veux bien entrer dans mon bureau ? lui demanda Lyrnis d'une voix calme qui contrastait avec le tonnerre qui grondait à l'extérieur, mettant Arlyn encore plus sur les nerfs.

— Désolée, marmonna-t-elle.

Arlyn fit quelques pas dans la pièce et s'arrêta. Des étagères alternaient avec des fenêtres sur les deux plus longs murs de l'ovale, et un immense bureau était installé sur une petite estrade au bout de la pièce. Elle aperçut son reflet dans le grand miroir placé derrière et grimaça. Bon sang. Elle portait l'une des tuniques qu'elle avait réalisées pour son stand dans les fêtes médiévales, mais comme il s'agissait du seul vêtement à manches courtes qu'elle avait apporté, elle avait déjà bien servi. Elle aurait elle-même du mal à se reconnaître, sale et trempée de sueur.

La vue du seigneur Lyrnis, impeccable dans une fine tunique en soie et dans un pantalon ample, la fit rougir. Arlyn détourna les yeux et reporta son attention sur les quatre chaises à bras disposées au centre de la pièce, chacune disposée précisément sous son propre puits de lumière. Bien que dotés d'une armature en bois, les sièges étaient recouverts d'un tissu rembourré dont la valeur dépassait probablement celle de la voiture qu'elle avait laissée sur Terre. Les deux tables en bois massif placées entre les chaises étaient magnifiques, avec des feuilles sculptées et de minuscules fleurs en pierres précieuses. Sûrement pas de l'aggloméré.

— Assieds-toi, je t'en prie.

Distraite, Arlyn sursauta au son de sa voix. Elle se tourna et le vit en train de la dévisager fixement, une main désignant l'une des chaises au centre.

— Pas question. Je suis vraiment trop sale.

— Elles ont vu pire, argumente-t-il en esquissant un sourire. J'avais l'habitude de m'asseoir ici avec mon père après une journée passée à chasser les grenouilles dans le jardin. Elles sont enchantées pour résister aux taches.

Bien qu'il ait clairement voulu la rassurer, Arlyn pâlit. Ces chaises à bras devaient avoir plus de cinq cents ans.

— Je ne pense quand même pas que ce soit une bonne idée.

— Regarde.

Avant qu'elle puisse réaliser ce qu'il avait l'intention de faire, Lyrnis frotta sa main sur une trace de boue sur le bras d'Arlyn et se dirigea vers le siège le plus proche. Il s'agenouilla et macula l'assise. Presque instantanément, la tache disparut. L'elfe sourit de nouveau quand Arlyn poussa un petit cri surpris.

— Nos artisans sont plutôt ingénieux. Viens. Notre discussion sera plus agréable si tu es à ton aise.

Arlyn fixa l'assise pendant un long moment avant de faire quelques pas hésitants. Comme pour lui assurer qu'elle était vraiment propre, le seigneur Lyrnis choisit la chaise qu'il avait utilisée comme exemple. Elle obtempéra avec nervosité, s'asseyant toutefois sur le bord en s'efforçant de ne pas toucher l'accoudoir en bois poli.

— Voilà.

La lumière venant du puits enveloppait l'elfe d'un halo doré, adoucissant les traits sévères de son visage. Le cœur d'Arlyn se serra. Sa mère n'était plus que l'ombre d'elle-même, osseuse et ridée, lorsque le cancer l'avait emportée. Cet homme pourrait passer pour le frère d'Arlyn. Puis elle croisa son regard, et la tristesse qui l'assombrissait chassa cette image. Ses yeux reflétaient sa longévité séculaire.

Les doigts de Lyrnis tapotaient les accoudoirs.

— Comment as-tu trouvé le chemin pour venir ici ?

— Maman m'a montré l'endroit où vous avez émergé, répondit Arlyn en haussant les épaules. Contrairement à la plupart des humains, j'ai grandi en sachant que la magie existe réellement. J'ai étudié tout ce que je pouvais trouver sur le sujet, même si la plupart des connaissances disponibles ne sont que des suppositions ou des idées purement fantaisistes. J'ai dû faire pas mal d'essais surtout.

— Des essais, répéta-t-il en en agrippant le bois. Et le portail vers le Voile faisait partie de ces essais ?

Arlyn grimaça devant son ton sec.

— Non. Enfin, pas exactement. Je voulais parler de choses comme créer des boucliers contre les attaques et allumer des feux. Je peux faire un super feu de camp.

— Et le portail ?

— Honnêtement, je ne suis pas sûre de ce que j'ai fait. C'est comme si quelque chose avait pris vie quand je me suis avancée entre les pierres.

Lyrnis plissa le front d'un air perplexe.

— Serais-tu offensée si je te soumettais à un examen ?

— Quel genre d'examen ?

— L'énergie ne ment pas, Arlyn, expliqua-t-il en se penchant en avant, les yeux rivés sur son visage. Chez les elfes, la magie d'un être fait partie de lui. Elle est unique, comme nos âmes. Si ma propre énergie a fusionné avec une autre pour créer la tienne, je pourrais le sentir.

— Un genre de test de paternité magique ?

Arlyn secoua la tête devant son air interrogateur et ajouta :

— Peu importe. Je suppose que vous n'allez pas me croire sur parole de toute façon.

— Je suis désolé, dit-il avec une moue affligée. Je suis le dix-huitième en lice pour l'accession au trône de Moranaia, Arlyn, et un chef pour beaucoup. J'aimerais te croire sur parole, mais je ne peux pas.

Elle fixa ses mains jointes sur ses genoux.

— C'est trop risqué.

— Plus que tu ne le penses. Ce n'est pas rien de reconnaître un héritier.

CHAPITRE 2

LYR OBSERVA ATTENTIVEMENT Arlyn alors qu'elle se figeait, les yeux écarquillés. Avait-elle peur qu'il découvre qu'elle avait menti, ou était-ce l'idée d'être son héritière qui la mettait si mal à l'aise ? Que préférerait-il ? Il avait l'estomac noué par un mélange de peur et d'espoir. Avoir une fille avec Aimee. Un miracle inattendu. Si ce fait était avéré cependant, la mort d'Aimee le serait aussi. Il s'était persuadé qu'elle resterait à l'image de celle qu'il avait quittée, jeune et pleine de vie. Cette illusion volerait en éclats.

— M'autorises-tu à effectuer ce test ? l'interrogea-t-il une fois de plus.

— Je suppose que je n'ai pas vraiment le choix, répondit Arlyn avec une expression amère.

— Nous avons toujours le choix, répliqua-t-il avec un sourire sans joie. Je t'ai donné ma parole que j'assurerai ton retour sur Terre. Cette promesse sera tenue quoi qu'il arrive.

Lyr ne la blâma pas pour son froncement de sourcils dubitatif. Elle le regarda un long moment avant de hocher la tête.

— D'accord. Qu'est-ce que je dois faire ?

Il rapprocha sa chaise de la sienne.

— Donne-moi simplement tes mains et détends-toi.

Arlyn ne bougea pas pendant si longtemps qu'il se demanda si elle n'était pas sur le point de changer d'avis, mais elle finit par placer ses mains tremblantes dans les siennes. Il retint son souffle lorsqu'il ressentit la connexion en lui – un lien de parenté. Mais il devait quand même l'examiner. Lyr ferma lentement les yeux et abaissa ses boucliers mentaux pour aller toucher l'énergie d'Arlyn. Effleurer l'énergie d'autrui était aisément réalisable, surtout avec une personne aussi peu en mesure de la contrôler. Seuls quelques battements de cœur lui furent nécessaires pour chercher les résidus de sa propre signature. Puis plusieurs autres avant que la vérité le percute de plein fouet.

Lyr lâcha les mains d'Arlyn comme si elles étaient en feu et bondit sur ses pieds, la chaise se renversant derrière lui. Le fracas fit grimacer la jeune femme, dont le regard alarmé oscillait entre lui et le siège. Il le remarqua à peine. La douleur qui le transperçait était si vive qu'il faillit se plier en deux. Passant une main dans ses cheveux retenus par un bandeau, les décoiffant ce faisant, Lyr se mit à faire les cent pas dans la pièce. Une fille. Il avait une fille.

Clechtan ! jura-t-il dans sa barbe. Comment avait-il pu ignorer ce fait ?

Il aurait dû vérifier. Il n'était resté avec Aimee que le temps d'une lune, mais il aurait quand même dû s'inquiéter d'une éventuelle grossesse avant de partir. Lyr appuya une main contre le rebord d'une fenêtre où la pluie martelait les carreaux, ce qui s'accordait à son humeur. Le tonnerre faisait vibrer les vitres comme s'il compatissait. L'elfe agrippa fermement le rebord en bois pour résister à l'envie impulsive de faire passer son poing à travers le vitrage.

— Qu'avez-vous trouvé ?

Lyr reporta son attention sur Arlyn. *Sa fille.* Le tremblement dans sa voix l'avait interpellé. Elle s'était avancée de quelques pas, mais semblait hésiter à s'approcher davantage. Il se dit qu'il ne pouvait pas la blâmer.

— Je suis bien ton père. Tout est vrai.

Les épaules d'Arlyn s'affaissèrent.

— Je suis désolée.

— Comment ça ? demanda Lyr, le cœur serré. Pour quelle raison es-tu désolée ?

— Vous n'avez pas l'air enchanté, répondit-elle en baissant le regard. Je suppose que c'est plutôt un déshonneur d'avoir une bâtarde à moitié humaine.

La douleur et la colère se mêlèrent en Lyr jusqu'à pulser dans l'air autour de lui. Il s'avança, prenant de nouveau les mains d'Arlyn dans les siennes.

— Ne dis plus jamais ça. Rien de tout ça n'est dirigé contre toi. C'est moi qui devrais m'excuser, même si aucun mot ne pourra jamais rattraper ce qui s'est passé.

Miséricorde. Les yeux qu'elle leva étaient de la même nuance de vert que les siens. Il aurait dû le remarquer aussi. Elle secoua la tête.

— Maman ne vous l'a pas dit.

Il haussa les sourcils d'un air perplexe.

— Elle le savait ?

— Je n'en suis pas certaine. Peut-être.

Lyr jura dans sa barbe durant tout le temps qu'il lui fallut pour redresser sa chaise. Lui et Aimee avaient tous deux convenu que traverser le Voile à la vitesse à laquelle il devait le faire était trop dangereux pour un humain. S'était-elle inquiétée pour leur enfant à naître et ne lui avait-elle pas dit ? Un sentiment de trahison se mêla à son chagrin. Cela expliquerait pourquoi Aimee ne s'était pas battue pour trouver un moyen de se rendre à Moranaia, même en sachant qu'ils seraient à jamais séparés.

Il s'affaissa sur la chaise, laissant libre cours à sa souffrance qui le fit se plier en deux. Aimee, son âme sœur, partit. Arlyn, leur fille, involontairement abandonnée. Et il l'avait prise pour une menteuse. Comment pourrait-elle ne pas le haïr ? À ce moment-là, il se détestait lui-même avec une intensité qui lui coupa le souffle. Lyr se maudit de ne pas avoir pris des nouvelles d'Aimee. Il aurait pu envoyer Kai ou même y aller lui-même. *Lâche, lâche, lâche.*

Une main se posa sur son dos, et il sursauta. Un sentiment de honte l'assaillit et atténua la violence de ses émotions, ne serait-ce qu'un peu. La maîtrise de soi était primordiale parmi ses semblables, mais il n'avait jusque-là pas fait preuve de cette qualité. Lyr devait se concentrer sur Arlyn, une enfant qui avait été trop longtemps privée de son père. Le corps pesant, il se redressa pour s'asseoir, se sentant plus âgé que ses cinq cent quarante-neuf ans. À cet instant, il se sentait comme un ancien.

— Pardonne-moi.

Abasourdie par la violence de la réaction de son père, Arlyn ouvrit la bouche, mais aucun son n'en sortit. Sa mère l'avait décrit comme quelqu'un aux épaules solides, calme et jovial. Rien de tout cela ne transparaissait pour l'heure. Pendant des années, les doutes à son sujet avaient érodé la confiance que sa mère avait essayé de lui inculquer. Avait-il eu connaissance de son existence et était-il parti quand même ? Eh bien, c'était une inquiétude qu'elle pouvait oublier.

— Je comprendrais si c'était trop te demander, reprit-il d'une voix éraillée par l'émotion.

— Seigneur Lyrnis...

— Appelle-moi Lyr, coupa-t-il en grimaçant. *Laial*, père, est un titre que j'espère mériter un jour.

— Lyr... je ne suis pas venue ici pour te demander quoi que ce soit, expliqua Arlyn en soupirant, les mains en l'air. Honnêtement, je ne sais pas vraiment pourquoi je suis venue. Pour une certaine reconnaissance, je suppose. Pour pouvoir mettre tout ça derrière moi, peut-être. Je t'ai vu, j'ai fait ta connaissance, et maintenant nous connaissons tous les deux la vérité.

Lyr bondit sur ses pieds.

— Tu ne songes pas encore à partir ?

— Ce n'est pas ce que je devrais faire ?

— Tout ce temps..., commença-t-il en faisant un pas en avant et leva la main pour enserrer sa joue. Mon âme est meurtrie depuis le jour de mon départ, sans même connaître toute la vérité. Tu ne peux pas me révéler une telle chose et partir ensuite.

Arlyn se mordilla la lèvre.

— Je ne sais pas ce que tu veux. Il y a quelques minutes, tu ne me croyais même pas.

Le visage crispé, il retira brusquement sa main et détourna le regard.

— Je...

— Non, c'était ton droit, admit-elle en secourant la tête d'un air contrit. Je n'aurais pas dû dire ça.

Il la frôla en passant à côté d'elle pour se remettre à arpenter la pièce. Ses émotions jaillissaient hors de lui, butant contre les maigres boucliers d'Arlyn comme des épées d'entraînement recouvertes de mousse. Elle avait étudié le concept d'empathie, même ressenti les émotions des autres de temps en temps, mais cela ? Sa propre énergie était comme aiguillonnée de part en part de manière prononcée. Arlyn se frotta la poitrine alors que la douleur s'intensifiait.

Lorsqu'on frappa à la porte, tous deux se tournèrent pour la regarder fixement. Du coin de l'œil, Arlyn vit Lyr passer une main dans ses cheveux. Le bandeau qui les retenait avait disparu, les laissant s'étaler en pagaille autour de ses épaules. Elle réprima un sourire en l'observant essayer de les lisser.

— Tu peux entrer, invite-t-il, même si la porte avait déjà été ouverte.

Une femme mince vêtue d'une robe ample en soie bleue pénétra dans la pièce, sa tresse de cheveux blancs fouettant l'air derrière elle alors qu'elle se précipitait vers Lyr.

— Que s'est-il passé ?

— *Laiala*, murmura-t-il en agrippant les épaules de la femme. Calme-toi. Je vais bien.

La femme prit un air pincé.

— Non, tu ne vas pas bien.

Arlyn trépigna de nervosité et tourna les yeux vers la fenêtre. La pluie avait cessé. Elle pourrait s'éclipser pour ne pas embarrasser davantage Lyr. Mais son léger mouvement de recul avait attiré l'attention de l'autre femme, et l'aînée se tourna vers elle, l'intensité de son regard capturant celui d'Arlyn. Ses yeux bleus étaient farouches. Le regard d'une mère.

— Êtes-vous responsable de ça ?

— Je... je suppose, admit Arlyn en reculant d'un pas.

— Ce n'est pas sa faute, déclara Lyr d'une voix ferme. Elle m'a apporté des nouvelles importantes, mais je suis seul à blâmer pour mon désarroi.

— Tu pourrais peut-être me présenter ton invitée afin que nous puissions poursuivre cette discussion.

Arlyn afficha un air perplexe, mais Lyr hocha la tête pour acquiescer. Avait-elle vraiment besoin de connaître le nom de cette femme pour qu'elle puisse continuer à lui crier dessus ? Oui, apparemment. Lyr lâcha les épaules de l'aînée et désigna les chaises au centre de la pièce.

— Tu devrais sans doute t'asseoir.

La femme lui jeta un coup d'œil d'un air incrédule.

— Ce ne sont pas des présentations qui vont m'abattre, Lyrnis, je ne suis pas si vieille.

— Tu pourrais bien changer d'avis à ce sujet.

Il vint se placer aux côtés d'Arlyn, et elle sursauta quand il lui prit la main avant d'ajouter :

— Mon honorable fille, je vous présente *Callian Myernere i Lynia Dianore nai Braelyn*. Dame Lynia, je vous présente *Callian Ayala i Arlyn Dianore nai Braelyn*.

L'aînée pâlit, sa main agrippant subitement le dossier de l'une des chaises qu'elle venait tout juste de décliner.

— Si c'est une plaisanterie...

— Est-ce que je plaisante souvent sur le fait d'avoir des enfants ? rétorqua-t-il avec un sourire sans joie.

— Excusez-moi, lâcha Arlyn en pressant la main de Lyr, puis regrettant cet élan lorsqu'elle croisa son regard surpris.

Elle lâcha sa main en rougissant.

— Je n'ai aucune idée de ce que tu viens de dire. Est-ce que mon nom a été mentionné dans tout ce bazar? reprit-elle la jeune fille.

Lyr la regarda sans ciller pendant un instant, puis se racla la gorge. Avait-elle imaginé le bref éclat rieur dans ses yeux?

— Je suis désolé. La coutume veut que nous présentions nos invités en fonction de leur titre.

Arlyn secoua la tête.

— Je n'ai pas de titre.

— Au contraire...

— Lyrnis Dianore, l'interpella l'autre femme d'un ton sec, si tu ne m'expliques pas tout de suite ce qui se passe...

L'aînée s'interrompit pour prendre une grande inspiration et ses épaules se détendirent un peu.

— Je pense que nous sommes tous déroutés. Nous devrions peut-être nous asseoir après tout, conclut-elle.

Bien que brièvement tentée de sortir en trombe par la porte latérale et de courir à fond vers le portail, Arlyn prit place à côté de Lyr.

— Pourrais-tu au moins nous présenter de manière compréhensible?

— Bien sûr, répondit-il. Arlyn, voici ma mère, dame Lynia. Mère, voici Arlyn. Ma fille.

— J'avais cru comprendre, oui, répliqua la femme en haussant les sourcils. J'aimerais bien savoir pourquoi je la rencontre seulement maintenant.

Lyr s'empourpra.

— Je n'étais pas au courant.

Dame Lynia pencha la tête de côté d'un air circonspect.

— Que veux-tu dire par « pas au courant »?

— Avant de quitter Aimee, je n'avais jamais pensé à vérifier...

— Lyrnis! s'exclama sa mère en écarquillant les yeux. Si nous t'avons bien appris quelque chose, c'est la nécessité de toujours vérifier de telles choses. Les enfants sont importants. Je ne peux pas croire que tu te sois comporté de façon si irresponsable.

Si Lyr rougissait davantage, il allait mettre le feu à la pièce.

— J'étais pressé, et nous avons passé si peu de temps ensemble. Les sang-mêlé sont encore plus rares que les enfants de sang pur. Mais j'aurais dû m'informer quand même.

Arlyn croisa les bras, le cœur lourd. Elle devrait lui dire ce que sa mère avait dit, mais les mots restèrent coincés dans sa gorge serrée. Dame Lynia l'observa attentivement, son expression s'adoucissant.

— La fille d'Aimee, dis-tu ? Kai l'a-t-il amenée ici ?

— Kai est en mission, annonça Lyr en s'éclaircissant la gorge et en changeant de position sur son siège. Elle a trouvé le chemin toute seule.

L'aînée jeta un regard de semonce à son fils.

— Et tu ne l'as pas emmenée chez le guérisseur ? Ce n'est déjà pas une mince affaire pour quelqu'un de sang pur s'il ne possède pas le talent nécessaire. Honnêtement, je ne peux pas croire que tu l'aies laissée...

— Hé ! l'interrompit Arlyn. Je n'ai pas cinq ans. Pas besoin de parler de moi comme si je n'étais pas là. Lyr a sûrement conclu que j'allais bien.

Leurs deux visages à l'expression sévère se tournèrent vers elle. Arlyn tapota ses doigts sur son bras et leur lança un regard noir. Après un moment, Lyr rit et la grand-mère d'Arlyn poussa un long soupir. L'aînée afficha un air contrit.

— Pardonne ma grossièreté. Je suppose que tu as en effet atteint l'âge adulte après tout ce temps.

— Vingt-deux ans, murmura Lyr.

Arlyn fronça les sourcils.

— J'avais vingt-trois ans quand j'ai quitté la Terre.

— Hmm, commença Lyr en se frottant le menton en plissant les yeux d'un air songeur. Le temps s'écoule différemment ici. Selon moi, tu devrais avoir près de vingt-six ans là.

— Ce n'est pas possible.

— Tu as dû errer dans les brumes plus longtemps que tu ne le penses.

Arlyn ressentit une douleur cuisante sur son avant-bras et se rendit compte qu'elle l'agrippait fermement. Elle détendit ses doigts un par un.

— Je n'aurais pas pu y passer presque trois ans. Je n'avais des provisions que pour un mois. Peut-être deux.

— Il est possible que tu y sois restée pendant un mois tout en perdant quelques années de temps terrestre, affirma Lyr. Le Voile est un endroit étrange. Une zone de transition. Les guides parmi nous peuvent le traverser rapidement, mais au prix de grands efforts. Certains y ont erré pendant des décennies. Des siècles même.

— Comme les mythes à propos des gens qui se perdent dans les collines de fées.

— Il y a plus de vérité dans ces fables que la plupart des humains ne le croient. Nous sommes cousins des Sidhes, bien que notre peuple ait quitté la Terre bien avant eux, expliqua-t-il avant de réfléchir un instant. Des Ljósálfars aussi. Non pas qu'ils l'admettraient. Ils utilisent tous le Voile pour voyager entre les mondes.

Sans plus se soucier de ses vêtements sales, Arlyn se renfonça dans son siège. Il y avait des humains sur Terre qui donneraient n'importe quoi pour avoir confirmation que les mythes étaient bien réels.

— Eh bien, dans ce cas.

— Lyr, intervint dame Lynia. Tu pourras lui donner des leçons d'histoire plus tard. Elle aimerait certainement se reposer.

— Bien sûr, dit-il en se levant avant d'adresser un regard solennel à Arlyn. Vas-tu rester ?

CHAPITRE 3

KAI TRAVERSA LE PORTAIL et s'arrêta le temps que les dernières bribes de pouvoir tournoyant dans son esprit s'estompent, désorienté par la dernière partie du trajet pour retourner dans son propre monde. Il chancela pendant un moment, puis se remit en route sur le sentier, impatient de faire son rapport et de se reposer. Son manque de sommeil était devenu dangereux, son niveau d'énergie étant si bas qu'il était à peine capable de se défendre. Depuis combien de temps n'avait-il pas dormi? Une semaine? Deux? Ralentissant le pas, il balaya la petite clairière du regard à la recherche de Lyr, mais la trouva vide.

S'appuyant contre l'arbre le plus proche, Kai puisa autant d'énergie que ses ressources personnelles amoindries le lui permettaient. Ses réserves étaient si maigres que l'effort qu'il devait fournir pour transformer la magie naturelle en quelque chose qu'il pourrait utiliser lui donnait le tournis. Où était Lyr? Il avait informé son ami qu'il reviendrait cet après-midi, et Lyr n'avait jamais manqué de venir à sa rencontre auparavant. Kai était en proie à un sentiment de malaise croissant.

Il scruta de nouveau les environs aussi loin qu'il le pouvait, mais ne perçut aucun signe de son ami. Dommage que la télépathie fût l'une des facultés que Kai maîtrisait le moins. Après un moment, il s'écarta de l'arbre et ferma les yeux pour lutter contre le vertige qui l'assaillit. Que les dieux maudissent les Sidhes et leur stupidité. Plus d'une semaine de discussions stériles, et Kai n'avait obtenu aucun résultat en dehors de sa propre fatigue. Il avait bien envie de leur dire de se débrouiller tout seuls pour lutter contre l'énergie empoisonnée qui s'infiltrait dans leur royaume.

La boue aspirait ses chaussures tandis qu'il parcourait le sentier. Bien que le chemin ait toujours été conservé dans un état aussi naturel que possible afin d'éviter d'attirer l'attention sur le portail, des jours comme celui-ci donnaient envie à Kai de faire appel à des artisans pour le paver. Il soupira. Ce n'était pas comme si l'existence du portail était vraiment un secret. Si seulement il pouvait convaincre Lyr.

Le temps que Kai atteigne le sentier principal, il était trempé des pieds à la tête à cause des gouttes de pluie tombant des branches au-dessus. Le plus gros de l'orage était passé, le tonnerre grondant maintenant plus au sud, et de la brume avait commencé à se former autour de la base des arbres. L'air humide aurait suffi à le tremper si les gouttelettes ne s'en étaient pas chargées. L'orage avait-il retardé son ami?

Kai s'arrêta net lorsqu'il sentit du verre craquer sous sa botte. Du verre, ici? Il fit un pas en arrière et s'accroupit pour examiner le sol. Un rectangle légèrement plus petit que sa main, de quelques centimètres, était écrasé dans la boue. Sa surface brillante fissurée reflétait une image fracturée de la canopée au-dessus. Était-ce *un téléphone*? Il les avait admirés lors de sa dernière mission de reconnaissance sur Terre, mais il n'y avait aucune raison pour que l'un d'entre eux se trouve ici.

Aucune *bonne* raison.

Ses muscles se contractèrent, prêts à passer à l'action, tandis qu'il observait les alentours de la petite clairière. Le vent faisait bruisser les feuilles au-dessus et quelques oiseaux chantaient au loin, sortant de leur abri après l'orage. Des animaux se déplaçaient furtivement dans les broussailles. Des insectes stridulaient. Mais il ne détecta aucun signe de la personne qui avait laissé tomber le téléphone. Kai examina l'appareil avant de le tapoter du doigt. Froid au toucher. Probablement fichu à cause de la pluie.

Il fallait qu'il trouve le propriétaire de ce téléphone même si toute son énergie devait y passer.

ARLYN SORTIT du bureau et suivit sa grand-mère dans le couloir, s'efforçant de ne pas rester bouche bée devant tout ce qu'elle voyait. Dans les maisons humaines, tout était si carré, basé sur des angles droits, mais ici les pièces et les couloirs étaient légèrement incurvés, en partie pour contourner les arbres probablement. Les murs sculptés ou peints ressemblaient à la forêt, et des globes diffusant une douce lumière pendaient à des branches d'apparence si réelle qu'elles semblaient vraies. À deux reprises, elle avait remarqué un curieux dispositif avec de l'eau coulant goutte à goutte d'une fleur sculptée dans un récipient en verre avec des marques étranges. Alors qu'elle s'apprêtait à se renseigner sur cet objet, la superbe pièce au bout du couloir attira son attention.

Juste devant elle, de larges marches étaient agencées en colimaçon autour d'un grand tronc d'arbre. Au-delà se trouvait une immense double porte en bois avec des motifs sculptés correspondant à ceux de la grande double porte qu'elle avait remarquée plus tôt depuis l'extérieur. L'entrée principale sans doute? La pièce était certainement grande. Une arche en pierre élaborée occupait une partie du mur central, et tout au bout de la salle, un autre tronc d'arbre plus massif s'étirait sur toute la paroi. S'il s'agissait de l'entrée principale, quel était le rôle de l'arche et de l'arbre? Une autre chose à découvrir à propos de sa nouvelle maison, pour un temps du moins.

Arlyn suivit sa grand-mère dans l'escalier, se concentrant sur ses pieds pour éviter d'être distraite par la pièce en dessous. Elle aimerait autant ne pas trébucher sur une marche parce qu'elle ne pouvait pas s'empêcher d'observer autour d'elle. Après un court trajet dans un autre couloir magnifique, l'autre femme s'arrêta devant la deuxième porte à droite.

— Ce sera ta chambre. La mienne se trouve une porte plus loin, de l'autre côté du couloir, et celle de ton père est tout au bout. J'ai pensé que tu voudrais sans doute un peu plus d'intimité.

Arlyn ouvrit la porte et entra, admirant la beauté unique de la pièce. Contrairement au bureau de son père, la chambre était carrée. Chaque angle était légèrement arrondi au lieu d'être droit, et la moitié inférieure des murs était lambrissée avec un bois foncé sculpté de motifs forestiers complexes, tandis que la moitié supérieure était peinte dans une couleur crème. Directement en face de l'entrée, des fenêtres donnaient sur un jardin, et sur le côté droit, un immense lit à baldaquin en bois occupait la majeure partie de l'espace. Des chaises assorties, un bureau et une autre porte se trouvaient sur le mur gauche. Une version plus petite de l'étrange dispositif hydraulique dans le couloir était suspendue au-dessus du bureau.

— Cette porte mène à une salle de bains avec un dressing, annonça Lynia en faisant un geste vers la gauche. Quelqu'un viendra s'occuper du ménage s'ils sentent que tel est ton désir. Nous n'avons pas vraiment de serviteurs au sens où les humains l'entendent, mais nous pourrons éclaircir ce point une fois que tu seras reposée.

— Merci.

Lynia s'approcha du dispositif hydraulique, piquant la curiosité d'Arlyn. De plus en plus fascinée, elle observa sa grand-mère pointer du doigt les graduations dans le verre délicat.

— C'est une clepsydre. Je suppose que tu ne sais pas comment lire nos chiffres, alors si tu veux compter les heures, commence simplement par le bas.

Arlyn hocha la tête pour lui indiquer qu'elle avait compris.

— Ça m'a vraiment agacée de ne jamais savoir l'heure qu'il était durant mon périple.

Dame Lynia recula en se tordant les doigts d'un air contrit.

— Je te prie de me pardonner pour mon accueil grossier plus tôt. Il souffre depuis si longtemps que quand j'ai senti son emportement, je me suis inquiétée.

— Je comprends, assura Arlyn en lui souriant gentiment. Merci de m'avoir montré ma chambre. Je suppose que je n'ai plus qu'à aller récupérer le reste de mes affaires.

— Le reste?

— J'ai établi un petit campement à l'écart du sentier.

L'aînée fronça les sourcils.

— Je suis étonnée que les *sonal* ne t'aient pas repérée.

— Les quoi?

— Ils patrouillent le domaine à l'affût de tout danger, expliqua dame Lynia en désignant la fenêtre. Les *sonal* sont partout, là dans les arbres. Je suppose qu'ils t'ont prise pour un guide d'une autre maison. Nous sommes les gardiens du portail vers la Terre, donc il n'est pas rare que des voyageurs passent sur notre territoire.

Arlyn voulait en savoir plus, mais une soudaine timidité la rendit muette. Avec un hochement de tête, sa grand-mère se dirigea vers la porte, sa tresse se balançant derrière elle. La main sur la poignée, l'aînée jeta un coup d'œil par-dessus son épaule.

— Bienvenue dans la famille, Arlyn. Je suis heureuse que tu nous aies trouvés. Tu me donnes de l'espoir.

Dame Lynia s'éclipsa avant qu'Arlyn puisse formuler une réponse. Pendant un long moment, elle fixa la porte, sans savoir si elle voulait rester ou s'enfuir. Pourquoi avait-elle accepté de résider temporairement ici? Arlyn alla jusqu'à la fenêtre et passa un doigt le long du rebord lisse en contemplant le jardin. Une telle beauté. Un monde si idyllique. Mais rien n'était jamais parfait.

Arlyn avait les pensées éparpillées, comme les gouttes d'eau accrochées à la vitre devant elle. Suspendues, figées. Incertaines de la direction à prendre. Ses expériences sur Terre n'avaient pas été différentes, car elle ne s'y était jamais vraiment sentie à sa place non plus. Elle avait à présent l'occasion de découvrir si ce monde serait meilleur pour elle. Si cette perfection apparente cachait une quelconque noirceur, elle le découvrirait bientôt. Après tout, dans toutes les cultures, il y avait un côté obscur.

Depuis combien de temps avait-elle quitté le bureau de Lyr ? Arlyn s'approcha de la clepsydre et examina les graduations. Dix minutes, peut-être. Lyr avait reçu un message important à travers le miroir derrière son bureau peu de temps après qu'elle avait accepté de rester. Au vu de son expression sombre et de sa profusion d'excuses, elle avait compris que la conversation serait longue. Elle avait largement le temps d'aller récupérer ses affaires au campement. Le sourire aux lèvres, elle sortit de la chambre et descendit l'escalier en colimaçon autour de l'arbre. Le miroir avait été une surprise. Les elfes n'avaient peut-être pas de téléphone portable, mais ils avaient trouvé des sorts qui leur permettaient de communiquer tout aussi facilement. Un Skype elfique.

Plus les choses changeaient, plus elles restaient les mêmes.

SEULES DE PETITES branches étaient cassées, mais Kai avait l'habitude de patrouiller ces bois avec Lyr depuis l'enfance et savait que cela indiquait la présence d'étrangers dans les environs. Cette zone était interdite d'accès aux voyageurs, et les animaux de grande taille ne s'aventuraient jamais si près du portail. Se faufilant entre les arbres, Kai suivit la piste ténue de leur intrus. De l'herbe aplatie ici. Une empreinte de chaussure là. Il fronça les sourcils. L'empreinte était lisse comme celles des chaussures à semelle souple que les *sonal* portaient généralement, mais un éclaireur serait passé sans laisser de trace.

Lorsque Kai passa à travers une mince barrière invisible, il perdit l'équilibre et se prit les pieds dans un ballot en toile. Il se releva, une main sur sa dague, et inspecta la petite clairière. Un instant auparavant, elle était vide. À présent, un petit feu de camp recouvert de terre était apparu au centre, avec autour un duvet et le sac sur lequel il avait trébuché.

Aucun signe de leur propriétaire.

Un violent mal de crâne l'assaillit alors qu'il utilisait un précieux brin de magie pour examiner le sortilège entourant la clairière. Simple et subtil, avec une signature énergétique ressemblant de manière troublante à celle de Lyr. Sans doute l'œuvre d'un apprenti ne maîtrisant pas encore son art. Les contours du sort étaient irréguliers et le tout vacillait comme une feuille dans le vent. *Téléphone portable. Mage inexpérimenté.* Ces éléments n'auguraient rien de bon.

Puis un rayon de soleil s'échappa des nuages clairsemant le ciel et Kai aperçut un éclat argenté près du sac de couchage. Perplexe, il s'agenouilla et souleva la couverture qui avait été laissée là. Ce qu'il vit lui coupa le souffle. Une épée en acier. Que la grande déesse Bera les protège ! L'allergie de Kai au fer, et donc à l'acier, était assez légère, mais Lyr n'était pas si bien loti. Si l'intrus brandissait l'un ou l'autre de ces métaux devant son ami, ce dernier serait sérieusement désavantagé.

Kai s'écarta brusquement du paquetage, pivota sur ses talons, et passa de nouveau à travers le champ énergétique. Il renforça ses boucliers mentaux, même si le fait de puiser dans son énergie le fit tituber sur quelques mètres, et repartit à vive allure par où il était venu. Le sentier principal n'était plus très loin. Kai ralentit pour marcher d'un pas rapide et s'efforça d'afficher une expression neutre. Si leur visiteur impromptu ne savait pas qu'il avait été repéré, Kai aimerait autant ne pas lui suggérer le contraire.

Se pourrait-il qu'un humain ait réussi à traverser le Voile jusqu'à Moranaia ? La traversée était longue et périlleuse pour ceux qui n'étaient pas dotés du talent de guide. Les humains étaient bien plus susceptibles de se retrouver à errer dans les collines des Sidhes que de tomber sur un monde aussi lointain que le leur. Mais le téléphone portable était une invention humaine, quelque chose que l'on ne trouvait que sur Terre, et sa présence ici ne pouvait pas s'expliquer autrement. À moins que l'un des Moranaiens en exil ait réussi à déjouer la magie les empêchant de retraverser le portail pour rentrer ? Ils auraient certainement des raisons de haïr Lyr, le gardien de ce portail.

À la vue de la femme qui s'avançait sur le chemin, Kai ralentit. Elle n'avait rien de menaçant, et pourtant quelque chose le dérangea chez elle. Les vêtements qu'elle portait l'interpellèrent, leur coupe étant différente de celles de cette région de Moranaia. De toutes les régions qu'il connaissait en réalité, mais il n'avait pas exploré l'intégralité des territoires du vaste continent. Il s'agissait peut-être d'une visiteuse d'une branche éloignée.

Cependant, le campement était lui aussi différent.

Le roux des cheveux de la jeune femme se fondit dans le marron de sa tunique tandis que Kai accumulait de l'énergie dans ses mains. Il secoua la tête pour lutter contre un étourdissement et essaya de se concentrer. Lorsque sa vision s'éclaircit, il constata que la femme l'observait d'un air soucieux. Avait-il chancelé ? Elle avait pressé le pas en tout cas. Lorsqu'elle s'arrêta devant lui, elle leva une main comme pour le toucher. Puis ses yeux verts rencontrèrent les yeux gris de Kai, et elle se figea.

Le souffle court, Kai libéra son énergie pour sonder la femme afin de détecter la moindre menace. Lorsque son énergie entra en contact avec celle de la visiteuse, il se retrouva incapable d'invoquer une pensée cohérente.

— Par tous les dieux ! s'exclama-t-il.

— Est-ce que ça va ?

Toute l'énergie que Kai avait puisée semblait l'avoir quitté d'un coup, le laissant vidé. Il rappela son essence à lui et s'efforça de retrouver ses esprits. Ce n'était pas possible, il devait s'agir d'autre chose. Trouver son âme sœur était rare, et après cinq cents ans, Kai avait depuis longtemps abandonné l'espoir de rencontrer la sienne. Mais il savait, sans l'ombre d'un doute, que c'était elle. Cette étrangère.

— Sérieusement, avez-vous besoin d'un médecin ? demanda-t-elle en se tournant pour jeter un œil derrière elle avant de reporter son attention sur lui. Vous avez l'air vraiment pâlot.

Pourquoi lui semblait-elle si familière? Son regard et ses pommettes saillantes lui rappelaient quelqu'un, mais il n'aurait pas pu la rencontrer auparavant sans se rendre compte qu'elle était son âme sœur.

— D'où venez-vous?

Elle haussa les sourcils d'un air perplexe.

— Allez-vous simplement ignorer mes questions?

— Je suis désolé, reprit-il en se passant une main tremblante sur le visage. Je suis pressé, et vous m'avez surpris. Ça va aller.

Il l'espérait du moins. La femme grimaça tandis qu'elle l'observait, mais elle le laissa s'en tirer avec sa réponse évasive.

— Je ne vais pas vous retarder plus longtemps dans ce cas, annonça-t-elle en le regardant fixement alors qu'il restait cloué sur place. Si vous voulez bien me laisser passer?

Dans l'esprit de Kai, l'image de Lyr empalé sur une lame d'acier, comme l'avait été le père de son ami, était en conflit avec sa peur de perdre la femme de vue. Son âme sœur.

— Vous ne m'avez pas dit d'où vous venez.

Elle haussa les épaules.

— De loin. Très loin. Je rends visite à de la famille.

Kai avait les tempes battantes à cause de sa perte d'énergie mêlée à une panique croissante. Et si elle partait avant qu'il puisse la rencontrer de nouveau? Il posa une main sur sa poitrine brûlante et referma ses doigts autour du pendentif qui s'était libéré pendant qu'il courait. *Le pendentif.* Les coutumes de la jeune femme étaient-elles très différentes des siennes? Même les branches éloignées devaient savoir comment fonctionnait une union. Si elle prenait le pendentif, il pourrait la retrouver. Toujours.

— Les environs ne sont pas sûrs, noble dame, et vous n'êtes pas armée.

Kai passa la chaîne par-dessus sa tête et la tint en l'air, le médaillon rond scintillant au soleil.

— Je préférerais vous savoir protégée.

Visiblement mal à l'aise, la femme recula.

— Il ne va rien m'arriver.

— Je ne peux pas prendre ce risque. Ceci vous protégera.

Et ce serait le cas, car s'il la sentait en danger, il tuerait quiconque la menacerait. Ne le comprenait-elle pas ?

— Je dois aller trouver le seigneur Lyr au plus vite, mais je déteste l'idée de vous quitter.

Les lèvres pincées, elle secoua la tête pour refuser le pendentif.

— Il semble avoir une grande valeur. Je ne peux pas l'accepter.

Kai tenta de contacter Lyr par télépathie, mais il était encore trop loin. Il chancela, sentant sa tête prête à éclater. Il devait se mettre en route tant qu'il en était encore capable. Elle reconnaîtrait sûrement le lien magique entre eux une fois qu'il aurait revendiqué leur union.

— *i'Tayah ay nac-mor kehy ler ehy anan taen.*

L'éclat de lumière qui émana du pendentif se refléta un instant dans les yeux écarquillés de la jeune femme.

— Quoi ?

— Prenez-le, je vous en prie.

Son mal de crâne empirait alors que son énergie s'amenuisait à mesure que le lien se formait.

— Il vous appartient désormais.

Elle tendit la main, ses doigts effleurant presque les siens.

— Vous êtes sûr ?

— On ne peut plus sûr.

La lumière s'intensifia lorsqu'elle accepta le collier. Kai faillit tomber à genoux sous cet afflux d'énergie. Il s'efforça de sourire malgré une envie de vomir.

— Soyez prudente. Au moindre signe de danger, appelez-moi.

Son âme sœur le regarda d'un air circonspect tandis qu'elle passait la chaîne autour de son cou.

— Eh bien... merci.

~

AVANT QU'ELLE puisse ajouter quoi que ce soit, il était parti.

Arlyn resta figée sur place pendant un moment, les yeux rivés sur l'elfe aux cheveux noirs et au comportement étrange alors qu'il s'en allait d'un pas précipité. Bon sang, qu'est-ce qui venait de se passer ? Les jambes flageolantes, elle s'affaissa sur un banc, le même que celui que Lyr avait utilisé plus tôt. Elle voulut saisir le médaillon, encore empreint de la chaleur corporelle de l'étranger, mais il glissa de ses doigts tremblants à deux reprises. Elle finit par réussir à lever le métal brillant à la hauteur de ses yeux et examina les symboles gravés de chaque côté. L'écriture était indéchiffrable.

Elle laissa retomber le pendentif entre ses seins en soupirant. Elle se serait bien passée de cet autre événement insolite aujourd'hui. *Ah, mais quels yeux !* Arlyn tressaillit, un élan de désir la prenant au dépourvu. L'homme lui avait semblé réellement mal en point avec son visage hagard et sa peau d'une pâleur maladive. Quelle importance s'il était beau et musclé ? Elle aurait dû insister pour l'emmener chez un médecin au lieu de le reluquer. N'importe quoi aurait mieux valu que de rester plantée devant lui comme une idiote.

Bien qu'elle soit loin d'être une experte en la matière, Arlyn doutait que la magie que l'étranger avait utilisée ait été destinée à la protéger. Elle ressentait une sorte de connexion au fond d'elle, presque comme si elle pouvait le localiser de manière instinctive alors même qu'il était hors de vue. Elle se remit brusquement debout, l'estomac noué. Elle demanderait à Lyr. Si l'homme lui avait fait quelque chose, son père saurait peut-être comment y remédier.

Arlyn coinça la chaîne entre sa tunique et son débardeur, puis se dirigea vers le campement. Malgré ses efforts pour reléguer cette rencontre dans un coin de son esprit, ce souvenir était tenace. Ces mots lui avaient semblé familiers, mais elle était certaine de ne jamais les avoir entendus auparavant. Est-ce que c'était du moranaien ? Quelque chose la tiraillait aux limites de sa conscience, quelque chose d'important, mais elle ne parvenait pas à le faire émerger. Elle donna un coup de pied dans un caillou en râlant pour l'écarter de son chemin et poussa un juron.

Alors qu'elle fourrait ses affaires dans le sac, les yeux de l'homme la hantaient toujours, l'attiraient. Si gris, exactement comme les brumes tournoyant sans cesse dans le Voile.

CHAPITRE 4

Ès que Kai fut suffisamment proche, il appela Lyr par télépathie et accéléra le pas en attendant que son ami lui réponde, les pires scénarios possible lui traversant l'esprit. Pourquoi était-ce si long ? Si quelqu'un avait capturé Lyr, Kai craignait le pire. Son ami n'était plus lui-même depuis qu'il avait laissé Aimee sur Terre et il prenait parfois des risques inutiles. Il n'hésiterait pas à se sacrifier pour sauver les autres.

— *Kai ?* répondit enfin Lyr.

Kai trébucha et ralentit sous le coup de la sensation intense qui le traversa alors que leurs énergies établissaient une liaison suffisante pour communiquer par la pensée.

— *J'avais oublié que tu rentrais aujourd'hui.*

— *Je te l'ai dit ce matin,* rappela Kai en fronçant les sourcils, même si Lyr ne pouvait pas le voir. *Au nom d'Emora, comment as-tu pu oublier ?*

— *Nous en parlerons dans mon bureau, je t'attends.*

— *Mais j'ai trouvé...*

— *Dans mon bureau.*

Sans prévenir, Lyr interrompit leur communication. Kai poursuivit sa route au pas de course malgré le calme manifeste dans la voix de Lyr. Cela faisait plus de vingt ans que son ami n'avait pas laissé transparaître une seule émotion par voie télépathique comme il venait de le faire. Pas depuis le meurtre du père de Lyr, un événement qui l'avait forcé à laisser son âme sœur sur Terre pour partir à la recherche du coupable à Moranaia. Toute cette épreuve avait rendu Lyr plus renfermé et routinier qu'auparavant.

Kai arriva discrètement par l'avant de la maison. Il ne voulait pas tomber sur quelqu'un qu'il connaissait dans le jardin. Il n'avait pas envie de s'embarquer dans une longue discussion par simple politesse. Ignorant l'entrée principale, il emprunta le sentier latéral pour rejoindre le bureau de Lyr. Son amie Kera montait la garde à l'extérieur. Elle afficha une mine joviale, peut-être même soulagée, lorsqu'il apparut.

— Bon retour parmi nous, Seigneur Kaienan.

— Tu ne m'as pas appelé comme ça depuis l'époque où on s'entraînait ensemble, dit-il en secouant la tête d'un air dubitatif. Est-ce que tout va bien ?

— Tu sais que je ne peux rien dire sur ce qui se passe à mon poste sans l'autorisation du *myern*, répondit-elle en haussant les épaules. À moins d'une urgence. Ce qui n'est pas le cas.

— Mais ?

Kera afficha un grand sourire.

— Ta discussion avec le seigneur Lyr promet d'être intéressante, crois-moi.

— Merci, rétorqua Kai d'un ton ironique.

Kera lui adressa un clin d'œil alors qu'il passait devant elle pour ouvrir la porte. Elle viendrait sans aucun doute le trouver plus tard pour obtenir plus de détails sur ce qu'elle avait vu. Les yeux de Kai s'adaptèrent rapidement à la pénombre dans le petit couloir, puis il pénétra dans le bureau où la luminosité retrouvée le fit cligner des yeux. Lyr était assis derrière son bureau, à moitié tourné vers la fenêtre la plus proche, le regard fixe. Kai observa son profil pour tenter d'entrevoir ce qui s'était passé, mais ne décela rien.

Il trépigna de nervosité avant de se décider à faire fi du protocole.

— Qu'est-ce qui se passe ?

Lyr sourit en se tournant vers Kai.

— Est-ce une façon de me saluer après être rentré d'une mission diplomatique ?

— Ça fera l'affaire aujourd'hui, répondit Kai en venant se planter devant le bureau de Lyr. D'abord, tu ne viens pas me retrouver au portail. Ensuite, je trouve un campement caché dans les bois. Et tu laisses fuiter tes émotions comme une outre percée.

L'air amusé de Lyr disparut aussitôt.

— J'ai une bonne raison. Te souviens-tu du jour où j'ai quitté Aimee ?

Kai recula brusquement, surpris.

— Oui, mais...

— C'est important, l'interrompit Lyr. As-tu remarqué quelque chose de différent chez elle ?

— Non, mais j'avais plutôt l'esprit ailleurs.

Kai serra les dents devant ce souvenir douloureux. Telien avait été comme un père pour lui.

— J'étais plus préoccupé par l'idée de retrouver le meurtrier de ton père.

— Tout comme moi, affirma Lyr en fermant les yeux. Malheureusement pour moi.

Kai fronça les sourcils.

— Que veux-tu dire ?

— Je suis à peu près sûr de savoir qui a monté ce campement, poursuivit Lyr en levant les yeux avec un soupir. Quelqu'un m'a rendu visite aujourd'hui. Ma fille. Aimee était enceinte de notre enfant, et cette éventualité ne m'a même pas traversé l'esprit.

Le temps que la clepsydre laisse couler cinq gouttes, Kai le regarda fixement. Lyr avait une fille ?

— Comment ?

Lyr haussa les sourcils.

— Ton père n'a-t-il pas eu cette discussion avec toi il y a des siècles ?

— Tu sais bien ce que je voulais dire, soupira Kai d'un air renfrogné. Tu n'as pas vérifié ?

— Non, à l'évidence, rétorqua Lyr en se levant et en le regardant de travers. Je n'aurais pas abandonné mon enfant. J'étais trop occupé à essayer de trouver un moyen de faire passer Aimee à travers le portail à la vitesse nécessaire à ce moment-là.

Kai chancela et se pencha en avant pour s'agripper au bureau.

— *Clechtan*, quel gâchis ! Où est-elle à présent ?

Lyr plissa les yeux, se rendant soudain compte de l'apparence de Kai.

— Tu es malade ?

— Rien de plus qu'un manque de sommeil, énonça Kai en se forçant à se redresser. La fille ?

Lyr le fixa un instant, mais ne le questionna pas davantage sur son état de faiblesse.

— Elle est allée chercher ses affaires.

Kai se souvint du campement qu'il avait découvert. De la barrière maladroitement érigée avec une signature énergétique ressemblant à celle de Lyr. Et de l'épée.

— *Ta* fille se balade avec de l'acier sur elle ?

Lyr grimaça.

— Peut-être. Elle vivait sur Terre. Quel autre métal aurait-elle pu trouver là-bas ?

— Je suis allé sur Terre il n'y a pas si longtemps, mais même du temps où tu y étais, les humains n'utilisaient pas souvent d'épées. Pourquoi en aurait-elle une ?

Kai fit les cent pas entre le bureau et la fenêtre, l'air dubitatif. Il finit par sortir le téléphone de la bourse accrochée à sa ceinture et le posa sur le bureau d'un geste sec.

— Elle possède pourtant leur technologie. Quelque chose cloche. Tu es sûr qu'elle dit la vérité ?

Lyr saisit l'appareil pour l'examiner de plus près.

— Qu'est-ce que c'est ?

— Un téléphone. Les humains l'utilisent pour communiquer comme nous le faisons avec les miroirs. Sauf que je ne peux pas jouer à des jeux sur mon miroir.

— Des jeux ?

— Peu importe, répliqua Kai, les traits crispés. La fille a-t-elle apporté une preuve ?

Lyr s'affaissa de nouveau sur sa chaise et se passa une main sur le front.

— Elle m'a autorisé à l'examiner. Elle dit la vérité.

— Et Aimee ?

Kai regretta cette question aussitôt après l'avoir posée. Lyr pâlit, le visage empreint de chagrin.

— Elle est morte.

— Je suis désolé, dit Kai en détournant la tête lorsque Lyr laissa échapper une autre vague d'émotions. J'aurais dû deviner.

— J'ai toujours su...

La voix de Lyr se brisa.

— Ça ne rend pas les choses plus faciles.

Kai retourna à la fenêtre, donnant à Lyr un moment pour se reprendre. Le soleil de la fin d'après-midi miroitait sur les fleurs du jardin bordant le bureau. Au loin, un couple se promenait sur l'un des sentiers qui serpentaient à travers les arbres. Une si belle journée après la tempête, en contraste avec la peine palpable dans l'air au sein du sanctuaire de Lyr. Kai ne se retourna pas avant qu'elle se dissipe.

— Veux-tu me faire ton rapport pour pouvoir aller te reposer ensuite ? demanda Lyr d'un ton las. Je sens la présence d'Arlyn, elle sera bientôt là.

Un sentiment de malaise s'empara de Kai.

— Elle est sur le sentier ? À quoi ressemble-t-elle ?

— Élancée et musclée comme une éclaireuse, avec de longs cheveux roux comme ceux de sa mère, la décrit Lyr en s'adoucissant. Et elle possède mes yeux verts.

Kai toussota. *Miaran !* Son âme sœur. Elle lui avait effectivement semblé familière. Il se passa une main dans les cheveux, adressant une prière aux neuf divinités. À chacune d'entre elles. À n'importe laquelle. Se pourrait-il qu'il ait débuté une union avec la fille de son meilleur ami ? Il la sentit se rapprocher à travers le lien qui s'était formé entre eux. *Du fer en plein cœur !* jura Kai pour lui-même. Comment allait-il expliquer cela ? Il n'avait même pas demandé son nom à la femme.

— La mission s'est-elle si mal passée ?

Kai croisa le regard soucieux de Lyr.

— Non. Enfin, oui, mais ce n'est pas...

— Viens. Débarrassons-nous des formalités.

Lyr ouvrit un livre relié en cuir reposant sur son bureau et murmura quelques mots jusqu'à ce que les pages scintillent.

— *Taysonal*, quelles nouvelles apportez-vous aux régents de Moranaia ?

Kai s'abstint de râler, son devoir l'obligeant à répondre à cette question formelle. Il ne pouvait pas parler du lien d'âmes à Lyr maintenant, pas avant que le rapport soit terminé. Il joignit ses mains derrière son dos et se redressa.

— Le seigneur Meren semble hésiter à mettre fin au traité avec les humains. Si ça ne tenait qu'à lui, je pense qu'il enverrait des mages à la surface. Mais beaucoup parmi les Sidhes n'ont aucune envie de quitter leurs villes troglodytes après tout ce temps.

— Avez-vous obtenu une audience avec la reine ?

— Ma demande a été refusée, une fois de plus. Mon accès à la cour des Seelie était sévèrement restreint, expliqua Kai d'un ton maussade. Je ne comprends même pas pourquoi ils ont demandé notre aide juste pour retarder toute discussion ensuite.

Lyr se pencha en avant, l'air préoccupé.

— Qu'en est-il de l'empoisonnement de l'énergie ?

— La situation a empiré. Je n'ai pas osé me réapprovisionner en énergie par crainte d'une contagion. Je n'ai même pas pris le risque de dormir. Je ne sais pas comment font les Sidhes.

— Nous ne sommes donc pas plus avancés qu'avant ta mission.

Kai poussa un long soupir.

— J'ai dû repousser deux assassins pour tout dire.

— Je vois, dit Lyr en tapotant ses doigts sur le bureau. Quelque chose n'est pas clair. Les Sidhes blâment-ils toujours les humains ?

KAI HOCHA la tête pour acquiescer.

— Ils pensent que la pollution en surface ruisselle et pervertit les énergies des royaumes troglodytes à un rythme croissant. Ils ont dû abandonner des villes entières parce que l'énergie contaminée rend ces zones inhabitables, à moins d'être prêt à s'exposer à un grave danger. Mais les humains polluent fortement l'environnement depuis plusieurs siècles. Il y a peut-être même moins de pollution aujourd'hui que cinquante ans auparavant en réalité. Je ne vois aucune raison pour laquelle les royaumes sous-terrain se retrouveraient soudain affectés. Et la pollution physique ne devrait pas pouvoir traverser les dimensions.

Le soupir de Lyr fit écho aux pensées de Kai.

— Nous allons devoir agir bientôt, peu importe ce qu'ils disent.

— Sans tarder, oui. J'aimerais autant éviter que des Sidhes enragés prennent le contrôle partout, ajouta Kai en grimaçant. L'énergie n'a peut-être pas été infectée ici, mais le Voile devient de plus en plus turbulent à chaque traversée. Même si nous sommes très éloignés de la Terre, le risque n'est pas nul.

— Autre chose ?

— Rien qui ne puisse attendre mon rapport écrit.

— J'ai apparemment beaucoup de choses à prendre en considération avant de porter cette affaire devant le roi. Je te remercie, *Taysonal*, pour les nouvelles que tu as apportées.

Alors que les mots traditionnels mettaient fin au sort qui avait consigné leur échange dans le livre, Lyr se détendit. Pâle et les traits tirés, il remit le volume dans son tiroir et se tourna vers Kai.

— Je dois admettre que je suis soulagé qu'il n'y ait rien de plus. Ces nouvelles ne sont pas encourageantes, mais c'était prévisible. Je ne suis pas certain de pouvoir gérer une autre surprise aujourd'hui.

« Et merde ! » Kai avait marmonné son juron humain préféré dans sa barbe. Comment allait-il l'annoncer à Lyr maintenant ? *Oh, en parlant de surprise, je suis à peu près certain d'avoir revendiqué une union avec ta fille sans l'avoir courtisée d'abord.* Lyr allait le tuer. Mais Kai avait cru qu'elle était issue d'une branche éloignée et qu'elle reconnaîtrait le lien magique. Il tenta de se rappeler les détails, mais tout était flou à cause de son mal de crâne.

Une seule chose était claire : si elle venait de la Terre, elle n'était certainement pas familière avec ce qui s'était passé.

Kai tituba jusqu'aux chaises, se laissant tomber sur la première qu'il atteignit. Il enfouit son visage dans ses mains et s'efforça de ne pas vomir. Impardonnable. Avoir pris cette décision à la va-vite n'était déjà pas très malin, mais à l'insu de la jeune femme ? Le raclement de la chaise de Lyr sur le sol lorsqu'il se leva accentua la migraine de Kai, mais il ne releva pas les yeux. Pas même lorsqu'il entendit son ami s'approcher.

— Kai ?

Avant qu'il puisse formuler une réponse, la porte donnant sur l'extérieur s'ouvrit. Kai leva les yeux et constata que la femme rencontrée sur le sentier se trouvait à présent dans le bureau. Elle se mordilla la lèvre d'un air indécis tandis que son regard oscillait entre lui et Lyr. Kai se redressa et ravala la bile qui lui montait dans la gorge. La ressemblance entre les deux semblait frappante à présent. Comment avait-il pu la manquer ?

Elle se débarrassa d'un gros sac en bandoulière et le déposa contre le mur. Le pommeau de l'épée et quelques arcs dépassaient sur le dessus. Quand elle se retourna, elle regarda Kai d'un air incrédule.

— Vous n'avez toujours pas trouvé de médecin ?

Lyr tourna aussitôt des yeux surpris vers Kai.

— Vous vous êtes déjà rencontrés ?

— J'allais t'en parler avant que tu ne me demandes mon rapport.

La femme s'approcha, se tordant nerveusement les doigts.

— Vous avez visiblement trouvé le seigneur Lyrn… Lyr. Est-ce que vous vous êtes occupé du danger évoqué tout à l'heure ?

— Un danger ?

Kai grimaça devant l'air effaré de Lyr.

— J'ai trouvé le téléphone portable, puis le campement avec la lame d'acier. J'ai craint le pire.

— Mon téléphone ! s'exclama la femme en tâtant ses poches. Je ne peux pas croire que je l'ai perdu.

— Il ne vous servira pas à grand-chose ici.

— J'aimerais quand même le récupérer.

Lyr attrapa l'appareil sur son bureau et le tint en l'air.

— C'est bien le tien ?

Elle s'approcha et lui prit le téléphone, l'examinant de près avant de fusiller Kai du regard.

— L'écran est fissuré. Ce truc vaut cher, vous savez.

— Il était au milieu du sentier et je ne l'ai pas vu, rétorqua Kai en haussant les épaules. Ne vous inquiétez pas pour ça. Je vais le remplacer. Il ne doit pas coûter plus cher que quelques diamants.

— Quelques… commença-t-elle en devenant pâle. Vous allez me donner des *diamants* pour ça ?

Elle secoua la tête, incrédule, et sa main se dirigea vers la petite bosse à peine visible sous sa tunique. Le pendentif.

— On peut dire que vous donnez facilement vos affaires.

Kai bondit sur ses pieds, pris de panique. Si Lyr voyait ce collier avant qu'il puisse lui dire ce qui s'était passé, il pourrait bien le tuer avant qu'il ait l'occasion de s'expliquer.

— Les diamants sont monnaie courante ici, mais je pense que leur valeur sera suffisante sur Terre. La richesse se mesure différemment à Moranaia, expliqua-t-il en reprenant son souffle tandis que son esprit cherchait désespérément un moyen d'éviter le sujet. Nous avons même une alternative à l'acier.

— Ce n'est pas dans tes habitudes de bavasser, remarqua Lyr en le regardant d'un air étonné. Tu n'as vraiment pas l'air dans ton assiette. Ta tour préférée est libre si tu veux aller te reposer.

— L'idée me paraît bonne, marmonna la femme.

Kai rougit en vacillant sur ses pieds. Sa propre âme sœur le prenait pour un idiot, et c'était tout à fait justifié. Son esprit était tellement embrouillé par sa carence en énergie que lui-même se reconnaissait à peine. Mais comment pourrait-il se reposer avec autant de problèmes non résolus? La femme méritait ses aveux, tout comme Lyr. Kai devait trouver un moyen de la prendre à part.

— Dame…, commença Kai avant de marquer une pause en fronçant les sourcils. Pardonnez-moi. Je ne crois pas connaître votre nom.

Lyr sembla abasourdi un bref instant, puis secoua la tête.

— J'ai perdu tout sens de la politesse aujourd'hui. J'ai oublié de faire les présentations.

La femme haussa les épaules.

— Je crois que tu as mentionné son nom plus tôt.

— Ce n'est pas la même chose. Certains considéreraient même ça comme un impardonnable manquement à l'étiquette. Je prie les Dieux que tu ne dises rien à ma mère. Mes manières la désespèrent depuis que je suis revenu de ma dernière visite chez les humains.

Les yeux étonnamment rieurs, Lyr s'inclina poliment devant Kai.

— Mon honorable ami, je vous présente *Callian Ayala i Arlyn Dianore nai Braelyn*. Dame Arlyn, je vous présente *Callian ay'iyn Tayern pel Taysonal i Kaienan Treinesse nai Oria*.

Kai ne put s'empêcher de prendre la main d'Arlyn pour s'incliner devant elle, sachant pourtant qu'il n'aurait pas dû la toucher, même innocemment. Pas après ce qu'il avait fait.

— C'est un plaisir de vous rencontrer, Dame Arlyn. Appelez-moi Kai, je vous en prie.

— Si tu veux bien m'appeler Arlyn, répondit-elle en souriant un instant avant de libérer sa main. D'autant plus que je ne comprends toujours pas les autres termes qu'il a employés pour me désigner.

— Nos noms à rallonge reflètent notre place dans la société, expliqua Lyr. Le premier mot indique à laquelle des trois grandes branches du gouvernement la personne appartient. Vient ensuite généralement un titre ou une description de son métier. Puis le nom de famille et le lieu où elle vit.

Arlyn grimaça.

— Pourquoi est-ce si compliqué ?

— La plupart des Moranaiens sont plus soucieux de la hiérarchie que les humains, répondit Lyr avec un petit sourire aux lèvres. Et quand on sait que le fait d'offenser quelqu'un peut nous porter préjudice pendant des milliers d'années, on a tendance à mettre en place des moyens de l'éviter. Connaître la position d'une personne dans la société dès le début s'avère souvent utile pour ça.

— Callian est donc le nom de la branche, ce qui signifie que Kai et moi appartenons à la même. Je suis perdue après ça, avoua-t-elle en observant Kai comme si sa présence pouvait clarifier les choses. Je crois que tu avais beaucoup de titres.

Kai sourit.

— Ils veulent essentiellement dire « deuxième fils d'un comte et assistant de Lyr ».

— Ça semble un peu féodal.

— Tout ceci est plus flexible qu'il n'y paraît, déclara Lyr. Les titres peuvent changer selon les événements. Si Kai ici présent devait s'unir avec quelqu'un issu d'une branche supérieure ou même d'une branche différente, une grande partie de ce que tu viens d'entendre changerait.

Kai poussa un long soupir et s'affaissa de nouveau sur sa chaise. Son cœur se serra aussi douloureusement que le battement constant dans sa tête. Il ne pouvait pas parler à Arlyn en premier, comme il le méritait. Il devait corriger Lyr sans attendre, car mentir sur son nom ou son titre était considéré comme un grave méfait, et Lyr venait de le présenter de manière incorrecte. *Mon fichu nom a changé !*

— Va te reposer, Kai.

Ce dernier croisa le regard déconcerté de Lyr.

— Il faut qu'on parle.

— Tu as l'air au bord de la syncope. Ça peut attendre.

— Non, répliqua Kai en se redressant, essayant de paraître en meilleure forme qu'il ne se sentait. Ça ne peut pas. Il faut qu'on parle *maintenant*. Seul à seul.

Arlyn les regarda tour à tour d'un air circonspect, et Kai ressentit un soupçon d'inquiétude venant d'elle via le lien qui se renforçait entre eux. Pouvait-elle sentir son désarroi ? Il espérait bien que non !

— Et si j'allais m'installer dans ma chambre ? proposa-t-elle.

Lyr hocha la tête pour acquiescer.

— Je viendrai te voir quand nous aurons fini.

Kai était de plus en plus tendu alors que son âme sœur reprenait son sac et quittait la pièce, mais il n'y avait pas moyen d'éviter ce qui devait être fait. La réaction de Lyr à ce sujet était moins claire. Kai n'avait rien fait d'illégal, il était donc peu probable qu'il soit exilé, mais il avait agi de façon déshonorante, malgré l'absence d'intention. Même des siècles d'amitié pourraient ne pas survivre à ce manquement.

Son cœur se serra davantage.

CHAPITRE 5

*L*YR SE TOURNA vers Kai avec un regard agacé.

— Qu'est-ce qui ne va pas chez toi ? Je ne t'ai pas vu comme ça depuis ton premier voyage à travers le Voile. Et même là tu n'étais pas si malade. Est-ce qu'il s'est passé autre chose durant ton voyage ?

— Non, c'était après mon retour, répondit Kai en se passant une main dans les cheveux. Rappelle-toi que je n'ai pas dormi depuis une semaine. C'était stupide, incroyablement stupide.

— *Miaran !* jura Lyr. Par Arneen, crache le morceau !

— J'ai un nouveau nom, vois-tu, commença Kai avant de marquer une pause, l'air contrit. *Callian Myal pel Taysonal i Kaienan Dianore nai Braelyn.*

Il ne fallut qu'un instant à Lyr pour traiter cette information. *Myal* – compagnon de l'héritière – associé à son nom de famille. Son visage devint livide sous le coup de la colère qui le submergea.

— As-tu fait ce que je pense que tu as fait ?

— Je l'ai rencontrée sur le chemin, et mon âme a résonné avec la sienne. Je venais de puiser de l'énergie, alors j'avais mal au crâne et je ne pouvais pas me concentrer, expliqua Kai en agrippant le dossier de sa chaise. Elle a dit qu'elle rendait simplement visite à de la famille, et j'étais pressé de te rejoindre après avoir vu cette épée en acier. Mais quand j'ai prononcé les mots, je pensais qu'elle était au courant pour le lien. J'ai cru qu'elle venait d'une branche éloignée.

— Tu as *cru*.

Lyr serra les poings et prit de grandes inspirations, faisant tout son possible pour éviter de massacrer l'homme qui se tenait devant lui.

— Je suppose que tu n'as pas pris la peine de lui demander.

— Tout ce que je pouvais voir, c'était toi, empalé comme ton père. Mais je ne pouvais pas supporter l'idée de la perdre alors que je venais juste de la trouver.

Lyr fut assailli par une douleur atroce qui le poussa se redresser. Il se mit à arpenter la pièce, totalement désemparé, ses émotions s'entrechoquant jusqu'à ce qu'il ne soit plus certain de rien. *Son meilleur ami. Sa fille.*

— Quand as-tu réalisé qui elle était ?

Kai se pencha en avant.

— Seulement après t'avoir parlé.

Lyr s'emporta contre lui, sa colère prenant le dessus.

— Et tu ne m'as rien dit à ce moment-là ?

— J'étais sur le point de le faire quand tu m'as demandé mon rapport, répondit Kai en regardant Lyr dans les yeux sans ciller alors qu'il s'approchait. Elle est arrivée ensuite. Je voulais lui dire en premier, mais j'ai compris que ce n'était pas possible lorsque tu as fait les présentations.

Lyr regarda fixement Kai, son ami de plus de cinq cents ans.

— Je te croyais meilleur que ça.

Kai baissa les yeux. Ses mains agrippèrent les accoudoirs de la chaise.

— Moi aussi.

Lyr pivota sur ses talons et se remit à faire les cent pas, s'efforçant d'évacuer une partie de sa colère afin de pouvoir réfléchir. Devrait-il demander à un prêtre d'Arneen de rompre le lien ? Non. Non, cela priverait Arlyn de sa liberté de choisir aussi sûrement que Kai l'avait fait. Lyr pourrait la faire venir pour lui parler du lien d'âmes, mais ce serait trop facile pour Kai. Quelle pagaille, bon sang ! Kai était impétueux, mais Lyr ne se serait jamais attendu à cela de sa part. Jamais.

Lyr avait le cœur aussi douloureux que s'il se brisait. Bien qu'il vienne tout juste de rencontrer sa fille, elle était *sienne*. Son enfant. Il n'avait même pas encore eu l'occasion d'apprendre à la connaître. Il n'était pas non plus tout à fait certain de pouvoir lui faire confiance. Et pourtant, il joignit fermement ses mains derrière son dos pour s'empêcher de frapper son ami le plus fidèle.

Un ami dont le tourment tonnait dans l'air comme la tempête un peu plus tôt.

Kai se leva, la tête haute.

— Quoi que tu décides, je ne le contesterai pas.

— Ce n'est pas vraiment à moi de décider, répliqua Lyr avec un sourire sarcastique. Je vais laisser ça à Arlyn puisque ce choix lui revient. Tu devras lui dire toi-même.

— Me laisseras-tu assez de temps pour me reposer afin que je puisse le faire de manière cohérente ?

Lyr observa Kai vaciller sur ses pieds, mais il était à court de compassion.

— Seulement pour que tu n'empires pas encore les choses. Je vais te donner un jour avant de tout lui révéler. Va chercher tes affaires chez ton père, puis va dormir un peu.

— Tu veux que j'amène mes affaires ici ?

— Tu fais partie de cette maison à présent, que ça te plaise ou non, lui rappela Lyr en se laissant tomber sur la chaise derrière son bureau et en se passant une main sur le visage, sa colère diminuant. Il y a de fortes chances qu'elle décide de rompre le lien, mais il faudra sans doute un certain temps avant de trouver le prêtre adéquat. D'ici là, ta place est ici.

Kai pâlit, sachant très bien ce que Lyr n'avait pas dit. Un lien rompu serait une disgrâce, un tel déshonneur que le père de Kai pourrait bien refuser de le laisser revenir chez lui. Les liens d'âmes étaient précieux, seulement brisés pour les pires offenses. Si Arlyn décidait de rompre le leur, Kai pourrait se voir obligé de quitter Moranaia.

— Va, dit Lyr en désignant la porte. Plus tôt tu partiras, plus tôt tu pourras affronter Arlyn. Prends le portail.

Les traits tendus, Kai hocha la tête et fit volte-face pour se diriger vers la porte donnant sur le couloir. Oria, le domaine de son père, n'était pas loin, mais prendre le portail serait plus rapide. Lyr baissa la tête et l'appuya contre sa main quand il entendit la porte s'ouvrir, puis leva de nouveau les yeux quand elle ne se referma pas. Kai se tenait debout, à moitié tourné, regardant Lyr par-dessus son épaule.

— Combien de temps te faudra-t-il pour me pardonner ?

— Je ne sais pas, Kai. Je ne sais pas.

La porte se referma avec un cliquetis, laissant soudain place au silence.

Malgré la rugosité de la roche sous son pantalon léger et sa peau moite de sueur, Arlyn ne pouvait se résoudre à quitter sa place au bord du petit escarpement. Elle ne savait pas combien de temps elle avait passé ici après avoir déposé ses affaires dans sa chambre, mais les ombres avaient noirci pratiquement tous les arbres verdoyants de la vallée en dessous. Les derniers rayons de soleil filtraient à travers la végétation de la forêt derrière elle. Sans les lumières qui brillaient sous ses yeux, elle aurait pensé que toute la région était inhabitée.

La réalité de tout cela lui coupa le souffle. Ce n'était pas un mythe ou une légende. C'était sa vie. Et alors que la vallée rappelait à Arlyn sa maison dans les montagnes Bleues, les arbres gigantesques qui oscillaient autour d'elle racontaient une autre histoire. Pour autant qu'elle sache, aucun autre humain n'avait jamais vu ces montagnes ou le ciel qui s'assombrissait au-dessus de sa tête. Son cœur s'emballait, vacillant entre terreur et exaltation.

Alors qu'elle resserrait ses bras autour de ses genoux, elle entendit les pas derrière elle et sut que c'était Lyr. Arlyn pouvait simplement le *sentir*. Elle avait toujours été intuitive, mais cette faculté semblait exacerbée dans ce monde. La plupart des choses semblaient l'être. Elle était arrivée ici près d'une semaine avant de rencontrer son père et avait eu du mal à dormir chaque nuit depuis sa traversée. L'énergie pulsait sous sa peau. Son corps était agité, comme si elle avait bu trop d'expressos.

Lyr s'installa en tailleur à côté d'elle, et ils restèrent assis là pendant un long moment, le regard rivé sur la vallée de plus en plus sombre. Il finit par se tourner vers elle.

— Pourquoi es-tu assise ici ?

Elle tourna la tête pour jeter un coup d'œil à l'avant de la demeure, puis haussa les épaules.

— Ce coin fait partie des quelques endroits que j'arrive à localiser. J'avais besoin de bouger, mais je ne voulais pas interrompre votre discussion, expliqua-t-elle avant de reporter son attention sur les lumières qui attiraient son regard en contrebas. La vue est incroyable en plus. Tant que le rocher ne s'écroule pas sous nous.

— Ça n'arrivera pas, affirma Lyr en tapotant le sol. Les éclaireurs vérifient régulièrement les lieux pour repérer tout signe de faiblesse ou d'instabilité, et nous faisons appel à des mages chaque année pour renforcer la structure. Et puis ce n'est pas aussi escarpé qu'il n'y paraît.

— C'est bon à savoir.

— J'espère que tu réalises que tu peux explorer les environs à ta guise. Je t'ai offert un foyer ici, dit-il en faisant rouler des cailloux sous ses doigts par nervosité. Tu ne voudras peut-être pas rester, mais c'est une invitation à vie. Tu fais partie de ma famille.

Arlyn parut surprise.

— Comme ça, si rapidement ?

— Comme je l'ai dit plus tôt, l'énergie ne ment pas, rappela-t-il en la regardant dans les yeux. Les liens du sang sont importants. La famille est importante. Nous ne serons peut-être jamais proches, et nous ne pourrons peut-être jamais faire table rase du passé, mais j'aimerais essayer.

La gorge serrée, Arlyn détourna le regard, clignant rapidement des yeux pour chasser ses larmes impromptues.

— J'aimerais aussi essayer. Je ne suis pas sûre de pouvoir m'intégrer ici, mais on peut au moins apprendre à se connaître. Je vais probablement t'embarrasser par contre.

Elle l'entendit changer de position à côté d'elle.

— J'en doute. Mais si quelqu'un devait te causer le moindre problème, il faudra me le dire aussitôt. Je m'en chargerai.

— Tu ne ressembles pas du tout à ce à quoi je m'attendais, tu sais, admit-elle en se tournant vers lui et elle le vit esquisser un sourire. En fait, je n'avais rien prévu de ce qui s'est passé.

Lyr plia un genou et posa son bras dessus alors qu'il se tournait pour regarder fixement l'horizon de plus en plus sombre.

— Alors, dis-moi, en quoi suis-je différent? Ta mère ne t'a-t-elle pas parlé de moi?

— Si, bien sûr.

Arlyn s'était empressée de le rassurer en voyant le petit sourire qu'il avait affiché s'estomper. Il y avait quelque chose de si morne en lui. Une éternité dans ses yeux. Elle ne voulait pourtant pas trop se soucier de l'humeur chagrine de son père, étant donné que la douleur de son absence lui serrait encore le cœur. Arlyn replia ses genoux contre sa poitrine et les enserra pour s'empêcher... De quoi? De l'étreindre? De lui tapoter l'épaule pour le réconforter? Elle doutait que l'un ou l'autre de ces gestes soit le bienvenu.

— Elle a dit que tu étais différent de ce qu'elle avait imaginé à propos des elfes. Les humains ont beaucoup de légendes sur vous, tu sais. Et elle avait raison. Tu ne ressembles pas vraiment à ce qui se raconte.

— Vraiment? demanda-t-il en affichant de nouveau une mine joviale. Dans quel sens?

— Les elfes sont censés être formels. Hautains. Présomptueux. Tu n'es pas comme ça, expliqua Arlyn en jetant de nouveau un œil à la demeure. Bien que ta maison soit plutôt raccord avec ça.

— La plupart des Moranaiens sont bel et bien formels, répliqua-t-il en souriant dans la pénombre croissante. Je me suis entraîné avec la garde pendant environ deux cents ans, car la magie de combat est ma plus grande force. Ensuite, j'ai voyagé pour régler des affaires liées au domaine pour le compte de mon père. Au cours des trois derniers siècles, je suis souvent allé sur Terre. Au moins une fois par an ou tous les deux ans, jusqu'à ce que je prenne sa place en tant que *myern*. Je suppose que ça a déteint sur moi.

Arlyn s'apprêtait à lui demander pourquoi il avait passé autant de temps sur Terre, mais Lyr continua son récit avant qu'elle puisse lui poser la question.

— C'est pareil pour Kai. Il m'a servi de guide à travers le Voile à l'époque et il continue à voyager pour moi comme je l'ai fait pour mon père.

Cette information lui fit oublier le reste.

— Qu'est-ce qui ne tourne pas rond chez lui ?

— Ne tourne pas rond ?

Arlyn rongea son frein, agacée par sa compréhension intermittente de sa langue. Pourquoi comprenait-il certaines expressions et d'autres pas ?

— Quel est son problème ? Est-ce qu'il est malade ?

— Carence énergétique.

Lyr se renfrogna et ouvrit la bouche pour poursuivre avant de la refermer brusquement. Était-il agacé par ses questions ? Puis son petit sourire revint, et elle se demanda si elle n'avait pas simplement mal interprété son expression dans la pénombre.

— Les elfes ont autant besoin d'énergie que de nourriture. Peut-être même plus. Il n'a pas dormi depuis environ une semaine, et le sommeil nous permet de reconstituer les réserves d'énergie qui nous sont propres.

— Une semaine ? Bon sang !

Un humain pourrait-il survivre une semaine sans dormir ? Le comportement étrange du gars était soudain bien plus compréhensible.

— J'espère que tu l'as envoyé se reposer.

Lorsque Lyr se renfrogna de nouveau, il n'y avait pas d'erreur possible cette fois. Il détourna les yeux et se redressa, son attitude décontractée envolée.

— Il avait quelque chose à faire avant, lâcha-t-il d'un air maussade.

Intéressant. Quel qu'ait été le sujet de leur discussion, cela n'avait pas dû bien se passer. *Ce ne sont pas mes oignons*, se rappela-t-elle. Peu importe à quel point elle était attirée par Kai. Peu importe l'étrange connexion entre eux. Un lien qui n'était sûrement que le produit de son imagination.

— Ah, d'accord.

Lyr se remit sur ses pieds avec agilité, de manière si soudaine qu'Arlyn eut un mouvement de recul. Voyant cela, il se figea et se détendit un peu.

— Je suis désolé pour cette saute d'humeur. Tu as faim ? Le dîner est servi au crépuscule à cette période de l'année.

Arlyn sentit la bile lui monter dans la gorge. Elle ne se sentait pas capable de faire face aux étranges coutumes de ce monde, quelles qu'elles soient, pour le dîner, pas après tout ce qui s'était passé ce jour-là.

— Est-ce que tu le prendrais mal si je mangeais dans ma chambre ? La journée a été...

— ... suffisamment riche en émotions, compléta-t-il en grimaçant. J'aurais dû y penser. Je vais te raccompagner, puis je veillerai à ce qu'on t'apporte ton repas.

Arlyn prit la main qu'il lui tendait et le laissa l'aider à se remettre debout. Lyr se dirigea vers la maison, et elle le suivit en essayant de dépoussiérer l'arrière de son pantalon en toute discrétion. Elle aurait dû se douter que ce n'était pas une bonne idée de s'asseoir dehors dans sa seule tenue d'été. Contrairement à certains, elle n'avait pas de tissu enchanté à sa disposition. *Bon sang !* Le temps était frais lorsqu'elle avait quitté la Terre, alors elle avait seulement emporté les vêtements les plus chauds parmi ceux qu'elle utilisait pour les fêtes médiévales. Sur les trois ensembles composés d'un pantalon, d'une chemise et d'une tunique, un seul était à manches courtes – celui qu'elle portait. Tous les vêtements propres dans son sac seraient difficilement supportables par cette chaleur.

Devant la porte de la chambre d'Arlyn, Lyr agrippa l'avant-bras de sa fille alors qu'elle s'apprêtait à entrer. Étonnée, elle ôta sa main de la poignée et se tourna face à lui. Son expression était une fois de plus indéchiffrable, sans la moindre émotion susceptible de lui indiquer ce qu'il voulait. Il la lâcha, mais inclina la tête de façon plus formelle que tout ce qu'elle l'avait vu faire auparavant.

— Avant de te laisser, je dois te donner la clé du domaine.

— Je n'ai pas l'intention de sortir au beau milieu de la nuit, assura-t-elle, visiblement interloquée. Je doute d'avoir besoin d'une clé pour la porte.

— Je ne parle pas de ce genre de clé, affirma-t-il en esquissant un sourire. Il s'agit d'une offre formelle, faite à peu de monde. Le domaine est protégé par plusieurs couches de magie et de nombreux moyens de défense. Avec la clé permettant d'accéder à toutes ces informations, tu t'habitueras plus facilement à cet endroit. Elle te donnera également une carte mentale de tous les bâtiments.

Arlyn se mordilla la lèvre.

— Tu es sûr de vouloir me donner accès à toutes ces informations ?

— Certain, répondit Lyr avec assurance en levant la main, puis il traça des symboles qui se mirent à scintiller avec les mots qu'il prononça : *Laeial abh-i nai'Braelyn dae ghere nach-mor.*

Une lumière éclatante émana subitement des symboles et un flux d'énergie traversa Arlyn, lui coupant le souffle. Elle tendit aveuglément la main pour s'appuyer contre le mur alors que son cerveau était assailli d'informations. La carte mentale. La trame des sorts de protection, une magie au-delà de tout ce qu'elle avait pu voir jusque-là. Elle entrevit aussi des lueurs vacillantes qui semblaient représenter des gens, à sa grande stupéfaction. Est-ce qu'il espionnait tout le monde ?

Les yeux fermement clos, elle s'affaissa le long du mur tandis que le sortilège opérait. Lyr agrippa son épaule et lorsqu'il parla enfin, sa voix était empreinte d'inquiétude.

— Arlyn ?

— C'était un truc de dingue, affirma Arlyn d'une voix étranglée. Je ne sais même pas quoi faire de tout ça.

— Je t'aiderai à le décoder plus tard.

— Est-ce que ce sont des gens que j'ai ressentis ? demanda-t-elle en ouvrant brusquement les yeux. Ça ne me paraît pas correct.

Lyr hocha la tête pour acquiescer.

— En te concentrant, tu pourras localiser de manière assez précise tous ceux qui travaillent au sein du domaine ou sont chargés de le protéger. Mais rien de plus. Ne l'utilise qu'en cas de réel besoin, car cette clé est une marque de confiance accordée aux gardiens de Braelyn.

— Pourquoi me l'as-tu donnée ? demanda-t-elle alors Lyr l'avait lâchée, en la regardant droit dans les yeux. Je suis étonnée que tu me fasses autant confiance en moins d'une journée.

— Je ne te fais pas entièrement confiance, avoua-t-il d'un air penaud. Pardonne-moi pour cette franchise. Mais je suis sûr que tu es ma fille, et je t'ai offert un foyer ici. Je t'ai acceptée comme un membre de ma famille. Toutes les personnes de notre lignée résidant à Braelyn reçoivent cette clé de droit. Si tu caches de mauvaises intentions, alors je suppose que je le saurai bientôt.

Arlyn se sentit blessée par ses propos, même si ce qu'il avait dit était plus que sensé. Ils étaient effectivement des étrangers l'un pour l'autre.

— Je vois.

— Je t'en prie, comprends...

— Arrête, l'interrompit Arlyn en le contournant rapidement pour atteindre la porte. Je vois, vraiment. J'ai compris. Je n'ai aucune raison d'être contrariée.

Mais elle l'était, et l'air soucieux de son père lui indiqua qu'il le savait. Alors qu'il s'apprêtait à dire autre chose, Arlyn fit non de la tête et ouvrit la porte de sa chambre.

— Arlyn...

— Laisse tomber, rétorqua-t-elle d'un ton sec avant de se radoucir un peu devant son air blessé et confus. On pourra parler de ça demain. Je pense qu'on a tous les deux besoin d'un peu de temps pour réfléchir.

Les épaules voûtées, Lyr hocha la tête pour acquiescer.

— Je vais te faire monter un plateau pour le repas. Nous parlerons demain matin.

Arlyn se mordilla la lèvre inférieure tandis qu'il s'éloignait. *Ça aurait pu mieux se passer.* Elle entra dans sa nouvelle chambre en soupirant. La porte se referma avec un cliquetis derrière elle et elle s'affaissa contre elle. *Tant de choses à digérer.* Elle se laissa glisser le long du bois lisse, courbant la tête sur ses genoux. Que cherchait-elle vraiment dans cette histoire? Elle n'était même plus sûre de savoir qui elle était. Des volutes d'énergie la traversaient, scintillant encore sous le coup du sortilège que Lyr venait de lui lancer. Une magie plus puissante que tout ce qu'elle avait cru possible.

Et qu'en était-il de cette énergie latente semblant associée à l'elfe nommé Kai?

CHAPITRE 6

L E MANOIR ÉTAIT CALME, telle une ruine maudite sortie tout droit d'un mythe. Comme d'habitude.

Même l'écho des bottes de Kai sur le sol en pierre était silencieux alors qu'il se dirigeait vers le bureau de son père. Il sonda sa carte mentale et ne trouva aucune trace des personnes qui travaillaient là à proximité. Seul son père se trouvait dans cette partie de la maison, ce qui n'augurait rien de bon pour la confrontation à venir.

Tout le monde évitait Allafon quand il était de mauvaise humeur.

Kai ferait de même s'il n'était pas à court de temps ou d'énergie. Mais quelle importance s'il se disputait une fois de plus avec son père ? Il ne comprenait pas comment son frère aîné, Moren, pouvait supporter d'être ici si souvent, et encore moins comment il parvenait à vivre dans une paix relative avec Allafon. Cela pouvait sans doute s'expliquer par le fait que ce dernier ne blâmait pas Moren pour la mort de leur mère. C'était la naissance de Kai qui avait tant affaibli Elerie qu'elle n'avait pas pu survivre à sa chute dans l'escalier. Leur père n'avait jamais manqué de le lui rappeler.

Kai détestait tant cet endroit et toute sa froideur. Même la chaleur de *belen*, le mois du solstice d'été, ne pouvait pas réchauffer la pierre que ses ancêtres avaient choisie pour leur donjon. Ce lieu était aux antipodes de la maison de Lyr, alors qu'il n'y avait qu'une heure de marche entre les deux. Avant même d'ouvrir la porte du bureau, Kai avait les épaules tendues du simple fait de se trouver ici.

Il entra sans frapper. Son père avait déjà dû percevoir son approche.

— Bonsoir, *laial*.

Allafon leva le nez de son travail, l'air aussi revêche que d'habitude.

— Tu es enfin rentré de cette stupide mission que Lyrnis t'a confiée.

Kai ne releva pas l'insulte.

— Tu sais que je ne peux pas t'en parler.

— Tu pourrais si tu étais l'un de mes *sonal*, rétorqua son père, l'air encore plus grognard. Mais je doute que tu sois ici parce que tu souhaites servir d'éclaireur pour notre maison. Que me vaut l'honneur de ta visite? Tu ne te donnes généralement pas cette peine.

— J'ai quelque chose à t'annoncer, commença Kai en souriant, espérant que son père serait content pour lui pour une fois. J'ai trouvé mon âme sœur.

Allafon réussit presque à afficher une expression plaisante.

— Vraiment? Quand arrivera-t-elle? Ton frère voudra sans doute célébrer cet événement exceptionnel.

Kai réprima un froncement de sourcils. Son père avait au moins tenté de paraître heureux. Lui-même était malheureusement sur le point de ruiner cet effort.

— Elle ne viendra pas ici. Sa branche est plus élevée que la mienne, alors je vais aller vivre chez elle.

— Tu t'en vas? demanda Allafon avant de marquer un temps d'arrêt avant de le regarder d'un air suspicieux. Qui est donc cette dame?

Kai se raidit, se préparant à faire face à l'emportement de son père.

— La fille de Lyr.

Les pieds de la chaise d'Allafon crissèrent sur le sol lorsqu'il bondit sur ses pieds. Son énergie se mit à flamboyer de façon débridée autour de lui.

— De qui te moques-tu ? Je ne suis pas dupe. Je sais aussi bien que n'importe qui que Lyrnis n'a pas de fille. Tu oses me mentir ?

Kai grimaça devant la voix venimeuse de son père.

— J'aurais sans doute dû t'annoncer l'arrivée de la fille de Lyr en premier lieu. Personne n'avait eu vent de son existence jusqu'à ce jour, pas même Lyr.

— Je ne te crois pas, déclara son père d'un ton hargneux.

Des étincelles fusaient autour d'Allafon, démonstration inhabituelle de son agitation.

— Tu sais déjà que Lyr avait trouvé sa compagne dans le monde des humains, mais qu'il a été forcé de la quitter. Malheureusement, il ne s'est pas rendu compte qu'elle était enceinte.

Allafon le fixa encore un moment, sans doute pour déceler la moindre trace de mensonge, avant de se laisser retomber sur sa chaise. Son visage devint curieusement inexpressif lorsque l'énergie qui l'enveloppait s'évanouit en un clin d'œil.

— Par tous les dieux, tu dis la vérité ! Eh bien, tu as toujours voulu faire partie de cette famille. Ton vœu s'est réalisé à présent.

Kai tenta d'afficher un air indifférent, mais ne parvint pas à dissimuler sa surprise.

— Qu'est-ce que tu entends par là ?

— Allons, Kaienan. Toi et Lyrnis êtes inséparables depuis la naissance quasiment. Tu vis pratiquement à Braelyn, depuis toujours. En vérité, tu as passé plus de temps avec Lyrnis et sa famille qu'avec moi et ton propre frère.

— Moren a trois cent vingt ans de plus que moi, argumenta Kai en levant les mains en l'air de lassitude. Il avait déjà des responsabilités bien plus importantes que le fait de divertir un jeune enfant.

— Quand bien même, lui comme moi n'avons jamais pu compter sur ton soutien. Tu passes tout ton temps à travailler pour Lyrnis. Aussi honorable que puisse être ta position en tant que *taysonal*, j'ai toujours souhaité que tu travailles ici avec nous à la place. Il ne me reste pas grand-chose de ta mère hormis toi et Morenial.

Kai ouvrit la bouche pour parler, mais il ne savait absolument pas quoi répondre à cela. Son père ne lui avait jamais parlé ainsi, ne lui avait jamais montré qu'il le voulait à ses côtés pour une raison autre que la fierté. Il finit par secouer la tête pour nier.

— Je n'ai jamais vu l'intérêt de vouloir faire partie d'une autre famille. Mais j'ai toujours envié ceci à Lyr : il a toujours su que son père l'aimait. Parfois, j'ai l'impression que tu me détestes.

— Tu as *l'impression* ? répéta Allafon, ses yeux reflétant sa colère subite. Tu ne sais donc rien de moi.

— Je me suis trompé alors ?

— Je croyais que mes sentiments envers toi avaient toujours été évidents, mais il semblerait que tu en aies douté.

— Évidents ? Mais...

— Va-t'en, Kaienan. J'en ai assez, conclut Allafon en se détournant. Je veux que tu sois parti avant l'aube.

ARLYN REGARDA ATTENTIVEMENT LA CLEPSYDRE, mais le nombre de graduations n'avait pas changé. Elle s'était couchée avec empressement plus tôt et n'y avait plus prêté attention. Mais après avoir tourné et viré dans son lit durant ce qui lui avait semblé une éternité, elle s'était levée pour voir combien de temps s'était écoulé. L'eau tombait goutte à goutte dans le flacon de façon régulière tandis qu'elle comptait encore une fois. Le récipient était rempli jusqu'à la vingt-cinquième graduation. Vingt-cinq graduations sur *trente*.

Leurs journées étaient-elles réellement plus longues ou comptaient-ils simplement différemment ? Arlyn sortit le téléphone de sa poche et essaya de l'allumer, mais soit la batterie était morte, soit Kai l'avait cassé au-delà de toute réparation. *Dommage que je ne porte plus de montre au poignet depuis des années.* Elle se mit à arpenter la pièce, l'estomac noué par le stress et par ce qu'elle avait ingurgité pour le dîner. Même des aliments aussi simples que le fromage, la viande et le pain étaient différents ici. Elle ne savait absolument pas quel type d'animal elle avait consommé.

Consumée par l'énergie fébrile qui la tourmentait depuis son arrivée, Arlyn se glissa hors de sa chambre et descendit l'escalier en colimaçon. Les lumières étaient tamisées dans les couloirs, et le calme qui régnait était surprenant. Elle n'avait pourtant pas trouvé l'atmosphère bruyante durant la journée, pas avant que la paix de minuit, ou quel que soit le terme désignant ce moment ici, s'installe autour d'elle. Elle pourrait peut-être s'imprégner suffisamment de cette ambiance paisible pour arriver enfin à dormir.

Elle commença par errer sans destination spécifique en tête, sa carte mentale lui permettant d'éviter les chambres privées. Le bureau de Lyr était inoccupé – avait-elle espéré l'y trouver? –, tout comme quelques autres pièces qui semblaient être des salons. Elle emprunta un autre couloir sinueux et ouvrit la porte de la salle à manger. Comme le bureau, la pièce était ovale et de nombreuses fenêtres donnaient sur le jardin éclairé par la lune. Une table de la même forme occupait une grande partie de l'espace et un parfum agréable, à la fois doux et épicé, s'attardait dans l'air.

Combien de repas avaient été servis dans cette pièce au cours des millénaires? Un nombre incalculable sans doute.

Avec un petit frisson, Arlyn referma la porte et se dirigea vers la plus grande pièce qu'elle avait trouvée sur sa carte mentale. Le couloir, plus large et moins sinueux, débouchait sur une double porte sculptée. Elle fit courir ses doigts sur la scène forestière complexe, son estomac se serrant davantage devant cette sensation à la fois étrange et familière. Les feuilles aux formes uniques des arbres étaient difficiles à distinguer, mais pas les animaux. Elle plissa les yeux devant une petite créature avec une queue d'écureuil touffue, mais de longues oreilles comme un lapin. C'était tout bonnement ahurissant.

Arlyn ouvrit la porte avant de voir quoi que ce soit d'autre d'étrange, puis entra. Elle s'arrêta net. Rien n'indiquait la présence d'une pièce d'une grandeur si phénoménale à l'intérieur du manoir. Mais elle existait pourtant. Entre de hautes fenêtres, des arbres finement sculptés et peints aux détails magnifiques s'étiraient jusqu'au plafond. De superbes globes lumineux pendaient de fausses branches entrelacées, le tout surmonté d'un ciel noir étoilé.

Elle plissa les yeux en regardant tour à tour le plafond et les fenêtres. Les couleurs différaient, et le croissant de lune – *les* croissants de lune? – ne semblait pas tout à fait réel. Le plafond était-il enchanté? Il changeait peut-être d'aspect pour correspondre à l'extérieur, se transformant en ciel de jour lorsque la luminosité augmentait. Il faudrait qu'elle revienne demain pour voir.

Le sol était lisse sous les pieds d'Arlyn tandis qu'elle se dirigeait vers les fenêtres. Son regard fut attiré par le motif du plancher marqueté, les couleurs et les dessins si réalistes qu'elle marqua un temps d'arrêt avant de poser le pied sur un rocher. Un rocher qui s'avéra être fait d'un bois d'une autre couleur. Ébahie, Arlyn continua à avancer, même si ses orteils se recroquevillaient à l'idée de marcher pieds nus là où son cerveau lui disait de ne pas le faire.

Ne voyant d'abord que son propre reflet dans la fenêtre, elle ricana. Elle errait dans la maison en chemise de nuit, un luxe qu'elle avait hésité à s'autoriser au moment de faire son sac. Au fond d'elle, Arlyn avait peut-être toujours espéré pouvoir rester ici, ne serait-ce que pour un petit moment. L'idée lui avait paru ridicule, mais elle avait quand même fourré la chemise de nuit dans son bagage. Dommage qu'elle n'ait pas aussi emporté une robe.

Encore quelques pas et elle pourrait distinguer le monde au-delà de la fenêtre. Arlyn agrippa le rebord de la fenêtre, les yeux rivés sur le ciel. *Sur les deux lunes.* L'image au plafond n'était pas fantaisiste. Elle fit volte-face et se précipita d'un pas lourd vers la porte. Vers sa chambre. En contemplant la vallée, elle avait compris que cet endroit était différent. Maintenant, elle le *sentait*.

Lyr avait dit quelque chose à propos des années qui s'écoulaient différemment sur Terre. Pour la première fois, elle songea aux implications. Quelle était la période de révolution de cette planète autour de son soleil ? Ou sa durée de rotation ? Ils comptaient peut-être les heures de la même manière après tout. Les jours ici pourraient bien être simplement plus longs.

À bout de souffle, Arlyn s'arrêta au pied de l'escalier menant à sa chambre. Elle pressa une main contre sa poitrine et se força à se détendre. À inspirer. Oui, ce monde était étrange. Mais combien d'humains avaient déjà mis les pieds sur une autre planète ? Aucun, pour autant qu'elle sache. Elle pouvait se laisser ronger par la peur, ou se lancer à corps perdu dans l'aventure.

Elle laissa retomber sa main le long de son corps et se redressa. Il y avait de fortes chances qu'elle ne reste pas longtemps ici. Son ignorance quant à la façon de vivre des elfes s'avérerait sûrement embarrassante pour sa nouvelle famille, et ils seraient heureux de la voir partir. Pourquoi ne pas profiter d'être dans un endroit dont personne n'avait jamais entendu parler sur Terre ? Son regard se posa sur l'immense tronc d'arbre situé à l'autre bout de la pièce, si différent de tout ce qu'elle avait vu auparavant. Si elle déguerpissait, elle ne connaîtrait jamais sa signification.

Arlyn finit par s'en approcher lentement. La carte dans sa tête indiquait que cet arbre était important, mais elle ne disait pas *pourquoi*. Elle ne la renseignait pas davantage sur l'histoire ou la culture de ce monde. Mais même sans cela, Arlyn devinait la valeur de cet arbre à la façon dont la pièce était agencée autour du tronc avec un soin évident, ainsi qu'en observant les sculptures complexes sur les colonnes qui l'encadraient. Elle ressentit aussi l'énergie qui semblait émaner de lui comme une brise printanière.

Elle s'arrêta à quelques centimètres du tronc lisse, mais ne put se résoudre à le toucher. Et si c'était proscrit ? Sa mère n'avait jamais évoqué la religion moranaienne, n'en ayant peut-être jamais entendu parler elle-même. Pour ce qu'elle en savait, un groupe de prêtres pourraient très bien lui tomber dessus pour avoir souillé l'arbre sacré. Ou quelque chose du genre. Allez savoir !

Arlyn sentit ses paupières s'alourdir tandis que l'énergie apaisante de l'arbre la traversait. Son estomac se dénouait à mesure que son stress diminuait, et elle se sentait de moins en moins agitée. Elle somnolait sur place, l'épuisement longtemps occulté par l'énergie de ce monde ayant finalement raison d'elle. Se passant une main sur le visage, elle s'efforça d'ouvrir ses yeux ensommeillés. Si elle n'allait pas se coucher maintenant, ils la trouveraient endormie au pied de l'arbre sacré au matin.

Elle obligea ses membres en plomb à la porter jusqu'à l'escalier. L'énergie apaisante de l'arbre la suivit tandis qu'elle gravit les marches. Y avait-il de la magie à l'œuvre ? L'arbre était-il enchanté afin d'aider les habitants de la maison à se reposer ? Réfléchissant à cela, Arlyn se mit au lit et se blottit sous la couverture moelleuse. Après une semaine de sommeil en dents de scie, elle décida qu'elle s'en fichait.

Seule une demi-lune était visible, partiellement dissimulée derrière les nuages. Plus que deux graduations avant l'aube. Kai avait mis plus de temps que prévu pour rassembler ses affaires et prendre des dispositions pour que ses bagages, à l'exception du sac qu'il portait, soient envoyés à Braelyn dans les jours à venir. Par quel miracle cette chambre renfermait-elle autant de choses à lui ? Il était rarement là. Mais il avait pourtant rempli plusieurs caisses durant les dernières heures.

Tout en projetant ses sens pour balayer le périmètre, Kai observait les arbres autour de lui. Il y avait généralement peu de problèmes sur ce sentier, mais tout était possible. Excepté le fait de dormir, ce à quoi il ne semblait pas destiné. Alors qu'il lui restait à peine assez d'énergie pour se protéger et surveiller les alentours, son père lui avait demandé de quitter les lieux sur-le-champ. Kai n'avait même pas eu la force d'utiliser le portail entre les deux domaines. Cela faisait maintenant plus d'une semaine qu'il ne s'était pas reposé de manière adéquate. Il songea néanmoins une fois de plus que dormir le long du sentier serait une mauvaise idée.

Il lui fallait utiliser une grande quantité d'énergie pour traverser le Voile en seulement quelques minutes, consumant presque la moitié de ses réserves si le chemin était difficile. À ses débuts en tant que *sonal*, rejoindre le monde des humains ne lui demandait pas autant d'efforts, et s'il devait ensuite se rendre dans les royaumes troglodytes, il se reposait simplement là-bas avant de rentrer. Mais à présent que les énergies de ces contrées avaient été polluées, le risque était trop grand. Kai ne voulait pas absorber quelque chose d'aussi malsain ou, pire, contaminer son propre monde. Sans parler de la nouvelle menace que représentaient les assassins. Il n'avait donc pas d'autre choix que de s'épuiser à ce point à chacun de ses voyages.

Ils allaient devoir s'occuper des Sidhes et de leur énergie hautement toxique. Et le plus tôt serait le mieux.

Kai ralentit lorsque les poils de ses bras se hérissèrent. Ses sens avaient-ils détecté un mouvement ? Il posa une main sur sa dague et projeta son énergie plus en avant, l'effort accentuant son mal de crâne. En dépit des élancements douloureux qui embrumaient son esprit, il ne détecta aucun signe de vie en dehors des diverses créatures forestières habituelles, ce qui ne le rassura pourtant pas. S'il avait eu plus d'énergie, il aurait pu invoquer quelque chose de plus puissant. Faire cela dans son état risquerait d'affaiblir davantage ses boucliers, si c'était possible.

Braelyn n'étant plus qu'à quelques minutes de marche, Kai accéléra le pas, espérant pouvoir profiter du système de protection du domaine avant que la menace qu'il pressentait se manifeste. Les patrouilleurs pourraient ensuite passer le périmètre au peigne fin pour voir s'ils trouvaient quelque chose. Il était également possible que sa carence énergétique lui joue des tours, brouillant ses sens.

Un bruissement d'étoffe et une brève décharge de pouvoir furent les seuls signes avant-coureurs. Par réflexe, Kai tira sa dague, mais il était trop tard. Lorsque la lame s'enfonça sous ses côtes, son calvaire prit une autre ampleur, et son corps commença à se vider de son énergie aussi sûrement que de son sang. Il s'effondra lourdement à terre, chacune de ses inspirations enfonçant davantage le couteau dans sa chair.

Des mains agrippèrent ses épaules, et son monde bascula. Kai sentit la morsure de l'écorce rugueuse d'un arbre dans son dos. Malgré les ténèbres se refermant sur lui, il entrevit une silhouette dressée au-dessus de lui. De grande taille. Il tenta de puiser de l'énergie dans son environnement, mais ce qui restait de ses réserves avait disparu, dissipé par la lame dans son flanc.

Sûrement de l'acier.

— Tu seras parfait en guise d'avertissement, murmura une voix rauque. Si tu survis, passe le message à ton seigneur : laissez les Sidhes s'occuper de leurs affaires. Sinon, eh bien, espérons qu'il aura compris, hmm ?

Kai essaya de se lever, de se battre, mais ses membres refusaient de bouger. L'inconnu ricana, puis disparut dans un autre bruissement d'étoffe. La vision brouillée par la sueur coulant dans ses yeux, Kai cligna des paupières, mais il ne distingua rien d'autre que la forêt. Envolé. Il lutta pour respirer tandis que les arbres vacillaient autour de lui.

Braelyn était tout près d'ici, mais pas assez. Il ne parviendrait jamais à contacter Lyr par télépathie à cette distance. *Miaran !* Il n'arriverait même pas à accumuler suffisamment d'énergie pour alerter le patrouilleur le plus proche. Kai ferma ses paupières alourdies et laissa retomber sa tête contre l'arbre. Son corps était en proie à une douleur agonisante, faisant écho à la peur qui lui serrait le cœur.

Pour lui-même, mais aussi pour Arlyn.

CHAPITRE 7

ARLYN SE RÉVEILLA EN HURLANT. Ses mains volèrent jusqu'au point douloureux sur son flanc gauche, mais sa peau était lisse, sans aucune trace de blessure. Elle s'efforça de reprendre son souffle, de comprendre d'où venait subitement cette douleur atroce. En panique, elle balaya du regard la pièce encore éclairée par un globe lumineux magique qu'elle n'avait pas su comment éteindre. Personne ici. Aucun tortionnaire pour répondre de la souffrance qui l'assaillait. Elle leva une main tremblante, certaine qu'il devait y avoir du sang même si elle ne voyait pas de blessure. Rien.

La porte s'ouvrit brusquement et Lyr entra en trombe, suivi de près par Lynia. Ils balayèrent la pièce du regard, comme Arlyn venait de le faire, avant de se focaliser sur elle, qui se tordait de douleur. Lyr se précipita à son chevet.

— Arlyn, que se passe-t-il ?

— Je... ne sais... pas, expliqua-t-elle, le souffle court à cause de la douleur implacable. Pas de sang. Pas de blessure. Mais j'ai mal là... sur le côté...

Lyr écarta les mains de sa fille et appuya sur la zone mise en cause.

— Est-ce que ça fait mal ?

— Toujours autant.

— La douleur ne vient pas d'elle.

La grand-mère d'Arlyn s'approcha.

— Qu'est-ce que tu veux dire ?

— Son âme est liée. Il faut trouver Kai.

— Kai ? s'étonna l'aînée en fronçant les sourcils lorsqu'elle aperçut le collier que portait Arlyn. Par tous les dieux ! Quand a-t-il trouvé le temps ? Peu importe ! Apprends-lui à le contrôler.

— Je ne pense pas qu'elle en sera capable avec le lien incomplet, rétorqua-t-il en écartant les cheveux d'Arlyn de son visage d'une main tremblante. Le guérisseur pourra l'endormir le temps que je retrouve Kai.

Arlyn agrippa son poignet.

— Emmène-moi avec toi.

— Ne sois pas ridicule. Tu n'es pas en état de marcher.

Elle raffermit sa prise.

— Tu le trouveras plus vite si je viens. Je peux sentir sa présence.

— Arlyn...

— Je crois qu'il a été blessé par quelque chose en acier.

— Comment peux-tu savoir ça ?

— Je... haleta-t-elle sous la douleur. Je ne suis pas sûre. Une impression.

Poussant un juron, Lyr l'enveloppa dans la couverture et la souleva dans ses bras. Le fait de bouger ne lui faisait pas plus mal au moins. Bien que cela n'ait aucun sens, rien ne pourrait l'empêcher de rejoindre Kai. Le lien qu'elle avait cru imaginaire ne l'était manifestement pas.

Lorsqu'ils sortirent de la maison, les hommes de Lyr se rassemblèrent autour d'eux. Ce dernier marqua un temps d'arrêt et regarda Arlyn avec l'air d'attendre quelque chose. Il ne fallut à sa fille qu'un instant pour suivre le lien et désigner la forêt, vers l'ouest.

— Par là.

Arlyn ferma les yeux pour contrer la sensation vertigineuse des étoiles qui tournoyaient au-dessus de sa tête. Lyr n'était visiblement pas un seigneur oisif, car quand elle osa rouvrir les yeux, il courait à toute vitesse, sans aucun signe de fatigue. Seul un air soucieux assombrissait ses traits. Il filait à travers la forêt de manière si agile qu'elle était à peine secouée. La force et la grâce des elfes n'étaient pas légendaires pour rien.

Une voix faiblarde interrompit le fil de ses pensées.

— *Arlyn ?*

Un autre élancement se manifesta en même temps, lui coupant le souffle. Lorsque la douleur s'atténua un peu, elle localisa le canal télépathique.

— *Kai ?*

Il mit si longtemps à répondre qu'elle supposa qu'elle avait mal utilisé la connexion, mais lorsqu'elle entendit de nouveau sa voix, la douleur qui se répercutait à travers leur lien lui sembla moins aiguë.

— *Oui. Je te sens approcher. Ne viens pas seule.*

— *Lyr est avec moi, et quelques gardes aussi. Qu'est-ce qui se passe ?*

— *Une embuscade. Dis-lui de me contacter. Je suis trop faible pour communiquer avec qui que ce soit, hormis toi.*

— Lyr, je viens de parler à Kai, annonça-t-elle alors que son père baissa les yeux vers elle en l'entendant, sans ralentir. Il dit qu'il n'a pas la force de te contacter lui-même.

— Il est si mal en point ? *Miaran !*

Il n'ajouta pas un mot, cherchant probablement à entrer en communication avec Kai.

Peu de temps après, Arlyn ressentit de nouveau une douleur cuisante sur le côté, et son corps se raidit tandis qu'elle réprimait un cri. Elle tendit aveuglément le bras vers la droite, suivant le fil invisible qui la reliait à Kai.

— Le temps presse.

~

APRÈS AVOIR COUPÉ la liaison avec Lyr, Kai rassembla son courage pour extirper la lame de son corps. Il aurait pu la laisser en place en attendant la présence d'un guérisseur, mais l'acier était plus problématique que la blessure en elle-même. Le métal empoisonnait déjà son corps, le consumant à petit feu. Heureusement pour lui, son allergie n'était pas sévère. Son corps guérirait presque aussi vite qu'avec n'importe quelle autre blessure, mais pas s'il laissait le métal dans la plaie. Plus le contact serait long, plus il serait difficile de le soigner par voie magique.

D'une main, il arracha la manche de sa tunique et l'enroula autour de la lame à l'endroit où elle s'enfonçait dans sa chair. Puis il attrapa le pommeau de son autre main et tira. De nouveau à l'agonie, il pressa fermement le lambeau de tissu contre la plaie, tout en sachant que cela ne servirait pas à grand-chose. Il avait déjà du mal à le maintenir en place avec tout le sang passant au travers. Il tenta encore d'empêcher la douleur de se répercuter sur Arlyn, mais il était à bout de force. Pour la première fois, sentant sa force vitale se déverser sur le sol et sachant qu'il était trop faible pour y remédier, il accepta le fait qu'il pourrait bien mourir.

Mais le pire dans tout cela ? C'était qu'il avait été assez stupide pour revendiquer son union avec Arlyn. Même si le lien était incomplet et fragile, la jeune femme risquait d'être entraînée avec lui dans la mort. Kai gémit, la gorge serrée. Il fallait qu'il essaie de recontacter Lyr pour lui dire d'emmener Arlyn aussi loin que possible. Mettre de la distance entre eux pourrait peut-être la sauver. Il abandonnerait volontiers sa maigre chance de survie pour empêcher qu'elle périsse avec lui.

— *Comme c'est noble de ta part !*

Kai sursauta lorsque la voix d'Arlyn interrompit ses réflexions. Comment pouvait-elle déjà lire dans ses pensées ?

— *Tu as entendu ça ?*

— *Tu l'as pratiquement crié. Je suis sûre que tout le monde t'a entendu.*

— Non, Lyr aurait dit quelque chose et m'aurait probablement ordonné d'économiser mes forces, répondit-il en s'efforçant de maintenir sa main tremblante pressée contre la blessure. Êtes-vous proches ?

Ils émergèrent de la pénombre avant qu'elle puisse répondre, un globe lumineux magique éclairant Arlyn, blottie dans les bras de Lyr. Les cinq gardes qui les accompagnaient commencèrent à ériger un champ de protection autour d'eux pour tenter de contrecarrer l'invisibilité de l'agresseur, mais l'assassin était probablement déjà parti depuis longtemps. Son avertissement avait bien été délivré. Kai gémit et leva les yeux pour constater que Lyr avait reposé Arlyn sur ses pieds. Elle s'agenouilla à son côté, sans se soucier de la mare de sang. L'énergie de la jeune femme l'enveloppa, apaisante, même si cela ne suffisait pas à compenser ce qu'il avait perdu.

— Tu dois partir, Arlyn. Plus tu seras loin, moins tu auras de chances d'être entraînée avec moi.

Lyr s'accroupit à côté de Kai et examina la blessure, puis pâlit.

— Par tous les dieux, Kai, pourquoi n'as-tu pas arrêté le saignement ? Ton allergie n'est pourtant pas si sévère !

— Plus aucune énergie, se justifia-t-il, l'air absent, et il utilisa l'énergie insufflée par Arlyn pour chercher ses blessures. Je pense que mon estomac est touché, peut-être un rein aussi. Le cœur est intact. Il ne s'agit pas seulement de refermer la plaie.

Lyr serra les dents.

— Je vais te donner de l'énergie. Ta faculté de guérison est rudimentaire, mais tu pourras sûrement...

— Ça ne suffira pas, annonça Kai en fermant les yeux avant de tenter de les rouvrir, mais l'effort était trop grand. Pas assez de réserves personnelles pour la transformer. Si Arlyn savait...

— Savait quoi ? demanda cette dernière.

— L'énergie transmise via un *taenac*, un lien d'âmes, est plus facilement utilisable. Elle est particulière, lui expliqua Lyr à la place de Kai. Mais il faut un entraînement poussé pour apprendre à transférer de l'énergie de cette façon.

— Je peux essayer, affirma Arlyn d'un air déterminé.

— Va-t'en simplement, rétorqua Kai dans un souffle. S'il te plaît. Tout ceci est ma faute. Je ne te laisserai pas...

Sa voix se brisa alors qu'il luttait pour respirer. Chacune de ses inspirations lui brûlait les côtes, et il sentait bien que cette douleur se répercutait sur Arlyn.

— Je t'en prie.

— Non, affirma-t-elle en secouant la tête d'un air résolu alors que Kai se forçait à garder les yeux ouverts pour la regarder fixement. Si quelqu'un ou quelque chose doit te tuer, ce sera moi.

Il sourit en entendant cela. Son corps commença à s'engourdir, à son grand soulagement, et la main qui pressait le lambeau de tissu contre la plaie retomba le long de son corps.

— Je n'ai pas peur.

Lyr posa une main sur l'épaule de sa fille.

— Arlyn...

— Non ! cria Arlyn en agrippant le bras de Kai.

Puis le monde explosa.

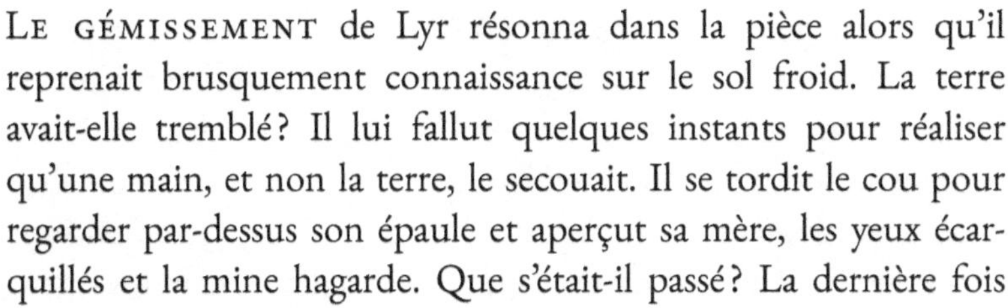

LE GÉMISSEMENT de Lyr résonna dans la pièce alors qu'il reprenait brusquement connaissance sur le sol froid. La terre avait-elle tremblé ? Il lui fallut quelques instants pour réaliser qu'une main, et non la terre, le secouait. Il se tordit le cou pour regarder par-dessus son épaule et aperçut sa mère, les yeux écarquillés et la mine hagarde. Que s'était-il passé ? La dernière fois qu'il l'avait vue...

Arlyn. Kai. La blessure. Lyr se redressa en position assise et regarda autour de lui. Comment avait-il atterri dans la chambre de sa fille ? Juste à côté, Arlyn était affalée sur Kai, et tous deux étaient inconscients. Maintenant que Lyr était réveillé, sa mère se précipita vers eux et tendit le bras, puis retira sa main d'un air hésitant.

— Que s'est-il passé ?

— Kai s'est fait poignarder.

Lyr se rapprocha d'eux en rampant, tous les muscles de son corps en feu. Posant une main sur la poitrine de Kai, il fut soulagé de le sentir respirer, quoique péniblement. Lorsqu'il regarda Arlyn, il la trouva pâle, mais elle respirait aussi.

— As-tu appelé Lial ?

Sa mère hocha la tête.

— Juste avant que tu reprennes connaissance. Il vaudrait peut-être mieux déplacer Arlyn. Je ne suis même pas certaine que tu devrais toucher Kai.

— Je...

La porte s'ouvrit brusquement et claqua contre le mur lorsque Lial arriva en trombe. Le guérisseur regroupa avec adresse ses longs cheveux auburn sur sa nuque et les attacha en marchant tout en prenant la mesure de la scène devant lui. Lynia recula pour lui faire de la place, et Lial s'agenouilla à côté du couple inconscient. Il posa une main sur le front d'Arlyn, puis épingla Lyr du regard.

— Ses canaux ont été fortement sollicités et sont à vif, mais elle n'est pas blessée autrement, annonça Lial en désignant le lit d'un signe de tête. Va l'allonger là le temps que je m'occupe de Kai.

Avec un gémissement étouffé à cause de ses membres endoloris, Lyr se leva et souleva le corps inerte de sa fille, la serrant contre lui tandis qu'il la portait jusqu'au lit. Malgré le diagnostic du guérisseur, son immobilité rendait Lyr extrêmement anxieux. Et si elle ne se réveillait pas ? S'il l'avait perdue ? L'une des dernières choses qu'il lui avait dites était qu'il ne lui faisait pas entièrement confiance. Sa propre fille.

Lyr la borda et écarta ses cheveux de son visage avec délicatesse. Qu'avait-il fait pour elle jusqu'à présent ? Les raisons auxquelles il s'était raccroché pour rester loin d'Aimee n'avaient soudain plus aucun sens. Il avait dû partir à la recherche du meurtrier de son père, bien sûr, et il avait été tenu de prendre sa place en tant que *myern*. Mais, *clechtan*, il aurait très bien pu retourner la voir. Lyr s'était laissé contrôler par la peur. La peur qu'Aimee ne se soit pas battue pour venir avec lui parce qu'elle ne l'aimait pas.

Et leur fille en avait payé le prix fort.

Sa mère posa une main sur son épaule, et il la recouvrit de la sienne. Pendant un long moment, elle ne dit rien, mais Lyr se sentit néanmoins un peu mieux.

— Elle va s'en sortir. Tu sais que Lial ne te donnerait pas de faux espoirs.

Lyr opina et tourna les yeux vers l'homme en question. L'assistant de Lial l'avait rejoint, et ils s'affairaient en silence autour de Kai. L'assistant suturait la plaie, tandis que Lial était assis dans un état de transe, un flux d'énergie se déversant de ses mains tendues. L'estomac de Lyr se noua à la vue de la blessure ouverte, et il détourna les yeux. Il était ami avec le guérisseur laconique depuis plusieurs siècles. S'il y avait bien une chose que Lial ne faisait pas, c'était noyer le poisson.

— C'est vrai.

— Comment êtes-vous arrivés ici ? le questionna sa mère en désignant la fenêtre. J'attendais là quand vous êtes subitement *apparus* tous les trois.

Interloqué, Lyr se rappela la brusque flambée d'énergie qui lui avait fait perdre connaissance. Un sort de téléportation ? Mais aucun d'eux n'était capable de faire cela. Son regard se tourna vers Arlyn, et ce que Lial venait de lui dire prit tout son sens. Ses canaux avaient été fortement sollicités. Se pourrait-il qu'elle ait jeté ce sort sans le connaître ? Sûrement pas. Il fallait des décennies de pratique pour maîtriser ce genre de magie.

Ils étaient pourtant bel et bien là.

— Je pense que c'est Arlyn qui a fait ça.

Sa mère afficha un air perplexe.

— Personne ne possède ce talent dans notre famille.

La lueur émanant des mains de Lial s'estompa, ce qui retint l'attention de Lyr. Il poussa un long soupir, se préparant au pire, et laissa sa mère auprès d'Arlyn pour aller s'entretenir avec le guérisseur. Il s'approcha à pas lents, la gorge serrée devant la pâleur du guérisseur. Les nouvelles étaient-elles si graves ou la guérison avait-elle demandé tant d'efforts ? Lyr se passa une main dans les cheveux, les détachant ce faisant. Il pourrait bien s'agir des deux.

Après une grande inspiration chevrotante, Lial ouvrit les yeux et les braqua sur Lyr.

— Je ne vais pas te mentir. Il est loin d'être tiré d'affaire. La plaie est à peine refermée.

Lyr serra le poing, se tirant lui-même les cheveux.

— À peine ?

— La lame était en acier. Il y a donc moins de fer dans la plaie, et il n'a pas fait de réaction allergique, précisa Lial en désignant les sutures sur le flanc de Kai, mais sa sensibilité au métal ne favorise pas sa guérison par la magie. Même avec tous les moyens que j'ai déployés, la blessure est grave.

— Est-ce qu'il… ? déglutit Lyr péniblement, la gorge nouée. Est-ce qu'il va survivre ?

— Probablement. Mais je ne peux pas l'affirmer.

Lyr adressa une brève prière à Bera.

— Et pour Arlyn ?

— La fille ? demanda Lial en se remettant debout, chancelant involontairement pendant un instant. Je vais l'examiner, annonça le guérisseur par-dessus son épaule. Elan, surveille le seigneur Kaienan et préviens-moi au moindre signe d'affaiblissement.

— Non, attends, le coupa Lyr avant de préciser sa pensée devant l'air circonspect de Lial. Je veux dire, oui, qu'il le surveille. Mais j'allais ajouter que les âmes d'Arlyn et Kai sont liées. S'il meurt, elle court également un risque.

Lial avait l'air de plus en plus perplexe.

— Un lien d'âmes ? C'était rapide. Est-ce qu'il l'a rencontrée durant sa mission ?

— Pas vraiment, répondit Lyr en soupirant. Il est tombé sur elle après son retour. C'est ma fille.

Lial s'étrangla de surprise et tourna les yeux vers le lit.

— Eh bien…

— Soigne-la. Nous parlerons après.

Serrant les dents pour s'empêcher de poser toutes les questions que ses yeux reflétaient, Lial passa devant Lyr pour aller se placer près du lit. Le guérisseur marqua un temps d'arrêt pour puiser plus d'énergie, et son visage reprit des couleurs. Quelques secondes après, il tendit les bras et plaça ses mains au-dessus d'Arlyn. Une lueur bleue émanait de ses paumes tandis qu'elles survolaient le corps de la jeune femme, avant de venir finalement se poser sur son front.

Lyr dut détourner les yeux devant la lumière aveuglante, mais le petit gémissement d'Arlyn l'incita à la regarder de nouveau juste au moment où la lueur s'estompait. La jeune femme cligna des yeux et regarda Lial d'un air hébété, avant de se redresser en position assise. Le guérisseur tituba en arrière lorsqu'elle le repoussa d'une main, posant l'autre sur sa poitrine. Elle balaya nerveusement la pièce du regard avant de poser les yeux sur Lyr.

— Comment ? Qui ? s'exclama Arlyn, prenant sa tête dans ses mains en gémissant. Bon sang, faites que ça s'arrête !

Jetant un regard furieux à Lial, Lyr prit la place du guérisseur à son chevet.

— Tu as toujours mal ?

— J'ai l'impression que mon crâne va exploser.

— Écarte-toi, interrompit Lial d'un ton sec en poussant Lyr pour reprendre sa place. Je ne pouvais pas m'en occuper avant qu'elle soit réveillée. L'esprit est compliqué à soigner.

Arlyn resta bouche bée quand les mains de Lial projetèrent une lumière qui vint enrober sa tête. Mais elle ne protesta pas. Au vu de son expression, la tension se relâcha, et son corps se détendit. Lorsque le guérisseur eut terminé, elle se passa une main sur le visage puis la détailla, comme si elle s'attendait à la trouver bleue.

— Waouh !

— Puis-je suggérer que tu apprennes *comment* utiliser un sort de téléportation avant d'essayer de nouveau ?

— Ça suffit, Lial, intervint Lyr en serrant les poings. *Ayala* Arlyn ne mérite pas ta moquerie. Ce monde lui est totalement inconnu.

Le guérisseur écarquilla les yeux devant le titre qu'il venait d'entendre.

— *Ayala*, vraiment? Je crois que tu m'as promis une explication.

— C'est la fille que j'ai eue avec Aimee, expliqua Lyr d'un ton mordant. Je ne savais pas qu'elle existait jusqu'à ce jour, admit-il en regardant par la fenêtre, le ciel s'éclaircissant avec l'aube qui se levait. Enfin, jusqu'à hier.

Lial ricana.

— C'est ça ton explication?

— Plus tard. As-tu oublié Kai?

Arlyn écarquilla les yeux et bondit sur ses pieds.

— Kai!

Lial l'agrippa par les épaules.

— Du calme, *Ayala*. Tu devrais te reposer. Je me suis occupé de lui.

— Lâchez-moi, dit-elle en essayant de lui faire lâcher prise, en vain. Je ne suis plus une enfant qu'on peut envoyer au lit.

— Je viens juste de soigner...

— Lâ-chez-moi, articula Arlyn d'un ton cinglant. Ou je vous étriperai dans votre sommeil. Avec ma lame en *acier*.

Lial la lâcha et recula, les mains levées.

— Que les dieux me protègent de la lignée des Dianore, maugréa-t-il.

Lyr faillit sourire en entendant cela. Lui aussi pouvait parfois s'avérer caractériel en tant que patient.

Arlyn passa devant eux sans adresser un seul regard au guérisseur. Lyr la suivit jusqu'à Kai, l'air perplexe. Que lui était-il arrivé par le passé pour qu'elle réagisse si violemment lorsque Lial l'avait retenue? Lyr allait devoir creuser la question. Plus tard. Son cœur se serra en voyant Arlyn se laisser tomber au côté de Kai, comme elle l'avait fait dans la clairière, et poser une main sur sa joue. Son visage reflétait un curieux mélange d'inquiétude et de confusion.

Lial les rejoignit.

— Je pense qu'il va s'en sortir. S'il reste tranquille entre mes séances de soins, il devrait bien récupérer.

— Je ne sais même pas pourquoi ça m'atteint autant, murmura Arlyn en regardant Lyr. Quoi qu'il m'ait fait, ce doit être puissant.

Lial passa une main sur ses traits tirés.

— Elle n'est pas au courant ? questionna le guérisseur.

— Elle vivait sur Terre, répondit Lyr. Kai devait lui parler de son comportement stupide à son retour.

— Quoi ? dit Arlyn en plissant les yeux d'un air suspicieux. Tu sais ce qui se passe, à l'évidence. Tu aurais dû me le dire plus tôt.

Lyr serra les dents de contrariété.

— C'était à lui de te l'expliquer. Je ne voulais pas lui faciliter la tâche en lui ôtant ce poids des épaules.

— Mais quand même...

— Assez, l'interrompit Lial. Nous devons l'installer correctement, ou il ne survivra pas pour répondre de ses actes. Où pouvons-nous l'installer ? La tour des invités où il séjourne habituellement est trop loin.

— La chambre d'à côté sera parfaite, décida Lyr.

— Non ! s'exclama Arlyn avec hargne en agrippant le bras de Kai. Laissez-le ici. Je veillerai sur lui.

— Tu es sûre, *Ayala* ?

— Je sais que ça paraît stupide, mais je m'en fiche, affirma-t-elle d'un air soucieux. Pour une raison qui m'échappe, j'ai besoin de savoir qu'il est en sécurité. Je *dois* m'en assurer.

Lial regarda Lyr d'un air interrogateur, et ce dernier opina de la tête.

— Très bien.

CHAPITRE 8

RALAN REGARDAIT FIXEMENT par la fenêtre de sa demeure d'un air absent alors que l'aube pointait, baignant son terrain d'une fade lueur bleu-gris. La lumière naissante le fit grimacer. Bien qu'il ait été témoin de ce moment des centaines de milliers de fois, à la fois dans son monde natal et ici, sur Terre, chaque lever du jour lui rappelait désormais son échec. Chacun le rapprochait du moment où il perdrait sa bien-aimée Eri.

Il se détourna de la fenêtre et se mit à faire les cent pas dans sa chambre spacieuse. Ralan avait tout tenté pour la sauver. Il avait passé plusieurs mois consécutifs ici, à l'écart de la pollution des villes, nourrissant Eri de l'énergie régénérative que son propre corps semblait incapable de puiser. Pendant un temps, une infusion hebdomadaire avait paru suffire. Mais à présent, à presque sept ans, elle était si malade qu'elle passait la plupart de son temps alitée. Il parvenait uniquement à la maintenir en vie en lui infusant toutes les nuits l'énergie naturelle qu'il pouvait accumuler et purifier.

Ralan avait fini par craquer et avait utilisé son don de double vue pour savoir ce qu'il devait faire. Et il n'y avait plus qu'une échappatoire, un unique moyen de garantir la survie d'Eri.

Il allait devoir retourner à Moranaia.

Il avait juré de ne plus jamais y mettre les pieds, mais il n'avait pas le choix. La magie était malsaine ici. Ralan avait vécu sur Terre durant plus de trois cents ans sans difficulté, mais depuis quelque temps, même lui devait purifier l'énergie avec précaution. Les humains parlaient de pollution et de changement climatique, mais bien que ces problèmes soient effectivement réels, il avait l'impression qu'il s'agissait d'autre chose ici. La magie était corrompue. Pour sauver son enfant, il devait l'emmener loin d'ici. Ce n'était plus une simple supposition de sa part. Il en était certain désormais.

Ralan devrait tôt ou tard renoncer à ce mode de vie de toute façon, ou utiliser un sort d'apparence pour paraître plus vieux. Il ne voyait pas vraiment l'intérêt de se donner cette peine, même si son métier de styliste l'amusait beaucoup. Non seulement le côté créatif, mais aussi la façon dont les gens réagissaient. Ralan avait entendu des rumeurs disant qu'il préférait la compagnie des hommes, comme si le fait de créer des vêtements pouvait avoir une incidence sur son orientation sexuelle. Pourquoi les humains avaient-ils une vision si étriquée de la sexualité?

Les hommes qui évitaient ce genre de carrière ne savaient pas ce qu'ils perdaient. Ralan travaillait avec des femmes parmi les plus belles du monde, et peu d'entre elles hésitaient à se déshabiller devant lui. Bien qu'il ne soit jamais sorti avec les mannequins travaillant directement pour lui, il n'avait aucun mal à trouver de la compagnie. Quel homme pourrait se plaindre de cela?

Ralan sursauta lorsque son téléphone se mit à vibrer contre sa cuisse, le laissant perplexe. Durant les derniers mois, il avait été clair sur le fait qu'il n'était pas d'humeur à maintenir un quelconque lien social à cause de la maladie de sa fille. Fort heureusement, peu de personnes prenaient la peine de le contacter, même en journée. Lorsqu'il sortit le téléphone de sa poche, le visage de Mandy était affiché sur l'écran. Son assistante avait dû commencer tôt ce matin.

Ralan sourit devant le ton presque frénétique de son message remettant en question l'un des modèles pour le défilé qui aurait lieu à Paris dans quelques mois. Elle avait travaillé quasiment seule sur celui-là, et c'était la première fois que l'une de ses créations allait être présentée sur un podium de haute couture. Ralan tapa rapidement une réponse qu'il espérait rassurante. Mandy pourrait le remplacer lorsqu'il partirait s'il parvenait à lui insuffler suffisamment de confiance en elle.

Un gémissement lui parvint depuis la chambre de sa fille alors que son téléphone vibrait de nouveau. Il le jeta sur son lit, sachant par expérience que l'électronique et la manipulation énergétique ne faisaient pas bon ménage, et sortit en trombe de la pièce. Lorsque Ralan ouvrit la porte de la chambre d'Eri en se précipitant à son chevet, elle se redressa en position assise dans son petit lit à baldaquin, ses yeux dorés grands ouverts et la respiration difficile.

— *Laial*, murmura-t-elle.

— Chuuut, *tieln*, dit-il en s'asseyant près d'elle pour étreindre son corps tremblant. Je suis là, mon trésor.

Ralan berça sa fille durant des heures, caressant ses longs cheveux noirs. Il lui murmura des paroles réconfortantes en moranaien et en langue locale, tout en lui infusant toute l'énergie régénératrice qu'il put puiser et purifier. Alors même que la fatigue se faisait sentir dans son propre corps mis à rude épreuve, il poursuivit sans relâche, jusqu'à ce qu'elle finisse par sombrer dans un sommeil normal en fin de matinée. Il remonta les couvertures sur elle et la borda, puis s'assit dans la chaise qu'il gardait près de son lit.

Tandis qu'il fermait les yeux et se préparait à emmagasiner davantage d'énergie, Ralan comprit qu'il ne pouvait plus retarder l'inévitable. Il fallait qu'il contacte Lyr, et au plus vite. Il prit sa tête entre ses mains, ses canaux à vif le faisant souffrir après avoir été tant sollicités pour purifier la magie naturelle. Lyr allait devoir lui envoyer Kai pour les guider jusqu'à son monde natal.

~

Le visage de Kai était plongé dans la pénombre, mais les yeux d'Arlyn s'étaient adaptés à la faible lumière depuis un bon moment, suffisamment pour qu'elle puisse distinguer ses traits. Des pommettes saillantes, une mâchoire carrée que tout mannequin homme rêverait d'avoir, une peau hâlée, de magnifiques cheveux noirs – bigre, qu'il était canon ! Une mèche de cheveux emmêlés lui barrait le front, et Arlyn finit par céder à la tentation de la repousser sur le côté. Elle ressentit alors un picotement brûlant dans les doigts lorsqu'ils entrèrent en contact avec la peau de Kai. Poussant un petit cri surpris, elle retira brusquement sa main.

Un lien d'âmes. Elle en avait entendu parler en boucle depuis qu'elle s'était réveillée avec cette douleur atroce. Sa douleur à lui. Arlyn serra les poings sur ses genoux et se mordilla nerveusement la lèvre inférieure. Le phénomène semblait sérieux. Comme un mariage. Même *plus* qu'un mariage. Elle baissa les yeux vers le pendentif reposant sur la chemise de nuit légère que sa grand-mère lui avait offerte pour remplacer la sienne, qui était couverte de sang. Le métal paraissait scintiller dans la pâle lumière matinale. Quoi que Kai ait fait en lui donnant ce collier, ce n'était pas rien.

Arlyn devait en savoir plus. Elle devait comprendre pourquoi elle avait menacé d'étriper un homme parce qu'il avait voulu la tenir à l'écart de Kai. Depuis l'école primaire, quand une bande de gamins brutaux avaient failli la passer à tabac à cause de ses oreilles, elle détestait qu'on la retienne de force, mais elle n'avait jamais réagi aussi violemment auparavant. C'est dire à quel point elle était attirée par Kai. En ce moment même, elle s'efforçait de garder les mains jointes pour s'empêcher de caresser la bouche de Kai, tordue par la douleur. Arlyn recroquevillait également les doigts de pied pour lutter contre l'envie irrésistible de s'allonger à ses côtés et de se blottir contre lui. Elle était certaine qu'elle pourrait lui donner de l'énergie si seulement elle savait comment.

Il serait trop facile de le blâmer au sujet du lien. La colère dans les yeux de Lyr et les visages stupéfaits des autres suffisaient à lui prouver que Kai avait mal agi. Si Arlyn était moins honnête, elle pourrait également l'accabler. Mais elle avait ressenti cette connexion entre eux bien avant qu'il lui offre le collier. Il avait certes été vague quant à son utilité, mais au fond d'elle, elle avait su que ce n'était pas qu'un simple talisman de protection. Elle avait tout de même accepté le pendentif.

Le déni initialement manifesté par Arlyn quant à l'existence d'un tel lien lui semblait stupide après la nuit dernière, et pas seulement parce qu'elle avait ressenti la douleur de Kai. Arlyn aurait éprouvé de l'empathie envers quiconque dans une telle souffrance. N'importe qui en ferait autant. Mais cette volonté dévorante de sauver la vie de Kai l'avait submergée. Lyr prétendait qu'elle les avait téléportés jusqu'ici. Il n'était pas là pour qu'elle puisse le contredire, mais elle secoua tout de même la tête pour réfuter cette idée. *Impossible.*

Il s'était pourtant bien passé quelque chose, et Arlyn ne voyait pas par quel autre moyen ils auraient pu revenir ici à temps pour le sauver. En plus, la douleur lui martelant les tempes quand elle s'était réveillée avait été plus intense qu'un simple mal de crâne. Avait-elle été désespérée au point de provoquer cela ? Sur Terre, elle avait réussi à allumer un feu avec ses maigres pouvoirs. Rien de plus. En dehors du fait de s'être frayé un chemin à travers les brumes, elle n'avait montré aucun signe du genre prouvant qu'elle était capable de téléporter trois personnes. Les réponses se trouvaient peut-être du côté du lien qui l'unissait à Kai. Si seulement elle le comprenait mieux.

— *Arrête de t'inquiéter*, mialn, murmura Kai dans son esprit, si doucement qu'elle faillit ne pas l'entendre.

— *Kai ? Je pensais que tu dormais.*

— *Je perçois ton anxiété dans mes rêves. Va parler à Lyr si ça t'inquiète autant. Je ne supporte pas de te savoir si contrariée.*

— *Il serait prêt à me dire ce qui se passe ?*

— *Il ferait n'importe quoi pour toi.*

Kai sombra de nouveau dans un sommeil précaire. Même si

Arlyn avait très envie de rester, et très envie d'attendre qu'il puisse lui expliquer lui-même ce qui se passait, il ne pourrait pas se reposer avec elle dans les parages, pas avant qu'elle réussisse à apaiser son esprit. Bien qu'elle ait un doute sur la véracité de la dernière affirmation de Kai, il fallait qu'elle aille questionner Lyr. Allait-il lui apporter des réponses ? Elle voulait croire que son père se souciait assez d'elle pour le faire, mais c'était trop tôt. Il lui avait peu apporté dans la vie jusqu'à maintenant, et tout, hormis le fait de l'avoir engendrée, lui avait été donné en moins d'une journée.

ARLYN TROUVA Lyr dans son bureau, affalé sur une chaise à moitié dissimulée derrière une bibliothèque, le visage tourné vers les derniers instants du lever du jour, qu'il observait à travers la fenêtre face à lui. Il avait le regard dans le vide, ne semblant pas prêter attention aux sublimes couleurs, mais Arlyn se figea sur place, époustouflée. À cet endroit, la finesse des arbres permettait d'apercevoir la vallée en contrebas, à l'est du domaine, et la lumière dans laquelle elle baignait offrait un magnifique spectacle. *Grandiose.*

— Une telle beauté est-elle si habituelle pour toi que tu es blasé ? demanda-t-elle à voix basse.

Revenant à l'instant présent, Lyr se tourna pour la regarder.

— Non, je suis rarement là de si bonne heure. D'habitude, je suis en train de me reposer ou de m'adonner à une activité personnelle, sans rapport avec les affaires du domaine. Mais quand Kai séjourne ici, il s'assied toujours à cet endroit pour voir le soleil se lever au-dessus de la vallée. La maison de son père n'offre pas une telle vue.

— Tu devrais peut-être l'apprécier dans ce cas.

Arlyn s'approcha, s'arrêtant près de sa chaise pour contempler le soleil levant.

Tandis que les couleurs de l'aube commençaient à s'estomper, Lyr sourit.

— Merci pour ce conseil. Je me suis assis ici parce que Kai le fait souvent, mais j'étais tellement soucieux que j'ai oublié de prêter attention à la raison pour laquelle il s'agit de son endroit préféré. Il y a plus d'elfe en toi que tu ne le penses. Peut-être même littéralement.

— Que veux-tu dire par là ?

— Ma première idée était que le fait de pouvoir apprécier la beauté des choses même au beau milieu d'une période critique est un trait de caractère très elfique. Mais ça m'a aussi rappelé une supposition qui m'avait traversé l'esprit, expliqua-t-il avant de se taire un instant, avant de prendre une grande inspiration. Je ne peux pas m'empêcher de me demander si ta lignée ne cacherait pas quelque chose. Soit ta mère n'a pas été entièrement honnête, soit elle n'était pas au courant.

Abasourdie, Arlyn se détourna, le cœur serré.

— Je savais que tu ne m'accepterais pas. J'aurais dû m'y attendre.

— Attends, Arlyn, dit-il en saisissant sa main, la pressant gentiment jusqu'à ce qu'elle se retourne. Je sais que tu es ma fille. Je ne remets pas ça en cause. Mais vois-tu, la téléportation ne fait pas partie des facultés de la lignée des Dianore, ou pas jusqu'à maintenant en tout cas. Ce talent se retrouve principalement dans la branche des Taian, et ils en gardent jalousement le secret.

Arlyn sembla perplexe.

— Si je suis ta fille, d'où me viendrait cette capacité alors ? En supposant que c'est bien moi qui suis à l'origine de ce sort en premier lieu. Je n'en suis toujours pas convaincue.

— Oh, c'était bien toi, affirma Lyr en lâchant sa main pour se masser les tempes. Mon crâne s'en souvient encore. Le sort a été lancé de manière instinctive. Sans entraînement.

— Ce serait une sorte de magie humaine alors ?

— Ça m'a semblé elfique. Moranaien, annonça-t-il en la regardant dans les yeux. Nous devons trouver d'où ça vient.

Arlyn se renfrogna.

— Maman ne m'a jamais menti.

— Elle ne savait peut-être pas qu'elle avait du sang elfique.

— Tu ne l'aurais pas remarqué ?

— Pas forcément. Je ne suis pas en mesure de déterminer la lignée de quelqu'un. Je peux seulement détecter la trace de la mienne, et ta mère ne présentait aucun trait elfique manifeste, expliqua-t-il, l'air soudain affligé. Ce qui est bien dommage. Si c'est vrai et que je l'avais su, j'aurais été plus enclin à prendre le risque de la faire venir ici. Les guérisseurs auraient pu la sauver.

— Peut-être pas, dit Arlyn d'une petite voix.

— Tu as vu avec quelle facilité Lial a aidé Kai. Un médecin humain aurait-il pu guérir une blessure si rapidement ?

— Non. Mais sa grand-mère adorait utiliser des poêles en fonte pour cuisiner. C'est seulement après t'avoir rencontré que maman a commencé à éviter de les utiliser. Si elle était en partie elfe, elle aurait pu avoir hérité de l'allergie à l'acier sans jamais le savoir.

— Bon sang, je me souviens de ça maintenant ! Elle m'a proposé une sorte de pain qu'elle avait fait cuire dans une de ces poêles une fois, quand elle ne savait pas encore pour mon allergie. J'ai bien cru qu'elle essayait de me tuer ! se remémora-t-il, les yeux rieurs devant ce souvenir, avant que le chagrin les assombrisse. Il se peut qu'elle ait été empoisonnée durant toutes ces années.

— Je ne pense pas que quiconque aurait pu l'aider.

— Je suppose que ça ne sert pas à grand-chose de se poser la question.

Lyr détourna les yeux et se passa une main sur le front. Il resta assis en silence pendant un moment, son visage passant par diverses émotions avant de se fermer au moment où il se leva. Ses yeux reflétaient encore sa tristesse, mais il ne dit pas un mot de plus sur sa mère.

— Permettrais-tu à Lial de faire une recherche sur tes origines ? Si tu as d'autres talents cachés, nous devons le savoir.

— En quoi est-ce important ?

— La magie incontrôlée représente un danger pour tous, rappela-t-il en esquissant un sourire. Tu as dit que tu étais prête à rester pour explorer davantage cette partie de toi. On dirait bien que tu ne vas pas être déçue.

— Génial, maugréa Arlyn. Alors tu étais aussi surpris que moi quand on a atterri dans ma chambre ?

— Tu ne peux même pas imaginer, répondit Lyr en riant. Je n'ai jamais été téléporté avant !

— Vraiment ? demanda-t-elle d'un ton sceptique. Tu dois bien connaître quelqu'un possédant cette capacité.

— Eh bien, oui. Toi, dit-il pour la taquiner, alors qu'un franc sourire illumina son visage quand Arlyn poussa un grognement irrité. Je ne plaisantais pas quand je t'ai dit que le secret de ce talent était bien gardé chez les Taian. C'est l'un des plus gros atouts de cette branche.

— Et qu'est-ce qui fait la fierté de notre branche ?

Lyr sembla réfléchir, tapotant du doigt le bras de sa chaise.

— Nos guides, comme nous possédons la majorité d'entre eux, suivis par nos éclaireurs, nos diplomates, et nos guerriers. Dans la branche des Rierens, on trouve nos meilleurs artisans, nos inventeurs. Ça ne veut pas dire que tous ces talents n'existent pas ou ne peuvent pas exister dans les autres branches. Plus le temps passe et plus ces compétences particulières s'entremêlent. Mais les Taian peuvent se montrer susceptibles parfois.

— Qu'en est-il de toi et de cette famille ?

— Nous maintenons l'ordre. J'occupe le poste de général de l'une de nos trois divisions militaires. Les éclaireurs, que l'on appelle *sonal*, en font généralement partie. En matière de diplomatie, j'assure la liaison avec la Terre et avec les créatures féeriques qui sont étroitement liées à ce monde. Un travail relativement ennuyeux jusque très récemment. Les choses se sont aggravées, et le pauvre Kai a dû travailler dur pour moi en tant que *taysonal*. Mon bras droit, si tu veux. En ce moment, il passe autant de temps en voyage diplomatique qu'ici.

— Kai ? Un diplomate ? Bien sûr, répondit Arlyn avec ironie, se rappelant comme il lui avait semblé distrait.

— Tu serais surprise, affirma Lyr en riant. En général, la

plupart des elfes se comportent de manière moins formelle avec la famille et les amis proches, mais Kai les surpasse tous. Je pense qu'il passe tellement de temps à faire preuve de diplomatie avec les autres qu'il ne lui en reste plus pour nous.

— En parlant de Kai...

Arlyn fut interrompue par un coup frappé à la porte avant de pouvoir poser la question qu'elle avait en tête. Elle aurait pu crier de frustration, mais elle ne pouvait s'en prendre qu'à elle-même. Elle aurait dû questionner son père à propos du lien d'âmes dès son arrivée dans son bureau. Tandis qu'elle se fustigeait elle-même, Lyr se leva, priant la personne d'entrer. Arlyn fit un pas en arrière, manquant de se heurter à une bibliothèque, tandis que son père alla se placer devant son bureau. Devrait-elle quitter la pièce ? L'expression neutre de Lyr ne lui apporta pas de réponse.

Avant qu'elle puisse se décider, un elfe à l'air vaguement familier avec de longs cheveux blonds et une armure intégrale en cuir, casque excepté, fit son entrée. À en juger par son accoutrement ainsi que le petit arsenal de couteaux et d'épées qu'il portait, Arlyn se dit qu'il devait être l'un des guerriers dont Lyr avait parlé. Elle fronça les sourcils, perplexe. De quoi se servaient-ils pour fabriquer toutes ces armes, sinon de l'acier ? Avant même qu'elle puisse songer à le demander à Lyr, l'elfe s'arrêta à quelques mètres du bureau, se frappa deux fois la poitrine du poing droit, et s'inclina devant son père.

Il demeura ainsi, tête baissée, jusqu'à ce que Lyr prenne la parole.

— Je vous salue, *Belore* Norin. Comment vous portez-vous aujourd'hui ?

— Parfaitement bien, *Myern*. J'espère qu'il en est de même pour vous et votre famille.

— C'est le cas, hormis pour l'un deux, répondit Lyr en inclinant la tête à son tour. Repos, Norin.

Tandis que le guerrier adoptait une posture plus décontractée, Arlyn remarqua ce qu'il tenait dans sa main gauche. C'était un petit poignard enveloppé dans un morceau d'étoffe ensanglanté.

S'agissait-il de la lame qui avait blessé Kai ? Probablement. Elle reconnut alors l'homme comme l'un de ceux qui les avaient accompagnés dans la forêt la nuit précédente. Son père n'avait-il pas remarqué le couteau ? Il semblait si détendu.

Les doigts crispés sur sa chemise de nuit, Arlyn s'avança vers eux.

— Lyr...

Le regard surpris du soldat l'avertit que son interruption n'était sans doute pas appropriée. Mais bon sang, ils étaient en train d'échanger des politesses alors que le guerrier tenait une lame recouverte du sang de Kai à la main. Incertaine du comportement à adopter, elle se tourna vers son père. Ses yeux reflétaient son exaspération, son amusement, ou les deux, difficile à dire. L'expression de Lyr était plus impassible que jamais depuis leur première rencontre sur le sentier forestier la veille. Sans attendre, son père lui fit signe d'approcher.

— Veuillez l'excuser, *Belore* Norin. Dame Arlyn n'est pas familière avec nos coutumes et ne voulait pas se montrer impolie. Je propose de faire les présentations afin que vous soyez plus à l'aise.

Arlyn cligna des yeux, stupéfaite. Elle n'avait jamais entendu Lyr s'exprimer ainsi.

— Certainement, acquiesça l'autre elfe.

— Honorable Capitaine, je vous présente *Callian Ayala i Arlyn Dianore se Kaienan nai Braelyn*. Dame Arlyn, je vous présente *Callian iy'dianore Belore i Norin Tialt nai Braelyn*.

Le nom de Kai avait-il été ajouté à son titre ? Arlyn voulut poser la question, mais elle devait d'abord saluer le guerrier. Une tâche qui s'avérait ardue étant donné qu'elle n'avait aucune idée de ce que la majeure partie de son titre signifiait. Il comportait le nom de sa branche, Callian, mais après cela elle avait perdu le fil. Elle réprima un grognement de dépit. De quelle manière son père avait-il salué l'autre elfe ? Tandis que son cerveau tournait à plein régime pour s'en souvenir, le guerrier se tourna vers elle puis se frappa la poitrine et s'inclina comme il l'avait fait plus tôt.

Arlyn n'aurait pas su dire si l'elfe était surpris par sa présence au vu de son expression neutre.

— C'est un plaisir de faire votre connaissance, *Ayala* Arlyn, honorable fille de la lignée des Dianore. Je vous souhaite santé et bonheur pour les siècles à venir.

— Je suis également ravie de vous rencontrer, *Belore* Norin, répondit Arlyn en remerciant toutes les divinités existantes de s'être finalement souvenue de la façon dont Lyr s'était adressé au guerrier. Que les dieux vous préservent et vous accordent de nombreuses victoires, ajouta-t-elle en remarquant le petit sourire de son père. Veuillez m'excuser de vous avoir interrompus. Je suis simplement inquiète pour Kai.

— Naturellement, *Ayala*.

Le guerrier hocha la tête d'un air poli, même si Arlyn était certaine qu'il ne comprenait pas la situation. Cela devait bien lui paraître étrange que Lyr ait subitement une fille adulte, une parfaite étrangère, qui se souciait tellement de Kai. Quelqu'un que le guerrier connaissait certainement depuis des siècles.

Arlyn sursauta en entendant le rire de Lyr.

— Allons, Norin, laissons tomber les formalités maintenant que nous en avons fini avec la politesse de base. C'est difficile de rester formel avec toi, étant donné que tu m'as appris à tenir une épée. Et je suis certain que tu meurs d'envie de savoir ce que tout cela signifie.

Norin sourit et se détendit.

— En effet. Je l'ai vue plus tôt, bien sûr, mais je n'ai pas eu le temps de me demander de qui il s'agissait. Où as-tu caché une fille durant tout ce temps ? Et quand s'est-elle unie à Kai ?

Unie ? Alors la remise du collier avait bien été une sorte de mariage. N'aurait-elle pas dû donner son accord pour devenir la compagne de quelqu'un ? Au moment où elle se crispait de colère, son attention fut retenue par un son à mi-chemin entre un rire et un reniflement. Elle se tourna pour voir Lyr s'appuyer contre le bord de son bureau, un rictus aux lèvres.

Norin les regarda tour à tour d'un air circonspect.

— J'ai dit quelque chose qu'il ne fallait pas ? demanda le capitaine.

— Elle ne connaît encore rien aux liens d'âmes. J'ai fait sa connaissance hier seulement, et Kai également, expliqua son père en poussant un long soupir. Arlyn a grandi parmi les humains. J'ai eu une fille avec Aimee, et je ne l'ai jamais su.

— Laquelle des neuf divinités as-tu offensée, Lyr ? demanda Norin avec un rire sans joie. Je n'ai même pas besoin d'entendre toute l'histoire pour comprendre que tu te retrouves au cœur d'un incroyable imbroglio, et tout ça en moins d'une journée. Malheureusement, les choses sont sur le point d'empirer.

— Je doute que ce soit possible.

Norin s'avança et lui présenta l'objet ensanglanté qu'il tenait à la main.

— Tu pourrais bien changer d'avis en jetant un coup d'œil à ce poignard.

CHAPITRE 9

KAI REVINT LENTEMENT à un état de semi-éveil, sans trop savoir pourquoi. Il ne souffrait pas ; Lial avait veillé à cela durant ses soins. Arlyn n'était pas assez proche pour que son inquiétude l'ait tiré d'un sommeil si profond. Il s'agissait peut-être d'un rêve, si l'on pouvait rêver d'être éveillé. Son esprit se mit à dériver, sans but précis. Son âme sœur était magnifique. L'une des dernières choses dont il se souvenait était l'éclat de ses cheveux roux lorsqu'elle s'était penchée au-dessus de lui. Elle ne le détesterait peut-être pas. Cela pourrait fonctionner.

— *J'ai toujours dit que tu étais trop pressé. Mais toutes mes félicitations quand même.*

Était-ce Moren ? Ce n'était pas possible. À moins qu'il se soit déjà écoulé quelques jours depuis l'attaque et que Lyr ait mis son frère au courant. Mais pourquoi Arlyn n'était-elle pas revenue dans ce cas ? Il y avait sûrement...

— *Quitte cet endroit, Kai, et pars loin. Je ne veux pas que tu sois blessé.*

— *De quoi parles-tu, Moren ? Je le suis déjà.*

Silence. Était-il en train d'halluciner ? Lial avait certainement guéri toute infection, mais l'acier avait peut-être affecté l'esprit de Kai. Il lui fallut quelques instants pour se forcer à ouvrir les yeux.

Personne en vue. Il essaya de tourner la tête, mais son corps refusa d'obéir.

— *J'ai peur que la prochaine attaque ne se termine pas aussi bien, alors écoute-moi maintenant. Pars et emmène ta compagne avec toi. Ce sera ma dernière mise en garde.*

Avant que Kai puisse poser une autre question, il entendit une porte s'ouvrir, puis des bruits de pas. Il pouvait encore sentir la présence de son frère, en train de l'observer, mais lorsqu'une main se posa sur son épaule, Moren disparut complètement de son esprit. Avait-il réellement été là ? Tout était confus.

— Repose-toi, Kai, lui conseilla Lial dont le visage de Lial apparut au-dessus de lui. Tu vas retarder ton rétablissement sinon. Je ne veux pas bloquer tes canaux télépathiques, mais je le ferai si c'est nécessaire. Qui t'a ébranlé à ce point ?

— Moren, répondit Kai dans un souffle, se surprenant lui-même d'avoir réussi à le dire.

Lial haussa les sourcils, perplexe.

— Ton frère n'est pas là.

Kai entendit l'incrédulité dans la voix du guérisseur. Ou peut-être l'avait-il simplement ressentie. Il n'était plus sûr de rien.

— Aucun membre de ta famille n'a été informé de l'agression, et le peu de personnes ici qui sont au courant ont reçu pour ordre de se taire. Laisse-moi t'aider à te calmer pendant que je vérifie s'il n'y a pas trace d'une infection. Je suis peut-être passé à côté de quelque chose.

Les pensées de Kai s'envolèrent et il sombra de nouveau dans un sommeil profond.

Moren rabattit la capuche de sa cape sur sa tête et disparut de nouveau. Il ferma les yeux en s'affaissant au pied de l'arbre. *C'était moins une.* Il aurait dû se retirer avant que le guérisseur touche Kai, mais il avait voulu percevoir les intentions de Lial. Et il avait failli se faire prendre.

Resserrant sa cape autour de lui, Moren se redressa. Même avec la tête découverte, la cape lui avait permis de se glisser à travers les boucliers du domaine, mais en se donnant la liberté d'utiliser la télépathie, il s'était aussi exposé aux détections mentales. Il devait partir, et vite, au cas où il se serait fait repérer. Lial avait sans doute remarqué que quelque chose n'allait pas.

Même si personne ne pouvait le voir sous sa cape, Moren balaya attentivement les alentours du regard avant de repartir à vive allure d'où il était venu. Il avait fait tout ce qu'il pouvait. Si son frère ne suivait pas son conseil, qu'il en soit ainsi. Même s'il avait juré à leur mère qu'il protégerait Kai. Moren réprima un juron. Comment son frère s'était-il retrouvé au milieu de tout cela ?

Il allait devoir faire profil bas. Si son père découvrait ce qu'il venait de faire, Kai serait le dernier de ses problèmes.

Arlyn fut surprise par la véhémence, sans parler de la créativité, des vociférations de Lyr. Tandis qu'elle le regardait d'un air éberlué, son père s'écarta du bureau et attrapa le poignard, qui était pourtant en acier, sa main seulement séparée du pommeau par le morceau de tissu ensanglanté. En une fraction de seconde, il avait retourné l'arme pour examiner son pommeau. Il laissa échapper un cri étranglé, de plus en plus livide.

— Papa ?

Lyr releva brusquement la tête en entendant sa voix, la façon dont elle l'avait appelé ne lui ayant pas échappé, mais elle ne lui laissa pas le temps d'y réfléchir.

— Qu'est-ce qui se passe ?

Son père agrippait si fermement le pommeau que les jointures de ses doigts blanchirent.

— J'ai déjà vu ce sceau auparavant. Une seule fois, révéla-t-il.

— Alors tu sais à qui il appartient ?

— Non.

Lyr se tourna et posa le poignard sur son bureau d'un geste brusque. Le cliquetis métallique résonna dans la pièce silencieuse.

— La dernière fois que je l'ai vu, c'était sur l'épée qui a transpercé mon père.

— Qu'est-ce que tu viens de dire ?

Arlyn fut tirée de sa stupeur par le cri de désarroi accompagnant cette question. Tous trois se tournèrent vers la porte et aperçurent Lynia sur le seuil, l'air horrifié.

— *Laiala*, murmura Lyr, atterré.

— C'était un accident. Ils m'ont dit que c'était un accident. Il faisait des essais avec ces maudites épées en acier pour tenter de trouver un moyen de surmonter son allergie, se remémora Lynia en secouant la tête d'un air incrédule. Tu n'étais même pas là. Tu étais avec Aimee.

— Norin a envoyé Kai me chercher juste après avoir trouvé mon père. Lial t'a donné un sédatif avant que j'arrive, expliqua Lyr d'une voix affligée.

— Vous ! s'exclama Lynia en s'avançant vers Norin, les poings serrés comme si elle voulait frapper le guerrier. Pourquoi m'avez-vous dit que c'était un accident ? Vous avez affirmé qu'il avait glissé dans son atelier alors qu'il testait des sorts sur l'épée. Vous m'avez menti, s'indigna-t-elle avant de se tourner vers Lyr. Et tu as perpétué ce mensonge. Pourquoi ?

Lyr se précipita auprès de sa mère.

— Tu étais déjà éperdue de chagrin lorsque votre lien a été rompu. Pendant un moment, j'ai cru que j'allais te perdre aussi. Crois-tu que nous aurions dû ajouter à ta peine en te disant ce qui s'était réellement passé ?

— Plus de vingt années se sont écoulées depuis, mais tu ne m'as jamais dit la vérité.

— Pour quelle raison l'aurais-je fait ? la questionna Lyr en effleurant son visage d'un geste aimant. Je me suis inquiété pour toi chaque jour depuis que c'est arrivé. Pendant des années, j'ai cru que tu ne t'en remettrais jamais, mais tu as finalement commencé à redevenir toi-même. Je ne voulais pas compromettre ce changement.

Lynia agrippa le poignet de son fils.

— Ce n'était pas à toi de décider de ça.

La tension était palpable dans l'air, aussi dense que du brouillard. Arlyn posa une main sur sa propre poitrine, le cœur serré devant les visages affligés de son père et de sa grand-mère. Après un moment, Lyr inclina la tête d'un air défait.

— Pardonne-moi. J'aurais dû te le dire, mais il y avait un tel chambardement.

— Ah, *tieln*, dit Lynia en lâchant le poignet de Lyr, avant de le prendre dans ses bras.

Les yeux fermés, ils s'étreignirent, mère et fils liés par leur amour et leur chagrin partagé. Arlyn porta son autre main à sa bouche pour réprimer un sanglot impromptu. Sa propre mère la prenait ainsi dans ses bras autrefois quand elle avait besoin de réconfort.

Lorsque Lynia s'écarta, des larmes brillaient sur ses joues.

— Je te pardonnerai toujours.

— Je sais bien, dit Lyr, le souffle court. Même quand je ne le mérite pas.

— Es-tu resté ici pour moi ?

— *Laiala*, je t'en prie.

— Non, j'en suis sûre. Sans moi, tu serais sans doute reparti, affirma Lynia en essuyant ses larmes, mais d'autres vinrent les remplacer. Tu as ruiné ta vie, et celle de ta fille, en perpétuant ce mensonge. Tu as dû passer beaucoup de temps à essayer de me protéger de ce qui s'est réellement passé.

Arlyn retint son souffle lorsqu'elle comprit subitement. Son père se trouvait auprès d'Aimee lorsque Kai était venu le chercher. Il avait dû rentrer chez lui sur-le-champ. Et qui ne l'aurait pas fait ? Arlyn enserra sa gorge, peinant à respirer. Toutes ces années de rancœur envers le comportement supposément irresponsable de son père, toute cette souffrance qu'elle avait portée en elle, tout ça n'était qu'un réel gâchis au vu de la vérité. Au lieu de s'être éclipsé comme un voleur de la vie de sa mère, il avait dû partir dans la panique. Arlyn avait toujours entendu dire qu'il y avait eu comme une urgence, mais elle avait supposé que sa mère essayait simplement de la rassurer. Pourquoi son père ne lui avait-il pas parlé de cette tragédie lorsqu'elle l'avait questionné ?

Lyr serra les poings.

— C'était plus compliqué que ça.

— Je suppose que tu as recherché le meurtrier de Telien.

— Oui, acquiesça Lyr. Pendant des années.

Lynia eut l'air perplexe.

— S'il y avait autre chose, alors quoi ?

— Elle m'a dit de ne pas revenir, annonça-t-il d'un ton sec, empreint d'une souffrance aiguë. Nous étions tous les deux d'accord sur le fait qu'il aurait été trop risqué de lui faire traverser le Voile dans la précipitation, mais j'ai quand même essayé de la convaincre, raconta-t-il en serrant les dents. Je lui ai dit que je reviendrai dès que je le pourrais, même si ça devait prendre quelques années. Elle a dit qu'il serait trop tard.

— Oh, mon fils chéri, murmura Lynia.

— J'aurais quand même pu essayer, mais j'ai passé tant de temps à traquer l'assassin. Pendant plus de dix ans, j'ai cherché, suivant toutes les pistes. Et ça n'a rien donné, expliqua Lyr, les épaules voûtées. Je me suis laissé dominer par la peur. La peur qu'elle ne m'ait jamais aimé. Je suis resté à l'écart. Et désormais il est trop tard.

Suite à ses paroles pleines d'émotion, il passa devant Lynia et sortit de la pièce à grandes enjambées.

ARLYN LE TROUVA dans une tour située au fond du jardin. Elle resserra les doigts sur la petite pochette en soie qu'elle tenait à la main tandis qu'elle regardait vers le haut de l'escalier en colimaçon au centre de la tour. D'après sa carte mentale, il s'agissait d'une tour d'observation. Une très haute tour. Poussant un soupir, elle entama la longue ascension, chaque pas plus laborieux que le précédent en raison de la peine émanant de son père depuis le haut de la construction.

Soit elle parvenait de mieux en mieux à se connecter à l'énergie de Lyr, soit son talent d'empathie se développait davantage dans cet endroit. Les deux peut-être. Malgré son expérience limitée, elle devait bien reconnaître que ce que Lyr avait dit – sur le fait que l'énergie ne mentait pas – était vrai. Arlyn voyait en lui une certaine similitude avec elle-même. Avec ses pouvoirs qu'elle s'était efforcée d'acquérir durant des années. Quant à Kai, elle se sentait sur la même longueur d'onde que lui.

L'escalier débouchait sur une unique pièce au sommet de la tour, les murs presque entièrement vitrés. Arlyn resta clouée sur place, les yeux écarquillés. Elle s'était émerveillée de la vue depuis le bureau de son père, mais ceci ? Secouant la tête pour reprendre ses esprits, elle arracha son regard de la fenêtre et chercha Lyr. Il devait bien savoir qu'elle était là, du fait de son énergie ou de son petit cri de surprise, mais il demeura où il était sans se tourner, une main appuyée contre l'une des colonnes encadrant les fenêtres. Incertaine de l'accueil qu'il lui réservait, elle s'avança de quelques pas dans la pièce, puis s'arrêta.

— J'aurais dû te le dire plus tôt, déclara Lyr à voix basse.

Arlyn s'approcha un peu plus.

— À propos de ton père ?

— Oui. Et le fait que ta mère m'avait rejeté, soupira-t-il en se tournant de profil. Ma lâcheté. Toute l'histoire.

Arlyn se sentit étourdie. Et pas à cause de la hauteur.

— Je ne savais absolument pas qu'elle t'avait dit de ne pas revenir. C'est insensé. Elle parlait toujours de toi avec nostalgie. Elle t'aimait.

Les jointures de ses doigts blanchirent tant il agrippait fermement la colonne.

— C'est ce que je croyais.

— Je pense sincèrement que c'était le cas, renchérit Arlyn en levant une main avec l'intention de le réconforter, avant d'arrêter son geste. Elle n'est même jamais sortie avec qui que ce soit d'autre à ma connaissance. Maman me répétait sans cesse de ne pas t'en vouloir d'être parti. J'ai grandi en entendant parler de toi et de tout ce que tu lui avais dit sur ce monde.

Lyr se tourna vers elle, les traits peinés et contrariés.

— Alors pourquoi ?

— Je ne sais pas, répondit Arlyn en levant la pochette entre eux. La réponse est peut-être là. Maman m'a fait jurer de te l'apporter.

L'air étonné, son père lui prit la pochette soyeuse des mains et en défit les liens. Il hésita un moment, puis plongea une main dedans. Il en ressortit d'abord une chaîne avec un pendentif, très similaire à celui qu'Arlyn portait autour du cou. Lyr le prit dans sa main, caressant d'un pouce tremblant l'inscription gravée dans le métal.

— Mon médaillon. Je n'ai jamais revendiqué notre union, mais je...

Il s'interrompit, les lèvres pincées, et sa main se resserra autour du pendentif. Lyr ferma les yeux, puis poussa un long soupir. Il les rouvrit quelques instants après et enroula la chaîne autour de son poignet, avant de replonger la main dans la pochette. Cette fois, il en sortit une lettre. Dans une enveloppe scellée. Arlyn avait failli l'ouvrir plusieurs fois, mais n'avait jamais trouvé le courage de le faire.

D'un air inquiet, elle observa son père qui semblait être confronté au même problème. Lyr observait fixement l'enveloppe, faisant courir un doigt dessus avec révérence, au point qu'Arlyn eut envie de hurler. Ne voulait-il pas savoir ? Il finit tout de même par la déchirer et en sortit la lettre. Il arpenta la pièce en la lisant, l'air soucieux. Arlyn tapa du pied et s'efforça de ne pas lui arracher la feuille des mains.

Alors qu'elle était pratiquement à bout de patience, Lyr s'arrêta, puis il plia la lettre et la glissa à nouveau dans l'enveloppe. Le regard qu'il lui adressa était si affligé que les larmes montèrent aux yeux d'Arlyn.

— Qu'est-ce que ça dit?

— Elle savait, répondit-il d'une voix éraillée par l'émotion. Elle savait qu'elle allait me rencontrer. Et que je partirais. Que nous ne pourrions jamais nous revoir après ce mois passé ensemble.

— Comment ça?

— Elle dit qu'elle avait des visions.

Arlyn poussa un long soupir tandis que des bribes de souvenirs lui revenaient. Les fois où sa mère l'avait avertie d'un danger. Les choses qu'elle semblait simplement *savoir*.

— Elle plaisantait souvent sur le fait d'être voyante. Mais personne ne possède réellement ce don. Si?

— Je n'en ai aucune idée en ce qui concerne les humains, mais les devins sont bien réels à Moranaia.

Lyr déroula la chaîne de son poignet et la leva devant lui, le regard rivé sur le pendentif qui oscillait.

— Aimee a écrit qu'elle n'avait vu que davantage de peine pour chacun d'entre nous si j'étais revenu. Son corps était déjà trop affaibli pour supporter la traversée à l'époque, et j'aurais été à jamais déchiré entre elle et mes devoirs ici.

— Elle ne m'a jamais rien dit.

— Elle ne s'est pas expliquée à ce propos, ajouta-t-il en semblant se détendre un peu lorsqu'il passa la chaîne autour de son cou. Mais si je devais avancer une hypothèse, je dirais qu'elle voulait que tu sois ici en ce moment même et qu'elle a supposé que le fait de te mettre au courant pourrait changer le cours des choses. Après, il est presque toujours impossible d'entrevoir ce que les devins ont en tête.

Arlyn regarda le collier avec attention.

— Elle l'a toujours porté d'aussi loin que je me souvienne, mais elle n'a jamais dit que c'était le tien. Est-ce que le fait de l'avoir récupéré signifie que tu pourras de nouveau t'unir à quelqu'un?

— Nous n'avons jamais été liés en fait. Je ne voulais pas prononcer les mots nécessaires pour ça avant qu'elle soit ici, confia Lyr d'un air peiné en refermant la main autour du médaillon. Mais la réponse est non. Je n'ai jamais entendu parler de quelqu'un qui aurait trouvé une seconde *aenac* – âme sœur. Il existe quelques rares unions avec plus de deux partenaires, mais ce n'est pas tout à fait la même chose. Je n'ai jamais été attiré par l'idée d'avoir plusieurs partenaires pour ma part.

— Arf ! lâcha Arlyn en toussotant. Je n'avais pas besoin de savoir ça.

Lyr esquissa un petit sourire, mais ses yeux ne reflétaient pas une grande joie.

— Désolé. Je n'ai pas réfléchi avant de parler.

— Oui. Passons, reprit-elle en désignant le pendentif qu'il serrait toujours dans sa main. Tu le porteras donc sur toi quoi qu'il arrive, même sans intention de t'unir à quelqu'un ?

— Chaque collier est spécifique à son propriétaire. Le médaillon est gravé avec le nom de notre maison, ainsi que celui de notre famille, et imprégné de notre propre énergie, expliqua-t-il en lâchant le pendentif. La plupart d'entre nous le portent toute leur vie sans jamais trouver une âme sœur. Ta mère m'a demandé de le porter de nouveau. Dans sa lettre.

— Pourquoi ?

Lyr haussa les épaules.

— En sa mémoire. C'est tout ce qu'elle a dit. Et je vais le faire, annonça-t-il alors que son visage reflétait l'immense tristesse palpable dans l'air. Jusque dans ma tombe.

CHAPITRE 10

Arlyn regardait fixement son assiette pleine, incertaine concernant le contenu de son assiette et de ses envies envers les aliments qui lui faisaient face. Après une visite à Kai, qu'ils avaient trouvé en train de se reposer paisiblement, son père avait insisté pour qu'elle l'accompagne jusqu'à la salle à manger qu'elle avait aperçue lors de ses vagabondages la nuit précédente. La pièce était encore plus belle à la lumière du jour, les larges fenêtres donnant l'impression de se restaurer dans le jardin. Enfin, d'essayer de manger.

Pour le pain, c'était assez simple. Il était foncé et semblait constitué de plusieurs types de grains qui ne lui étaient pas familiers, mais elle pouvait tout de même dire exactement ce que c'était. À côté de l'assiette contenant le pain se trouvaient un bol avec ce qui ressemblait à de grosses noix, une soucoupe remplie d'un liquide marron sirupeux et une petite tasse de thé fumant. Pas de couverts en vue. Perplexe, elle ramassa la serviette qui était posée sur la table à côté de sa nourriture et la plaça sur ses genoux.

— Arlyn, il ne s'agit pas d'un dîner formel, dit Lyr d'un ton amusé. Fais simplement comme moi et arrête de t'inquiéter.

— Il n'y a pas que ça, rétorqua-t-elle en levant devant elle l'une de ces choses ressemblant à une noix. Je ne sais absolument pas ce que sont la plupart de ces trucs. La nuit dernière, on m'a servi un plateau avec du pain, du fromage et de la viande. La nourriture était différente, mais rien d'aussi inhabituel que ce qu'il y a là.

— Ah, c'est vrai, admit son père en souriant. Je n'y avais pas pensé. Ta mère était plutôt confuse quand je lui ai demandé des noix et des fruits pour le petit-déjeuner. Regarde.

Lyr prit l'une des noix et la plongea dans la substance sirupeuse, l'égoutta au-dessus de la soucoupe, puis la mangea. Après un bref moment d'hésitation, Arlyn l'imita. La saveur du miel explosa sur sa langue, se mêlant aux arômes chaleureux de la noix. Elle ferma les yeux tandis qu'elle savourait chaque nuance de ce mets. Comme une noix de macadamia trempée dans un miel infusé au chocolat.

Quand elle rouvrit les yeux, son père s'était coupé une tranche de pain, qu'il plongea également dans le miel. Au lieu de l'imiter cette fois, elle décida de goûter le thé. Le curieux mélange de légères notes mentholées, sucrées et épicées était plus plaisant qu'il n'aurait dû. Jusque-là, le petit-déjeuner était étrange, mais délicieux.

Son père lui tendit un fruit coupé en morceaux, et Arlyn en prit un quartier, le levant devant ses yeux pour l'observer. La chair était blanche comme celle d'une pomme ou d'une poire, mais la peau était épaisse et orange clair. Elle le renifla d'un air circonspect. Ce fruit sentait le raisin, aucun doute là-dessus.

— Qu'est-ce que c'est?

— Nous l'appelons *kehren*.

— Est-ce que ce monde est différent? demanda Arlyn en observant son père poser quelques morceaux de fruit sur le pourtour de sa soucoupe. Est-ce que je suis sur une autre planète?

— Oui, répondit Lyr en haussant les épaules. Et non. Le sujet fait polémique. Notre meilleure hypothèse est que nous nous trouvons dans une dimension très, très éloignée. Si éloignée que la planète occupant cet espace ne ressemble à aucune autre. Mais nous sommes incapables de le prouver.

Arlyn grimaça et trempa son propre quartier de fruit dans le miel.

— Je ne suis pas sûre de comprendre. Tu veux dire que cette planète occuperait le même espace que la Terre dans l'Univers ? Mais elle a deux lunes.

Lyr prit une bouchée et la mâcha en fronçant les sourcils.

— Tu as entendu parler des réalités alternatives ? Les mondes parallèles ?

— Bien sûr, répondit Arlyn. Il y a des tonnes de théories là-dessus. Sur la possibilité qu'il existe différents espaces-temps, même.

— Bien que nous ne puissions pas voyager dans le temps, les créatures féeriques sont plutôt douées pour voyager entre les différentes dimensions. Quand les humains ont commencé à accroître leurs rangs et leur puissance, c'est exactement ce que la plupart d'entre elles ont fait. Mais elles sont restées assez proches de la Terre.

— Comme les Sidhes et leurs collines.

— Oui, acquiesça Lyr. Notre reine a parcouru le Voile à la recherche d'un endroit beaucoup plus éloigné. C'est ainsi qu'elle est arrivée ici. La plus grande partie de notre environnement demeure un mystère, même après des millénaires.

Arlyn avait les yeux rivés sur la soucoupe de miel tandis qu'elle digérait ses paroles. Dommage qu'elle ne puisse pas assimiler ce que Lyr venait de dire aussi rapidement que le fruit absorbait le liquide sirupeux. Une autre planète qui n'en était pas une ? Elle poussa un grognement agacé.

— OK, passons. Je vais devoir réfléchir à tout ça.

Lyr sourit.

— Toi et quelques centaines de philosophes moranaiens.

Souriant en retour, elle s'aventura à goûter le *kehren*. Puis elle ferma lentement les yeux avec un gémissement de satisfaction.

Quelle magie était à l'œuvre ici ? *C'est comme une pomme d'amour avec une saveur de raisin.*

Arlyn haussa les épaules devant le petit rire de son père.

— Désolée.

— Ne le sois pas. *Laiala* a généralement la même réaction.

— Qu'est-ce que ça signifie ?

— *Laiala* ? Ça veut dire « mère ».

Arlyn se délecta de quelques quartiers de fruit supplémentaires, puis mit la soucoupe de miel de côté. Elle prit ensuite une grande inspiration pour se donner du courage et regarda Lyr droit dans les yeux.

— Alors, est-ce que tu veux bien me parler du lien d'âmes ?

Lyr repoussa également sa soucoupe.

— Je suppose que le moment est aussi bien choisi qu'un autre.

Arlyn parut surprise.

— C'est si terrible que ça ?

— Non, répondit son père en soupirant. Mais j'en veux encore à Kai.

— OK. Crache le morceau alors, proposa Arlyn en grimaçant devant l'air confus de son père. Pardon. Dis-moi de quoi il s'agit.

Lyr s'adossa à sa chaise.

— Les relations entre les elfes sont à la fois extrêmement compliquées et relativement simples. Les affaires de cœur se présentent sous diverses formes, de la simple satisfaction des besoins physiques aux engagements à long terme, en passant par les alliances dans le simple but de procréer. Et puis nous avons le lien d'âmes.

— Mais qu'est-ce que c'est exactement ?

Lyr esquissa un sourire entendu devant son interruption, mais s'abstint de tout commentaire.

— Pour chacun d'entre nous, il existe une personne, ou plusieurs dans de rares cas, dont l'âme s'accorde parfaitement à la nôtre et que nous appelons notre âme sœur. C'est similaire au concept des flammes jumelles chez les humains, sauf que nous ne considérons pas que notre partenaire vient nous *compléter*. Nous ne sommes pas deux moitiés d'une même âme, mais simplement deux âmes capables de se lier l'une à l'autre. Littéralement.

— Est-ce que tu veux dire que... commença-t-elle alors que sa bouche s'ouvrit et se referma plusieurs fois avant qu'elle puisse forcer les mots à en sortir. Kai a connecté nos *âmes*? Bon sang, je vais bel et bien le tuer ! Comment a-t-il osé ?!

— Arlyn, laisse-moi finir, la coupa-t-il d'un air sévère. Trouver son âme sœur est un phénomène rare chez les elfes, et pourtant c'est le type de relation le plus recherché au sein de notre peuple. C'est plus précieux que tout.

— Tu penses donc qu'il a eu raison de se lier à moi sans prendre la peine de s'assurer que je comprenais ce que ça signifiait ?

— Absolument pas, rétorqua Lyr en se penchant en avant pour lui prendre la main. Il a eu tort et il en est parfaitement conscient.

Arlyn retira sa main, puis regretta son geste devant l'expression blessée de son père. Elle prit une grande inspiration pour se calmer avant de glisser de nouveau sa main dans la sienne.

— Je suis désolée. Ce n'est pas ta faute. C'est juste que tu sembles si calme à propos de tout ça.

Lyr resserra ses doigts autour de la main d'Arlyn.

— J'ai failli étrangler mon meilleur ami que je connais depuis cinq cents ans.

— Oh...

Lyr baissa les yeux vers leurs mains jointes, et ses traits se crispèrent.

— Kai a seulement revendiqué l'union. Pour la compléter, il faudrait que tu lui promettes ton engagement en retour. Le rituel s'achève ensuite par la consommation.

— La consommation? répéta-t-elle d'un air sceptique. Le genre de truc qui se passe entre un homme et une femme?

— Non, répondit son père avec un sourire aux lèvres. Il ne s'agit pas de sexe, mais plutôt d'intimité.

Lorsqu'Arlyn retira sa main, il ne le prit pas mal cette fois. Ce n'était vraiment pas le genre de discussion qu'elle souhaitait avoir avec son père.

— C'est... poursuivit Arlyn en lâchant un rire nerveux, manquant de s'étrangler. Peu importe. Y a-t-il un moyen de revenir en arrière ?

Lyr sembla pâlir en s'adossant à sa chaise.

— Un prêtre peut rompre le lien. Mais il ne pourra plus être reforgé.

Elle en resta bouche bée. Si les liens d'âmes étaient si rares, le fait de rompre celui-ci mettrait un terme à la seule chance qu'elle avait. Pourquoi avait-elle accepté ce collier ? Elle n'aurait pas dû se précipiter comme ça.

— Quelles seraient les conséquences alors ?

— Ça ne changerait pas grand-chose pour toi, expliqua Lyr en baissant les yeux vers la table, où ses doigts battaient la mesure sans relâche, avant de la regarder de nouveau. Mais pour Kai ? La rupture d'un lien intervient seulement quand l'un des deux partenaires a fait quelque chose d'innommable. Tout le monde penserait qu'il a commis un acte impardonnable. Quelque chose d'atroce et de condamnable. Il ne ferait plus partie de notre famille, et je doute que la maison de son père accepte de le reprendre.

Arlyn posa une main sur sa poitrine oppressée.

— C'est extrême.

— Personne ne te blâmerait si tu décidais de faire appel à un prêtre, soupira Lyr. Mais prends le temps d'y réfléchir. Songe à ce que tu souhaites réellement. Je ne veux pas que tu te précipites comme Kai dans cette affaire.

— Je vais y réfléchir.

— Bien, conclut Lyr en se levant et en lui tendant la main. Va te reposer à présent. Nous irons voir Lial ensuite pour qu'il puisse rechercher tes origines.

Arlyn grimaça, mais laissa son père l'aider à se remettre sur ses pieds.

— Si c'est vraiment nécessaire.

KAI AGITAIT FRÉNÉTIQUEMENT la tête de droite à gauche sur l'oreiller lorsqu'Arlyn revint dans sa chambre. Elle se reprit au dernier moment, fermant la porte avec délicatesse au lieu de la claquer, avant de se précipiter à son chevet. Le guérisseur avait dit que la plaie était à peine refermée, et les mouvements de Kai pourraient la rouvrir. Tout en lui murmurant des paroles apaisantes, elle lui caressa les cheveux, encore et encore, jusqu'à ce qu'il arrête de bouger.

Kai fit alors irruption dans ses pensées.

— *Arlyn ?*

— *Pourquoi tu ne dors pas ?*

— *Des cauchemars, des hallucinations. Je ne sais plus.*

Arlyn approcha une chaise de son lit, s'assit, et lui prit la main.

— *Tu dois cesser de t'agiter, Kai. Je vais rester là si ça peut t'aider.*

— *Oui. S'il te plaît.* Il se tut un instant. *As-tu vu Moren ? J'ai cru l'entendre me parler tout à l'heure, mais Lial a dit qu'il n'était pas là. Ensuite j'ai rêvé qu'il essayait de me tuer. Il ne ferait pas ça. Nous n'avons jamais été proches, mais c'est mon frère.*

— *Chuuut, Kai. Ton frère n'était pas là. En tant que visiteur, il aurait d'abord parlé à Lyr avant de venir dans ta chambre, pas vrai ?*

— *Bien sûr.*

— *Après t'avoir laissé, j'ai passé tout mon temps avec Lyr, et personne du nom de Moren n'est venu lui parler. Ce n'était qu'un rêve.*

Kai se détendit en entendant cela. Puis il sombra de nouveau dans le sommeil tandis qu'elle continuait à lui caresser les cheveux.

La porte s'ouvrit avec un cliquetis, et le guérisseur entra d'un pas pressé. Jetant un regard noir à Arlyn, il s'arrêta de l'autre côté du lit.

— Arrête de le perturber, je t'en prie. J'ai déjà dû le calmer tout à l'heure.

— Je n'y suis pour rien, rétorqua Arlyn en le regardant aussi de travers. Il s'agitait dans tous les sens quand je suis arrivée. Quand j'ai réussi à l'apaiser, il m'a dit qu'il faisait des cauchemars et que son frère était venu ici.

— Encore ça ! Je ne comprends pas ce qui se passe. Il n'a pas de fièvre, ni aucune trace d'une infection. Ces hallucinations sont inexplicables. Après un tel traumatisme, et vu son manque de sommeil initial, il aurait dû dormir d'un sommeil de plomb. Je suis même surpris qu'il puisse rêver.

Lial se tut le temps de tracer une sorte de symbole au-dessus de Kai. Il scintilla pendant un bref instant avant de disparaître.

— *Clechtan !* Kai n'a recouvré aucune énergie depuis qu'il est là. En fait, il en a même perdu. La réduction est assez conséquente pour qu'il délire.

— Et ce serait dû à quoi ?

— Je ne sais pas trop, annonça Lial d'un air perplexe en se passant une main dans les cheveux. J'ai fait en sorte que le fer d'origine étrangère de la lame soit évacué de son organisme, mais en dehors de ça, je ne vois pas ce qui pourrait continuer à drainer son énergie de manière aussi régulière.

Arlyn se sentit subitement oppressée par l'ombre d'un doute. Elle jeta un coup d'œil par-dessus son épaule et poussa un grognement irrité. L'épée qu'elle avait emportée avec elle en quittant la Terre était rangée dans un coin, à côté de son sac.

— Bon sang ! s'exclama-t-elle dans un souffle.

Elle entendit le guérisseur marmonner quelque chose en Moranaien. Probablement un juron. Arlyn se leva et alla récupérer l'épée, qu'elle reposa ensuite à l'autre bout de la chambre. Lorsqu'elle se tourna de nouveau vers Lial, la noirceur de son regard était telle qu'elle commença à s'inquiéter de ce qu'il pourrait lui faire. Mais les guérisseurs ne faisaient généralement pas de mal aux gens, non ?

— Serais-tu en train d'essayer de le tuer ?

— Pardon ? rétorqua-t-elle, visiblement vexée. Pas la peine de le prendre comme ça.

Poussant un long soupir, Lial se frotta le front, ce qui lui permit apparemment d'évacuer un peu de tension nerveuse.

— Je te prie de bien vouloir excuser mon humeur maussade. Les trente dernières heures, j'ai supervisé un accouchement difficile, remis en place et guéri deux os cassés, et recousu Kai, un ami de longue date. Chaque fois que je m'apprête à aller me reposer, il s'agite. Mais je n'aurais pas dû reporter ma contrariété sur toi.

Arlyn l'observa avec attention et remarqua alors les traces de fatigue autour de sa bouche, ainsi que les cernes sous ses yeux. Croisant son regard, elle reprit l'épée en main.

— Très bien. Je comprends. Si vous avez fini de me fustiger, vous pourriez peut-être me dire quoi faire de ça ?

Lial esquissa un sourire. Au vu de sa propre attitude, il ne pouvait pas la blâmer pour son ton sarcastique.

— Mets-la dans le placard pour l'instant. Je verrai si je peux trouver de la soie tout à l'heure pour l'envelopper dedans.

— OK, approuva Arlyn en ouvrant la porte menant au dressing, avant de se retourner pour agiter la main en direction de Kai. Faites donc... ce que vous savez faire.

Lorsqu'elle revint, Lial était assis sur la chaise qu'elle avait installée près du lit et se massait les tempes. Il avait l'air encore plus pâle et éreinté que quelques instants auparavant, et Arlyn se demanda ce que ses pouvoirs de guérison lui coûtaient. À le voir, le prix devait être élevé. Son estomac se dénoua à mesure que sa colère latente s'amenuisait.

Lial leva les yeux vers elle.

— J'ai plongé Kai dans un sommeil profond. Tu devrais en profiter pour te reposer.

— C'est vous qui dites ça, répliqua-t-elle en souriant pour adoucir ses paroles. Mais, oui, je devrais. Lyr m'a demandé de le faire. Il voudrait que vous fassiez une recherche sur mes origines plus tard.

— Je peux le faire tout de suite, l'interrompit Lial en se levant. Viens, assieds-toi. Je vais m'occuper de ça avant de partir.

Arlyn espérait qu'il n'avait pas remarqué à quel point ses mains tremblaient lorsqu'elle s'approcha.

— Maintenant? Ça peut sûrement attendre. Je suis sûre que Lyr voudrait être là. Et vous êtes fatigué.

Lial fit un pas de côté et désigna la chaise.

— Assieds-toi. Le sort est très simple, et j'aimerais pouvoir dormir sur mes deux oreilles pendant quelques heures sans être interrompu. Je vais déjà devoir revenir auprès de Kai bien assez tôt.

Arlyn prit place en se tordant les doigts, l'estomac de nouveau noué. Elle n'avait aucune raison d'être nerveuse. Aucune. Mais elle l'était. Lorsque la magie de Lial se mit à tournoyer autour d'elle, elle ferma résolument les yeux. Quoi que le guérisseur découvre, elle devra simplement y faire face.

~

EN DÉPIT de tout ce qui s'était passé ces dernières heures, Lyr ne pouvait pas se permettre de négliger son travail. Il avait un nombre incalculable de tâches à accomplir pour sa demeure et le village voisin, et la plupart d'entre elles étaient tombées dans l'oubli suite à l'arrivée d'Arlyn. Puisqu'ils venaient d'entrer dans la saison de *toren*, qui débutait le jour suivant le solstice, chacun voulait finir ses projets d'extérieur avant la récolte. Lyr devait passer en revue les demandes de propriétaires pour des travaux de réparation ou d'extension de leurs maisons, et même quelques-unes pour la construction de nouvelles habitations, bien que cela se fasse habituellement au printemps, quand le temps était plus frais.

Lyr signa encore un autre papier et le posa sur une pile. Alors qu'il la faisait glisser sur le côté, le dos de sa main effleura quelque chose de dur, et il déplaça quelques papiers de plus pour voir ce que c'était. Sa paume plana un moment au-dessus de la couverture en cuir du livre avant qu'il pose sa main dessus. Son registre. Celui qu'il replaçait toujours dans le tiroir de son bureau. Il l'ouvrit à la dernière page et la trouva froissée, comme si quelqu'un avait tenté de la déchirer. Lyr avait enchanté son livre pour qu'il ne puisse être ni déchiré ni copié, que ce soit par une action physique ou par magie, mais quelqu'un avec une bonne mémoire aurait pu récolter un joli paquet d'informations.

Il relut les derniers mots qui avaient été enregistrés : « Rien qui ne puisse attendre mon rapport écrit. » Le fait que quelqu'un ait essayé d'effacer la trace de la dernière mission de Kai et que ce dernier se soit fait attaquer à peu près au même moment ne pouvait pas être une simple coïncidence. Mais pour quelle raison ? Lyr n'était pas habitué à ce genre d'intrigue. Depuis au moins un millénaire, les relations diplomatiques avec la Terre et les créatures féeriques associées avaient été paisibles. Les elfes troglodytes leur avaient rarement adressé la parole, et ceux de Moranaia se souciaient peu des humains. Tout avait changé désormais.

Lyr traça un glyphe additionnel au-dessus du livre pour s'assurer que seul quelqu'un possédant la clé du domaine pourrait le lire. Il aurait dû le faire avant, mais cela ne lui avait jamais semblé nécessaire. Il devait maintenant découvrir comment la nouvelle des négociations avec les Seelie avait filtré, et élucider le lien manifeste entre l'agression de Kai et le meurtre de son père.

Lorsqu'il avait communiqué par télépathie avec Kai après l'attaque, son ami avait dit quelque chose à propos des Sidhes, mais la douleur l'avait empêché de s'exprimer correctement. Un avertissement à propos du fait d'interférer dans leurs affaires ? Si un assassin à la solde des Sidhes avait réussi à s'introduire à Moranaia sans se faire repérer, les ennuis ne faisaient que commencer. Le portail était enchanté pour alerter les patrouilleurs d'une telle intrusion. Quelqu'un de suffisamment puissant pour contrer leurs défenses pourrait créer de sérieux problèmes.

Lyr replaça le registre dans son tiroir et ajouta un autre sort de verrouillage. Cette histoire d'avertissement était probablement fausse. Il était bien plus probable qu'un Moranaien soit derrière tout ça. Mais trouver qui pourrait à ce point réprouver son travail avec les Sidhes ? Pratiquement impossible. Il serait plus simple de chercher quelqu'un qui serait prêt à voyager jusqu'à la Terre pour le compte des Sidhes.

Une quarantaine de millénaires de paix relative – enfin, à l'exception des guerres archaïques avec les dragons – avaient tendance à rendre un peuple complaisant.

CHAPITRE 11

ALORS QUE LYR PRENAIT sur une des nombreuses piles un rapport sur le rendement prévisionnel des cultures, il sentit la présence de Lial, qui cherchait à entrer en communication avec lui.

— *Oui ?*

— *J'ai terminé mon examen des origines de ta fille.*

Lyr reposa le papier avant de céder à son envie de le froisser.

— *Et ?*

— *Sa mère avait un quart de sang moranaien. Le grand-père d'Aimee était issu de la famille Baran, de la branche des Taian.*

— *Tu en es certain ?*

Il poussa un long soupir en mettant en désordre les piles sur le bureau.

— *Tu n'as aucun doute ? reprit-il.*

L'exaspération de Lial se fit un peu ressentir à travers leur connexion.

— *J'ai consacré dix années de mon apprentissage à l'identification de toutes les lignées de Moranaia. Je suis sûr de moi.*

— *Bien entendu.*

Les liens du sang étaient d'une importance primordiale chez

les elfes. Lyr aurait dû prendre en compte l'évidente rigueur de l'apprentissage du guérisseur.

— *Merci.*

— *Dérange-moi pour quelque chose de moins important qu'une naissance ou une blessure mortelle dans les trois heures à venir et je glisserai quelque chose de fâcheux dans ton verre.*

Lyr sourit et lui transmit mentalement sa parole. Son ami au caractère bien trempé était toujours irascible lorsqu'il était fatigué. Mais lorsque leur communication prit fin, le sourire de Lyr s'évanouit. *La famille Baran.* Comme tous les elfes, il avait dû mémoriser le placement de chacune des maisons le long des trois branches durant ses années d'études, mais après cinq cents ans, les plus éloignées étaient devenues floues.

Il s'écarta de son bureau et marcha jusqu'à la bibliothèque la plus proche. Le dos courbé, il passa sa main sur les reliures des livres de l'étagère du bas. Lyr savait que les Baran ne descendaient pas de l'un des trois premiers ducs de la branche des Taian, car il avait rigoureusement mémorisé ces lignées en particulier. *Pourrait-il s'agir de… ?* Il sortit un épais volume détaillant les ramifications des lignées des quatrième et cinquième ducs, puis alla le poser sur son bureau.

Lyr ne prit pas la peine de s'asseoir tandis qu'il passait l'index en revue. *Baran. Oui.* Le chef de famille actuel se trouvait sur la quatrième sous-branche dans la descendance du quatrième duc. Un seigneur de rang inférieur sans autre maison sous son commandement. Dans quelles circonstances lui ou l'un des siens s'était-il retrouvé à engendrer un enfant sur Terre ? Lyr tapota la page du doigt. Il pourrait parcourir les registres des guides répertoriant les personnes qu'ils avaient transportées à travers le Voile, mais il aimerait autant s'éviter cette corvée si c'était possible.

Le seigneur Loren Baran serait certainement à même de le renseigner.

APRÈS PLUS D'UNE heure d'un sommeil précaire, Arlyn abandonna l'idée de pouvoir réellement se reposer. Elle se massa la nuque, raidie par sa position inconfortable sur la chaise. Pas étonnant qu'elle n'ait pas réussi à dormir. Malgré son état de fatigue, Kai était un parfait inconnu, et même s'il était inconscient, elle n'avait pas pu se résoudre à s'allonger près de lui. Elle ne pouvait pas lui faire autant confiance.

Elle attrapa de quoi s'habiller parmi les vêtements posés à côté du lit et se dirigea vers le dressing. Au moment d'enlever sa chemise de nuit, elle se rendit compte qu'elle l'avait portée toute la soirée. Arlyn ferma les yeux tandis que son visage s'empourprait. *Génial !* Elle avait été présentée au capitaine de la garde de son père alors qu'elle était en chemise de nuit. Elle avait vraiment dû faire bonne impression. Si elle continuait sur cette lancée, elle deviendrait probablement la risée du foyer de son père en moins de quelques jours. Un foyer avec visiblement peu d'occupants à bien y réfléchir. Elle avait vu peu de monde en dehors de la famille depuis qu'elle était arrivée.

L'étrange vacuité continua à tarauder Arlyn tandis qu'elle se dirigeait vers le jardin. Les gens qu'elle apercevait au loin se débrouillaient toujours pour se volatiliser avant qu'elle puisse les rejoindre. Mordillant sa lèvre inférieure, elle balaya le sentier du regard. Qu'est-ce qui se passait, bon sang ? Était-ce dû à son statut d'étrangère ? Au fait qu'elle était en partie humaine ? Les elfes n'étaient peut-être pas particulièrement sociables. Encore une autre question à poser à son père.

Au moins elle n'avait pas besoin de s'inquiéter du fait de devoir s'arrêter pour échanger des politesses.

Comme la maison, le jardin se fondait dans l'environnement arboré. Les fleurs semblaient avoir été plantées sans schéma précis en tête et les allées ne suivaient pas un tracé régulier, mais Arlyn était certaine que ce désordre apparent avait un but. Entendant de l'eau couler, elle pivota vers la droite pour chercher le ruisseau, avec l'assurance de pouvoir le localiser en se fiant au bruit. Elle aurait pu consulter sa carte mentale, bien sûr, mais ç'aurait été bien moins drôle.

Même si tout lui était étranger dans ce monde, Arlyn se sentait plus chez elle à Moranaia que sur Terre. Elle ne s'était *jamais* sentie à sa place là-bas. Après quelques années désastreuses à l'école primaire, sa mère avait poursuivi son éducation à la maison. Arlyn avait pris grand plaisir à sillonner les forêts près de chez elle, apprenant des techniques de survie dans les bois. À l'adolescence, elle avait rejoint une compagnie médiévale où elle avait pris des cours sur la façon de manier une épée et d'utiliser un arc. Et au lieu d'occuper un emploi classique quand elle avait atteint l'âge adulte, elle s'était lancée dans la fabrication d'arcs, qu'elle vendait dans les fêtes médiévales.

Arlyn comprenait à présent pourquoi sa mère s'était montrée si compréhensive. Du sang elfe avait également coulé dans ses veines.

Elle s'arrêta près du petit ruisseau, qui passait entre deux arbres ressemblant à des saules, et se laissa bercer par le son apaisant de l'eau. Au moins maintenant elle savait pourquoi sa mère l'avait encouragée à s'adonner à ces passe-temps qui sortaient de l'ordinaire. La plupart des parents auraient orienté leur progéniture vers les clubs sportifs ou les majorettes, mais pas Aimee. Sa mère avait été fière des curieux exploits de sa fille. Le manteau de leur cheminée avait été orné de photos de ses tournois de combat à l'épée ainsi que de ses trophées de tir à l'arc.

Arlyn se demanda comment elle était supposée réagir à ce qu'elle venait d'apprendre. L'air contrarié, elle s'assit sur un petit tronc couché près du ruisseau et observa l'eau tourbillonner autour des rochers. Pendant un bref instant après l'examen de Lial, elle s'était demandé si sa mère avait été au courant. La réponse était sûrement non. De tous les métiers que le père d'Aimee aurait pu exercer, il avait choisi celui de sidérurgiste, et il était mort avant ses trente ans. Il aurait sans aucun doute choisi une autre profession si son ascendance avait été de notoriété publique.

Dieu qu'il fait chaud ! Arlyn pinça l'avant de sa chemise à manches longues et secoua le vêtement pour s'éventer, mais cette petite brise ne lui fut pas d'un grand secours. Elle jeta un coup d'œil au ruisseau. Et si elle mettait les pieds dedans ? Y avait-il une règle l'interdisant ? Ce monde avait beau parler à une partie de son âme, elle ne comprenait toujours rien à l'étiquette elfique.

Avant qu'Arlyn parvienne à se décider, le bruit de pas retint son attention, et elle leva la tête pour voir Lyr approcher. Les traits de son visage étaient marqués par des ridules de contrariété et de fatigue lui conférant un air maussade. Elle prit une grande inspiration, inquiète pour lui.

— Est-ce que tout va bien ?

— Plus ou moins, répondit-il en soupirant, avant de remarquer l'apparence de sa fille d'un bref coup d'œil. Par tous les dieux, Arlyn, comment peux-tu supporter d'être dehors dans cette tenue ? Tu dois mourir de chaud !

— Je ne pense pas être capable de le supporter encore longtemps, avoua-t-elle en levant les yeux au ciel. On était au début du printemps quand je suis partie et il faisait frisquet, alors j'ai surtout emporté des vêtements chauds. Et ma seule tenue adaptée est toute sale.

— Je vais te trouver des vêtements plus appropriés pour la saison. Lial ne va pas être content si je te laisse attraper un coup de chaleur, lança-t-il en tendant la main pour l'inviter à le suivre. Retournons à la maison, si tu veux bien. Nous utilisons la magie pour conserver la fraîcheur à l'intérieur là-bas. Je dois m'entretenir avec toi.

Arlyn laissa son père l'aider à se remettre sur ses pieds.

— J'ai l'impression que les nouvelles ne sont pas bonnes.

— Il n'y a pas de quoi s'alarmer, en réalité, mais elles ne sont pas forcément plaisantes non plus.

— Génial, soupira-t-elle en suivant son père le long d'un autre sentier qui longeait le ruisseau. J'ai peur de demander.

Lyr tourna subitement à droite et la demeure réapparut dans leur champ de vision.

— Je viens de passer la dernière demi-heure à discuter avec le chef de famille des Baran.

— Et ?

— Il veut t'envoyer un maître de magie au plus vite.

Le cœur d'Arlyn trébucha.

— Comment ? Pourquoi ?

Lyr s'arrêta devant l'une des portes du manoir.

— Ta magie est en train d'émerger, Arlyn. Je peux la sentir tournoyer autour de toi, mais mes facultés ne fonctionnent pas de la même manière. Tu as besoin d'un maître de magie avant de perdre le contrôle.

— Je ne suis pas un peu vieille pour que mes pouvoirs se développent comme ça ? demanda-t-elle en se pinçant l'arête du nez, sentant venir un mal de crâne. Je pouvais à peine allumer un feu avant.

— Sur Terre. L'énergie magique est plus basse. C'est l'une des nombreuses raisons pour lesquelles les créatures féeriques sont parties. Quelque chose a changé et le flux a perdu de son intensité. Un mage expérimenté peut s'en accommoder, mais il est possible que la plupart de tes talents aient été latents à cause d'une énergie insuffisante. Tu n'avais pas les connaissances nécessaires pour la faire augmenter.

— Je ne suis pas prête pour ça.

— Pour la magie ?

— Non. Oui, répondit Arlyn en enroulant ses bras autour de sa taille. Tout va si vite. Je suis sûre que je vais trouver le moyen d'offenser ce maître dès qu'il arrivera. Ou elle. Peu importe. Je ne comprends pas vos règles.

— Calme-toi, Arlyn, la rassura Lyr en posant une main sur la joue de sa fille. J'ai une idée pour remédier à ça.

— Tu connais un sort pour m'enseigner les convenances ?

— Non, répondit-il en souriant. Il n'y a pas de sort qui permettrait de t'inculquer nos coutumes. Mais je pense que le fait de lire quelques livres sur le sujet pourrait aider. Le maître qui te sera assigné saura que tu ne viens pas de notre monde. Il ne s'attendra pas à ce que tu saches quoi que ce soit.

— J'ai combien de temps devant moi ?

Arlyn remarqua l'air embarrassé de son père alors qu'il se tournait pour ouvrir la porte. Il lui fit signe de passer devant.

— Le seigneur Loren voulait envoyer quelqu'un dès aujourd'hui, mais j'ai refusé. Ton nouveau maître de magie arrivera demain soir.

Sa fille s'arrêta si brusquement que Lyr faillit lui rentrer dedans. Elle fit volte-face, puis recula de quelques pas.

— Demain ?

— Je sais que ça fait beaucoup à digérer d'un coup, Arlyn. Vraiment, assura Lyr en levant les mains dans un geste compréhensif. Mais nous avons réellement besoin d'un mage accompli ici. Si une autre attaque devait se produire, tu pourrais perdre le contrôle.

Voyant l'inquiétude dans les yeux de son père, Arlyn céda.

— Très bien.

— Je suis désolé, ajouta Lyr d'un air peiné en baissant les mains. La bibliothèque est juste là. Je ferai de mon mieux pour t'aider à te préparer. Nous allons tous t'aider.

Après quelques pas de plus dans le couloir, il ouvrit encore une autre porte pour elle. Arlyn s'arrêta sur le seuil, bouche bée. Sa carte mentale lui avait indiqué que la bibliothèque se trouvait dans une tour. Mais la réalité allait au-delà de tout ce qu'elle aurait pu imaginer. Son regard se porta vers le plafond, avant de regarder encore plus haut. Son attention dévia sur les multiples niveaux aux innombrables rayonnages qui semblaient pratiquement percer le ciel. Le centre était occupé par un escalier en colimaçon, avec une plateforme à chaque niveau. *Splendide.*

Arlyn finit par baisser les yeux pour observer la base de la pièce. Le sol de la tour était plus bas que le terrain extérieur, ce qui avait permis d'aménager un niveau supplémentaire. De grandes tables étaient disposées au centre, avec quelques livres ici et là. Sa grand-mère était assise à la table la plus éloignée, tenant quelque chose au-dessus d'un épais volume visiblement ancien. Arlyn et Lyr descendirent les quelques marches permettant de la rejoindre, et Lynia leva la tête, l'air complètement perdu dans ses pensées.

— *Laiala ?*

Arlyn entendit la question dans la voix de son père et suspecta qu'elle ne concernait pas seulement la raison de la présence de sa grand-mère dans la bibliothèque. Lynia reporta son attention sur le visage de Lyr, et elle lui adressa un sourire entendu.

— Je vais bien, mon chéri.

— Après ce qui s'est passé tout à l'heure...

— J'ai suffisamment pleuré, annonça Lynia en tapotant le livre. Je vais faire en sorte que justice soit rendue à présent.

Lyr parut extrêmement surpris.

— Tu penses que tu vas trouver le nom du meurtrier de mon père dans un livre ?

— On peut pratiquement tout trouver dans un livre avec un peu de patience, assura Lynia avec un sourire on ne peut plus rusé. Il ne faut jamais se mettre un érudit à dos.

— Mais comment... ?

— Tu as fait le rapprochement entre le meurtre de Telien et l'agression de Kai grâce au sceau sur le pommeau du poignard. Mais pourquoi frapper de nouveau maintenant, après tout ce temps ? Je n'étais pas au courant pour la mission de Kai avant hier, lorsque tu m'as parlé de l'empoisonnement de l'énergie. Je suis donc en train de fouiller les registres pour voir si ce type de problème s'est déjà produit auparavant. Ça nous aidera à déterminer si la cause est naturelle ou intentionnelle. Et si tu veux bien me donner la lame incriminée, je verrai si je peux trouver plus d'informations sur le sceau ornant le pommeau.

Lyr la regarda fixement, bouche bée, avant de secouer la tête d'un air hébété.

— J'aurais dû faire appel à toi plus tôt.

Arlyn resta admirative devant le sourire serein de sa grand-mère.

— Tu aurais dû, oui.

Malgré son air penaud, Lyr laissa échapper un petit rire.

— J'en prends bonne note. Je te laisse vaquer à tes occupations.

— Merci, dit Lynia en levant le petit objet rond en verre qu'elle tenait à la main. C'est déjà assez difficile comme ça de déchiffrer ces petits caractères. Rappelle-moi de lancer un sort de duplication pour copier tout ça dans de plus gros ouvrages lorsque j'aurai le temps.

N'attendant visiblement pas de réponse, Lynia se pencha de nouveau sur le livre. Tandis qu'Arlyn suivait son père jusqu'au pied de l'escalier en colimaçon, elle se retournait sans cesse pour observer sa grand-mère. Une érudite. Il faudrait qu'elle s'en souvienne. Elle avait tant de questions à propos de ce monde, et Lynia pourrait peut-être l'aider à répondre à certaines d'entre elles.

Ils montèrent jusqu'à la seconde plateforme où ils arpentèrent les rayonnages. Lyr s'arrêta à quelques mètres d'Arlyn, puis passa les ouvrages en revue pendant un moment avant d'en sortir plusieurs des étagères. Il tendit l'un d'eux à sa fille en souriant.

— Celui-là sera probablement la meilleure source d'informations.

Après un bref coup d'œil au livre, Arlyn le regarda d'un air incrédule.

— Tu réalises que je ne peux pas lire ça, non ?

— Pardon ? la questionna-t-il en fronçant les sourcils.

— Tu n'as pas remarqué que nous nous sommes toujours parlé dans ma langue natale depuis que je suis arrivée ? demanda-t-elle à son père en lui rendant le livre. Tous ceux que j'ai croisés ont fait de même, d'ailleurs. Ce qui est écrit là, ça ne ressemble à aucune langue de ma connaissance.

— Oh ! ricana Lyr d'un air penaud. J'avais complètement oublié pour être honnête. Il y a huit ans, j'ai ordonné à tout le monde de parler ta langue au sein du domaine, excepté en présence d'un visiteur qui ne la maîtriserait pas. Dans deux ans, nous passerons à une autre langue.

— Pour quelle raison ?

— Rappelle-toi que notre peuple vivait sur Terre jadis. La maison Dianore est chargée de suivre l'évolution de notre planète d'origine. Nous sommes les gardiens du passage entre les deux royaumes, expliqua-t-il alors que son visage s'assombrit. À mesure que les années passent, j'ai la certitude croissante que nous allons devoir rétablir le contact avec le monde des humains, ce qui pourrait s'avérer fastidieux si nous ne pouvons pas communiquer avec qui que ce soit, faute de parler la même langue.

Arlyn le suivit jusqu'à l'escalier.

— Ça ne veut pas dire que vous êtes obligés de parler comme ça ici.

Son père la regarda par-dessus son épaule.

— J'ai un sort qui peut inculquer à quelqu'un le vocabulaire, et la grammaire jusqu'à un certain point, d'une langue donnée, mais il faut de la pratique pour être réellement capable de l'utiliser pour communiquer. Sans parler du fait que certaines personnes ont été enchantées avec des formes linguistiques plus anciennes au fil des années, et les mises à jour ne sont pas évidentes.

— Tu es vraiment si certain de ce qui va se passer que tu ressens le besoin de t'exercer à parler des langues humaines ? interrogea Arlyn en mordillant le bout de son pouce pour tenter d'ignorer le sentiment de malaise qui s'infiltrait en elle. Ce sort ne doit pas être si efficace que ça.

Lyr sourit et s'arrêta au bas de l'escalier pour attendre Arlyn. À l'autre bout de la pièce, Lynia était toujours penchée sur son livre, ne prenant même pas la peine de lever les yeux.

— Le langage est une construction sociale, commença à expliquer son père. Il évolue constamment au fil du temps et n'est pas l'œuvre d'une seule et unique personne. Tu peux savoir ce qu'un mot signifie techniquement, mais tu ne le comprendras pas réellement avant de l'avoir employé avec autrui.

— Sauf si tu as un bon dictionnaire, lâcha Arlyn en riant.

— Vraiment ? répliqua-t-il avec un sourire satisfait tandis qu'il se dirigeait vers la porte restée ouverte. Dis-moi alors, en tant qu'experte, que veut dire le mot « bonjour » ?

— Facile, ça veut dire…, commença Arlyn avant de grimacer.) Eh bien, ça veut dire « bonjour ». C'est juste une façon de se saluer.

— Et quelle serait l'utilité de ce mot s'il n'était pas adressé à quelqu'un d'autre ?

— Je vois ce que tu veux dire. Mais je doute que vous autres soyez capables d'utiliser les mots de la même manière que les gens sur Terre.

Lyr acquiesça d'un hochement de tête.

— C'est vrai. Mais nous devrions quand même être capables de parler un dialecte compréhensible. Ta présence va aider, en fait.

— Ma présence ? répéta-t-elle en le suivant hors de la bibliothèque et dans le couloir menant à son bureau. Je ne suis pas professeur de langues.

— Non, mais comme tu es née sur Terre, tu es bel et bien une experte. Kai et moi avons passé du temps parmi les humains ces dernières années, et nous parlons ta langue natale mieux que quiconque ici, mais ça ne nous empêche pas d'employer des termes désuets parfois.

— En tout cas, ne t'attends pas à grand-chose de ma part quand vous passerez à une autre langue. J'ai appris un peu d'espagnol quand j'étais plus jeune, mais je ne m'en souviens plus vraiment, annonça-t-elle avant de marquer un temps d'arrêt, agrippant le bras de son père d'un air paniqué. Oh non ! Je ne pourrai plus parler à personne quand ça arrivera, pas vrai ?

— Arlyn, dit-il en haussant les sourcils, j'utiliserai le même sort que pour tous les résidents du domaine pour t'inculquer la nouvelle langue.

Elle se détendit et le lâcha afin qu'ils puissent reprendre leur marche dans le couloir.

— Combien de langues parles-tu au final ?

— Laisse-moi réfléchir, répondit-il alors que son regard se fit lointain. Je parle anglais, français, espagnol, mandarin, japonais, arabe, gaélique, allemand, russe, et plus de dialectes féeriques que je ne saurais les compter. Je n'ai cependant toujours pas trouvé quelqu'un pour m'enseigner la langue des Ljósálfars.

— Des quoi ?

— Des elfes nordiques. Ils vivent reclus et peuvent parfois se montrer hostiles. Nous sommes parents avec eux, comme avec les Sidhes, même s'il est peu probable que tu entendes un jour un Ljósálfar l'admettre.

— Ils ont l'air charmants, conclut Arlyn avec ironie en échangeant un sourire avec son père.

Lorsqu'ils atteignirent l'entrée du bureau de Lyr, elle lui tint la porte pour lui éviter de jongler avec les livres.

— Est-ce que tu es aussi un érudit ?

— Non. Avant de rencontrer ta mère, je voyageais à travers le monde des humains pour le compte de mon père afin de m'assurer qu'aucun événement majeur ne requérait notre attention. J'ai utilisé la magie pour apprendre la plupart de ces langues il y a plusieurs années déjà, et il est probable que je ne saurais pas bien m'exprimer avec les gens d'aujourd'hui. Mais je pourrais sans doute m'adapter assez rapidement s'il le fallait.

Tandis que Lyr posait les livres sur une petite table, Arlyn tressaillit. Quelles circonstances pourraient mener au retour des elfes sur Terre ? Des bribes de conversations entendues ici et là lui traversèrent l'esprit. *D'autres dimensions. Les Sidhes. L'énergie empoisonnée.* Les humains pourraient-ils être impliqués ? Et si c'était le cas, où se situerait sa propre loyauté ?

Arlyn avait passé seulement une journée ici, et déjà, elle était incapable de répondre à cette question.

CHAPITRE 12

L YR SE TOURNA VERS ARLYN, un sourire aux lèvres malgré le sérieux de leur conversation.

— J'espère que les recherches de *laiala* donneront quelque chose. J'aurais vraiment dû faire appel à elle plus tôt.

Le regard lointain de sa fille se posa de nouveau sur lui.

— Désolée. J'étais perdue dans mes pensées, s'excusa-t-elle en se mordillant la lèvre. Mais maintenant que j'y pense, pourquoi ta mère n'est-elle pas à la tête du domaine ? Est-ce que seuls les hommes occupent les postes de dirigeants ici ?

Lyr fit non de la tête.

— Qu'est-ce qui te fait penser une chose pareille ? Ton propre titre d'*ayala* te désigne comme mon héritière. Cette fonction est généralement héréditaire, revenant au premier-né, quel que soit son sexe.

— Une minute, quoi ? répondit Arlyn en devenant pâle, et son cœur se serra. Je suis ton héritière ? Je pensais que c'était une sorte de terme de courtoisie. Je ne pourrai pas prendre le relais après toi. Je ne sais même pas comment entamer une conversation ici. Tu as même dit que tu ne me faisais pas entièrement confiance.

— Respire, Arlyn, la rassura-t-il alors que son sourire s'évanouit, et Lyr s'approcha d'elle. Je suis désolé d'avoir dit ça. Ce n'était pas mérité.

— Mon titre ?

Lyr se passa une main dans les cheveux.

— Le fait que je doute de toi. Alors que c'est moi qui ai quitté ta mère, et que c'est toi qui as dû me retrouver. Ce n'était pas correct de ma part de te traiter comme ça.

— C'était compréhensible, argumenta-t-elle.

Il ouvrit la bouche pour la contredire, mais elle leva la main pour l'arrêter.

— Non, vraiment. Je le comprends encore maintenant. Mais le fait que je sois ton héritière ? C'est insensé, poursuivit-elle.

Devant son regard paniqué, Lyr se demanda ce qu'il pourrait faire pour l'apaiser. Il franchit la distance qui les séparait et posa ses mains sur ses épaules.

— Tu es mon premier enfant. Ce serait un déshonneur de ne pas te désigner comme tel. En fait, tu raisonnes toujours comme une humaine.

Un brin d'irritation vint atténuer la panique dans les yeux d'Arlyn.

— C'est une insulte ?

Son père esquissa un sourire.

— Non. C'est une observation. Même avec le sang humain qui coule dans tes veines, tu vivras probablement pendant deux ou trois millénaires au minimum, et sans doute quelques-uns de plus. J'ai seulement cinq cent quarante-neuf ans. Si tu décides de rester, d'accepter ton statut d'*ayala*, tu auras largement le temps d'apprendre nos coutumes. S'il y a bien une chose que les elfes ont, c'est du temps.

— Seigneur ! s'exclama-t-elle, ses épaules s'affaissèrent un peu sous les mains de son père. Je n'avais même pas réfléchi à ça.

Lyr grimaça. Heureusement qu'il était censé la réconforter.

— Laisse les choses se faire. Et si je t'inculquais notre langue ? Voilà qui devrait amplement suffire à te distraire.

— Maintenant ?

Après avoir jeté un coup d'œil à la clepsydre, il hocha la tête pour acquiescer.

— Le plus tôt sera le mieux.

Arlyn soupira.

— Pourquoi pas, après tout.

Lyr la guida jusqu'à l'une des chaises au centre de la pièce, puis installa son propre siège de manière à lui faire face. Lorsqu'elle hocha la tête pour donner son consentement, il débuta.

LE CORPS de son père devint entièrement immobile, hormis sa main droite qu'il utilisa pour tracer une série de symboles dans les airs tellement vite qu'Arlyn ne pouvait les assimiler. Elle sentit l'énergie s'accumuler et arrivait presque à suivre le mouvement des flux pratiquement invisibles qui s'entremêlaient pour former une boule lumineuse au centre de la paume gauche de Lyr. Avant qu'elle réalise ce qu'il s'apprêtait à faire, il tourna sa main vers elle et vint presser la boule au milieu de son front. Arlyn poussa un petit cri surpris à ce contact alors que l'énergie prenait de l'ampleur, traçant vivement son chemin à l'intérieur de son crâne via des canaux dont elle ignorait complètement l'existence. Elle tressaillit sous le coup des picotements presque douloureux qu'elle ressentit. Son esprit lui parut rejeter le sortilège pendant un moment, avant qu'elle s'oblige à se détendre pour le laisser œuvrer. Les picotements s'atténuèrent aussitôt à mesure que le sort prenait racine dans son cerveau.

— *Lae'ial hy maliar na Moranaia dæ gher*, murmura Lyr en pressant son index au milieu de son front. J'imprègne ton esprit de la langue moranaienne.

L'énergie s'embrasa, détournant un instant son attention de la douleur cuisante de plus en plus intense sur le côté gauche de sa tête. Puis les mots commencèrent à lui traverser l'esprit. C'était tellement rapide qu'elle ne parvenait à saisir leur sens, et chacun d'entre eux semblait accentuer la douleur atroce qu'elle ressentait. Comme si quelqu'un lui enfonçait des pics dans le cerveau. Pendant un moment, Arlyn renonça à essayer de comprendre chaque mot, espérant que la souffrance s'amenuiserait si elle se détendait, mais cela n'aida pas. Agrippant sa tête à deux mains, elle se plia en deux et tenta de reprendre son souffle. C'était trop. *Beaucoup trop.*

Tout devint noir.

— Arlyn.

Elle grimaça en entendant vaguement son nom. Portant ses mains à sa tête, elle y exerça une pression pour tenter de soulager son mal de crâne. Quand elle se risqua à rouvrir les yeux, la lumière la transperça et raviva son supplice.

— *Clechtan !*

Un éclat de rire vint atténuer l'expression inquiète de Lyr, et Arlyn remarqua alors qu'il s'était agenouillé à côté de sa chaise.

— De tous les mots que tu viens d'apprendre, *clechtan* est le premier qui te vient à l'esprit ?

— Les enfants chez les elfes ne cherchent pas d'abord dans le dictionnaire les gros mots ? bafouilla Arlyn, s'emmêlant les pinceaux dans la formulation de sa question.

— C'était une façon intéressante de le dire, admit-il en s'esclaffant de nouveau, avant de retourner s'asseoir sur sa chaise. La réponse est non, ce n'est pas habituel. Les jurons ne sont pas vraiment tabous chez nous. Les jeunes sont plus susceptibles de chercher à se renseigner sur les traditions en matière de séduction. Comment crois-tu que je savais où trouver les livres sur l'étiquette ?

— Tu veux dire que ces ouvrages parlent des règles à respecter pour le sexe ? bafouilla-t-elle de nouveau en regardant les livres qu'il avait rapportés de la bibliothèque.

— Ah, répondit-il simplement, ses traits se crispèrent de manière étrange alors qu'il réprimait un éclat de rire. Les livres que j'ai pris ne comportent rien de tel, mais ils se trouvent à côté de ceux qui en parlent dans la bibliothèque. Dis-moi que nous n'avons pas besoin d'avoir cette conversation-là, je t'en prie.

— Pas la peine, non, répondit-elle en souriant et en secouant la tête, un geste qu'elle regretta aussitôt. Je pense que je vais attendre d'avoir de nouveau un cerveau fonctionnel avant de reprendre la parole.

— C'est sans doute une bonne idée, dit Lyr en tournant les yeux vers la porte. Lial sera là dans un moment pour soulager la douleur.

Comme s'il l'avait entendu, le guérisseur fit son entrée, avec son air renfrogné habituel.

— Trois heures et quinze minutes, Lyr ? Je devrais quand même glisser quelque chose dans ton verre.

Arlyn vit son père lever les yeux au ciel.

— Je suis sûr que tu étais déjà réveillé.

Lorsque Lial se pencha près de sa chaise, Arlyn remarqua la pointe d'humour dans son regard et se demanda à quel point il simulait sa mauvaise humeur permanente.

— Désolée de vous déranger encore.

Le guérisseur haussa les épaules.

— C'est mon boulot. Détends-toi simplement.

Arlyn ferma les yeux et obligea ses membres à se détendre. Elle ne savait pas trop comment, mais elle avait bien failli bloquer le sortilège de son père à peine quelques minutes plus tôt. La dernière chose qu'elle voulait était d'empêcher Lial de soulager sa douleur. Elle tenta de ne plus penser à rien tandis que l'énergie du guérisseur flottait autour d'elle. Le temps de quelques battements de cœur, son mal de crâne s'atténua, puis disparut complètement.

Arlyn adressa un sourire au guérisseur.

— Merci.

— Je ne peux pas vraiment dire « de rien » puisque mes soins étaient bien nécessaires, mais j'apprécie.

Lial se leva et retraversa aussitôt la pièce à grandes enjambées. Une fois à la porte, il fit volte-face.

— Je vais aller voir comment se porte Kai. Pourriez-vous tous deux vous abstenir de vous blesser gravement pendant un moment ?

Le rire grave de Lyr résonna dans le bureau tandis que la porte se refermait avec un cliquetis. Arlyn ne put s'empêcher de sourire.

— Il est toujours comme ça ?

— La plupart du temps. Mais nous le gardons quand même.

Le ton de sa voix reflétait toute l'affection qu'il portait au guérisseur, née d'une vie entière de souvenirs qu'Arlyn ne connaissait pas. Elle sentait qu'il s'agissait d'une blague entre eux et se demanda si elle serait un jour assez proche de l'un d'entre eux pour la comprendre.

— Et maintenant ?

Lyr prit un livre sur la table et commença à le feuilleter.

— Maintenant, tu lis.

Arlyn tentait de se concentrer sur le livre posé sur ses genoux, mais son regard voguait sans cesse vers Kai. Son père avait souligné plusieurs passages à lire pour elle, puis elle était retournée dans sa chambre et s'était installée sur la chaise à côté du lit. En dépit de sa confusion quant à la nature de sa relation avec Kai, elle ne pouvait pas s'empêcher de lever les yeux de son livre pour voir comment il allait. Elle préférait tenter de le découvrir, lui, plutôt que l'étiquette qui leur était attribuée, comme si elle pouvait deviner la nature de leur connexion et les raisons pour lesquelles il l'avait établie simplement en scrutant le moindre de ses traits.

Bon sang, quelle idée niaiseuse ! Si elle n'y prenait pas garde, ce lien allait la transformer en romantique avec des étoiles plein les yeux, et qu'adviendrait-il alors d'elle ? Au lieu d'apprendre quoi que ce soit d'utile sur son héritage elfique, elle commencerait à écrire des sonnets sur son visage aux traits finement ciselés, ses longs cheveux noirs, et... Avec un reniflement de dérision, Arlyn tourna résolument les yeux vers son livre. Si elle passait son temps à le reluquer, il lui serait plus difficile de hurler sur Kai. Protocole. Elle devait se concentrer sur le protocole.

Lors de l'accueil d'un invité, il est impératif de faire en sorte que ledit personnage se sente à la fois à l'aise et important. Son confort doit primer sur celui de son hôte. Ceci est d'autant plus important si l'invité a fait le déplacement pour apporter son soutien à la maison de son hôte ou s'il est reconnu comme sage, maître, ou prêtre. Des personnages aussi importants doivent être reçus avec le plus grand respect dû à leur position.

Arlyn fronça les sourcils tandis qu'elle prenait le temps de relire le passage. Qu'est-ce qui faisait de quelqu'un un maître reconnu ? Y avait-il quelques subtilités dans la formulation qu'elle n'aurait pas comprises ?

Elle allait devoir se renseigner auprès de son père, mais ce ne serait pas pratique d'aller le voir chaque fois qu'elle avait une question. Pourrait-elle le joindre par télépathie comme elle l'avait fait avec Kai ? Il était possible qu'elle puisse uniquement communiquer avec Kai de cette façon à cause de leur lien, mais peut-être pas. Plissant le front sous l'effort de concentration, elle chercha l'énergie qu'elle associait à Lyr, et quand elle la trouva, elle exerça une pression dessus avec sa propre essence. La surprise de son père ne lui échappa pas lorsqu'elle réussit à établir la communication.

— *Lyr ?*

— *Arlyn !*

Le maelström d'émotions qui accompagna ce simple mot la fit tressaillir. Sa puissance lui coupa le souffle et lui brouilla la vue.

— *Réduis l'intensité de la connexion ! Retire-toi !*

— *Comment ça ?* parvint-elle à dire d'une voix étranglée.

Arlyn se retira à l'aveuglette jusqu'à ce que leurs énergies se touchent à peine. Dès lors, elle ne ressentit plus le flot d'émotions de Lyr.

— *Qu'est-ce que j'ai fait ?*

— *Tu as créé une liaison plutôt intense, tieln,* répondit-il d'un ton manifestement amusé. *Pour mémoire, faire ça sans y être invité est considéré comme malpoli.*

Elle rougit d'embarras. Heureusement qu'il n'était pas là pour la voir.

— *Désolée. Je ne savais pas ce que je faisais.*

— *Je m'en suis rendu compte. La prochaine fois, effleure simplement mon énergie avec la tienne et attends une réponse. Si je n'établis pas la liaison, tu dois assumer que je ne souhaite pas être dérangé et que je répondrai dès que possible. Il n'y a qu'en cas de réelle urgence que tu peux insister et initier la communication toi-même.*

Arlyn rougit davantage.

— *OK.*

— *Ne te tourmente pas,* la rassura-t-il en envoyant *une onde de réconfort à travers leur connexion. Alors, qu'est-ce qui t'a poussée à venir me trouver ?*

— *J'essaie de me préparer à recevoir quelqu'un de la façon suggérée par le livre que je lis, mais je n'ai pas assez d'informations sur mon mentor. Par exemple, est-ce que cette personne est un maître reconnu ?*

— *Son titre formel est* Taian ia'Kelore ai'Flerin ay'mornia Tayerna pel Rorian i Selia Baran nai Fiorn. *Tu devrais pouvoir obtenir toutes les informations dont tu as besoin à partir de là si tu fais une recherche dans les livres à ta disposition.*

— *À condition de pouvoir m'en rappeler.*

— *Via ce mode de communication, tu devrais te le rappeler suffisamment longtemps pour pouvoir l'écrire,* lui expliqua-t-il avant de se taire un instant, et elle ressentit un peu son hésitation. *Je ne souhaite pas te contrarier, Arlyn, mais je dois me remettre au travail. N'hésite pas à me contacter, mais je t'en prie, ne te sens pas offensée si je ne peux pas répondre immédiatement.*

— *Pas de problème. Je suis désolée de t'avoir dérangé en plein travail.*

Arlyn ressentit le soulagement de son père lorsqu'il lui souhaita un bon après-midi et mit fin à leur communication, et cela la fit sourire. Au moins il était aussi perdu qu'elle quant à la façon dont ils devraient se comporter l'un envers l'autre. Combien de temps leur faudrait-il pour être à l'aise en présence de l'autre? Étant donné leur espérance de vie, ils auraient amplement le temps de le découvrir. L'air sceptique, Arlyn alla jusqu'à son bureau pour coucher sur le papier le nom que son père venait de lui donner, puis elle regarda fixement le texte soigné que sa propre main venait d'écrire en langue elfique.

Elle avait bien évidemment vu les caractères dans les livres, mais elle avait passé plus de temps à s'assurer qu'elle comprenait le sens des mots formés plutôt qu'à prêter attention à la façon dont ils étaient écrits. Après avoir elle-même écrit en elfique, elle devait donc bien admettre que cette langue lui avait bel et bien été inculquée à peine quelques heures auparavant. Ce matin, elle n'aurait rien vu d'autre que des lignes d'écriture indéchiffrable.

Arlyn retourna s'asseoir avec sa note en main et rouvrit le livre. Il lui faudrait sans doute plusieurs heures pour décrypter un nom si complexe. Même si elle connaissait les mots de façon individuelle, ainsi que le reste de la langue, elle ne comprenait pas encore tout à fait la façon de les assembler pour former un titre. À ce rythme-là, elle aurait de la chance si elle parvenait à formuler de simples salutations à temps, sans parler du fait de mémoriser quoi que ce soit d'autre parmi les règles protocolaires que son père avait soulignées pour elle. Cette grande complexité la laissait perplexe. Était-ce si difficile de maintenir la paix au cours de leur longue vie? En même temps, les humains n'en étaient pas capables pendant plus de quelques années. Toutes ces formalités n'étaient peut-être pas vaines.

~

ARLYN VENAIT JUSTE de décrypter la dernière partie du titre de son mentor quand elle entendit un petit coup frappé à la porte. Elle nota sa dernière observation et ferma le livre. La plupart des termes du titre ne lui avaient apporté aucune information utile en ce qui la concernait. Que lui importait de connaître la position exacte de la famille de la dame dans la branche des Taian ? Cela ne faisait aucune différence pour elle puisqu'elle ne comprenait pas vraiment ce que représentait ce placement. Mais elle avait découvert que son nouveau mentor faisait partie d'une maison noble et était en effet un maître reconnu, ces deux éléments justifiant un accueil d'autant plus formel. L'écriture de ce discours de bienvenue allait lui prendre des heures.

Prête pour un moment de distraction, Arlyn mit le livre de côté et alla ouvrir la porte. Elle fut surprise de trouver sa grand-mère sur le seuil.

— Rebonjour !

— Rebonjour, répondit Lynia avec un sourire. J'espère que je ne te dérange pas.

Arlyn jeta un coup d'œil à la pile de livres en attente d'être étudiés sur son bureau, puis sourit à sa grand-mère.

— Pas du tout. J'ai bien besoin d'une pause.

— Ton père a mentionné le fait que tu n'avais pas apporté beaucoup de vêtements adaptés à notre climat, annonça Lynia en grimaçant en avisant la tunique à manches longues d'Arlyn. Je constate que c'est effectivement le cas.

Les joues d'Arlyn s'empourprèrent.

— Je n'avais pas envisagé que je pourrais ressortir du Voile à une saison différente.

— Je n'avais pas l'intention de t'offenser, reprit sa grand-mère avant d'écarquiller les yeux et de désigner désigna la porte de la chambre. J'ai une amie qui est couturière, et je me suis dit que tu aimerais peut-être de nouveaux vêtements. Elle attend dans ma chambre.

— Je... je ne crois pas avoir quoi que ce soit de valeur pour les acheter, dit Arlyn, se souvenant des diamants que Kai lui avait proposés pour qu'elle puisse se racheter un téléphone.

— Ton père se chargera de la rémunérer.

— Je ne suis pas très à l'aise avec cette idée.

— Arlyn, c'est normal pour nous, affirma Lynia, l'air étonné.

Ne t'a-t-il pas expliqué? Tu es jeune et en formation. Tout apprenti sous l'autorité de Lyr voit ses besoins essentiels pris en charge jusqu'à ce que sa formation soit complète et qu'il puisse gagner sa vie en travaillant pour quelqu'un ou en fabriquant lui-même des biens qu'il pourra échanger. L'étudiant est à la charge de sa famille ou à celle du dirigeant de la maison à laquelle il appartient, et ton père est les deux dans ton cas.

Arlyn sembla perplexe.

— Quel est l'intérêt pour lui?

Sa grand-mère parut visiblement surprise.

— De former des citoyens? Ceux qui ne sont pas qualifiés ne rendent service ni à eux-mêmes ni aux autres au cours de leur existence millénaire, expliqua-t-elle en souriant. Mais, si ça te gêne, considère simplement ça comme un cadeau.

Arlyn se débrouillait seule depuis si longtemps que l'idée la dérangeait quand même un peu. Pourquoi? Elle n'avait jamais hésité à accepter un cadeau venant de sa mère. Une fois décidée, elle accepta d'un hochement de tête et suivit son aînée de l'autre côté du couloir. Puis elle s'arrêta, bouche bée, sur le seuil de la chambre de sa grand-mère. Arlyn aperçut d'innombrables rouleaux d'étoffes entreposés dans la pièce, avec un assortiment incroyable de couleurs, et au beau milieu de ce fatras de tissus se tenaient trois femmes et un homme, leurs regards déjà en train de jauger son apparence. Cela ressemblait en tout point à ce qu'une modiste d'élite de l'époque victorienne aurait sans doute organisé pour ses clients les plus riches. Les stylistes contemporains faisaient-ils des choses comme ça? Elle n'en avait aucune idée.

Lynia se retourna et fut surprise de voir Arlyn figée près de la porte.

— Viens. Je vais faire les présentations.

Arlyn s'avança lentement jusqu'au petit groupe. Elle s'efforça de garder les mains immobiles le long de son corps tandis que sa grand-mère faisait les présentations officielles, l'éventail de titres lui paraissant un peu plus clairs maintenant qu'elle comprenait le sens des mots. Elle pouvait en tout cas identifier les parties décrivant leurs fonctions et celles relatives à leurs noms. Il y avait du progrès.

Aux limites de sa conscience, Arlyn sentit l'énergie de sa grand-mère et parvint, non sans mal, à établir la communication. Lorsqu'elle constata que les mots qu'elle entendait n'étaient pas accompagnés d'un déferlement d'émotions chaotiques, elle soupira de soulagement.

— *Arlyn, je te prie de ne pas traiter ces personnes comme les gens traitent les domestiques sur Terre. Nous ne considérons pas les personnes n'appartenant pas à une maison noble comme inférieures. Telia est une bonne amie.*

— *Je ne m'imagine pas prendre qui que ce soit de haut, mais j'apprécie quand même la recommandation. Une fois les présentations terminées, tu pourrais peut-être m'en dire plus sur la façon dont les nobles et les non-nobles interagissent.*

— *Avec plaisir.*

Quelques heures plus tard, Arlyn se tenait debout sur une petite estrade avec des pans d'étoffes vertes de différents tons drapés et épinglés autour de son corps. Au signal de Telia, l'un de ses assistants levait un pan de tissu et attendait le temps qu'elle utilise un sortilège pour le retoucher. Sans ciseaux. Arlyn observait la scène avec des yeux écarquillés alors que l'étoffe semblait se scinder d'elle-même. Ils utilisaient un autre sort pour aider à la couture, bien que deux des assistants cousent également de manière conventionnelle avec une aiguille et du fil.

L'homme leva les yeux depuis l'endroit où il était agenouillé, tenant un coin du tissu. Il sourit en avisant l'expression d'Arlyn.

— Ma femme fait à peu près la même tête quand je crée quelque chose pour elle.

— Je n'ai jamais rien vu de tel, avoua Arlyn en battant l'air d'une main, arrêtant son geste lorsque la couturière poussa un « hum » agacé. Pas de prise de mesures ni de coupe manuelle !

Une mèche de cheveux blonds retomba devant les yeux de l'homme lorsqu'il hocha la tête, et il fit une pause pour l'écarter.

— Il s'agit de sorts spéciaux qui requièrent pas mal d'énergie, mais permettent bien moins de gaspillage et bien plus de précision.

Il se pencha de nouveau sur son travail, laissant Arlyn à ses pensées. Elle aurait dû consacrer ce temps à la préparation de son discours de bienvenue, mais elle était fascinée par le travail des elfes. Le temps qu'ils fassent passer le vêtement à moitié terminé par-dessus sa tête et l'envoient ôter la chemise de nuit légère que sa grand-mère lui avait donnée, la tête lui tournait tant elle était emplie de questions qu'elle mourait d'envie de leur poser.

Lorsqu'Arlyn ressortit du dressing, la couturière venait juste de se tourner vers Lynia.

— Je vais finir les broderies et le reste à la main ce soir, et je commencerai à travailler sur d'autres tenues en me basant sur ces mesures. Je pense que la robe sera très jolie, Lynia.

— Excusez-moi. Je ne voudrais pas me montrer impolie, mais j'aimerais vraiment vous poser une question, dit Arlyn en se mordillant la lèvre, espérant qu'elle n'était pas sur le point de commettre un énorme manquement à l'étiquette. Pourquoi allez-vous faire le reste à la main ? En fait, pourquoi faites-vous quoi que ce soit à la main ? Pourquoi ne pas simplement, je ne sais pas, faire apparaître une robe par magie ?

Telia sourit d'un air amical.

— Où serait le côté artistique en faisant cela ? J'ai passé sept cents ans à créer des vêtements pour les autres, mais je ne crois pas que j'aurais fait long feu si je m'étais contentée d'utiliser le même sort encore et encore. N'importe quel mage peut faire ça. Le plaisir se trouve dans la façon de procéder et non dans le produit fini.

Arlyn fronça le nez en se souvenant des vêtements qu'elle portait dans le monde des humains, la plupart ayant été fabriqués en série.

— Je comprends. Je suppose que je n'ai simplement pas encore l'habitude de songer aux circonstances dans lesquelles la magie devrait ou ne devrait pas être utilisée. Ou d'y songer tout court, d'ailleurs.

Les yeux sombres de la couturière reflétèrent sa curiosité.

— Vous venez d'un endroit sans magie ? Et vous êtes la fille du *myern* ?

— Son enfant avec Aimee, répondit Lynia pour elle. Te rappelles-tu ce que je t'ai dit à propos de la compagne qu'il avait trouvée puis perdue ? Mon benêt de fils l'a quittée précipitamment sans jamais se donner la peine de prendre de ses nouvelles par la suite. Arlyn a dû venir jusqu'ici pour le trouver.

— Tu veux dire qu'elle a traversé le Voile ? s'exclama Telia avant de s'interrompre et adressant un geste nonchalant de la main pour couper court à la discussion. Peu importe, pour l'instant du moins. J'ai trop de travail sur les bras pour bavasser maintenant, mais il faudra que tu me racontes toute l'histoire plus tard.

Sur ce, et avec une efficacité surprenante, Telia et ses assistants rassemblèrent leur matériel et sortirent sans perdre une minute. Arlyn les regarda s'en aller, vraiment confuse par tout ce qu'elle avait vu et entendu.

— D'où vient-elle ?

— Qui ça, Telia ? demanda Lynia en fronçant les sourcils. Du village.

— C'est juste que... sa peau...

Arlyn tenta en vain de trouver un mot pour désigner la couleur brun-gris.

— À moins qu'elle soit malade ?

Le visage de sa grand-mère se détendit, et elle laissa échapper un petit rire.

— Oh, ça. Son grand-père était un immigrant issu des Dökkálfars. Les elfes noirs, comme on les appelle. Il s'est uni à une femme du village, et leur famille a toujours vécu ici depuis. Le noir de la peau des Dökkálfars devient grisâtre avec le métissage.

— C'est peu commun, à mes yeux en tout cas, mais magnifique.

— Ton père m'a ramené quelques livres sur les elfes de ses voyages dans le monde des humains, dit Lynia, les yeux rieurs.

J'imagine ta surprise. Tu verras que ce n'est pas aussi simple que noir ou blanc chez nous.

Arlyn se rappela la sentinelle devant la porte de la demeure de son père et acquiesça.

— J'ai remarqué, oui.

En retournant dans sa chambre, elle s'interrogea sur ce qui s'avérait plus compliqué qu'il n'y paraissait.

<h1 style="text-align:center">CHAPITRE 13</h1>

L E MENTON D'ARLYN glissa de sa paume, et elle se redressa dans un sursaut. Frottant ses paupières alourdies, elle contempla la pluie ruisseler sur la fenêtre sombre près du bureau. Avec la multitude d'arbres et de fleurs, le son de l'averse vespérale tombant sur les feuilles l'avait apaisée davantage que n'importe quel générateur de bruits blancs l'aurait fait. Autant pour sa concentration.

La jeune femme plissa les yeux en étudiant le papier sur son bureau, à peine éclairé par le globe lumineux accroché au mur. Elle ne savait toujours pas comment contrôler cet objet, alors il était resté au niveau de luminosité réglé par le guérisseur après sa dernière séance de soins avec Kai. Le texte en elfique scintillait sous ses yeux, les ombres soulignant son caractère étranger, bien qu'elle l'ait écrit elle-même peu de temps auparavant.

Arlyn ne put s'empêcher de bâiller et tourna les yeux vers le lit. Le texte qu'elle avait rédigé devrait faire l'affaire pour l'instant. Elle avait passé des heures dessus, dînant même dans sa chambre. Au moins son moranaien s'était amélioré après une journée de lecture. La grammaire était mieux rentrée dans son esprit, et personne ne l'avait regardée bizarrement lorsqu'elle s'était exprimée.

Arlyn alla jusqu'à la chaise près du lit, mais resta debout. Son corps était plombé de fatigue, son esprit embrumé. Elle ne pourrait pas passer une autre nuit avachie sur ce maudit siège. Son regard se posa sur Kai, toujours sous l'effet du sort de sommeil de Lial. Il avait meilleure mine depuis sa dernière séance de soins, et le guérisseur avait dit à Arlyn qu'il pourrait bien le réveiller demain, à condition qu'il ne s'agite pas cette nuit.

En plus, le lit était immense. Probablement plus large qu'un lit king-size sur Terre. Elle pourrait dormir sur le côté, loin de Kai sans même que ce dernier remarque sa présence. Arlyn tira les couvertures et détailla une fois de plus la silhouette immobile de Kai avant de se glisser dans le lit. Elle laissa échapper un petit gémissement de plaisir quand sa tête se posa sur l'oreiller. *Tellement* mieux qu'une chaise.

~

KAI SE RÉVEILLA d'un coup, sans douce transition. Des ténèbres de l'inconscience à un état de conscience trouble en une fraction de seconde. Ses pensées tournoyaient dans son esprit comme des feuilles dans la tempête. Où était-il? Pourquoi avait-il mal partout? Luttant contre la panique, il leva la tête et regarda autour de lui. Un globe enchanté était la seule source de lumière, le halo bleu tamisé révélant peu de choses dans la pièce. Une fenêtre. Un bureau. Mais pas sa propre chambre. Il était pratiquement certain de n'avoir jamais mis les pieds ici avant.

La douleur irradiant de son flanc était trop intense pour être due à une simple fatigue musculaire. Et est-ce que c'était...? Il baissa les yeux et constata qu'un bras se trouvait bel et bien en travers de son torse. Petit, celui d'une femme à l'évidence. Douleur et compagnie féminine n'allaient pas bien ensemble selon lui. La respiration saccadée, Kai suivit le bras du regard jusqu'à la silhouette endormie contre lui. De longs cheveux cascadaient autour de son corps, mais il ne parvenait pas vraiment à distinguer leur couleur. Si seulement il pouvait se rappeler ce qui s'était passé.

La jeune femme se retourna dans son sommeil, exposant son

visage à la faible lumière éclairant la pièce, et Kai retint son souffle. Arlyn ! Son esprit fut court-circuité pendant un instant, avant que les souvenirs, plus précis cette fois, refassent subitement surface. Son retour de mission, sa rencontre avec elle sur le sentier et sa peur de ne plus jamais la revoir, le collier qu'il lui avait offert, les discussions animées avec Lyr et son père, l'agression. Le tout accompagné d'une vague sensation d'épuisement teinté de douleur qui brouillait les détails. Comment était-il parvenu à rester opérationnel ? Comment avait-il même survécu ? Il aurait dû mourir dans ces bois, tant il s'était vidé de son énergie et de son sang. Rien n'avait de sens.

Avait-il réellement revendiqué leur union ? Ignorant la douleur causée par le moindre de ses gestes, Kai écarta une mèche des cheveux d'Arlyn. Le collier qu'il avait porté durant des siècles était là, dans les plis de la chemise de nuit de la jeune femme. Il l'avait vraiment fait. La bile lui remonta dans la gorge, et il replaça le bras d'Arlyn le long de son corps afin de pouvoir s'asseoir. Kai laissa échapper un petit cri plaintif sous le coup de la douleur atroce due à sa blessure et à ce qu'il venait de réaliser. Il replia ses jambes vers lui et posa sa tête sur ses genoux.

Il avait revendiqué leur union sans même lui demander son nom. Sa compagne. La fille de son meilleur ami. S'il avait avalé quoi que ce soit, son estomac l'aurait rejeté. Impardonnable. Il ne comprenait même pas pourquoi Arlyn dormait à son côté au lieu de faire les cent pas dans le temple de Meyanen en attendant qu'ils puissent trouver un prêtre pour rompre le lien.

Kai se rappela soudain ce qu'elle lui avait dit dans la clairière. *Si quelqu'un ou quelque chose doit te tuer, ce sera moi.* Elle avait peut-être décidé de rompre le lien d'une autre façon. Il empoigna fermement ses propres cheveux, le picotement qui s'ensuivit sur son cuir chevelu n'étant cependant rien comparé à la douleur cuisante sur son flanc. Il se pourrait bien qu'il donne un coup de main à Arlyn.

Kai releva brusquement la tête en entendant le cliquetis de la porte qui s'ouvrait. Il se raidit, prêt à se défendre et à protéger

Arlyn malgré sa blessure, puis se détendit lorsqu'il reconnut le visage de Lial à la lueur tamisée du globe enchanté qui flottait derrière lui. Le guérisseur s'arrêta près du lit et lui jeta un regard de semonce.

— Que fais-tu assis? Tu ne devrais même pas être réveillé.

— Tu n'as pas révoqué le sort?

— Non, répondit Lial en appuyant sur l'épaule de Kai jusqu'à ce qu'il se rallonge. Ton pouvoir de guérison a peut-être interféré, si faible soit-il. La plaie s'est enfin refermée, mais je préférerais que tu bouges le moins possible pour l'instant.

Kai grimaça.

— Mon corps est d'accord.

— Alors pourquoi ne le fais-tu pas?

— Laisse tomber.

Lial jeta un coup d'œil à Arlyn sans rien dire, se contentant d'emmagasiner de l'énergie pour une autre séance de soins. Kai se laissa traverser par la lueur bleue, qui atténua sa douleur physique et même sa nausée. Le guérisseur ne fit aucun commentaire là-dessus non plus, au grand soulagement de Kai. Lorsque Lial eut terminé, il fit un pas en arrière et regarda son patient d'un air inquisiteur.

— Vas-tu te reposer si je t'autorise à rester conscient?

Kai leva les yeux au ciel.

— Je vais faire au mieux.

Le voile de rudesse derrière lequel Lial se cachait pour se protéger se leva un peu, révélant la lueur de compassion dans ses yeux. C'était cela ou un effet de lumière.

— Tout ira bien. Elle a hérité de la force de caractère de Lyr.

— Pas de son tempérament, j'espère, marmonna Kai.

Lial ricana.

— Ah, mais Lyr finit toujours par pardonner en général.

— Le « en général » étant la clé ici.

Lial secoua la tête sans chercher à le contredire. Après quelques instructions supplémentaires, le guérisseur se retira, et Kai vogua dans le brouillard dans lequel les soins l'avaient plongé.

Qu'allait-il faire à propos d'Arlyn ? Rien de ce qu'il pourrait dire ou faire ne pourrait justifier le fait d'avoir revendiqué leur union sans sa permission. En plus, il l'avait dupée. Ç'aurait dû être un bel événement, un souvenir qu'ils auraient tous les deux chéri. Un compagnon digne de ce nom n'aurait pas compté son temps et ses efforts pour courtiser celle qu'il convoitait.

Il ferma les yeux en poussant un grognement irrité. Son corps était si engourdi de fatigue qu'il se demanda un bref instant si Lial n'était pas penché au-dessus de lui, en train de lui jeter un autre sort de sommeil, mais il savait que la sensation était normale. Malgré toutes les heures durant lesquelles il s'était déjà reposé, son corps avait subi un sérieux traumatisme en plus d'avoir atteint un niveau d'énergie dangereusement bas. Alors que son esprit cogitait, son corps épuisé le fit de nouveau sombrer dans le sommeil.

LYR SIGNA le dernier document de la pile des papiers les plus urgents et s'adossa à son siège. Il jeta un coup d'œil à sa clepsydre et grimaça. Il avait travaillé jusqu'à la vingt-huitième heure, et il ne restait donc que deux heures avant l'aube. Les affaires du domaine l'avaient au moins tenu à l'écart des entraînements à l'épée. S'il n'avait pas besoin de puiser de l'énergie dans ses réserves personnelles pour sa magie de combat, il pouvait tenir quelques jours avec peu d'heures de sommeil.

Alors qu'il se levait, le miroir placé à côté de son bureau sonna. Lyr parut surpris. Qui pouvait bien l'appeler à cette heure tardive ? Il contourna sa chaise et plaça sa main sur le cadre du miroir. Avec un soupir de résignation, il activa la communication en attente. Autant s'occuper du problème suivant maintenant. Car à ce stade, de quoi pourrait-il s'agir d'autre que d'un problème ?

Lyr plissa les yeux, ébloui par le soleil qui filtrait par les fenêtres à l'autre bout de la ligne et qui formait un halo étincelant autour de l'elfe aux cheveux noirs. L'homme prit appui sur le cadre de son propre miroir, le visage pâle à cause de l'effort qu'il devait faire pour maintenir la liaison.

— Ralan ?

— Bonjour, Lyr.

Parce qu'il savait que cela agaçait Ralan, Lyr s'inclina devant lui.

— Pardonnez-moi, *Anderteriorn* Ralantayan. J'ai été trop surpris pour saluer Votre Altesse de manière appropriée.

Ralan éclata de rire.

— Laisse béton, Lyr. Tu sais bien que je déteste ces foutaises.

Laisse béton ? Son argot était clairement démodé.

— Tout ce que vous voudrez, Votre Altesse. Les désirs de mon prince sont des ordres.

— Oui, c'est ça, répliqua Ralan en fronçant les sourcils. Il fait nuit chez toi. Je n'ai pas pensé au décalage horaire. Que fais-tu dans le bureau de ton père à cette heure ?

Lyr eut le souffle coupé par la brève douleur cinglante qu'il ressentit. La dernière fois qu'il avait parlé à son ami, c'était juste avant sa rencontre avec Aimee. Il ne l'avait pas revu depuis, en grande partie parce qu'il n'avait jamais remis les pieds dans le monde des humains après avoir quitté sa compagne. Ralan, quant à lui, appelait rarement qui que ce soit à Moranaia.

— Mon père nous a quittés. Il a été assassiné il y a environ vingt-deux ans. Peu de temps après ma dernière visite.

— Je suis navré d'entendre ça, soupira Ralan d'une voix sincèrement désolée. Je commençais à me demander où tu étais passé. Tu n'avais jamais laissé passer plus de vingt ans entre deux missions auparavant.

— Ce n'était pas seulement à cause de mon père, expliqua Lyr en prenant une grande inspiration pour ravaler sa peine. Mais tu n'as pas dépensé toute cette énergie pour m'appeler à travers le Voile juste pour discuter de ma vie privée. Je ne vais pas t'épuiser en m'éternisant sur le sujet, car je ne peux que supposer que tu as besoin de quelque chose de très important.

Les traits de Ralan se durcirent.

— Oui. Il me faut un guide. Tu dois m'envoyer Kai.

— Que pourrais-tu bien faire d'un guide? Tu as juré de ne jamais revenir ici.

— Je sais très bien ce que j'ai juré. C'est sans importance.

Ralan serra les dents, les yeux brûlants de colère. Puis il sembla se détendre un peu.

— Désolé, reprit-il, ce n'était pas dirigé contre toi. L'énergie est de plus en plus toxique ici. Ma fille n'a plus beaucoup de temps à vivre.

— Ta fille?

Ralan chancela.

— Je n'ai pas assez d'énergie pour t'expliquer.

— Laisse-moi renforcer la liaison.

— Envoie simplement Kai. Sous trois jours, pas plus, annonça le prince avant de se taire un instant, l'air grave. J'ai eu une vision.

Lyr poussa un juron.

— Kai vient juste d'être blessé. Je vais sans doute devoir envoyer quelqu'un d'autre.

— Il sera prêt, dit Ralan. Il faut qu'il le soit.

Le prince mit fin à la communication avant que Lyr puisse protester. Il serra les poings et jura de nouveau. Un devin en exil volontaire était bien l'une des dernières choses dont il avait besoin en ce moment. Dès que le roi l'apprendrait, les ennuis pleuvraient. En rogne contre le destin, Lyr sortit à grandes enjambées de la pièce. Ralan avait vraiment mal choisi son moment. À moins que ce ne soit pas une coïncidence. Il marqua un temps d'arrêt au milieu du couloir tandis que les mots du prince lui revenaient en mémoire. De l'énergie toxique. La Terre était-elle affectée par le même poison que les royaumes troglodytes?

Miaran! jura-t-il dans sa barbe. *Ça n'augure rien de bon.*

AVEC UN SOURIRE, Arlyn enfouit davantage son visage dans la surface ferme et chaude sous sa joue et se laissa dériver dans un demi-sommeil nébuleux. Pour la première fois depuis longtemps, tout lui semblait juste. Son corps était tendu, toute tension envolée, en proie à une grande allégresse. Pendant un moment, elle profita de cette sensation sans se poser de questions et se blottit gaiement contre la source manifeste de sa sérénité. Puis cette source grogna.

Arlyn se raidit et ouvrit brusquement les yeux. Elle était collée à Kai, avec un bras enroulé autour de sa taille. Ses yeux à lui étaient toujours fermés, sa respiration encore lourde et régulière, mais il grimaçait dans son sommeil. Qu'est-ce qui n'allait pas ? Elle commença à s'écarter de lui, et il grogna de nouveau. Elle retira alors rapidement son bras en poussant un petit cri contrit. Sa main avait glissé sur le flanc blessé de Kai pendant qu'elle dormait.

Arlyn se redressa d'un bond et s'agenouilla à côté de lui. Les sutures impeccables, qui avaient déjà pris une teinte rose foncé, paraissaient intactes. Lui avait-elle fait mal en profondeur, à un endroit qu'elle ne pouvait pas voir ? Elle se maudit pour avoir roulé sur lui dans son sommeil. Autant pour le fait qu'il ne remarquerait même pas sa présence. Comme animés par une volonté propre, ses doigts allèrent effleurer les muscles fermes du flanc de Kai avant qu'elle retire de nouveau sa main. Il était puissant.

Arlyn s'apprêtait à essayer d'appeler le guérisseur quand une main agrippa son poignet. Elle sursauta et poussa un petit cri plaintif en se coupant la lèvre qu'elle mordillait par nervosité. Avant qu'elle réalise ce qui venait de se passer, elle sentit des doigts se poser dessus, puis elle sentit un flux d'énergie agréable similaire à celui émanant de Lial lorsqu'il avait soulagé son mal de crâne. Elle baissa la tête et vit Kai les yeux ouverts, rivés sur son visage. Quand elle prit conscience de la situation, elle rougit de la tête aux pieds.

L'énergie s'estompa, et Kai retira ses doigts de la lèvre désormais guérie d'Arlyn.

— Je suis désolé de t'avoir fait peur.

— Je pensais que tu dormais, expliqua-t-elle en s'empourprant davantage. Tu vas bien ? Je ne voulais pas te faire de mal. J'allais appeler le guérisseur.

Kai sourit devant son flot de paroles.

— Ça va. La zone est juste encore sensible au toucher. Ce n'était même pas douloureux au point de me réveiller complètement.

Arlyn n'arrivait pas à détacher son regard des magnifiques yeux gris de Kai, et la paix qu'elle avait ressentie lorsqu'elle s'était réveillée à son côté l'envahit de nouveau, s'ajoutant à sa confusion. Était-elle en colère ou heureuse ? Même si sa vie avait été en jeu, elle n'aurait pas su le dire.

Elle secoua la tête pour reprendre ses esprits et détourna son attention de lui.

— Tu me parais pourtant bien réveillé.

— Après le bond que tu as fait, je le suis.

Un silence s'installa entre eux. Arlyn avait tant de questions à lui poser. Tant de choses à dire. Mais les sentiments qu'il avait éveillés en elle lui donnaient encore le tournis. Elle devait prendre du recul. Mieux valait aborder un autre sujet.

— Tu as soigné ma lèvre. Si tu possèdes ce genre de magie, pourquoi ne pas l'avoir utilisée sur toi-même après ton agression ? La situation aurait sans doute été un peu moins critique.

— Je ne pouvais pas, l'informa Kai en frottant ses yeux ensommeillés. Je ne suis pas sûr de tes connaissances sur le fonctionnement de la magie sur nous. Nous avons nos propres réserves, qui déterminent notre capacité à manier l'énergie. Nous pouvons transformer l'énergie naturelle présente dans le monde qui nous entoure, mais nous devons sacrifier une partie de la nôtre pour faire ça. Le seul moyen de reconstituer nos réserves est de dormir. Le temps que je revienne ici depuis la maison de mon père, mes réserves étaient épuisées. Je ne pouvais même plus transformer l'énergie, et encore moins me soigner moi-même. En plus, mon talent de guérison est minime. J'aurais simplement pu empêcher les choses d'empirer pour une blessure aussi grave.

— Alors soit ta capacité de base à utiliser la magie est très limitée, soit tu n'avais pas dormi depuis un bout de temps, énonça Arlyn d'un air circonspect. Attends, je me rappelle avoir entendu mon père dire que tu manquais de sommeil, mais je ne sais plus ce qu'il a dit sur la durée. Tu n'as pas fermé l'œil pendant combien de temps exactement ?

Kai sembla réfléchir un instant.

— Environ une semaine à l'échelle humaine.

— Une *semaine* ? répéta Arlyn en songeant sérieusement à le secouer par les épaules. As-tu perdu la tête ?

— Je pensais que non, mais à présent, qui sait ? répondit-il en se passant une main dans les cheveux, les traits crispés de contrariété et de douleur. La pénurie d'énergie m'a rendu fou, c'est certain, même si je ne m'en suis pas rendu compte sur le coup. Mais c'était inévitable. J'avais une bonne raison pour rester si longtemps sans dormir.

— Une bonne raison ? Qu'est-ce qui pourrait bien… ?

Un coup sec frappé à la porte l'interrompit au milieu de sa phrase. Arlyn regarda la pâle lueur du jour naissant par la fenêtre, l'air étonné. L'aube venait à peine de se lever. Qui pouvait bien frapper à sa porte de si bonne heure ? Son cœur manqua un battement alors qu'elle priait cette personne d'entrer. Lorsque Lyr apparut, un sourire aux lèvres, elle fut déroutée par le plaisir qu'elle éprouva en le voyant.

À quel moment avait-elle commencé à apprécier sa présence ?

Lyr se figea, et son sourire s'évanouit. Il serra les poings le long de son corps en observant la scène devant lui. Arlyn rougit lorsqu'elle comprit ce qui le contrariait. Elle était agenouillée à côté de Kai sur le lit avec sa chemise de nuit remontée au-dessus de ses genoux, et lui était torse nu. Mortifiée, elle remonta la couverture sur eux deux.

— J'étais juste en train de constater l'état de sa plaie.

— S'il t'a encore causé du tort…

Kai se raidit au côté d'Arlyn alors qu'elle secouait la tête pour contester.

— Non. Nous ne faisions que discuter.

— Ta colère est justifiée, annonça Kai d'une voix plus froide que ce qu'Arlyn avait entendu jusque-là, mais si tu sous-entends encore une fois que je pourrais m'en prendre à elle physiquement, nous en viendrons aux mains.

Lyr parut choqué.

— Je n'insinuais rien de tel. Mais elle a l'air contrariée.

Kai se redressa en position assise, l'effort lui tirant un grognement de douleur. Arlyn recula, fixant les deux hommes avec agacement.

— Arrêtez ça. Si quelqu'un doit défendre mon honneur, ce sera moi.

Ils la regardèrent avec des yeux comme des soucoupes pendant un moment. Puis Lyr toussota, et Kai sourit. Le père d'Arlyn se frotta la nuque d'un air penaud.

— En effet. Je ne voulais pas t'offenser.

Arlyn appuya sur l'épaule de Kai pour qu'il se rallonge.

— Repose-toi.

— Je me sens assez bien pour m'asseoir.

— J'aimerais autant éviter d'ajouter un regard noir du guérisseur à la liste des festivités matinales.

Kai rit et obtempéra. Puis Arlyn fusilla Lyr du regard.

— Je suppose que tu n'es pas venu pour mettre une raclée à Kai ?

— Même si l'idée ne manque pas d'attrait, non, lâcha son père en se détendant malgré ses paroles. Je voulais te prévenir que j'ai prévu de te présenter à toute la maison Dianore à la neuvième heure, juste avant le déjeuner. Un banquet de célébration sera servi ensuite.

Arlyn observa de nouveau par la fenêtre en fronçant les sourcils. Il était encore tôt le matin, mais pas si tôt.

— Neuf heures ? C'est bientôt, non ?

— Dans un petit moment encore puisque nous ne sommes qu'à la seconde heure, s'esclaffa Lyr en avisant l'air éberlué de sa fille. Je suis désolé, j'avais oublié que vous comptiez les heures différemment. Nous commençons notre journée à l'aube, pas au milieu de la nuit comme chez les humains.

— Oh... Ça semble logique finalement. J'ai donc sept heures devant moi. Qu'est-ce que je vais devoir faire pour cette cérémonie d'introduction ? Est-ce que je dois me préparer d'une certaine façon ?

— Rien de bien particulier. Telia sera bientôt ici avec de nouveaux vêtements pour toi, et elle te montrera ce qu'il y a de mieux à porter. Autrement, c'est moi qui parlerai la plupart du temps. Je m'exprimerai en moranaien par contre. Kai étant réveillé, il devrait pouvoir t'aider à préparer les quelques paroles que tu pourrais être amenée à prononcer. En parlant de ça... poursuivit-il en prenant un air légèrement soucieux. Kai devra être présenté comme ton âme sœur puisqu'il fait désormais aussi partie de notre maison.

— Génial, les autres vont aussi pouvoir me mettre la pression à ce sujet après.

— Arlyn, ne t'inquiète pas des autres, la rassura Kai, sa voix était douce, même si une vive émotion brûlait dans ses yeux. Écoute ton cœur. Si tu finis par décider de faire appel à un prêtre d'Arneen pour rompre notre lien, je ne ferai rien pour t'en empêcher, car ce que j'ai fait est difficilement pardonnable. L'opinion des autres n'a aucune importance.

Elle porta la main à sa gorge lorsqu'elle ressentit à travers leur lien la culpabilité et les regrets que Kai éprouvait. Ces émotions reflétées n'étaient pas celles d'un homme qui aurait essayé de la piéger. Pas d'arrogance ni de fierté. Au lieu de cela, elle le sentait si empli de remords qu'elle ne savait pas trop quoi faire. Elle ne pouvait pas hurler sur quelqu'un qui avait une mine de chien battu.

— Je ne sais même pas quoi en penser. Si nous avons du temps après nous être préparés, tu pourras m'expliquer ce qui s'est passé. Je comprendrai peut-être mieux les choses comme ça.

— Ne te fatigue pas trop, Kai. Tu devras aussi être présent, ajouta Lyr en ouvrant la porte, avant de faire volte-face. J'ai besoin que tu sois en état de servir de guide dans un jour ou deux. Tâche de le ménager, Arlyn.

Kai haussa les sourcils, visiblement perplexe.

— Servir de guide ? Maintenant ?

— Une nouvelle mission nous a été confiée la nuit dernière, expliqua Lyr en faisant un geste nonchalant de la main pour couper court à la discussion, l'air soucieux. Je t'en dirai plus après le déjeuner. Nous devons nous occuper de cette cérémonie d'introduction avant que le maître de magie d'Arlyn arrive.

CHAPITRE 14

— **B**ON. MON DISCOURS est prêt. Nous avons du temps. Explique.

Kai posa les yeux sur la bouche d'Arlyn alors qu'elle mordait dans une baie avant de la mâcher, puis la regarda de nouveau dans les yeux.

— Maintenant ?

— Tu aurais dû le faire hier, rétorqua-t-elle d'un ton glacial.

Kai reposa le fruit qu'il tenait à la main, son appétit envolé. Mais elle avait raison.

— Que veux-tu savoir en premier ?

— Pourquoi n'avais-tu pas dormi depuis une semaine ?

— Ma mission était périlleuse. Il faut plus d'énergie qu'avant pour traverser le Voile aujourd'hui, mais c'était seulement une partie du problème, expliqua Kai en repoussant son assiette. Que sais-tu sur les Sidhes ?

Arlyn s'essuya les mains dans sa serviette et se pencha en avant.

— Mon père a mentionné le fait qu'ils étaient parents avec les Moranaiens. Les Sidhes vivent dans des collines de fées dans une autre dimension reliée à la Terre, pas vrai ?

Kai acquiesça d'un hochement de tête.

— Mais une dimension plus étroitement liée à la Terre que la nôtre. Voisine de ta planète, en réalité. J'étais là-bas pour négocier avec eux. L'énergie empoisonnée a rendu les Sidhes malades, et même fous, allant jusqu'à les tuer parfois. Chaque fois qu'ils se reposent pour reconstituer leurs réserves, ils absorbent davantage d'énergie contaminée.

— Oh... répondit-elle en écarquillant les yeux. C'est pour ça que tu n'as pas dormi.

— Oui.

Kai se raidit au souvenir de l'énergie obscure qui avait tiraillé ses sens durant une semaine entière.

— Le temps que je revienne ici, mes réserves étaient pratiquement à sec. C'est te dire à quel point le Voile est turbulent maintenant. Comment as-tu réussi à le traverser si facilement ?

Arlyn haussa les épaules.

— Je me suis contentée de marcher.

Il la regarda d'un air suspicieux.

— Quand mon énergie sera entièrement restaurée, j'aimerais vérifier si tu possèdes le talent de guide. Avec ta permission.

— Plus tard, répondit Arlyn en battant l'air d'une main et en le fusillant du regard. Pour l'instant, j'aimerais bien savoir ce qui t'est passé par la tête quand tu as décidé de *lier mon âme* à la tienne. Pour résumer, tu n'avais pas dormi et tu étais donc à court d'énergie. Est-ce que c'est supposé être une excuse ?

Kai agrippa la table pour empêcher ses mains de trembler.

— Non. Une circonstance atténuante, mais pas une excuse. Le manque d'énergie, la privation même, m'a rendu fou. L'énergie est notre principal carburant, ce qui explique en partie pourquoi nous sommes si rarement malades et pourquoi nous vivons si longtemps. Sans elle, nos corps réagissent de manière étrange.

— En effet.

— C'est difficile à expliquer, dit-il en secouant la tête d'un air contrit. J'avais l'esprit embrouillé. J'avais trouvé ton campement avec l'épée en acier et je craignais qu'il y ait un assassin dans la nature, s'esclaffa Kai à cette remarque. Je n'avais malheureusement pas tort au final. Mais quand je t'ai vue sur le sentier, j'ai emmagasiné de l'énergie en vue de contrer une éventuelle attaque. La douleur provoquée m'a désorienté.

— La douleur ? répéta Arlyn, interloquée.

— Si tes réserves sont très basses, le fait de transformer de l'énergie est douloureux, l'informa Kai en tressaillant à ce souvenir. J'ai cru que ma tête allait éclater. Mes pensées n'étaient plus cohérentes. Quand j'ai réalisé que tu étais mon âme sœur, j'ai réagi de manière instinctive. Mais j'ai cru que tu venais d'une branche éloignée. Je pensais que tu comprenais ce qui se passait quand j'ai activé la magie. Même en ayant perdu la tête, je n'aurais pas revendiqué notre union si j'avais su que tu n'avais pas reconnu le lien entre nous.

Arlyn détourna les yeux et tritura un morceau de fromage dans son assiette.

— J'ai ressenti quelque chose.

— Quelque chose ? répéta Kai, le cœur battant.

Elle le fusilla de nouveau du regard lorsqu'elle releva la tête.

— Ça ne veut pas dire que je vais te laisser t'en tirer comme ça. J'ai besoin de réfléchir à tout ça. C'est énorme à digérer. Peu importe ce que je ressens en ta présence.

Il resserra sa prise sur la table jusqu'à ce que ses articulations blanchissent.

— Ça t'embêterait de développer cette partie ?

Un autre coup fut frappé à la porte, et Kai poussa un juron. Si Lyr était revenu pour l'insulter de nouveau, une bagarre serait inévitable. Il allait certainement perdre, mais quand même. Puis le guérisseur entra, et ses épaules s'affaissèrent de soulagement. Lyr et lui ne pourraient jamais régler leur différend s'ils continuaient à s'envoyer mutuellement balader. En plus, il n'était vraiment pas en état de se faire botter les fesses.

— Retourne te coucher, ordonna Lial. Je veux faire une autre séance de soins avant la cérémonie d'introduction. Je crois que Lynia voulait te voir, Arlyn.

Kai serra les dents, mais acquiesça.

— Nous poursuivrons cette discussion plus tard.

Arlyn haussa les sourcils.
— Peut-être.

~

LA JEUNE FEMME résista à l'envie de croiser les bras sur sa poitrine, le miroir lui ayant déjà confirmé qu'elle était couverte. Mais elle aurait tout aussi bien pu être nue. La robe, des couches et des couches de mousseline verte, était vraiment légère. Elle fit courir le pouce de sa main libre sur les feuilles dorées brodées sur la couche d'étoffe supérieure tandis que la chaleur de Kai irradiait à ses côtés.

Ils se dirigeaient à pas lents vers la salle où se déroulerait la cérémonie d'introduction pour Arlyn, et l'expression crispée de Kai lui indiquait à quel point il détestait s'appuyer autant sur elle. Mais au moins il pouvait marcher. Si le pouvoir de guérison des Moranaiens était puissant, il y avait toutefois un prix à payer. Arlyn avait croisé Lial en revenant de la chambre de sa grand-mère, et le guérisseur avait le teint gris. Pas un gris vif comme celui de la peau de Telia cependant. On aurait dit qu'il était sur le point de s'effondrer.

Ils arrivèrent enfin aux grandes portes menant à la salle de réception. Elle s'arrêta sur des jambes flageolantes à la vue de l'homme se tenant debout devant l'entrée. Il était vêtu d'un long paletot d'allure pesante, l'étoffe brodée rappelant les brumes mouvantes du Voile, et ses cheveux bruns détachés cascadaient dans son dos. S'agissait-il de son père ? L'homme regarda par-dessus son épaule et elle reconnut le profil de Lyr. C'était bien la première fois qu'il avait l'air si... elfique.

Il se tourna vers eux. Derrière lui, elle entrevit les gens qui s'affairaient dans la pièce au-delà des portes entrouvertes. Mais elle ne parvenait pas à détacher son regard de son père. D'un geste qui aurait pu sembler féminin sans l'être pour autant, Lyr rabattit la longueur de son manteau derrière lui et se dirigea vers eux, un sourire aux lèvres. Comment pouvait-il seulement bouger sous tout ce poids? En plus du paletot, il portait une épée ornée de joyaux dans un fourreau sanglé par-dessus une tunique, et un pantalon qui scintillait comme le diadème en argent ceignant son front. Arlyn pâlit et tressaillit. Elle était parvenue à oublier qu'il était noble jusqu'à maintenant.

Et qu'elle l'était aussi.

Le sourire de Lyr s'évanouit lorsqu'il avisa l'expression de sa fille.

— Tu ne te sens pas bien?

— Juste nerveuse.

Arlyn garda pour elle le reste de ses préoccupations. Comment lui expliquer la peur qui l'assaillait devant l'évidence de son rang élevé?

— Je suis prête, finissons-en avec ça.

Les yeux de Lyr pétillèrent de malice.

— Il ne s'agit pas d'une exécution. Je t'assure qu'il y en a très peu chez nous.

Arlyn rit malgré elle.

— Je sais bien, mais je pense quand même que tu as des choses plus importantes à faire.

— Arlyn, dit aussitôt Lyr en prenant sa main libre dans la sienne, il n'y a rien de plus important à mes yeux que le fait de te reconnaître officiellement comme mon enfant. Rien.

Elle ravala un sanglot impromptu, détachant suffisamment longtemps son regard de celui de son père pour retrouver une contenance. Prenant le temps d'inspirer et d'expirer lentement, elle parvint à contenir en partie son émotion. Elle aimerait autant ne pas avoir la mine rougeaude devant une salle remplie d'elfes. Après quelques reniflements et une pression rassurante de la main de Kai sur son bras, elle sourit à son père.

— Merci.

Sa grand-mère arriva, et le moment fut rompu. Lyr recula et offrit son bras à Lynia, avant de regarder de nouveau Kai et Arlyn.

— Prêts?

Arlyn s'efforça de se redresser, le dos si raide qu'elle crut qu'il allait se briser, et acquiesça d'un hochement de tête. Lyr lui adressa un dernier sourire pour la rassurer, puis les entraîna à sa suite pour franchir l'immense double porte.

— *Aie confiance*, murmura Lyr dans l'esprit de sa fille d'une voix bienveillante.

Si Lyr ne s'était pas déplacé aussi rapidement, Arlyn serait restée clouée sur place, bouche bée. La salle de réception qu'elle avait admirée au cours de sa première nuit ici était maintenant remplie d'elfes, et cette vision lui coupa le souffle. Leurs tenues étaient éblouissantes dans leur diversité, certaines sobres, d'autres élaborées, avec un mélange de couleurs finalement harmonieux. Comme une extension des fleurs derrière les fenêtres, comme si le jardin avait pris vie pour venir socialiser sous les arbres sculptés au-dessus d'eux. Et le plafond avait effectivement changé. Il était maintenant d'un joli bleu clair.

La foule s'écarta pour les laisser passer, révélant un petit dais à l'autre bout de la pièce. Arlyn tenta d'observer les différentes personnes au passage, mais la tâche s'avéra pratiquement impossible. Une telle variété, dépassant tout ce qu'elle s'était imaginé jusque-là. Les humains dépeignaient les elfes comme tous identiques – grands, splendides, parfaits –, mais la réalité allait au-delà de cet idéal.

Comme Telia, certains avaient le teint grisâtre, et d'autres étaient aussi noirs que la nuit. La plupart d'entre eux étaient bel et bien grands et sveltes, mais quelques-uns étaient petits et plusieurs auraient même pu être qualifiés de rondelets. La main d'Arlyn se resserra autour du bras de Kai, conscient de la nervosité de la jeune femme.

— *Que se passe-t-il ?*

—*Je me sens dépassée. Pourquoi personne ne m'a prévenue ?*

Elle ressentit la confusion de Kai à travers leur lien.

— *À propos de quoi ?*

—*Je pensais savoir des choses sur ce monde. Mais ça... Tout est différent de ce à quoi je m'attendais.*

— Nous serons là pour t'aider. Ou Lyr en tout cas, si tu veux que je m'en aille.

Kai avait dit cela d'un ton factuel, mais il ne put dissimuler la tristesse derrière ses mots. Pas avec le lien qui existait entre eux.

— Ce n'est pas aussi simple que ça.

— Je sais.

Ils atteignirent le dais avant qu'Arlyn puisse poursuivre, mais elle ne savait pas quoi lui dire de toute façon. Elle s'efforça de relâcher un peu sa prise sur le bras de Kai et de laisser sa main libre pendre le long de son corps, malgré son envie de la poser sur sa poitrine oppressée. Son cœur battait la chamade, et ses poumons étaient en feu sous le coup de l'effort pour contrôler sa respiration. Les regards insistants des inconnus le touchaient aussi sûrement que la souffrance de Kai, qui s'infiltrait dans son propre cœur.

Arlyn ne s'était jamais considérée comme timide avant cela.

Son père mena Lynia jusqu'au centre de l'estrade, et elle alla se placer à la gauche de Lyr tandis qu'Arlyn prenait place à sa droite, priant pour que la foule ne s'aperçoive pas qu'elle était terrorisée. Kai cessa de s'appuyer sur elle, et elle lui adressa un coup d'œil étonné. Même s'il affichait un air impassible – combien de temps lui faudrait-il à elle pour maîtriser ce talent ? –, elle était suffisamment proche de lui pour voir les ridules de fatigue autour de ses yeux et de sa bouche. Sa fierté allait lui coûter cher en énergie.

Lyr leva les mains un instant, et les murmures feutrés de l'audience laissèrent place au silence.

—Je vous salue, membres de la maison Dianore, et vous remercie de nous gratifier de votre présence. Que le mois de *belen* vous apporte santé et prospérité sous le haut soleil d'été. J'ai l'immense plaisir de vous recevoir ici en ce jour pour vous présenter une personne depuis trop longtemps absente de notre domaine, ainsi que pour en accueillir une autre que vous reconnaîtrez peut-être, mais dont le nom a changé.

Arlyn écarquilla les yeux devant le caractère formel de ses paroles. Elle avait sous les yeux le seigneur elfe qu'elle s'était attendue à trouver. Son estomac se noua. Elle avait commencé à s'habituer à lui, à anticiper ses réactions. Et à présent elle découvrait une autre facette de sa personnalité, qui lui était totalement étrangère.

Les yeux de Lyr balayèrent la foule du regard.

— Mais la joie est bien souvent teintée de tristesse. C'est pourquoi je suis peiné que tous les membres de notre maison ne puissent pas être là aujourd'hui, et je dois vous prier de bien vouloir rapporter le déroulement de cet événement à ceux qui ne sont pas parmi nous pour entendre les nouvelles.

Lyr marqua un nouveau temps d'arrêt tandis que des murmures d'approbation circulaient dans la salle, avant qu'elle retombe dans le silence.

— Même si une occasion comme celle-ci mériterait un discours et un cérémonial bien plus élégants, je suis conscient que vous êtes nombreux à avoir dû interrompre votre travail de manière inopinée pour venir ici et qu'il serait inconvenant de vous retenir trop longtemps. Sachez que ma concision n'est pas un signe de mépris, mais un témoignage de mon estime envers ceux qui ont encore beaucoup à faire aujourd'hui. La brièveté de mon discours ne doit pas dévaloriser l'événement pour lequel nous sommes réunis.

Arlyn faillit lever les yeux au ciel. Combien de temps lui faudrait-il encore pour la présenter comme étant sa fille ? Ses nerfs étaient suffisamment mis à l'épreuve par tout ça. Puis Lyr prit sa main et lorsqu'il s'avança en la levant, les battements sourds de son cœur éclipsèrent ses pensées.

— Je vous présente donc sans plus attendre, sous la lumière du soleil sacré et des neuf divinités d'Arneen, une fille longtemps perdue pour la maison Dianore, qui grâce à son courage a pu nous rejoindre il y a seulement deux jours. Ma fille, *Callian Ayala i Arlyn Dianore se Kaienan nai Braelyn*, annonça-t-il avant d'extirper une chaîne d'une bourse argentée à sa taille et de lever la main d'Arlyn encore plus haut. À ce titre, et à celui d'enfant de la maison Dianore, je lui offre ce collier, qu'elle sera libre de donner ou de garder.

Lorsque son père prononça ses mots, Arlyn ressentit un élancement douloureux chez Kai à travers leur lien. Inquiète, elle se tourna vers lui, mais son expression était indéchiffrable.

— *Qu'est-ce qui se passe ?*

— *Rien, répondit-il alors que sa voix était à peine plus qu'un murmure dans son esprit. Fais passer un peu de ton énergie à travers le pendentif pour l'apparier à toi.*

Lyr pressa la main d'Arlyn pour obtenir son attention, puis passa le collier autour de son cou. Elle prit le disque en argent dans sa main et fit ce que Kai lui avait dit, sentant un léger vrombissement suivi d'un cliquetis. Puis elle se rappela. Libre de le donner ou de le garder. La seconde partie de la création du lien d'âmes. Kai était probablement inquiet à ce sujet. Avant qu'elle puisse trouver quelque chose à lui dire, son père se retourna vers la foule.

— En nous rejoignant, dame Arlyn a également trouvé son âme sœur, qui est un ami de notre maison. La première étape de leur union ayant été complétée, je vous présente *Callian Myal i Kaienan Dianore se Arlyn nai Braelyn*. C'est un honneur pour notre maison de les compter tous deux parmi nous.

Tout le monde dans cette salle devait se poser des questions sur la tournure des événements, mais Arlyn ne détecta aucun signe de leur curiosité. Ils se contentèrent tous de frapper leur poitrine du poing en s'inclinant et en disant presque parfaitement à l'unisson :

— Au nom de la maison Dianore, nous vous accueillons comme étant des nôtres.

Arlyn sentit un flux de magie la traverser en vrombissant, créant une sorte de connexion similaire à celle qu'elle avait ressentie lorsque son père lui avait donné la clé du domaine. Un sentiment d'appartenance. Arlyn n'en revenait pas, mais elle eut peu de temps pour le digérer. Leurs mots étaient son signal. Sa main se crispa sur le pendentif alors qu'elle faisait un pas timide vers l'avant. Ils la regardèrent – elle et personne d'autre –, certains avec des yeux curieux.

Arlyn déglutit pour ravaler la boule dans sa gorge et pria pour ne pas s'emmêler les pinceaux. Elle prit une grande inspiration pour se donner du courage tandis que Lynia lui adressait un sourire d'encouragement.

— Je vous remercie pour votre accueil. Je suis honorée que vous ayez consenti à quitter votre foyer et à suspendre vos tâches pour me souhaiter la bienvenue au sein de la grande maison des Dianore. Les mots me manquent pour exprimer le plaisir que je ressens d'avoir trouvé une véritable famille parmi vous, loin de mon ancienne maison. Je n'avais jamais imaginé recevoir un tel accueil durant mon long voyage jusqu'ici. En tant qu'héritière de mon père, le *myern* Lyrnis, je ferai tout mon possible pour servir avec honnêteté, équité et égalité. Sachez que je ne souhaite apporter qu'honneur et gloire à notre maison.

— Tout comme moi, ajouta Kai qui se tenait derrière elle. Et j'offre au *myern* Lyrnis, à ma maison, et à ma compagne, l'héritière, mes loyaux services en tant que *sonal* pour les nombreuses années à venir. Que chacun de nous puisse s'épanouir et prospérer sous la lumière du soleil sacré et des neuf divinités d'Arneen.

Sentant Kai de plus en plus faible, Arlyn recula pour le laisser s'accrocher de nouveau à son bras. Il allait s'écrouler s'ils restaient debout ici encore un moment. Elle interpella Lyr mentalement et fut soulagée qu'il lui réponde aussitôt.

— *Papa, il faut que ça se termine. Kai doit s'asseoir ou il va finir les fesses par terre.*

Après un bref coup d'œil à Kai, Lyr acquiesça en hochant discrètement la tête.

— La maison Dianore entend et reçoit vos serments avec gratitude. À présent, je pense qu'il est largement temps de retourner à nos occupations respectives. Je remercie encore une fois tous ceux qui se sont joints à nous pour cette heureuse occasion. Pour ceux qui le souhaitent, Merryl a eu la gentillesse de préparer un banquet pour le déjeuner, dont vous pourrez profiter dans le jardin. Nous vous y rejoindrons dans un moment, et vous pourrez vous présenter à ma fille de manière informelle.

La foule se dispersa dans un brouhaha et une profusion de regards curieux. Arlyn dévisagea son père avec étonnement.

— *Après la longueur de ton préambule, je ne peux pas croire que tu aies réussi à terminer si vite.*

— *Tu m'as encore appelé « papa ».*

— *C'est vrai*, dit-elle avec un petit sourire. *On pourra en parler plus tard si tu veux, mais là il faut vraiment que Kai s'asseye. Sinon tu vas devoir supporter son poids en plus de celui de tous tes vêtements.*

Lyr rit de bon cœur, attirant les regards de ceux qui s'étaient attardés dans la salle.

— Allons dans le jardin alors.

~

RALAN AVAIT PEU de choses à régler avant de partir, car Mandy s'occupait déjà de la majeure partie des opérations quotidiennes de son affaire. Officiellement, il quittait le pays avec sa fille afin de trouver un traitement pour une forme rare de cancer. Au cas où ce cas de figure précis se présenterait, il s'était arrangé pour orienter le diagnostic des médecins vers une affection avec plusieurs traitements expérimentaux à l'étranger, de sorte qu'il y aurait peu de spéculations médiatiques à propos de son départ. Et si sa fille devait rester à Moranaia, il serait facile de prétendre qu'elle ne s'était pas rétablie. Bien que dans ce cas, il disparaîtrait simplement du monde des humains, certain qu'il ne pourrait jamais simuler une telle chose.

Ralan espérait seulement qu'il pourrait éviter son père aussi longtemps que possible. Il ne voulait pas se retrouver dans une position où il serait obligé de désobéir au roi, mais il ne permettrait pas qu'on se serve à nouveau de lui. Les choses qu'il avait *vues* hantaient encore ses rêves. Avec un peu de chance, son père avait trouvé un autre devin pour guider sa main. Même trois cent douze ans après leur dispute, Ralan ne pouvait se résoudre à utiliser son talent à dessein. Il ne pouvait pas mettre un terme aux visions spontanées et aléatoires, mais il refusait de se pencher sur la vie des autres de manière intentionnelle. Pas après Kenaren.

Il ne penserait pas à Kenaren.

D'un geste colérique, Ralan ferma le couvercle de la malle qu'il venait juste de remplir. Ils ne seraient pas chargés pour la traversée du Voile, car ils n'avaient pas besoin d'emporter grand-chose. Pour lui, seulement quelques habits parmi ses préférés qu'il avait ramenés de Moranaia autrefois. Malgré les siècles écoulés depuis son départ, ils ne devraient pas être trop démodés. Il l'espérait en tout cas. Le reste était pour Eri : des vêtements qu'il avait créés pour elle dans le style elfique, une photo de sa mère, et quelques-uns de ses jouets.

Ralan plissa le front d'un air songeur. Comment Eri pouvait-elle avoir si peu d'attaches dans le monde des humains ? Sa fille était née et avait grandi ici, mais elle semblait aussi peu se soucier de la vie sur Terre que lui. Elle n'avait même jamais posé de questions sur sa mère. Les dieux soient loués pour ça. Il ne laisserait jamais cette garce s'approcher de *sa* fille sous une autre forme que cette photo encadrée qu'il emportait au cas où Eri lui demanderait un jour à quoi elle ressemblait.

— Tu as fini maintenant, *laial* ?

Il se retourna, surpris de trouver Eri debout derrière lui. Elle avait rarement assez d'énergie pour se déplacer depuis quelque temps, mais aujourd'hui elle avait l'air bien plus en forme. Elle avait bonne mine, et elle ne chancelait pas.

— Que fais-tu ici, ma chérie ? Tu devrais te reposer pour le voyage.

— Je voulais te voir. Je suis trop excitée pour dormir en plus. J'ai vraiment hâte de rentrer à la maison.

Son père parut étonné.

— Tu ne m'avais jamais dit que tu considérais Moranaia comme ta maison.

— Je savais qu'on n'y retournerait pas avant un moment, et ça t'aurait fait de la peine si je te l'avais avoué.

Le cœur de Ralan se serra devant l'expression sérieuse, presque adulte, sur le visage de sa fille.

— Eri, tu es sûre que tu te sens bien ?

— Pour le moment. Je dois juste te dire quelque chose... expliqua-t-elle en écartant une mèche de ses longs cheveux noirs en trépignant de nervosité. Ça ne va pas te plaire.

— Eri, soupira son père d'une voix reflétant son impatience.

— Tu devras essayer de ne pas te montrer trop dur envers le seigneur Kai, même quand il s'énervera. Il ne sait pas que tout ça est une bonne chose pour lui. Il est seulement inquiet à propos de dame Arlyn, et il a peur d'aggraver les choses avec le seigneur Lyr. Il sera un bon allié, tu sais, même si tu devras faire des choses que tu n'as pas envie d'accomplir.

Ralan se figea, le souffle coupé. Elle n'avait jamais rencontré Kai ou Lyr, et il pouvait seulement deviner qui était Arlyn.

— Où as-tu entendu ces noms, Eri ?

Elle se tordait les doigts, signe évident de son inquiétude, et baissa les yeux vers ses pieds.

— J'ai rêvé d'eux.

Ralan ferma les yeux d'un air résigné. Il avait prié pour qu'elle n'hérite pas de son talent de devin. C'était cet espoir, il le savait, qui l'avait retenu de l'examiner, et il lui avait été facile de reporter ce moment puisqu'elle n'était pas censée développer ce genre de capacité avant plusieurs années. Il n'avait donc pas pu se résoudre à le faire et avait procrastiné. Bon sang. Si son père découvrait cela, il tenterait de se servir d'elle aussi. Elle devait être protégée, à n'importe quel prix.

— Ne sois pas fâché, s'il te plaît. Ne me déteste pas, murmura-t-elle.

— Quoi ? s'exclama-t-il en mettant de côté ses propres inquiétudes et prenant sa fille dans ses bras. Comment pourrais-je te détester ? Je t'aime plus que ma propre vie.

— Je savais que ça ne te plairait pas, et tu as l'air si énervé.

Il l'écarta de lui pour qu'elle puisse le regarder dans les yeux.

— Pas contre toi, Eri. J'ai peur pour toi. Je ne voulais pas te transmettre cette maudite faculté. Dis-moi, es-tu déjà capable d'invoquer toi-même les visions, ou arrivent-elles seulement dans tes rêves ?

— Je peux regarder, mais je ne le fais pas. À moins que la dame me dise de le faire.

Ralan crut que son cœur s'était arrêté de battre, mais ses pieds le conduisirent tout de même vers la chambre d'Eri.

— La dame ?

— La déesse, voyons ! gloussa sa fille. La grande dame Megelien me dit quand je peux regarder ou quand il ne faut pas.

Il s'arrêta devant la porte de la chambre de sa fille et l'observa fixement pendant un moment.

— La déesse Megelien te parle ? L'une des Neuf d'Arneen, alors que nous sommes sur Terre ?

— Oui, mais elle n'est pas puissante ici. J'entends seulement des murmures, parfois.

Ralan prit une grande inspiration et essaya de ne pas montrer à sa fille à quel point ses mots l'effrayaient. Non seulement Eri avait démontré un don de double vue, mais elle avait aussi été guidée par la déesse du Temps. Si Megelien s'intéressait à Eri alors qu'elle était si jeune et si loin de leur monde, cela pouvait uniquement signifier qu'elle était destinée à devenir une grande devineresse. Il avait cru que rien ne pourrait l'inquiéter davantage que son étrange maladie. Mais il venait d'avoir la preuve qu'il s'était trompé.

CHAPITRE 15

ARLYN S'ARRÊTA juste après avoir passé les portes de la salle de réception menant à l'extérieur, balayant du regard les curieuses festivités. Où était le déjeuner ? Il n'y avait aucune table de banquet, aucun signe tangible du festin promis. À sa gauche se trouvait une table juste assez grande pour asseoir la famille, mais elle se demanda où tous les autres allaient bien pouvoir manger. D'ailleurs, où étaient-ils tous passés ? Avaient-ils tous prétendu une grande fatigue à l'instar de Lynia ? Il y avait quelques personnes en train de discuter dans la petite cour, mais certainement pas autant de monde qu'à son introduction.

Kai la tira doucement par le bras.

— Arlyn ?

— Hein ? dit-elle en clignant des yeux et en secouant la tête. Désolée. Où sont-ils tous passés ?

— Ils se baladent probablement dans le jardin, répondit-il avant de la tirer de nouveau par le bras. Viens. Ils apporteront la nourriture une fois que nous serons assis.

Elle laissa échapper un petit rire en l'accompagnant jusqu'à la table. *Comme s'il avait vraiment faim.* Elle n'était pas dupe, surtout qu'elle ressentait pleinement l'épuisement de Kai à travers leur lien. En plus, ils avaient pris un petit-déjeuner tardif. Il n'avait certainement pas plus faim qu'elle. Mais elle le laissa conserver sa fierté tandis qu'ils se dirigeaient lentement vers leurs sièges.

Arlyn s'installa entre son père et Kai. Elle posa ses mains jointes sur ses genoux, cachées sous la table. La douzaine de personnes présentes dans la cour regardaient rarement dans sa direction, mais cela ne rendait pas cette situation plus facile. Qu'allait-elle dire à ces elfes quand ils viendraient à sa rencontre ? Comment allait-elle se débrouiller pour ne pas offenser quelqu'un sans le vouloir ?

Quelques personnes vinrent s'affairer autour de la table, laissant des plateaux avec de la viande et du fromage dans leur sillage. Les personnes qui flânaient dans la cour avaient aussi des assiettes dans les mains, même si Arlyn ne voyait pas trop comment elles étaient arrivées là. Un instant, ils étaient là debout, et celui d'après, en train de manger. Elle plissa les yeux d'un air suspicieux en détaillant le groupe. S'agissait-il des mêmes elfes que tout à l'heure au moins ?

Lyr se pencha en avant, son regard contournant Arlyn pour observer Kai.

— Tu vas tenir le coup ?

Malgré sa pâleur, Kai fit oui de la tête.

— Aussi longtemps qu'il le faudra. Après j'irai dormir. J'ai un assassin à attraper.

— Toi ? lança Arlyn en jetant un bref coup d'œil autour d'eux, mais personne ne semblait les écouter. Vous n'avez pas une sorte de police ? Des gens pour attraper les criminels ?

Les yeux de Kai reflétèrent un brin d'espièglerie.

— Tu t'inquiètes pour moi ?

Arlyn ne put s'empêcher de sourire.

— J'aimerais autant que tu ne meures pas avant que je puisse te tuer.

— Nous avons déjà pas mal de *sonal* à l'affût du moindre indice sur le terrain, expliqua Lyr en prenant la main d'Arlyn dans la sienne.

Elle se tourna et vit qu'il était inquiet.

— Arlyn a peut-être raison, poursuivit-il. Votre union est si récente que le risque serait élevé.

Kai se raidit.

— C'est une affaire personnelle. Pas question que je serve d'avertissement.

— Non, en effet, approuva Lyr en lâchant la main d'Arlyn pour s'emparer d'un morceau de pain. Nous devons parler avant que tu ailles te reposer. Je veux entendre mot pour mot ce qui a été dit. Mais pas ici.

Une elfe finit par se détacher de la foule pour s'approcher d'eux, mettant fin à leur discussion. Une robe bleu clair contrastait joliment avec la peau noire comme la nuit de la femme, et sa longue chevelure noire cascadait autour d'elle. Elle s'arrêta devant Arlyn et frappa sa poitrine du poing en s'inclinant, comme précédemment. Quand elle leva les yeux, ils étaient empreints de bonne humeur.

Avait-elle déjà vu cette femme auparavant ? Arlyn sourit tout en essayant de se rappeler.

— Bonjour.

— Que la lumière des dieux brille au-dessus de vous, *Ayala*. C'est un plaisir de pouvoir vous rencontrer en personne.

— Pardonnez-moi. Ça va sembler direct et grossier, mais... soupira Arlyn. On s'est déjà rencontrées ?

La femme rit en battant l'air d'une main.

— Il n'y a rien d'offensant. Nous n'avons pas été présentées, mais j'ai été la première à vous voir, après votre père, annonça-t-elle, alors que son sourire s'élargissait. J'étais en poste devant sa porte le jour où vous êtes arrivée.

Arlyn écarquilla les yeux en observant la femme de plus près. Il s'agissait de la même personne qui se tenait si droite dans son armure de cuir ? Difficile à croire. Mais avec les cheveux attachés... possible. Arlyn plissa les yeux. Oui, c'était bel et bien la sentinelle.

— Ravie de vous rencontrer.

— Mon nom est Kera.

La sentinelle se pencha en avant et ajouta d'une voix plus basse :

— Je vais vous épargner mon vrai nom, étant donné les circonstances.

Arlyn parut étonnée.

— Vous savez d'où je viens ?

— Il y a des choses qu'il est impossible de rater lorsqu'on est en poste à la porte du *myern*. Mais je suis tenue de garder cette information pour moi.

Arlyn eut soudain un frisson dans le dos, et ses doigts se figèrent sur le morceau de fromage qu'elle s'apprêtait à prendre sur l'un des plateaux. Une énergie étrange vibrait dans l'air, comme le bruit statique d'une télévision sans réception. Le cœur battant, Arlyn bondit sur ses pieds, balayant la cour du regard pour trouver la cause de ce grésillement. Elle ne vit rien d'inhabituel. Rien hormis des œillades confuses, car toutes les personnes présentes avaient cessé leur activité pour se tourner vers elle.

— Que se passe-t-il ? murmura Lyr.

Arlyn croisa son regard.

— Tu ne le sens pas ? Je pense que quelqu'un nous observe.

Kera réagit aussitôt, ses muscles se contractant alors que ses mains cherchaient les armes qu'elle n'avait pas sur elle, et Kai se leva d'un bond. Il plaça une main sur l'épaule d'Arlyn et appuya dessus.

— Baisse-toi.

Elle écarta sa main d'un geste brusque.

— Bas les pattes. Je ne suis pas une damoiselle en détresse.

— Tu n'es pas une guerrière non plus.

Elle le fusilla du regard.

— Tu n'as aucune idée de ce que je suis ou non.

Les traits de Kai se crispèrent alors qu'il l'observait, mais il secoua la tête d'un air résigné.

— C'est vrai. Mais tu n'es pas armée.

— Trouve-moi un arc.

PENDANT UN INSTANT, Kai vit rouge. Mais la colère ne lui servirait à rien. Il devait rester calme. Il fit courir ses doigts sur la joue d'Arlyn, laissant sa présence l'apaiser.

— Tu peux tirer ?

— Manifestement, affirma-t-elle en levant les yeux au ciel et en tressaillant sous sa main. Même mieux, je peux trouver cet homme. Ou cette femme.

Kai retira sa main alors qu'un sentiment de rage l'assaillait de nouveau au souvenir de l'homme qui s'était penché sur son corps ensanglanté avec un sourire narquois.

— Cet homme.

Lorsqu'Arlyn mordilla sa lèvre inférieure et plissa les yeux en direction de la partie ouest du jardin, Kai fut submergé par une envie furieuse de traquer l'intrus. Le monde tournoya de façon écœurante autour de lui pendant un moment alors qu'il emmagasinait de l'énergie, ses instincts court-circuitant son bon sens. Il protégerait Arlyn. Il allait éliminer cette menace même s'il devait aller jusqu'au bout de ses réserves pour y arriver.

— Kai ! s'exclama Lyr d'un ton cinglant alors que l'énergie jaillissait autour d'eux.

— Où ? grogna Kai. Nous allons en finir avec ça.

— Vers l'ouest, je pense.

Arlyn plaqua sa main sur la poitrine de Kai alors qu'il s'apprêtait à se mettre en route.

— Arrête. Tu n'es pas en état de faire ça.

Lyr se leva, son expression impassible tandis qu'il adressait un signe de tête à plusieurs des gardes présents. Mais Kai le connaissait bien. Il pouvait deviner la fureur de Lyr à la posture de ses épaules et à la froideur de son regard.

— Une intrusion représentant une menace pour notre maison a été détectée. Fouillez le jardin avec tous les hommes disponibles.

Alors que Kai écartait la main d'Arlyn et se préparait à retourner à l'intérieur afin de récupérer ses armes, il ressentit une douleur cuisante sur le côté et des points de lumière se mirent à danser dans son champ de vision. Il baissa la tête, pensant avoir été frappé de nouveau, mais ne vit aucune blessure. Puis Arlyn se glissa sous son bras, avec une lueur féroce dans les yeux. Kai commença à se vider de l'énergie qu'il avait accumulée à mesure que ses réserves diminuaient, et il dut lutter pour ne pas s'effondrer contre elle.

— Bon sang, quel idiot !

— Je...

Il fut forcé de se taire et d'agripper le dossier de sa chaise de sa main libre. Puis il soupira et ajouta :

— Un bel idiot, oui. Laisse-moi ici et va guider les autres.

— Je ne peux pas.

— Je m'en sortirai.

Arlyn soupira assez fort pour lui ébouriffer les cheveux.

— La signature énergétique s'est estompée pendant que j'essayais de t'empêcher de te tuer.

— Du fer en plein cœur ! jura Kai.

Le regard que Lyr lui adressa le figea sur place.

— La prochaine fois, contrôle-toi.

Kai brûlait de honte, mais son regard se durcit.

— Je ne voyais rien d'autre que ce sourire narquois. Je doute que tu aurais fait mieux.

— Aurais-je eu le choix ?

Lyr lui tourna le dos, distribuant des ordres en se dirigeant à grands pas vers les portes de la salle de réception. Kai s'appuya sur Arlyn tandis qu'ils le suivaient, ses yeux revenant sans cesse vers le jardin. À côté de lui, Kera faisait la même chose. Lorsqu'elle croisa son regard, toute trace de sa bonne humeur précédente avait disparu.

— Tu as réussi ton coup cette fois.

Kai soupira.

— Lyr et moi avons des choses à régler entre nous. Au plus vite.

~

Kai laissa retomber sa tête en arrière contre le dossier de la chaise où il s'était effondré. Arlyn était assise au bureau, feignant de relire le discours de bienvenue qu'elle avait préparé pour son maître de magie, et Lyr arpentait la pièce d'un pas furieux. Kai savait bien que ce n'était pas la peine de tenter de justifier son comportement irréfléchi tant que la colère de son ami était à son apogée. Il n'avait pas grand-chose à dire pour sa défense de toute façon.

Lorsque Lyr finit par s'immobiliser, il était toujours vert de rage. Mais il avait desserré les poings au moins.

— Qu'est-ce qui t'a pris de vouloir régler ça par toi-même comme ça, Kai ? Tu as été bien entraîné pourtant.

— Je sais, dit Kai en se passant une main sur le front, incapable de regarder son ami dans les yeux. À travers notre lien, je recevais sans cesse des flashs de ce qu'Arlyn percevait. Ça m'a rappelé la clairière. La douleur. Ma rage impuissante pendant qu'il jubilait. Le tout mêlé au besoin de protéger Arlyn.

Son âme sœur leva la tête pour lui lancer un regard noir.

— Je t'ai dit que je n'avais pas besoin de protection.

— Peu importe que tu en aies besoin ou non, affirma-t-il en soutenant son regard. Chaque fois que je te touche, j'ai juste... Je ne sais même pas comment le décrire.

— Si ça te rend si imprudent, je devrais peut-être nommer quelqu'un d'autre au poste de *taysonal*, maugréa Lyr.

Kai prit une grande inspiration pour contrer la douleur.

— Fais ce que tu as à faire.

— *Clechtan* ! s'écria Lyr, en voûtant les épaules alors que sa colère achevait de s'estomper. Je ne pensais pas ce que je viens de dire. Je suis sans doute aussi impulsif que toi puisque j'ai vu rouge aussi il y a peu.

— On est obligés de régler ça maintenant, Lyr ? demanda Kai d'une voix faiblarde. Je me sentirai sans doute mieux demain.

Arlyn s'écarta du bureau.

— Vous n'allez pas vous quereller à cause de moi.

Kai se pencha en avant.

— Je ne vais pas jeter plus de cinq cents ans d'amitié aux oubliettes. Si Lyr a besoin de me mettre une raclée pour se sentir mieux, je le laisserai faire.

Un silence tendu s'abattit sur la pièce, Arlyn leur lançant des regards noirs à tous les deux tandis qu'ils se fixaient dans le blanc des yeux. Puis Lyr soupira et se passa une main dans les cheveux.

— Je n'ai pas besoin de ça. Mais il faut que tu arrives à te maîtriser. Et n'essaie pas d'aller débusquer l'assassin par toi-même. C'est un ordre.

Kai acquiesça d'un hochement de tête et se détendit un peu. Leur amitié avait peut-être une chance de survivre à ce qui s'était passé.

CHAPITRE 16

ARLYN ARPENTAIT le hall d'entrée d'un pas nerveux une bonne demi-heure avant l'heure d'arrivée prévue de son mentor. Kai dormait depuis plusieurs heures, et son père était parti s'entretenir avec le capitaine de la garde. Elle était donc condamnée à attendre avec ses pensées enchevêtrées pour seule compagnie.

Elles tournoyaient dans son esprit comme les brumes du Voile, la plongeant dans la plus grande confusion. Tant de choses à considérer. Tant de décisions à prendre. Avant son introduction, et malgré sa nervosité, elle n'avait jamais éprouvé un tel sentiment d'appartenance – de justesse. Ses mains tremblaient encore de joie en y repensant. À cela et au toucher de Kai.

Oh, bon sang, le toucher de Kai ! Arlyn ferma les yeux.

La sensation de ses doigts effleurant sa joue était gravée en elle, au cœur même de son essence. Un plaisir au-delà des mots. Plus grand que le désir qui la consumait chaque fois qu'elle le voyait. Durant le bref instant où Kai l'avait touchée, ils ne faisaient plus qu'un. Le cœur d'Arlyn bondit à ce souvenir. De peur ? Ou d'exaltation ? Elle n'aurait su le dire.

Et comment pouvait-elle ressentir cela alors qu'elle était encore tellement en colère contre lui ? Enfin, plus tant que ça.

Arlyn avait compris ce qui s'était passé à présent. Sa raison avait accepté la suite d'événements fortuits qui avaient conduit Kai à mal agir. Mais son cœur n'avait pas encore suivi. Une partie d'elle voulait continuer à protester contre l'union de leurs âmes. Rager contre Kai pour l'avoir piégée.

L'autre partie voulait lui sauter dessus.

Arlyn s'arrêta près de l'immense tronc d'arbre situé à l'opposé de l'entrée, espérant que son énergie apaisante pourrait calmer ses nerfs. Comment les elfes avaient-ils fait pour agencer la maison autour de lui sans avoir de fuites chaque fois qu'il pleuvait ? Elle leva les yeux, mais le plancher au-dessus de sa tête épousait la forme du tronc, lui bloquant la vue. Ils avaient peut-être utilisé la magie.

— Elle s'appelle Eradisel, et il s'agit de l'arbre sacré de Dorenal, la déesse du Voile. Elle fait partie des neuf arbres d'Arneen, chacun étant gardé par l'un des trois premiers ducs de chacune des branches. Notre famille est chargée de la protéger.

Arlyn sursauta et recula d'un pas, laissant retomber la main qu'elle avait levée le long de son corps. Elle se mordilla la lèvre d'un air contrit et se tourna pour croiser le regard de son père.

— Elle est magnifique. Mais j'espère que je ne me suis pas trop approchée.

— Sacré ne veut pas dire inaccessible, Arlyn, répondit-il en souriant. À moins d'avoir quelque chose de nocif sur les mains, et si tes intentions sont bonnes, tu peux la toucher sans problème. Elle te parlera peut-être même.

— Me parler ? demanda-t-elle, perplexe. Tu es sérieux ?

Lyr rit et la rejoignit.

— Je vais te présenter. Comme tu es mon héritière, tu es la prochaine en lice pour assurer sa protection, annonça Lyr en regardant Arlyn jusqu'à ce qu'elle se retourne vers l'arbre. Place ta main sur le tronc comme moi, puis ouvre ton esprit au mien.

Se mordillant toujours la lèvre de nervosité, Arlyn s'exécuta. Sa main resta suspendue en l'air un instant, puis elle la posa sur l'écorce, fraîche au toucher. Elle sursauta lorsqu'elle sentit un flux de magie, puissant, mais agréable, la traverser en pulsant comme un cœur battant. Puis son père plaça sa main sur l'arbre, et l'énergie jaillit, lui coupant le souffle.

Arlyn sentit la présence de son père aux limites de sa conscience, et elle lui ouvrit son esprit, réconfortée par cette sensation familière parmi le tumulte ambiant.

— *C'est tellement étrange.*

— *Laisse-la te traverser. Ne résiste pas. Là, observe.*

Avec la patience d'un véritable maître, Lyr lui montra comment se connecter. Arlyn observa avec son œil intérieur, puis tâtonna pour imiter la façon dont son énergie s'étirait vers l'arbre. De la sueur commença à perler sur son front sous l'effort. C'était comme si elle se battait contre elle-même pour forcer son essence à sortir de son corps.

— *Ne pousse pas autant ta propre énergie. C'est plus comme établir un lien de communication.*

Arlyn se retira brusquement, sa main perdant presque le contact avec l'arbre en même temps que son énergie. Après avoir repris son souffle, elle ferma les yeux et se concentra sur ce qu'elle faisait. Son père ne fit aucun commentaire, se contentant de lui montrer une fois de plus la manière de se connecter. *Comme un lien de communication.* Elle se mordilla la lèvre et essaya de nouveau.

Puis la liaison se forma subitement, et une présence additionnelle se joignit à eux. La main d'Arlyn tremblait contre le tronc. Elle ne pourrait jamais confondre cette essence mentale avec celle d'une personne, humain ou elfe. Un bourdonnement reflétant une patience intemporelle emplissait l'air, si grave et profond que tout l'univers d'Arlyn semblait pulser au même rythme. Une intense sensation de calme l'envahit, détendant ses muscles spasmodiques.

La voix de Lyr s'éleva.

— *Eradisel, je vous présente ma fille et héritière, Arlyn, la prochaine en lice pour assurer votre protection.*

Un instant après, une voix de nature étrange résonna dans l'esprit d'Arlyn. Elle entendit des mots, malgré sa certitude qu'aucun n'avait été prononcé.

— *Tu n'es pas née ici. Tu as traversé le Voile depuis un autre monde.*

— *Je... Oui.*

Il semblait judicieux d'être honnête avec un arbre sacré.

— *Tu portes la bénédiction de Dorenal. Tu es libre de traverser son Voile à ta guise.*

Arlyn fronça les sourcils.

— *J'ai erré pendant un bon moment.*

— *Tu n'as pas été formée.*

Une pause. Un soupçon d'amusement.

— *Ton talent va de pair avec celui de ton âme sœur. Il pourra te montrer.*

Arlyn retint son souffle.

— *Vous dites que je devrais le garder et ne pas rompre le lien ?*

— *Il y a de nombreux futurs et de nombreux chemins. Toi seule pourras décider de la voie à emprunter.*

— *Merci.*

Arlyn serra les dents de frustration. Pourquoi s'était-elle attendue à une réponse ? Rien n'était jamais si simple.

— *Arlyn, enfant bénie de Dorenal, je t'accepte en tant que gardienne.*

Il y eut une autre pause et une légère sensation de déplacement, mais Arlyn entendit quand même les mots suivants.

— *Lyrnis. Je t'aime bien. Ne pars pas simplement parce que tu as quelqu'un pour prendre ta place. Nos discussions me manqueraient.*

— *À moi aussi, Eradisel.*

Son éclat de rire mental résonna de manière agréable à travers la connexion.

— *Je n'ai aucunement l'intention de partir.*

Arlyn ressentit une vague d'amusement et d'approbation avant que la présence de l'arbre s'évanouisse. Mettant fin aux deux liaisons, elle retira sa main.

— Vos discussions? Tu viens souvent ici?

— Non, pas ici. Cet endroit est surtout fréquenté par les prêtres qui veillent à son bien-être et par ceux qui viennent les honorer, elle et la déesse. Il y a un autel de l'autre côté.

Lyr longea le mur qui s'incurvait autour de l'arbre, faisant signe à Arlyn de le suivre, jusqu'à ce qu'ils se retrouvent devant l'autel en question.

— Les offrandes sont généralement déposées ici, et parfois je viens pour ça. Mais pour discuter? Rappelle-toi que nos chambres sont à l'étage au-dessus. J'ai un balcon qui surplombe cette pièce, et l'arbre est assez proche pour que je puisse le toucher.

Lyr leva un doigt en l'air, et Arlyn constata que les murs s'étiraient sans interruption jusqu'à un haut plafond du côté de l'arbre où ils se tenaient. Le plancher qui bloquait la vue de l'autre côté était donc celui de la chambre de son père. Arlyn baissa les yeux vers le petit autel en pierre, qui ne comportait rien d'autre que quelques fleurs et ses propres ornements. Les volutes sculptées dans la roche grise lui firent tellement penser au Voile que son estomac se noua.

— Nous ferions mieux d'y aller, annonça Lyr, attirant de nouveau l'attention d'Arlyn. Ton maître devrait arriver d'une minute à l'autre. Si je ne me trompe pas, elle est même déjà un peu en retard.

Il jeta un coup d'œil à la clepsydre en fronçant les sourcils lorsqu'ils retournèrent de l'autre côté de l'arbre. Le maître de magie de sa fille était effectivement en retard. Arlyn dissimula un sourire alors qu'ils s'arrêtaient devant la grande arche en pierre. Au moins elle n'aurait pas commis la première faute en matière d'étiquette. Son regard revint se poser sur l'arbre tandis que le temps s'écoulait goutte à goutte derrière elle.

— Est-ce que vous vénérez aussi l'arbre? Eradisel?

Lyr fit non de la tête.

— C'est plus une sorte de déférence. Ou de communion. Nous vénérons Dorenal et les huit autres divinités d'Arneen. Les Neuf sont la raison pour laquelle nos ancêtres se sont installés ici.

D'après la légende, la première reine de Moranaia a entendu leur appel alors qu'elle se trouvait dans le Voile.

Son explication fut interrompue par la soudaine lumière vive qui émana du portail, s'estompant ensuite pour révéler une elfe et un garçon debout dans une petite chambre aux murs en pierre. Arlyn fut surprise par la sobriété de la pièce ; la femme étant supposée être issue d'une maison noble, elle s'était attendue à un lieu aussi sophistiqué que Braelyn. Ils étaient cependant élégamment vêtus, l'aînée portant une longue robe en lin aux broderies délicates, et le garçon une tunique et un pantalon de couleur pourpre. Un tel intérieur était donc peut-être normal.

La femme et le garçon traversèrent le portail et la lumière jaillit une fois de plus, occultant la scène et mettant un terme aux réflexions d'Arlyn. La lumière s'estompa après un dernier éclat illuminant les cheveux blond miel de l'autre femme, laissant l'arche aussi vide qu'avant. Arlyn entrelaça ses doigts pour les empêcher de trembler, l'apaisement procuré par Eradisel s'étant évanoui face au visage placide au teint rose et doré de son nouveau maître de magie.

Lyr fit un pas en avant.

— Que le grand dieu Ayanel bénisse votre arrivée dans notre foyer.

Arlyn s'efforça de se concentrer sur leurs mots alors qu'ils formulaient des politesses, puis des titres. Elle connaissait déjà le nom de son maître, et leurs échanges à propos des dernières nouvelles domaniales et du temps qu'il faisait ne lui étaient d'aucune utilité. Elle enfonça un ongle dans sa paume, le picotement la tirant de sa rêverie juste à temps pour entendre la dernière partie.

Son maître de magie désigna le garçon.

— Permettez-moi de vous présenter mon fils, *Taian ia'Kelore ai'Flerin ay'mornia Calel i Irenel Baran nai Fiorn.*

Calel. À quoi correspondait ce terme ? Arlyn était certaine de ne pas avoir étudié celui-là, pas plus qu'elle n'avait lu quoi que ce soit sur la façon de saluer les enfants. Son cœur chavira. Elle était censée prendre la parole ensuite.

— *Arlyn. Ne t'inquiète pas à propos de son titre. Dans une situation comme celle-ci, contente-toi de le saluer poliment.*

Arlyn se détendit suite au coup de pouce mental de son père. S'efforçant d'afficher un petit sourire, elle se lança.

— Je vous souhaite la bienvenue à tous les deux au sein de notre foyer. C'est un grand honneur pour la maison Dianore d'accueillir un maître de magie. Si vous voulez bien...

— C'est la nouvelle élève ? intervint le garçon.

— Iren !

L'elfe blonde devint aussi rouge que la broderie sur sa robe blanche.

— Veuillez excuser mon fils. Onze ans et élevé selon nos coutumes, et pourtant incapable de faire preuve d'une grâce comme la vôtre pour saluer poliment les gens. Je pense que nous allons avoir du mal à respecter la bienséance avec lui dans les parages.

— Mais pourquoi me demandes-tu de faire des manières alors qu'on va étudier ensemble ? Je ne suis pas obligé de faire ça avec Morick.

Arlyn réprima un sourire.

— Ensemble ?

— Mon père ne vous en a pas parlé ? demanda la femme en rougissant davantage, si c'était possible. Iren vient juste de débuter ses études de magie, et j'ai pensé que vous pourriez faire votre apprentissage ensemble, du moins jusqu'à ce que vous le surpassiez. Il est jeune et manque de discipline, donc ça ne devrait pas être long. Si ça ne vous convient pas, n'hésitez pas à me le dire. Mon père était supposé vous le demander avant de m'envoyer ici.

— J'ai parlé à votre père, mais je ne me rappelle pas qu'on ait évoqué cette question, répondit Lyr. Ces derniers jours ont cependant été mouvementés, pour ne pas dire autre chose. Veuillez m'excuser si j'ai mal compris.

— Oh, je ne pense pas que ça vienne de vous, soupira dame

Selia d'un air confus. Mon père essayait de me convaincre de reprendre l'enseignement depuis les cinq ans d'Iren. Si le fait que mon fils soit ici vous dérange, je préférerais le savoir maintenant. Je comprendrais que la présence d'un enfant puisse causer des problèmes.

— Je ne peux pas répondre pour Arlyn en ce qui concerne vos leçons, mais Irenel est très certainement le bienvenu ici. C'est toujours un honneur d'avoir un enfant sous son toit.

— Espérons que vous serez toujours de cet avis dans un mois, pria la femme en secouant la tête d'un air peu convaincu. Il a le caractère plutôt aventureux de son père.

Arlyn s'autorisa à sourire cette fois, car elle voyait bien que ce que disait son maître de magie était vrai. Iren ne tenait pas en place, et son regard fusait à travers la pièce comme pour décider de ce qu'il allait explorer en premier. En dépit de cela, ses yeux étaient empreints de bonté. Il semblait agité, mais pas méchant. Et même si en temps normal son ego se serait opposé au fait de suivre des cours avec un enfant, cet arrangement pourrait bien lui convenir au final. Avec Iren à ses côtés, elle n'aurait pas trop à s'inquiéter des convenances. Cette première rencontre se passait certainement mieux que ce à quoi elle s'était attendue.

— Ça ne me dérange pas de combiner nos leçons pour un temps, affirma Arlyn en souriant au garçon. À condition qu'Iren promette de ne pas se moquer de moi. Je suis novice en matière de magie, tu sais.

— Je ne vois pas pourquoi je ferais ça, rétorqua le garçon en levant les yeux au ciel. Ce n'est pas votre faute si vous avez été élevée parmi ces stupides humains. Ils ne peuvent même pas lancer un simple sort de feu.

— Iren ! s'exclama de nouveau Selia d'un ton cinglant. Tu ne peux pas t'adresser à notre hôte, qui est ton aînée de surcroît, de cette manière. Tu ne peux pas non plus dénigrer une race entière à cause de leurs différences. Dame Arlyn a elle-même du sang humain dans les veines, au cas où tu l'aurais oublié.

— Je suis désolé de vous avoir offensée.

Le sérieux de son expression fut démenti par la lueur espiègle dans ses yeux lorsqu'il s'inclina devant Arlyn.

— Je n'avais pas l'intention de vous insulter, *Ayala*. Veuillez accepter mes plus humbles excuses, reprit-il.

Arlyn parut surprise par son changement d'attitude. Il savait manifestement comment se comporter poliment après tout. Et alors qu'il lui adressait un sourire charmant, ses cheveux châtain clair retombant autour de son beau visage, elle se dit qu'il allait bientôt causer à sa mère des ennuis d'un autre genre. Elle n'enviait pas cela à son maître de magie.

— Je ne me sens pas insultée. Je sais que les humains ne sont pas stupides, vois-tu. Ils ne peuvent peut-être pas jeter des sorts de feu, mais ils ont créé des vaisseaux pour les emmener dans l'espace. Des gens font le tour de la Terre à bord d'une station spatiale en ce moment même.

— Sérieusement? s'exclama Iren en écarquillant les yeux. Nous pouvons traverser le Voile entre les mondes, mais je ne connais en fait personne qui vit au-dessus d'une planète. Je devrais peut-être visiter la Terre un de ces jours.

— Oui, eh bien, tu pourras parler avec dame Arlyn de son monde natal plus tard.

En dépit de la contrariété latente dans ses paroles, Selia regardait son fils avec des yeux aimants. Elle se tourna ensuite vers Lyr.

— *Myern*, la maison Baran tient à remercier la maison Dianore pour son hospitalité. Si moi ou mon fils devions commettre un impair ou représenter une charge à un quelconque moment, je vous prie de bien vouloir m'en informer immédiatement.

— Je suis certain que cela n'arrivera pas, répondit Lyr d'un ton poli. À présent, pendant que mes gens finissent de transporter vos bagages à travers le portail, voudriez-vous rendre hommage à Eradisel?

— Bien sûr, accepta dame Selia, alors que ses yeux s'illuminèrent devant l'arbre de taille impressionnante. Notre branche n'a pas la chance d'accueillir l'un des neuf arbres, mais j'ai rendu visite à Terial, l'arbre sacré de Petoren. Je serais ravie d'honorer Dorenal, d'autant plus que nous venons de traverser sans encombre l'un de ses portails. Si vous voulez bien nous excuser, nous serons de retour sous peu.

Lyr acquiesça d'un hochement de tête, regardant les deux nouveaux arrivants contourner le large tronc en direction de l'autel. Puis il se tourna pour adresser un clin d'œil à Arlyn.

— *Tu t'es bien débrouillée. Et je pense que nous avons de la chance. Selia a l'air un peu moins attachée aux formalités que les autres Taian que j'ai pu rencontrer.*

— *Elle est sympa,* lui confirma Arlyn. *J'aime bien son fils aussi. Les enfants ne sont-ils pas rares chez les elfes ?*

— *Pas vraiment rares, mais pas nombreux non plus,* répondit Lyr en tournant son regard vers l'arbre. *Je me demande où est passé son père.*

— *Sa mère et lui ne sont peut-être plus ensemble ?*

Lyr fit non de la tête.

— *C'est peu probable. Chez nous, les parents restent généralement ensemble la maturité sexuelle de l'enfant et quelques années après ça, même s'ils ne s'entendent plus. Les enfants sont précieux, et en plus, que sont quelques décennies quand on a une espérance de vie qui se compte en millénaires ?*

— *Je suppose que tu as raison,* répondit-elle en haussant les épaules, puis elle sourit à son père. *Dis-moi, mon maître de magie ne t'intéresse pas ? Elle est plutôt jolie.*

— *En effet,* répondit-il avec un sourire auquel ses yeux mornes ne firent pas écho. *Mais la réponse est non. Dans quelques centaines d'années, je pourrai peut-être contempler l'idée d'être avec quelqu'un d'autre. Mais personne ne peut tenir la comparaison face à ta mère.*

Même s'ils n'étaient qu'étroitement liés durant leur conversation, Arlyn perçut sa sincérité et fut frappée par la véritable dimension tragique de cette perte pour son père. La plupart des humains recommençaient à fréquenter une autre personne quelques années après la perte de leur compagne ou de leur compagnon. Mais des siècles ? Arlyn était vraiment étonnée qu'il ne puisse même pas envisager une relation sans engagement avec quelqu'un comme Selia. Cela lui démontrait une fois de plus à quel point il était différent de ce qu'elle s'était imaginé.

Un lien d'âmes était-il réellement si spécial? Pourrait-elle envisager d'être avec un autre homme que Kai? Si elle demandait à ce que leur lien soit rompu, elle serait assurément libre de trouver quelqu'un d'autre. Jusqu'à présent, Arlyn n'avait pas vu un seul elfe laid ; d'ailleurs, elle en avait même rencontré plusieurs un peu plus tôt qu'elle avait immédiatement trouvés sexy. Mais en y réfléchissant bien, elle n'avait rien ressenti d'autre qu'un intérêt amical envers chacun d'entre eux, et elle ne s'était jamais vraiment préoccupée des hommes sur Terre non plus. Comme la plupart des femmes, elle avait eu quelques rencards, mais rien de sérieux, contrairement aux personnes de son entourage. Était-ce à cause de ce lien d'âmes?

L'avait-elle toujours su au fond d'elle?

— *Ai-je dit quelque chose qui te contrarie, Arlyn?*

— *Comment?* demanda Arlyn en le regardant de nouveau subitement, réalisant qu'elle avait abandonné leur conversation en route. *Oh, non, je réfléchissais simplement à ce que tu as dit. Cette histoire de lien d'âmes est flippante.*

— *Un peu, oui. Mais ça vaut le coup. En dépit de ma peine aujourd'hui, je ne regrette absolument pas le temps passé avec ta mère.*

Selia et Iren revinrent dans leur champ de vision, mettant fin à la discussion d'Arlyn avec son père. La femme avait l'air plus détendue, malgré le sourire espiègle du garçon, et Arlyn se demanda si l'arbre leur avait parlé. Ou était-ce simplement dû au fait de se trouver à proximité de quelque chose de sacré? Iren n'avait pas l'air particulièrement impressionné, semblant cependant plus heureux qu'enclin à faire des bêtises.

— Vous êtes revenus au bon moment, dit Lyr en désignant l'escalier situé à l'autre bout du hall d'entrée. On m'a informé que vos bagages ont été montés dans vos chambres. Si vous voulez bien nous suivre, nous allons vous y conduire tout de suite.

— C'est très aimable à vous. Merci.

Ils emboîtèrent tous le pas à Lyr tandis qu'il montait l'escalier. Les genoux d'Arlyn flageolaient un peu à chaque marche, et elle se sentait de plus en plus nerveuse à mesure qu'elle avançait. Allaient-ils commencer tout de suite ? Pourrait-elle réellement apprendre à utiliser ce genre de magie ? Lorsque Lyr s'arrêta devant la chambre en face de celle qu'elle occupait, elle dut se faire violence pour ne pas s'enfuir en courant.

Lyr ouvrit la porte pour dame Selia.

— En temps normal, je ne vous demanderais pas de séjourner dans notre aile de la maison, mais je vous ai installée en face de la chambre de ma fille étant donné le caractère potentiellement instable de sa magie. Iren occupera la chambre située entre la vôtre et celle de ma mère. J'espère que vous ne serez pas incommodée de séjourner si près de personnes qui ne vous sont pas familières.

— Je ne voudrais pas m'imposer dans votre espace familial, répondit poliment Selia d'un ton hésitant.

— Si cela vous semble trop contraignant, je ne vois aucun inconvénient à faire déplacer vos affaires dans une tour réservée aux invités.

Selia jeta un coup d'œil à la chambre d'un air soucieux. Puis elle finit par acquiescer d'un hochement de tête.

— Nous serions honorés de séjourner ici. Vous avez raison à propos du besoin de proximité, au moins pour commencer.

Lyr inclina la tête.

— Nous allons vous laisser vous préparer pour le dîner alors. Je reviendrai juste avant le coucher du soleil pour vous escorter jusqu'à la salle à manger.

Arlyn sentit son estomac se nouer à ces mots. Un autre repas formel, et avec des invités cette fois ? Encore une occasion pour elle de gaffer. Tandis que son maître de magie conduisait Iren dans sa chambre, Arlyn adressa une prière à n'importe quel dieu ici présent qui pourrait l'entendre. *Je vous en prie, faites que je ne me plante pas sur ce coup-là. Ou que je ne fasse rien exploser au moins.*

CHAPITRE 17

APRÈS AVOIR LAISSÉ son maître de magie pour qu'elle puisse s'installer, Arlyn se glissa dans sa chambre, puis se figea aussitôt la porte refermée derrière elle. Kai se tenait debout au milieu de la pièce, son corps effectuant des mouvements complexes ressemblant à ceux du tai-chi. Il était torse nu. La lumière émanant des globes enchantés jouait sur ses muscles tandis qu'il se mouvait avec fluidité. Les doigts d'Arlyn four-millaient de l'envie de tracer les contours des reflets. Elle rougit, la bouche soudain sèche.

Puis son regard se posa sur la vilaine cicatrice sur son flanc.

— Mais qu'est-ce que tu fais ?

Kai leva la tête, mais ne s'arrêta pas, son corps passant à une autre position.

— Je travaille mes muscles ankylosés.

Arlyn le regarda un instant, bouche bée.

— Tu étais à moitié mort hier. Tu penses vraiment que c'est une bonne idée de faire de l'exercice ?

— Lial a fait une autre séance de soins. Je suis encore un peu faiblard, mais rien d'alarmant.

Elle-même n'aurait pas su dire si le son étranglé qu'elle avait laissé échapper était un rire ou autre chose.

— Rien d'alarmant.

— Tu sais, reprit Kai en effectuant une fente basse, sans la présence de fer, cette blessure ne m'aurait pas empêché de marcher. Et Lial est un excellent guérisseur. Arrête de t'inquiéter.

Comment pouvait-il dire cela? Elle s'était agenouillée dans une mare de son sang moins de deux jours après l'union de leurs *âmes*. Et il venait de lui dire *de ne pas s'inquiéter*? Arlyn s'avança vers lui en plissant les yeux d'un air contrarié. Quelque chose dans son expression avait dû finalement retenir l'attention de Kai, car il se redressa en levant les mains dans un geste défensif.

— Pourquoi es-tu si en colère?

Mauvaise question. Arlyn tapota son torse de son index en le fusillant du regard.

— On m'a rebattu les oreilles à propos de la dangerosité de notre nouveau lien. Du fait que tu pouvais m'entraîner avec toi si tu mourais. Et te voilà en train de prendre des risques pour travailler tes fichus muscles !

Kai plissa le front de confusion, tandis que ses yeux reflétaient un soupçon d'irritation.

— Je ne prends aucun risque. Je vais bien.

— J'ai dû t'aider à tenir debout il y a à peine quelques heures, et tu as bien failli t'évanouir.

— J'avais simplement besoin d'une autre séance de soins, rétorqua Kai en attrapant le doigt d'Arlyn. Je ne suis pas encore prêt pour le combat, mais ça, je peux le faire sans problème.

Arlyn retira brusquement sa main qu'elle alla appuyer sur le flanc de Kai. Elle essaya de faire abstraction de ses muscles durs comme un roc sous ses doigts alors qu'elle attendait de le voir grimacer. Mais il se contenta de la regarder droit dans les yeux. Aucun signe de douleur ou d'inconfort. Elle poussa un soupir chevrotant.

— Tu n'as pas mal?

— Je viens de te dire que non, répondit-il en esquissant un sourire.

Le visage d'Arlyn devint rouge d'embarras, et cet échauffement se répandit comme un incendie sur tout son corps. Qu'est-ce qui n'allait pas chez elle ?

— Je suis désolée.

Kai enserra le visage de la jeune femme.

— Quel est le vrai problème ?

— Je ne sais pas, avoua-t-elle alors que son cœur trébucha devant la tendresse de ses gestes. Cette journée. Tant de pression. Et ce qui se passe entre nous, quoi que ce soit.

— C'est ma faute.

— Oui et non.

Arlyn agrippa le pendentif qu'il lui avait donné. Même s'il était juste à côté de celui qu'elle avait reçu de son père, elle n'eut pas besoin de regarder pour savoir lequel elle avait attrapé.

— Je n'avais sans doute pas deviné que nos âmes seraient liées, mais je savais déjà qu'il se passait quelque chose entre nous à ce moment-là. Et j'ai pris le collier sans me poser plus de questions.

— Merci de me le dire, répondit-il alors que ses mains glissèrent jusqu'à ses épaules. Tu avais raison plus tôt. Quand tu as dit que je ne savais pas ce que tu étais ou non. Mais j'aimerais apprendre à te connaître.

— Tu pourrais commencer par ne pas me traiter comme une fillette sans défense.

— Une fillette ? répéta Kai d'un air étonné. Tu es bel et bien une femme.

— Comment expliques-tu ce qui s'est passé tout à l'heure alors, quand j'ai perçu la présence de l'assassin ?

— Tu penses que c'était à cause de ton sexe ? lui demanda-t-il en raffermissant sa prise sur ses épaules. C'était parce que tu n'étais pas armée et pas entraînée, du moins pour autant que je sache. Les guerriers ont pour mission de protéger, Arlyn. Tu ne peux pas me demander de ne pas le faire.

Elle se mordilla la lèvre, et le regard de Kai se posa subitement sur sa bouche. Ses doigts se resserrèrent encore.

— Qu'est-ce qu'il y a? demanda Arlyn en agitant une main devant son visage pour l'inciter à la regarder de nouveau dans les yeux.

— Bon sang, ça me rend fou quand tu fais ça.

Kai fit remonter ses mains le long de son cou et enserra de nouveau son visage. Tressaillant, Arlyn le laissa faire.

— Embrasse-moi. Juste une fois. J'ai besoin de savoir.

Il ne perdit pas de temps à lui demander ce qu'elle avait voulu dire. La jeune femme ferma les yeux alors qu'il effleurait sa bouche de la sienne. Avec légèreté, de façon presque timide. Puis Kai l'attira contre lui, son corps se moulant au sien, et la tendresse s'évanouit. Arlyn agrippa ses cheveux pour se rapprocher du feu qui brûlait entre eux. Tandis que leurs bouches fusionnaient, que la chaleur montait, son âme s'embrasa.

Kai empoigna la tunique d'Arlyn, la serrant encore plus fort contre lui. Elle haletait contre sa bouche alors que leurs cœurs battaient au même rythme frénétique. Ses mains glissèrent le long du dos de Kai, et ses muscles se contractèrent à son contact. Le grognement qu'il laissa échapper résonna dans la poitrine d'Arlyn. Ils s'étaient à peine touchés, et ils étaient tous les deux en feu. Le cerveau embrumé, Arlyn essaya de se rappeler à quelle distance du lit ils se trouvaient.

Kai arracha sa bouche de celle de sa compagne et posa son front contre le sien.

— Je devrais y aller.

Clignant des yeux, Arlyn recula pour pouvoir le regarder dans les yeux.

— Hein?

— Si tu ne veux pas finir au lit avec moi, je dois y aller, répondit-il d'une voix rauque. Tout de suite.

— Oh...

Arlyn était tentée. *Vraiment* tentée. Son corps brûlait de désir. Et si le simple fait de le toucher, de l'embrasser, la mettait dans cet état, que se passerait-il s'ils allaient plus loin? Elle frissonna.

Pendant un instant, ses doigts se resserrèrent autour de lui. Puis elle se força à le lâcher. À reculer. Elle devait réfléchir.

— Où vas-tu aller ?

Kai se frotta la nuque, sans vraiment croiser son regard.

— Dans l'une des tours réservées aux invités.

— Je suis censée veiller sur toi.

— J'ai simplement besoin d'une autre bonne nuit de sommeil, dit-il en esquissant un sourire sans joie. Après ce qui vient de se passer, je vais sans doute devoir demander à Lial de me plonger dans un sommeil profond si je veux réussir à me reposer.

Arlyn grimaça.

— J'aurais mieux fait de ne rien demander.

— Tu peux me demander tout ce que tu veux, lui avoua Kai en lui adressant un regard brûlant. Tout. Tu mérites bien plus qu'un simple baiser.

Elle faillit le retenir lorsqu'il se dirigea vers la porte, mais la peur qui lui serrait le cœur la retint.

Un lien d'âmes était quelque chose de considérable. De *permanent.* Ce n'était pas une décision à prendre sous le coup du désir charnel. Arlyn s'obligea à se tenir droite jusqu'à ce que la porte se referme derrière lui. Puis elle se laissa tomber sur la chaise derrière son bureau et prit sa tête dans ses mains.

ARLYN AVAIT DÉJÀ LEVÉ la main trois fois, mais n'avait toujours pas trouvé le courage de frapper à la porte. Ils avaient fini de dîner une heure auparavant, et dame Selia avait été des plus agréables, leur racontant des anecdotes sur sa vie et sa formation. Mais bon sang, cette femme enseignait la magie depuis presque cinq cents ans, et ce, après avoir déjà passé un demi-millénaire à perfectionner ses compétences. Pratiquement un millénaire au final, et elle était suffisamment inquiète au sujet des pouvoirs d'Arlyn pour s'installer dans la chambre de l'autre côté du couloir.

La porte s'ouvrit avant qu'Arlyn parvienne à rassembler son

courage. Elle laissa retomber sa main d'un air contrit, mais Selia lui adressa un sourire bienveillant.

— Entrez, je vous en prie. Il n'y a aucune raison de rester là à vous tracasser. Je ferai tout mon possible pour m'assurer qu'il ne vous arrive rien de fâcheux, à vous ou à vos proches, pendant que vous apprendrez à contrôler vos pouvoirs.

Arlyn parut surprise.

— Comment avez-vous su à quoi je pensais ?

— Vos boucliers mentaux faiblissent lorsque vous êtes en proie à une forte émotion. C'est l'une des premières choses sur lesquelles nous allons travailler.

Arlyn suivit son maître de magie dans la chambre et ferma la porte. Iren était assis sur une chaise près de la fenêtre, ses pieds ne tenant pas en place tandis que Selia invitait sa nouvelle élève à s'asseoir sur l'une des deux autres chaises, installées autour d'une petite table. Arlyn s'exécuta, même si elle était aussi fébrile qu'Iren.

— Vous pensez vraiment que votre fils devrait rester ici ? Si je suis dangereuse, il vaudrait peut-être mieux pour lui qu'il se trouve ailleurs ?

— Arlyn... Puis-je vous appeler ainsi ?

Lorsque la jeune femme hocha la tête pour acquiescer, Selia poursuivit :

— Vous pouvez bien entendu m'appeler Selia, ajouta-t-elle en se penchant en avant. Tout d'abord, Arlyn, j'espère ne pas vous avoir effrayée avec mon arrivée précipitée. Votre situation est à prendre au sérieux, mais pas dramatique au point de craindre pour nos vies.

Arlyn agrippa l'accoudoir de sa chaise.

— Tout le monde a l'air si inquiet.

— En accumulant suffisamment d'énergie sans pouvoir la contrôler, vous pourriez raser pratiquement tout le domaine.

Sans même le regarder, Selia donna une tape sur les jambes de son fils pour qu'il arrête de gigoter, puis ajouta :

— Tout comme Iren ici présent. Ce n'est pas une question de puissance. Le problème est de savoir comment la contenir.

Arlyn déglutit, la gorge nouée. *Raser le domaine ?*

— Je ne me sens pas particulièrement puissante.

Selia sourit là encore.

— Je doute que vous puisiez autant d'énergie que ce dont vous êtes capable. Ou peut-être que vous ne le remarquez même plus. Les mages commencent leur apprentissage très tôt par nécessité. Il est possible que vous ayez mis vos propres méthodes en place avant même d'être assez âgée pour les comprendre.

Arlyn repensa à son enfance. À la façon dont le monde lui avait toujours semblé rayonnant, littéralement.

— C'est possible, oui.

— Dans tous les cas, ce ne sont pas vos réserves d'énergie intrinsèques qui m'inquiètent le plus chez vous. C'est la facilité avec laquelle vous les avez utilisées. Le fait que par crainte pour la vie de votre âme sœur vous ayez invoqué un type de magie que vous n'auriez certainement pas cru possible en premier lieu est plutôt remarquable.

— Sans parler du fait que c'était douloureux.

— Je n'en doute pas. En temps normal, vous auriez appris à utiliser votre magie par étapes. Mais ce que vous avez fait a ouvert tous vos canaux d'un coup de manière brutale. Le guérisseur a visiblement bien fait son travail, tout comme votre père qui a érigé des boucliers mentaux pour vous, ou il se passerait sans doute des choses étranges autour de vous.

Le cœur d'Arlyn manqua un battement.

— Je ne sais absolument pas ce qu'ils ont fait.

— Je pense que je devrais commencer par vous examiner pour voir de quels types de canaux magiques vous disposez, dans quel état ils sont, et quelle quantité d'énergie vous possédez, proposa-t-elle avant de se tourner pour adresser un regard de semonce à son fils. Iren, cesse de gigoter. Si tu veux t'occuper, alors observe la façon dont je vais examiner Arlyn. Mais contente-toi de regarder, ne fais rien d'autre.

Le garçon sembla enthousiasmé par la suggestion de sa mère, mais Arlyn se raidit. Le processus n'avait pas l'air plaisant.

— Qu'est-ce que je dois faire ?

— Vous détendre, tout simplement. Votre père a abaissé les boucliers qu'il avait mis en place pour vous, mais je dois quand même me soucier de vos propres défenses. Plus vous serez calme, mieux ce sera, lui expliqua Selia en l'observant pendant un instant. Quoique si vous avez appris comment communiquer par télépathie, vous pouvez essayer ceci : lorsque vous sentirez ma présence, permettez-moi d'entrer comme si nous allions discuter mentalement.

Arlyn prit de grandes inspirations et posa ses mains sur ses genoux de façon décontractée. Elle avait toujours l'estomac noué, mais elle ferma les yeux. Après un moment, l'énergie de son maître de magie effleura la sienne, et elle laissa Selia accéder à son esprit. Lorsque les pensées de cette dernière entrèrent brièvement en contact avec les siennes pour la rassurer, aucune connexion à proprement parler ne se produisit entre leurs esprits. Arlyn perçut uniquement un curieux bourdonnement dans sa tête, presque comme un chatouillement.

La jeune femme serra des doigts tremblants autour de sa cuisse pour s'empêcher de repousser cette sensation abrutissante. Mais avant qu'elle se mette à se trémousser sur sa chaise comme Iren, l'étrange vrombissement cessa, et la présence de son mentor s'estompa. Arlyn ouvrit les yeux et constata que Selia et Iren étaient en train de la fixer.

— Quoi ? C'est inquiétant à ce point ?

— Pas tant que ça, en fait. Vos canaux se sont bien remis de l'incident de téléportation, et vos réserves d'énergie sont seulement un peu au-dessus de la moyenne. Mais j'ai remarqué plusieurs choses déroutantes au niveau de votre schéma énergétique et des talents que vous possédez. La plupart d'entre eux sont étonnamment similaires aux miens et à ceux d'Iren, à tel point que je me demande si nous n'avons pas un lien de parenté étroit. Mais il y a certains talents que je n'ai pas reconnus. Je suis pourtant capable d'identifier tous les types de magie de toutes les branches, même si je ne peux pas les utiliser moi-même.

Arlyn joignit ses mains devant elle.

— Vous ne pouvez pas vous charger de mon apprentissage, alors ?

— Je n'ai pas dit ça. Mais jusqu'à ce que je puisse déterminer la nature de ces talents, nous allons devoir faire preuve d'une grande prudence.

Selia jeta un regard agacé à son fils alors qu'il recommençait à s'agiter sur sa chaise.

— Qu'est-ce qu'il y a ?

— Est-ce qu'elle a de la magie spatiale ? Est-ce qu'on pourra faire le tour de la planète ?

Arlyn rit devant l'expression hébétée de son mentor.

— Les humains n'utilisent pas la magie pour ça, simplement la technologie. En réalité, la plupart des humains pensent que la magie est un mythe.

— La plupart ? répéta Selia d'un air perplexe.

— Quelques religions y croient encore, mais c'est différent de la véritable magie. Il y a rarement un effet visible, comme le feu, les éclairs, ou la téléportation, conta Arlyn en fronçant les sourcils, s'efforçant de verbaliser ses pensées. Une grande partie du paganisme moderne s'appuie sur l'idée d'utiliser sa volonté pour effectuer des changements dans le monde environnant, mais c'est subtil. C'est comme mettre toute son énergie au service d'un objectif jusqu'à ce qu'il devienne réalité. Parfois il s'agit autant d'altérer le cours de ce qui existe déjà que de créer quelque chose de nouveau.

— Il s'agit peut-être de cela, murmura Selia, un sourire illuminant soudain son visage. Comme c'est intéressant. Je ne savais pas que la magie humaine existait. Y a-t-il de tels païens parmi vos ancêtres humains ?

Arlyn rit.

— C'est surtout une question de religion, pas de génétique,

même si je pense qu'en ce qui concerne l'aspect magique, le talent pourrait bien être de famille.

— La génétique? demanda Iren d'un air étonné.

— L'hérédité, lui répondit Arlyn. Bref, je ne suis sûre de rien. Ma mère avait des capacités psychiques, un peu comme un devin, mais je n'ai jamais rien entendu d'autre.

— Eh bien, je suppose que nous découvrirons le reste au fil des leçons. Ce que vous disiez à propos du fait d'utiliser sa volonté, ça ressemble à ce qui s'est passé quand vous vous êtes téléportée. Les elfes utilisent aussi leur volonté pour manier la magie, mais dans pratiquement tous les cas, nous devons être conscients du résultat final. Vous, vous avez souhaité mettre tout le monde à l'abri sans savoir comment, et votre magie a trouvé le moyen d'y parvenir. Arriver à destination sans connaître le chemin? Ça, c'est réellement fascinant.

Lyr détendit ses doigts sur son stylo et griffonna ses ordres. Par Emora, si dame Alarele ne trouvait pas un moyen de faire en sorte que la maison Nari se comporte correctement, il allait devoir aller là-bas lui-même. Organiser un festival pour le solstice d'été à un jet de pierre de la frontière qu'ils partageaient avec la maison Amar alors qu'ils ne les avaient pas invités? C'était définitivement une mauvaise idée. Il lâcha le stylo pour se frotter les yeux d'une main lasse. Au moins la querelle était anodine.

Anodine, mais agaçante.

Lorsque la porte s'ouvrit, Lyr s'affaissa sur sa chaise, soulagé. Toute distraction n'impliquant pas une effusion de sang serait la bienvenue. Mais cet espoir s'envola presque aussitôt lorsqu'il aperçut le regard solennel de sa mère tandis qu'elle s'approchait, un livre pesant serré contre sa poitrine. Il jeta un coup d'œil par la fenêtre et vit que les deux lunes étaient déjà hautes dans le ciel. Ses recherches avaient dû l'accaparer entièrement pour qu'elle travaille si tard.

— C'est bien que tu sois encore là, dit-elle en se dirigeant vers son bureau d'un pas pressé. Enfin, façon de parler. J'espère que tu ne travailles pas trop dur.

Lyr sourit à sa mère.

— J'ai un peu de retard à rattraper. Mais je suis suffisamment reposé.

Elle lui retourna un sourire forcé en posant le livre sur son bureau et en l'ouvrant à la page qu'elle avait marquée.

— Le repos pourrait bien devenir une denrée rare sous peu. J'ai enfin trouvé quelque chose.

— Formidable, approuva Lyr d'une voix plate.

— Je n'ai trouvé aucune trace de ce type d'énergie empoisonnée dans les royaumes troglodytes auparavant, annonça Lynia en faisant courir son index le long d'une ligne de texte. Mais ce rapport mentionne un sort élaboré par un apprenti mage qui a produit le même effet. Pas sur Terre. À Moranaia, il y a environ sept mille ans.

Lyr tourna le livre vers lui afin de lire le document lui-même. Puis son juron brisa le silence.

— La source est ici. Ou *originaire* d'ici. Mais pourquoi?

— C'est une bonne question.

Lyr tapotait ses doigts sur son bureau tandis qu'il réfléchissait au problème.

— Pourrais-tu faire quelques recherches supplémentaires dans les archives pour moi?

— Bien sûr, répondit Lynia en souriant.

— Trouve le nom de ceux qui se sont rendus sur Terre ou qui ont été exilés là-bas, et réduis la liste à ceux qui ont la capacité de lancer un tel sort.

— Pour les exilés, ce sera facile, mais les simples visiteurs sont bien plus nombreux, énonça-t-elle avant de poser un doigt sur ses lèvres d'un air songeur. Il me faudra sans doute un jour ou deux.

— Les Sidhes ont attendu jusque-là. Ce sera bien assez tôt.

Avec un autre sourire, sa mère se pencha sur lui pour l'embrasser sur la joue.

— Va te reposer. Je ne veux pas te voir aussi épuisé que Kai.

— Je suis loin d'être dans cet état déplorable, contesta Lyr en souriant à son tour. Mais c'est néanmoins un bon rappel. Encore un dossier et j'irai me coucher, promis.

— Je compte sur toi pour t'en tenir à ça.

Le sourire de Lyr s'attarda après le départ de sa mère, même lorsqu'il se retrouva confronté à une autre querelle mesquine. Si la maison Anar effectuait ses plantations au-delà de la frontière une fois de plus... Lyr se passa une main dans les cheveux, puis reprit son stylo en main. Énergie empoisonnée ou non, son travail n'attendrait pas. Ses gens ne méritaient pas moins.

Même quand ils se comportaient comme des abrutis.

ARLYN SE RETOURNA sur le ventre, son bras en travers du matelas. Son corps était lourd de fatigue, mais son esprit refusait de se mettre en veille. Depuis combien de temps était-elle en train de tourner et virer dans son lit après avoir quitté Selia? Voulait-elle réellement le savoir? Son souffle réchauffa l'oreiller sous sa joue lorsqu'elle soupira. Une zone agréable dans un lit autrement froid.

Bon sang, ce n'était pas la même chose sans Kai.

Elle fit courir sa main le long de la place vide où il était allongé auparavant. Pour l'amour du ciel, il était inconscient lorsqu'elle s'était glissée dans le lit la nuit dernière. Ce n'était pas comme s'ils avaient réellement couché ensemble. Mais sa simple présence avait été un réconfort silencieux, un baume au cœur dont elle ne pensait pas avoir besoin. Même l'idée de rendre de nouveau visite à l'arbre sacré ne parvenait pas à combler le vide de son absence.

Arlyn donna un coup de poing dans l'oreiller que Kai avait utilisé, puis se redressa en position assise. Elle laissa retomber sa tête sur ses genoux en râlant. Elle ne le connaissait même pas. Non? Enfin, ils avaient tout de même passé presque toute la journée ensemble alors qu'il l'avait aidée à se préparer pour la cérémonie d'introduction et à l'arrivée de son maître de magie. Elle connaissait la courbure de ses lèvres lorsqu'il la taquinait. La lueur espiègle dans ses yeux quand il lui avait fait des suggestions bidon pour son discours pour la faire rire.

La sensation de sa bouche sur la sienne.

Grommelant de nouveau, Arlyn s'affaissa sur son lit. La nuit allait être très, très longue.

CHAPITRE 18

ARLYN LANÇA UN REGARD FURIEUX à la tasse de thé dans sa main et souhaita que ce soit du café. Dommage qu'elle ne puisse pas transmuter le liquide aussi simplement qu'elle les avait téléportés jusqu'à la maison domaniale. Rien à faire. Peu importe à quel point elle le fixait, le thé lui renvoyait son reflet inchangé à la lueur du jour. À quoi servait la magie si elle ne pouvait même pas se faire un café par la simple force de sa volonté ?

Son père entra, puis s'arrêta à quelques pas de son siège. Il haussa les sourcils d'un air perplexe.

— Qu'est-ce que tu fais ?

— J'essaie de faire du café.

Arlyn était certaine que le son étouffé qu'il laissa échapper était un rire. Son regard furieux se tourna vers lui, et il leva les mains dans un geste de reddition.

— Désolé. D'après le rapport de dame Selia, tu ne possèdes pas la faculté de transmutation. Ce qui est une bonne chose. J'aimerais autant ne pas me faire transformer en café pour ma part.

Son commentaire narquois lui tira un rire avant qu'elle assimile le reste de ses mots.

— Elle te fait des rapports sur moi ?

— Détends-toi, répondit Lyr en s'asseyant. Je reçois des rapports sur les progrès de tous les apprentis. Même si je dois admettre que le tien est arrivé en haut de la pile.

Arlyn ne put s'empêcher de se trémousser sur sa chaise.

— Est-ce que j'ai eu un A ?

Lyr arrêta son geste pour l'observer, le miel coulant du fruit qu'il venait juste de tremper dans la soucoupe.

— Pardon ?

— Une note élevée. Une bonne note, soupira Arlyn devant son air hébété. Qu'est-ce qu'il faut faire pour marquer des points ?

— Ah, je crois que je vois ce que tu veux dire.

Son air confus s'évanouit tandis qu'il portait le fruit à sa bouche pour mordre dedans. Arlyn essaya de ne pas remuer de nouveau sur sa chaise le temps qu'il finisse de mâcher.

— Les succès comme les échecs sont nécessaires pour apprendre. Ce n'est pas une question de notes. Tu seras en apprentissage jusqu'à ce que tu maîtrises ce que tu dois savoir.

— Mais qu'est-ce qu'elle a dit ?

Lyr sourit en voyant sa fille tapoter ses doigts sur la table. Elle reposa brusquement ses mains sur ses genoux lorsqu'il croisa son regard.

— Dame Selia a fait un rapport détaillé sur ce qu'elle avait découvert en t'examinant. C'est tout.

Arlyn contempla de nouveau son thé d'un air furieux.

— Elle ne m'a rien dit à propos de la transmutation en tout cas.

— Et je doute qu'elle te parle de tes talents avant d'avoir complètement sécurisé l'atelier que j'ai mis à votre disposition pour ton apprentissage. Moins tu en sauras, moins tu seras susceptible de manifester l'un d'eux par accident.

— Ce n'est pas juste.

— Si tu avais cru que tu pouvais réellement transmuter ce thé en café, n'aurais-tu pas déployé plus d'énergie pour essayer ? Même sans avoir appris à le faire ?

Le souffle d'Arlyn fit ondoyer la surface de son thé lorsqu'elle soupira.

— Dans l'état de fatigue où je suis ? Probablement.

— Tu es fatiguée ? demanda Lyr en fronçant les sourcils. N'as-tu pas reconstitué tes réserves ? Tu n'aurais pas dû en utiliser autant hier. Nous n'avons pas vraiment *besoin* de dormir autrement.

— C'est sans doute mon côté humain.

Avant qu'il puisse répondre, Kai fit son entrée, paraissant si reposé qu'elle dut joindre fermement ses mains pour s'empêcher de le claquer lorsqu'il se pencha par-dessus son épaule. Il n'avait visiblement pas eu de mal à dormir sans elle, *lui*. Puis il plaça une autre tasse devant elle avant de se laisser tomber sur la chaise à côté de la sienne. Elle étudia la tasse un instant d'un air dubitatif avant de croiser le regard amusé de Kai.

— Qu'est-ce que c'est ?

— Quelque chose pour te requinquer, répondit-il en esquissant un sourire. J'ai senti à quel point tu en avais besoin.

Arlyn leva la tasse et huma son contenu. On aurait dit un mélange de thé noir et de menthe poivrée. Elle prit une longue gorgée et apprécia la chaleur du liquide tandis qu'il coulait dans sa gorge. Après en avoir bu la moitié, elle reporta son attention sur Kai.

— La nuit a été bonne pour toi apparemment.

— Une fois Lial suffisamment fâché pour me faire sombrer de force, oui, expliqua-t-il alors que toute trace d'humour disparut de son visage. Je suis désolé que tu aies mal dormi.

Haussant les épaules, Arlyn détourna le regard.

— Je vais survivre.

— Tu te sens d'attaque pour une séance d'entraînement ?

Son regard fusa vers Kai.

— Quel genre d'entraînement ?

— Je veux voir de quoi tu es capable, répondit-il avec un sourire espiègle. Comme ça tu n'auras peut-être plus à t'inquiéter que je te traite comme une damoiselle en détresse.

— Peut-être?

Kai imita son haussement d'épaules avec une lueur taquine dans les yeux.

— Je suppose que ça dépendra de ce que tu peux faire.

LYR SE RACLA LA GORGE, et Arlyn rougit. Elle avait carrément oublié qu'il était là. Elle détourna son regard de Kai pour se concentrer sur son père. Ce dernier haussa les sourcils, mais ne fit aucun commentaire sur leur échange.

— C'est une bonne idée, finit-il par dire. Je ne peux pas me libérer ce matin, mais je serais venu aussi sinon. Épée et arc, je pense.

Arlyn finit son thé, puis se leva.

— D'accord. Je vais chercher mes affaires.

ARLYN S'ARRÊTA net en apercevant Iren assis sur le muret en pierre séparant le terrain d'entraînement du jardin. Il la salua de la main d'un air guilleret, puis se replongea dans l'observation de quelques soldats de son père qui s'entraînaient à l'épée. Le sourire qu'elle avait adressé au garçon s'évanouit lorsqu'elle suivit son regard. Ces soldats se déplaçaient avec une vitesse, une agilité, et une efficacité qui lui tordirent les boyaux. Les combattants humains ressemblaient à des enfants jouant avec des bâtons en comparaison.

Déglutissant avec peine, Arlyn fixa Kai.

— Je ne vais peut-être pas m'entraîner finalement.

— Pourquoi es-tu si nerveuse?

— Disons simplement que je suis contente de n'avoir jamais essayé d'utiliser mon épée ici. Je serais morte en quelques secondes.

Kai la guida par le bras vers un petit bâtiment en pierre en bordure du terrain.

— Eh bien, allons-y. Plus vite je pourrai tester tes compétences, plus vite je saurai ce que tu dois apprendre.

— Kai, arrête, dit-elle en dégageant son bras. Je déteste vraiment qu'on se moque de moi. Nous devrions peut-être revenir quand le terrain sera inoccupé.

— Dit la femme qui a exigé qu'on lui apporte un arc pour qu'elle puisse aller traquer un assassin ? Sérieusement, Arlyn, je ne pense pas que quiconque se moquera de toi. La plupart des elfes, surtout ici où seulement une poignée d'entre nous sont allés sur Terre récemment, ne s'attendent pas à ce qu'un humain sache quoi faire avec une épée. Ils seront impressionnés si tu peux seulement la tenir correctement.

— C'est une façon condescendante d'essayer de me rassurer, rétorqua-t-elle en soupirant, cédant pourtant et lui emboîtant le pas.

Kai haussa les épaules.

— Je ne voulais pas être méprisant. Tu dois bien admettre que le maniement de l'épée n'est pas très courant chez les humains de nos jours.

Se rappelant les moqueries dont elle avait souvent fait l'objet à cause de ses curieux passe-temps, elle ne put le contredire.

— Très bien. Je vais te montrer ce que je sais faire. Mais ne dis pas que je ne t'avais pas prévenu.

Kai la conduisit à l'intérieur du petit bâtiment et se dirigea vers le côté droit. L'endroit comportait de nombreuses étagères, pleines à craquer d'armes et d'armures, un arsenal surprenant étant donné le peu de soldats qu'elle avait vus jusqu'à présent.

— Qui utilise tout ça ?

Il la regarda d'un air étonné.

— Les guerriers de Lyr, bien sûr. Tu as la clé de ce domaine, tu peux donc savoir combien il y en a et où ils se trouvent.

Arlyn marqua un temps d'arrêt pour se concentrer sur sa carte mentale et poussa un petit cri surpris devant ce qu'elle découvrit.

Ils étaient partout – certains dans les baraquements, quelques-uns dans les tours réparties sur le domaine, d'autres perchés dans les arbres bordant le jardin – et elle n'avait remarqué la présence d'aucun d'entre eux.

— Pourquoi sont-ils si nombreux?

— Ton père se trouve trois rangs en dessous du roi dans cette branche, Arlyn, et il est également le gardien de l'un des neuf arbres sacrés. Même en temps de paix, cet endroit est sous haute protection.

Kai s'arrêta devant un mur où étaient accrochées de nombreuses épées et les désigna de la main.

— Prends celle avec laquelle tu te sentiras à l'aise. Il y a un large choix de tailles et de poids ici.

Arlyn en essaya plusieurs avant d'en trouver une de taille similaire à la sienne. Elle leva l'épée qu'elle avait choisie à la lumière et l'observa avec attention, impressionnée par sa qualité. Cette arme était magnifique, bien équilibrée, avec des vignes rampantes superbement gravées le long de la poignée.

— C'est une épée d'entraînement? demanda-t-elle, étonnée.

— Oui. Si on est formé avec des armes de piètre qualité, on n'est pas vraiment préparé à utiliser celles de meilleure fabrication, répondit-il en haussant les épaules. Mais celle-ci n'est pas parfaite. Elle est plutôt ordinaire et a probablement été forgée avec du *peresten* de qualité médiocre. Nos artisans ne considéreraient jamais une telle arme comme digne du champ de bataille.

— Dire que les gens me traitaient de perfectionniste, marmonna-t-elle. Bon, allons-y. Autant en finir avec ça.

Arlyn suivit Kai d'un pas mal assuré jusqu'à ce qu'il trouve un endroit qui lui convenait.

— Reste ici. Je vais m'asseoir là-bas avec Iren.

Kai s'installa sur le muret à côté du garçon, qui reporta son attention sur eux avec un sourire. Arlyn était trop nerveuse pour lui retourner son sourire cette fois alors qu'elle se mettait en position à quelques mètres d'eux. Même si son arc était déjà bien en place dans son dos, elle le rajusta, puis fit tourner l'épée dans sa main. Après un dernier coup d'œil à la poignée, elle redressa le dos. Fini de tergiverser.

Kai l'observait, les bras croisés sur la poitrine et les yeux rieurs.

— Commence par me montrer les figures de base que tu connais.

— Les figures ?

— Les positions de l'épée. Offensives d'abord.

Essayant d'ignorer les guerriers qui avaient interrompu leur propre entraînement pour l'observer avec curiosité, Arlyn effectua les mouvements de base qu'on lui avait enseignés. Dès qu'elle eut terminé, elle devina ce que Kai allait lui demander ensuite et passa directement aux positions défensives. Ses muscles tremblaient sous le poids des regards de son public. Elle avait souvent effectué des démonstrations durant les fêtes médiévales, où la majorité des spectateurs la trouvaient étrange et, mais amusante. Cependant, ce n'était absolument pas la même chose ici. Ses paumes étaient si moites de sueur que la poignée devint glissante dans sa main.

Arlyn parvint toutefois à effectuer toutes les positions. Puis elle abaissa son épée et se tint droite, reprenant son souffle en attendant d'entendre ce que Kai avait à dire.

— Tu te débrouilles plutôt bien. Je ne vois pas pourquoi tu étais si inquiète, la rassura-t-il avant de se lever et de se diriger de nouveau vers l'armurerie. Reste ici. Je reviens tout de suite.

Comme elle le craignait, il revint un instant après avec une autre épée à la main.

— Je ne pense pas que ce soit une bonne idée.

— Je me sens bien aujourd'hui, Arlyn. J'ai presque complète-ment récupéré, lui confirma-t-il en s'arrêtant devant elle et se mettant en position d'attaque. Je veux passer les mouvements en revue avec toi au ralenti. Si je me sens fatigué, j'arrêterai.

Arlyn secoua la tête de désapprobation, mais se prépara tout de même à parer. Elle savait que cela ne servirait à rien d'essayer de lui faire entendre raison. Ils effectuèrent lentement les différentes positions de combat, et quand elle réussit à les faire une fois sans erreur majeure, elle se sentit plus en confiance.

Kai accéléra le rythme jusqu'à ce qu'ils se battent à la même vitesse que ce à quoi elle était habituée durant ses tournois sur Terre. Puis il alla au-delà. Elle s'efforça de suivre la cadence, avant de commencer à s'essouffler. Lorsqu'elle échoua à lever son épée à temps, forçant Kai à retenir sa frappe, il mit un terme au combat.

— Ça suffit pour l'instant. Allons nous asseoir.

Arlyn regarda Kai de travers, se demandant pourquoi il aurait besoin de se reposer, *lui*. Elle avait du mal à comprendre comment cet elfe qui avait été mortellement blessé quelques jours auparavant pouvait être aussi frais après leur combat qu'au moment où ils l'avaient débuté. Elle était sur le point de s'effondrer pour sa part. Elle se laissa tomber sur le muret à côté d'Iren, tous les muscles de son corps douloureux. Cela faisait bien trop longtemps qu'elle n'avait pas fait d'exercice.

Après s'être accordé un moment pour reprendre son souffle, Arlyn se tourna vers le garçon.

— Que fais-tu ici, Iren ? Surtout de si bonne heure.

— Oh, il n'est pas si tôt, répondit-il d'un ton jovial. Je voulais venir voir les guerriers s'entraîner. On n'en a pas tant que ça chez nous.

— Il n'y a pas de gardes pour protéger votre domaine ?

Iren haussa les épaules.

— Quelques-uns, mais on utilise surtout la magie pour ça. Je pensais voir plein de gens en train de se battre, mais avant que vous arriviez, il n'y avait que ces deux-là.

Arlyn jeta un coup d'œil aux soldats qu'il désignait et fut soulagée de constater qu'ils avaient repris leur propre entraînement.

— Pourquoi y a-t-il si peu de monde ici ?

— Simplement parce que c'est l'heure du petit-déjeuner, répondit Kai. Le terrain sera plus rempli tout à l'heure.

Incapable d'éviter le sujet plus longtemps, Arlyn se tourna vers lui.

— Alors, à quel point j'ai été nulle ?

— Ce n'était pas si mal. Tu as les bases au moins, la rassura-t-il en souriant. Je vais quand même devoir te montrer plus de positions et te faire travailler ta vitesse. Et il ne faut pas oublier qu'il y a de nombreuses façons de se battre. Dans la plupart des situations de combat, tu ne vas pas utiliser ces positions de manière si précise. Mais tu apprendras vite. Surtout si Lyr t'a transmis une partie de ses capacités.

— Génial, marmonna-t-elle.

Arlyn avait un bon niveau dans le monde des humains. Mais alors qu'elle regardait les guerriers elfes s'entraîner à l'autre bout du terrain, elle devait bien admettre qu'elle aurait de la chance si on la considérait comme une débutante.

— Je ne suis pas certaine d'arriver à être aussi douée un jour.

— Bien sûr que tu y arriveras. Quand tu te seras entraînée pendant quelques centaines d'années, comme ces deux-là, affirma Kai en faisant un clin d'œil au garçon. Que dirais-tu d'aller voir l'entraînement d'archerie, Iren? Nous sommes sur le point de nous y rendre.

Le garçon se mit pratiquement à vibrer d'excitation.

— D'accord ! Vous pourrez m'apprendre à tirer?

— Je peux essayer, répondit Kai en souriant et en désignant le bâtiment en pierre. Va chercher un arc, pas trop grand, et rejoins-nous près des cibles. Elles sont à l'autre bout du terrain.

Arlyn suivit Kai jusqu'à l'extrémité du terrain d'entraînement et par-dessus un autre muret en pierre. Les cibles étaient installées contre les arbres, à l'opposé du terrain qu'ils venaient de quitter, sans aucun doute pour éviter les blessures imputables aux flèches perdues. Même s'ils pouvaient encore entendre le fracas des épées derrière eux, les arbres environnants leur bloquaient la vue, conférant à cet endroit un caractère plutôt intimiste. Après avoir détaché l'arc de son dos et commencé à le bander, Arlyn balaya les environs du regard et se détendit en constatant qu'il n'y avait personne à proximité. Au moins si elle se ridiculisait, seuls Kai et Iren seraient là pour le voir. Enfin, eux et les quelques gardes qui étaient sûrement postés dans les arbres qui les entouraient.

La jeune femme se tourna vers les cibles, mais avant qu'elle puisse tirer une flèche de son carquois, un étrange flux d'énergie la submergea. Comme la veille. Son regard fusa vers la ligne des arbres, juste à temps pour voir la flèche voler. Droit vers Kai qui se tenait derrière elle. Sans réfléchir, elle se jeta devant lui, parvenant même à le pousser en arrière alors que la douleur irradiait dans tout son bras. Poussant un hurlement, elle tomba à la renverse contre Kai, tellement sonnée par l'atroce sensation de brûlure qu'elle entendit à peine le cri de son âme sœur.

Hébétée, Arlyn ne pouvait rien faire d'autre que fixer l'autre flèche qui décrivait un arc dans les airs en se dirigeant vers eux. Il fallait pourtant qu'elle fasse quelque chose. Elle *devait* faire quelque chose. Mais ses membres refusaient de coopérer, s'entremêlant gauchement avec ceux de Kai alors qu'elle essayait de bouger. Impuissante, elle regardait la flèche approcher, comme hypnotisée. Puis, pratiquement avant que son esprit confus puisse assimiler la scène, le projectile en bois prit feu, brûlant si vite et avec une telle intensité que les quelques morceaux restants voletèrent sans grâce vers le sol.

Et était-ce une boule de feu qui fusait vers l'arbre où était perché l'archer? Son esprit au ralenti s'efforçait de donner un sens à ce qu'elle voyait. L'homme sur la branche venait juste de lever son arc, prêt pour une autre frappe, lorsque les flammes l'atteignirent. Pris au dépourvu ou sans protection, il fut percuté de plein fouet, et ses cris de détresse emplirent la clairière, se mêlant aux gémissements d'Arlyn. Tandis que son corps en flammes dégringolait de l'arbre et que plusieurs guerriers accouraient depuis l'autre terrain, la douleur devint insupportable pour Arlyn, et les ténèbres l'engloutirent.

CHAPITRE 19

Pendant quelques instants précieux, Kai s'avéra aussi impuissant qu'Arlyn. La douleur qui le transperçait était si cuisante que la seconde flèche était partie en fumée avant qu'il réalise que cette agonie n'était peut-être pas la sienne. Il regarda son bras et ne vit rien. S'il n'était pas blessé, que s'était-il passé alors? Son esprit confus se concentra sur le poids d'Arlyn affalée sur lui.

La jeune femme gigotait contre lui, ses membres s'entremêlant avec les siens alors qu'elle essayait de se relever. Kai eut le souffle coupé lorsque la douleur d'Arlyn se répercuta en lui à travers leur lien et que le corps de son âme sœur devint inerte. Il remarqua à peine la boule de feu qui fusa au-dessus d'eux ou les cris perçants qui emplirent l'air. Reprenant ses esprits, il fit rouler Arlyn sur le côté et se redressa en position assise. À l'autre bout du terrain, il entrevit quelqu'un se remettre péniblement sur ses pieds et se précipiter vers la forêt sans même essayer d'éteindre les flammes qui le consumaient.

Les deux guerriers du terrain d'entraînement à l'épée déboulèrent dans la clairière, jetant à peine un regard à Kai alors qu'ils se lançaient à la poursuite de l'assassin. Il ne s'inquiéta pas de ce qu'ils allaient faire à ce *drec*. Ses yeux se rivèrent sur le sang s'écoulant librement d'une profonde entaille sur le bras gauche d'Arlyn. Son teint était cendreux, ses yeux fermés. Le cœur de Kai vacilla. La blessure n'était pas grave au point d'avoir mis la jeune femme dans cet état si rapidement. À moins que la pointe de la flèche ait été empoisonnée.

Le bruit d'une étoffe qu'on déchirait lui fit lever la tête. Le visage pâle, Iren lui tendait une longue bande de tissu provenant du bas de sa tunique. Hochant la tête pour le remercier, Kai la saisit et fit un garrot autour du bras d'Arlyn pour stopper l'hémorragie. Même inconsciente, elle gémit lorsqu'il serra le bandage, et son corps se mit à convulser. Elle avait sans aucun doute été empoisonnée ; une simple entaille causée par une flèche ne provoquerait pas ce genre de réaction.

La douleur que Kai ressentait à travers leur lien l'empêchait de se concentrer. Qu'était-il censé faire ? Tandis qu'il luttait pour empêcher ses propres muscles de convulser, il entreprit de défaire les nœuds qu'il avait faits pour maintenir le tissu en place. Même s'ils étaient maintenant plus lâches, ses doigts tremblants et le sang imbibant l'étoffe lui compliquaient grandement la tâche. Pourquoi n'arrivait-il pas à défaire quelques nœuds simples ?

Alors que Kai se tournait vers Iren pour lui demander de l'aider, Lial arriva en trombe dans la clairière. Le guérisseur évalua la situation sans perdre une seconde, avant de s'accroupir à côté de son ami.

— Qu'est-ce qui s'est passé ? J'ai perçu la douleur à travers le lien que j'ai mis en place pour surveiller ta blessure et j'ai cru qu'elle venait de toi.

— Une flèche. Juste une entaille, mais elle s'est effondrée presque immédiatement. J'ai essayé de bander la plaie, mais ça n'a fait qu'empirer les choses.

— Calme-toi, Kai. Empêche la douleur qu'elle ressent de t'atteindre, ou tu vas simplement la lui renvoyer.

— Est-ce que c'est pour ça qu'elle a des convulsions ?

— J'en doute.

Lial retira le bandage du bras d'Arlyn. La lueur bleue de son énergie de guérison enroba la blessure pendant seulement une fraction de seconde avant qu'il recule brusquement.

— *Miaran !*

— Qu'est-ce qui t'arrive ?

Kai s'affaissa à côté d'eux, le visage livide, et s'efforça de bloquer la douleur émanant d'Arlyn pour se protéger, jusqu'à ce que la brume commence à se dissiper dans son esprit.

— Je ne t'ai jamais entendu jurer en présence d'un patient. C'est si grave que ça ?

Lial remit le bandage en place autour du bras d'Arlyn sans le serrer, avant de se tourner vers Kai.

— Littéralement. Il y a du fer.

— Mais...

— Pas le temps d'en débattre. Il y a du fer dans cette plaie, et je ne peux pas la guérir avant d'avoir ôté toute trace du métal de son corps. Si tu peux la porter, fais-le. Sinon, je m'en chargerai.

Sans hésiter une seconde, Kai bondit sur ses pieds et la souleva dans ses bras.

— Allons-y.

Iren courait à leurs côtés tandis que Kai et le guérisseur retournaient précipitamment vers la maison domaniale.

— *Myal* Kaienan, quand vous enverrez des gens dans la clairière, dites-leur qu'il doit rester du fer quelque part. J'ai fait brûler la hampe de la seconde flèche, mais je pense que la pointe est restée intacte. Et l'assassin en a probablement laissé d'autres derrière lui.

— Appelle-moi Kai.

— *Laiala* me tuerait.

— Irenel, tu viens de nous sauver la vie, à moi et à mon âme sœur. Tu as certainement gagné le droit de t'adresser à moi de manière familière.

Le garçon poursuivit sa course en silence à leurs côtés, réfléchissant à l'importance de l'étiquette dans ce cas de figure.

— Je suppose que même ma mère aura du mal à contester ça.

Kai entra par la première porte qu'il vit, débouchant dans le couloir reliant les baraquements à la Grande Tour. Même si l'entrée des baraquements était un peu plus proche, il porta Arlyn jusqu'à l'étage inférieur inoccupé de la tour, où se tenaient habituellement les conseils de guerre et autres réunions importantes. Le temps qu'Iren écarte quelques chaises et que Kai allonge la jeune femme sur le bord de l'immense table ronde, ses convulsions avaient considérablement empiré, et son râle plaintif emplissait la pièce.

Tandis que Kai se poussait pour laisser le champ libre à Lial, l'assistant de ce dernier fit irruption derrière eux, un kit d'outils de précision en *peresten* dans les mains. Le guérisseur attrapa des brucelles dans la sacoche avant que l'autre ait eu le temps de l'ouvrir entièrement, puis se tourna pour ôter le bandage du bras d'Arlyn. Le cœur de Kai se serra devant la mare de sang qui avait déjà commencé à se former sous son corps. À mesure que Lial plaçait les petits fragments de fer qu'il enlevait sur le carré de soie que son assistant lui tendait, la mare ne faisait que s'élargir.

Kai établit la communication avec Lyr de force sans y réfléchir à deux fois.

— *Lyr, viens dans la salle du conseil. Tout de suite.*

— *Comment ? Pourquoi ?*

— *Une autre attaque s'est produite. Arlyn a été blessée, et Lial est en train de la soigner.*

— *Une attaque ? Dans la salle du conseil ?*

La confusion de Lyr céda la place à la panique dès qu'il assimila le reste des paroles de Kai.

— *Arlyn ? C'est grave ?*

— *Je ne sais pas. Je n'ose pas interrompre Lial pour lui demander. Elle a pris une flèche avec une pointe en fer dans le bras. Il retire les fragments en ce moment.*

— *Les fragments ? J'arrive tout de suite.*

Le guérisseur travaillait avec diligence sur la blessure d'Arlyn lorsque Kai reporta son attention sur eux. Les mains de ce dernier tremblèrent lorsqu'il réalisa à quel point elle était pâle et immobile, les convulsions ayant cessé. Pire, l'âme de sa compagne était sous le choc et en proie à une grande confusion. Bien qu'elle soit inconsciente, une partie d'elle essayait de comprendre ce qui s'était passé, mais la tâche était ardue avec tout le sang qu'elle avait perdu. Le guérisseur savait-il qu'elle envisageait de se laisser partir face à l'état chaotique de son corps ? Kai sauta sur la table et alla se placer de l'autre côté d'Arlyn pour prendre sa main droite dans la sienne. Puis il fit tout son possible pour garder son âme près d'eux pendant que Lial finissait son travail.

~

LYR S'ARRÊTA sur des jambes flageolantes et observa la scène qui se déroulait devant lui, horrifié par la mare de sang qui s'élargissait sous sa fille et dégoulinait du bord de la table. L'assistant de Lial repliait un carré de soie taché de sang autour de plusieurs fragments de fer, mais Lyr prêta à peine attention au métal toxique lorsque son estomac se révulsa. Occultant son envie de vomir, il passa à toute vitesse devant un Iren sous le choc et alla se placer juste à côté de Lial. Lorsque ce dernier le regarda en fronçant les sourcils d'un air réprobateur, il sauta sur la table et alla s'asseoir à côté de Kai.

Ils observèrent ensuite Lial suturer la plaie dans un silence témoignant de leur inquiétude. Durant toute l'opération, Arlyn demeura immobile, ne paraissant nullement sentir la piqûre de l'aiguille dans son bras. Puis le guérisseur noua enfin le fil, redonna ses outils à son assistant, et plaça ses mains au-dessus de la blessure. La lueur bleue de son énergie de guérison enroba le bras de la jeune femme, puis se répandit tout le long de son corps. Lorque Lial se redressa et que l'énergie s'estompa quelques instants après, le visage d'Arlyn avait repris des couleurs. À son côté, Kai s'effondra de soulagement.

Lial tituba jusqu'à l'une des chaises et se laissa tomber dessus, les traits marqués par l'épuisement.

— Je ne peux pas faire grand-chose pour la blessure en elle-même. À cause du fer, la guérison va devoir se faire naturellement.

Mais j'ai pu mettre des sorts en place sur son corps pour l'aider à se remettre de son hémorragie. Elle est assez sensible au fer, même si c'est moins prononcé que chez toi, Lyr. Je ne sais pas comment elle a pu survivre parmi les humains.

— Ses pouvoirs n'avaient pas encore totalement émergé. Tout ce qui a trait à la magie va être fortement accentué maintenant que c'est le cas, annonça Selia depuis le seuil de la pièce, en avisant leurs regards surpris, elle sourit. Iren m'a appelée.

Le garçon courut vers sa mère, sa bravoure envolée en sa présence. Elle tourna son regard vers lui, visiblement étonnée lorsqu'il enroula fermement ses bras autour de sa taille.

— Iren ? Qu'y a-t-il ?

— J'en déduis qu'il ne vous a pas raconté ce qui s'est passé, répondit Kai.

— Il a dit qu'Arlyn était blessée, précisa Selia avant de contempler son fils d'un air dubitatif. Il a pourtant déjà vu des blessures auparavant sans réagir comme ça.

Sans perdre de temps, Kai et Iren leur relatèrent les événements de la matinée. Les muscles de Lyr se contractaient davantage à chaque mot, au point qu'il crut qu'il allait exploser sous la pression. Il baissa les yeux vers le visage pâle de sa fille et tressaillit. Pourquoi n'avait-elle pas été protégée ? Où étaient passés les gardes chargés de veiller à sa sécurité ? Lorsqu'il releva la tête, ses yeux étaient si empreints de fureur qu'Iren sursauta. Lyr parvint à se contenir au prix de gros efforts.

— Votre fils nous a donc sauvés tous les deux. Cette seconde flèche m'aurait sûrement tué.

Lyr desserra les poings et se força à sourire.

— La maison Dianore te sera éternellement reconnaissante, *Calel* Irenel.

Le garçon resserra ses bras autour de sa mère.

— Mais vous avez l'air contrarié.

— Ma colère n'est pas dirigée contre toi, mon petit, le rassura Lyr en poussant un long soupir, mais contre celui qui a osé s'en prendre à ma fille.

Selia s'accroupit pour regarder son fils dans les yeux.

— Où as-tu bien pu apprendre à faire quelque chose comme ça?

Le garçon rougit.

— J'ai observé certains mages plus aguerris pendant qu'ils s'entraînaient.

— Quelle que soit la façon dont tu y es parvenu, ma maison n'oubliera jamais ce geste de bravoure, annonça Lyr avant de se tourner vers Kai. Mais je dois dire qu'il y a plusieurs éléments qui ne sont pas clairs dans cette histoire.

— Qu'entends-tu par là?

Lyr fronça les sourcils en avisant Arlyn.

— Comment l'agresseur a-t-il réussi à passer à travers nos barrières de protection et devant nos gardes sans se faire remarquer? Comment quiconque est-il parvenu à fabriquer une flèche avec une pointe en fer explosive? Et comment se fait-il qu'il n'ait tiré que deux flèches? Il ne devait pas être très compétent pour tirer si peu de fois dans ce laps de temps. Toute cette situation est extrêmement curieuse.

— Tu as raison, concéda Kai en grimaçant.

— Si ça ne vous ennuie pas, murmura Arlyn à son côté, pourrions-nous réfléchir à tout ça quand que je serai allongée sur quelque chose de plus confortable?

Lyr faisait les cent pas dans son bureau, l'estomac noué par une rage impuissante, attendant que son capitaine revienne avec de nouveaux éléments. Il était seul. Kai avait porté Arlyn jusqu'à sa chambre pour l'aider à se changer et à se mettre au lit, Selia réconfortait Iren, et Lial était parti se reposer. Lyr tournait donc en rond dans son bureau, incapable de s'asseoir et de travailler malgré tout le retard qu'il avait accumulé. Si les situations critiques continuaient à s'enchaîner comme cela, il allait bel et bien devoir trouver un assistant. Sa vie était devenue un maelström, chaotique et étrange, et il n'aimait pas cela.

La dernière attaque en date était inacceptable. Non seulement ses barrières magiques avaient été déjouées, mais aucun de ses gardes n'avait vu l'assassin en plus. Ses guerriers avaient supposément été recrutés parmi les mieux entraînés à Moranaia. Quelqu'un aurait dû passer la zone au peigne fin autour de sa fille, et il entendait bien découvrir pourquoi cela n'avait pas été fait. Il avait reconnu Arlyn comme son héritière ; trois gardes auraient dû être chargés de la protéger chaque fois qu'elle quittait la maison.

Et si quelqu'un avait pu s'introduire ici pour attaquer Arlyn, l'arbre sacré n'était pas non plus à l'abri. Eradisel devait être protégée à n'importe quel prix. Il allait devoir renforcer la garde pour la protéger. Quant aux barrières ? Il allait demander à Selia si elle pouvait ériger quelque chose de plus puissant. De nombreuses familles parmi la branche des Taian étaient réputées pour protéger leurs maisons en employant presque exclusivement la magie.

Lyr venait de faire le tour de son bureau pour la énième fois et se dirigeait vers la porte lorsque Norin entra. Son capitaine s'arrêta au milieu de la pièce, frappa sa poitrine deux fois pour le saluer comme l'exigeait le protocole, puis attendit avec la tête légèrement inclinée. Une partie de Lyr avait envie de le faire attendre, mais exprimer ainsi sa contrariété aurait été non seulement grossier, mais aussi inutile. Il savait que ce n'était pas la faute du capitaine, même s'il avait une part de responsabilité en tant que dirigeant. Non, c'était le garde qui avait failli à son devoir de protéger Arlyn que Lyr voulait réellement punir.

— Je vous salue, *Belore* Norin. Comment vous portez-vous aujourd'hui ? demanda Lyr de façon traditionnelle.

— Parfaitement bien, *Myern*. J'espère qu'il en est de même pour vous et votre famille.

Lyr faillit grimacer devant sa réponse tout aussi traditionnelle.

— Arlyn a survécu, alors je suppose que tout va pour le mieux. Allez, repos, ça suffit avec les formalités. Dis-moi ce que tu as trouvé.

Norin adopta une posture plus naturelle.

— Trop peu de choses. Lieren a ramassé tous les fragments de fer que nous avons pu trouver. Comme tu t'y attendais, il y avait aussi un carquois sur le sol avec plusieurs de ces flèches éparpillées autour. Les pointes avaient toutes éclaté cependant. Elles sont visiblement assez fragiles.

— Avez-vous retrouvé l'assassin ? Il a dû être gravement blessé.

— Non, répondit Norin en se renfrognant. Nous avons suivi sa trace sur une courte distance, puis plus rien, comme s'il s'était volatilisé.

— Quelqu'un a forcément vu ce qui s'est passé, répliqua Lyr d'un ton sec. Des éclaireurs et des guerriers sont postés dans les arbres à travers tout le domaine, y compris à cet endroit. Que ceux qui étaient en poste dans cette zone soient amenés devant moi immédiatement. Je veux également savoir ce qui est arrivé aux trois gardes qui étaient chargés de protéger ma fille. Un jeune garçon a pu voir l'agresseur. Mes propres guerriers auraient dû être capables de faire de même.

Norin devint rouge d'embarras.

— J'aimerais aussi savoir pourquoi ils ont échoué, Lyr. Pendant que tu parleras avec les gardes qui étaient sur le terrain, je questionnerai les gardes du corps de ta fille, et je te les enverrai aussi après.

— Fais ça, oui, mais ils devront être assignés à un autre poste, quelles que soient les raisons qu'ils invoqueront.

Lyr se tut un instant pour prendre une grande inspiration, s'efforçant de contenir sa colère.

— Je veux aussi une garde renforcée autour de l'arbre sacré et à chacune des entrées de la demeure. La protection d'Eradisel est primordiale.

— Bien entendu, Lyr. Si tu le permets, je vais y aller maintenant et m'assurer que tes ordres soient suivis à la lettre.

D'un geste du poignet, Lyr accorda à son capitaine l'autorisation de se retirer, avant de se remettre à faire les cent pas dans la pièce.

Il devait découvrir au plus vite qui se cachait derrière les récentes attaques. Non seulement sa maisonnée était en danger, mais aussi Eradisel et les troupes qu'il commandait. La plupart de ses guerriers n'étaient pas en service actif. Certains d'entre eux vivaient tout de même dans les baraquements avec les gardes chargés de protéger le domaine ou une personne en particulier. Quant aux autres, ils n'étaient pas difficiles à trouver. Ils étaient éparpillés dans les villages et les demeures sur ses terres. Lyr devait envisager la possibilité qu'ils soient en danger.

Même si c'était peu probable, il se pourrait que ces attaques aient des implications plus lourdes que ce qu'il avait supposé en premier lieu. Les trois premiers ducs de la branche des Callian étaient aussi les trois principaux généraux des forces armées du roi ; ces guerriers n'avaient pas été appelés pour le combat depuis des millénaires, mais ils continuaient à s'entraîner et se tenaient prêts à suivre les ordres du roi. Quoique hautement improbable, Lyr ne pouvait pas écarter la possibilité que leurs véritables ennemis soient en train de conspirer contre le roi et essaient de saboter son armée. Et même si ce n'était pas leur intention initiale, des compétences comme celles permettant à un assassin maniant des armes en fer de se faufiler à travers des barrières magiques sans se faire remarquer pourraient aisément être utilisées à cette fin.

La mâchoire crispée, Lyr appela dame Selia.

ALLAFON DONNA de petits coups de botte dans le corps fumant avant de lancer un regard noir au garde qui l'avait amené.

— Où l'as-tu trouvé ?

— Il... il rampait près de la frontière du domaine, Monseigneur, expliqua le soldat d'une voix reflétant son anxiété. Je n'ai détecté aucune brèche dans les barrières, je le jure. Il est juste *apparu* tout à coup.

— C'est ce que tu dis.

Allafon éclata de rire devant le visage paniqué de l'abruti qu'il avait en face de lui.

— Détends-toi. Je le connais. Laisse-moi maintenant.

Tandis que le soldat se précipitait hors de la pièce, Allafon donna un coup de pied dans le corps de l'homme en piteux état pour le faire rouler sur le dos. Ce dernier gémit machinalement, visiblement inconscient. Allafon lui jeta un sort qui le réveilla aussitôt et rit de nouveau lorsqu'il poussa un long cri d'agonie. Il utilisa un autre sort pour mettre un terme à sa souffrance, par nécessité et non par bienveillance, puis encore un pour lui tirer les vers du nez.

— Dis-moi, as-tu rempli ta mission ? Kaienan est-il mort ?

— Non, répondit l'homme d'une voix étranglée. Mais j'ai blessé la femme. Puis le feu est arrivé de je ne sais où.

— J'aurais dû savoir qu'il ne fallait pas faire appel à un bâtard de sang-mêlé comme toi, rétorqua Allafon en tirant la dague qu'il portait à sa ceinture.

— Mais Monseigneur, le fer...

— Ta capacité à combiner ta magie au fer ne me sert à rien si tu es trop stupide pour accomplir une tâche aussi simple. Ton échec est inadmissible.

Il envisagea de jeter au cachot ce pathétique individu de descendance humaine pour qu'il connaisse une mort lente et douloureuse, mais il se dit qu'il avait mieux à faire. Sans un mot, il enfonça la lame de sa dague dans le cœur de l'homme et la fit tourner, le regardant avec satisfaction jusqu'à ce que la dernière étincelle de vie ait quitté ses yeux et se repaissant de l'énergie qui pénétra son âme.

— Quel dommage.

Allafon sourit, rendu euphorique par la mort de l'homme et l'afflux d'énergie concomitant, puis il nettoya sa lame et se redressa. Son regard se posa sur la cape encore fumante autour du cadavre, et sa bonne humeur s'envola. Il avait dépensé une fortune pour la faire enchanter afin que la personne la revêtant puisse franchir les barrières magiques de Lyrnis sans être détectée.

— Je vais sans doute devoir trouver un autre moyen d'accéder au domaine.

Allafon somma le garde de venir d'une simple chiquenaude mentale et lui fit signe d'emporter le corps.

— Je me suis occupé du traître. As-tu vu mon fils aujourd'hui ?

— Non, Monseigneur, répondit le soldat en gardant les yeux baissés. Je crois qu'il est parti hier pour assister au mariage d'un ami.

— J'avais oublié, marmonna Allafon, congédiant le garde qui eut à peine le temps de finir sa phrase.

C'était fâcheux que Morenial ne soit pas à la maison. À qui d'autre pourrait-il confier une telle mission ? Il fallait qu'il trouve quelqu'un au plus vite. Kai devait mourir avant d'avoir eu le temps de se reproduire avec cette Dianore. Quant à Lyrnis ? Il se réjouissait à l'idée de s'occuper lui-même de son cas. Ce n'est qu'alors que sa vengeance contre les humains pourrait débuter.

Allafon sourit tandis que le garde emportait le corps. Les Dianore étaient stupides. Maintenir des relations avec les autres créatures féeriques. Voyager parmi les humains. Sans leur obsession, son âme sœur serait toujours en vie. Lorsqu'il prendrait la relève au poste de *myern*, le portail serait condamné. Et les autres créatures féeriques sans intérêt pourraient croupir dans leurs trous à rats empoisonnés. Il serait bien trop occupé à faire en sorte que Lynia se soumette à sa volonté.

CHAPITRE 20

IREN N'AVAIT RIEN SU LUI DIRE. Lyr sentit la bile lui remonter dans la gorge au souvenir du garçon tremblant qu'il avait dû questionner. Mais cela n'avait même pas aidé. Il laissa retomber sa tête contre le dossier de sa chaise. Si Iren avait été un peu plus âgé, plus entraîné, il aurait peut-être pu lui décrire l'énergie qu'il avait perçue dans la clairière. *Si.*

Il avait au moins pu travailler avec Dame Selia sur les barrières magiques. Ils n'avaient aucun moyen de savoir si les changements s'avéreraient utiles puisque la source de l'intrusion demeurait inconnue. Cela ne pouvait pas faire de mal en tout cas. Lyr pouvait seulement espérer que certaines méthodes des Taian seraient à même de refermer la brèche dans ses défenses.

Dix millénaires de paix et quelqu'un avait trouvé le moyen de les contourner.

Intolérable.

Lyr se redressa en entendant le coup frappé à sa porte. Un simple mot et cinq des *tayianeln*, les gardes de terrain, entrèrent. Malgré la simplicité apparente de leur travail – qui consistait à patrouiller la forêt entourant le domaine et à maintenir l'ordre –, les *tayn* comptaient parmi les guerriers les plus importants sous son commandement. Connectés à l'esprit de la forêt, ils étaient aussi étroitement liés aux barrières magiques que Lyr à la clé familiale qu'il avait partagée avec Arlyn. Chacun devait passer par au moins deux siècles d'entraînement, suivis d'un autre siècle d'apprentissage si Eradisel elle-même avait donné son approbation. Lyr leur faisait implicitement confiance.

Ils avancèrent en ligne jusqu'au centre exact de la pièce où Lyr se tenait debout. Comme un seul homme, ils frappèrent deux fois leur poitrine du poing et mirent un genou à terre, la tête inclinée, en dépit de l'armure en cuir qu'ils portaient tous. La guerrière située au centre, portant le nom de Nerinen, prit la parole sans lever les yeux.

— Sur ordre de notre capitaine, nous venons nous mettre à genoux devant notre général, commandant de la troisième branche, descendant de la terre et du roi, *Callian Myern i Lyrnis Dianore nai Braelyn*. Notre échec est comme un poison rongeant le cœur de tous ceux sous notre responsabilité. Nous espérons avec ferveur que notre témoignage pourra aider les plus sages à trouver l'origine du mal menaçant Braelyn. Devant les neuf divinités d'Arneen, nous jurons de toujours défendre les trois branches de notre roi.

— Alors levez-vous et soyez entendus, fidèles *tayianeln*, répondit Lyr.

Bien qu'il ne se soit pas attendu à tant de solennité, il dissimula son étonnement. Que leur avait dit Norin pour provoquer une telle réaction ? Ils étaient quasiment prêts à se laisser trancher la tête.

— Au nom du roi et devant les Neuf, je vous demande simplement de répondre à mes questions avec honnêteté et sincérité. Faites-le et votre honneur sera sauf aussi longtemps que vous demeurerez loyaux. L'échec n'a rien de déshonorable lorsqu'on a fait tout son possible avec sérieux. Levez-vous sans honte et réjouissez-vous du fait que votre témoignage pourrait aider.

Les cinq se redressèrent de manière parfaitement synchrone, mais aucun d'eux n'osa croiser le regard de leur général. Nerinen finit par s'approcher.

— Demandez-nous ce que vous voulez. Nous serions heureux de pouvoir aider.

Lyr les interrogea durant plus d'une demi-graduation, mais ils lui rapportèrent peu de choses. Pas un seul des cinq n'avait senti une perturbation au niveau des barrières ; leur premier signal d'alerte avait été le cri d'Arlyn. Seule Nerinen avait pu voir la source de l'attaque de là où elle se trouvait, mais l'agresseur était déjà en train de dégringoler de l'arbre le temps que sa première flèche l'atteigne. Nerinen baissa de nouveau les yeux alors qu'elle décrivait ce qu'elle avait fait, les mains tremblantes.

— À mon grand déshonneur, je n'ai pas réagi immédiatement, expliqua-t-elle en baissant la tête d'un air honteux. J'étais sous le choc et pendant quelques précieuses secondes, je n'ai pas pu réfléchir à ce que je devais faire. J'aurais dû tirer ma flèche avant que l'assaillant puisse décocher sa seconde. Mon échec est inexcusable, et je suis prête à démissionner sur-le-champ si tel est votre souhait.

Lyr réprima un soupir. Nerinen était une recrue relativement récente parmi les *tayn*, en service depuis à peine plus d'une décennie, et elle pensait manifestement que sa fille avait été blessée à cause de son manque d'expérience.

— Ce n'est pas mon souhait. Hormis ceux qui patrouillent le périmètre autour des barrières, personne n'était préparé à faire face à une telle situation, et cet échec m'est imputable. Vous ne pouviez pas prévoir que quelqu'un nous attaquerait sans avoir été détecté par les barrières, donc même si vous auriez effectivement dû agir plus rapidement, je peux difficilement vous blâmer. De plus, trois gardes du corps avaient été chargés de veiller sur ma fille. Ce sont eux les principaux responsables.

— Trois ? répéta Nerinen en regardant les autres, qui firent tous non de la tête. *Myern*, il n'y avait personne d'autre sur place. Nous n'avons pas vu de gardes du corps.

— Aucun ?

Lyr eut beaucoup de mal à réprimer son regain de fureur. Seuls des siècles d'expérience lui permirent de rester impassible.

— J'ai bon espoir qu'une explication plausible sera avancée

lorsque Norin les amènera devant moi. Je vous remercie d'avoir veillé sur ma fille alors que ce n'était pas votre mission principale.

— C'est un honneur pour nous de veiller sur tous ceux qui passent sous nos arbres, et nous sommes affligés qu'une personne ait été blessée alors qu'elle était sous notre protection. Notre vigilance sera désormais plus grande que tout ce que nos ennemis pourraient imaginer.

— Je vous fais confiance pour ça, répondit Lyr en inclinant la tête devant les cinq guerriers. Poursuivez votre devoir avec honneur en gardant toujours en tête les leçons apprises en ce jour. Notre vaillante détermination nous permettra de l'emporter.

Suite à cette permission formelle de disposer, les cinq *tayn* frappèrent leur poitrine deux fois pour saluer leur général, s'inclinèrent et sortirent. Le temps que la clepsydre laisse couler plusieurs gouttes, Lyr attendit, les tempes battantes. Il attendit que les *tayn* se soient suffisamment éloignés. Puis il abattit son poing sur son bureau et se mit à jurer sans retenue.

~

ARLYN AVAIT les yeux rivés sur les barres de singe, ayant très envie de s'accrocher aux barreaux pour se balancer, mais pas certaine qu'elle devrait le faire. Sa mère lui avait dit de se méfier de beaucoup de choses étranges, et ce jeu pourrait en faire partie. Les barreaux argentés brillants étaient visiblement en acier, un métal qu'elle savait devoir éviter, et ses cheveux risquaient aussi de se détacher si elle ne faisait pas attention.

Mais sa queue-de-cheval était plutôt bien attachée, et en plus elle avait déjà touché de l'acier avant sans que cela lui fasse grand-chose. Elle était presque à la moitié de sa deuxième année de primaire, donc assurément assez âgée pour jouer sur les barres de singe. Ses amis se moquaient d'elle parce qu'elle avait peur, sans se douter à quel point elle avait vraiment envie d'essayer. Et aujourd'hui, elle avait enfin décidé qu'elle allait le faire. Arlyn se dépêcha d'y aller avant de changer d'avis et agrippa le premier barreau.

Sa main fourmillait sous le coup d'une nervosité qu'elle refusait d'admettre, mais ce fut vite oublié lorsqu'elle commença à se balancer, passant d'un barreau à l'autre. Elle effectua deux traversées avant de se sentir suffisamment en confiance pour imiter James. Arlyn se balança d'avant en arrière jusqu'à ce qu'elle parvienne à passer une jambe, puis l'autre, par-dessus un barreau pour faire le cochon pendu. Le monde semblait merveilleux et étrange avec la tête en bas.

Elle sentit soudain un tiraillement à l'arrière de sa tête et poussa un petit cri lorsqu'elle vit ses longs cheveux voleter autour d'elle dans la brise. Arlyn s'efforça de se redresser avant que le mystérieux voleur puisse voir ses oreilles, mais c'était plus difficile qu'elle ne l'aurait cru. Avant qu'elle parvienne à attraper un barreau, Mark avait déjà rameuté tous leurs camarades de classe. Alors que sa main touchait le métal, deux des garçons la tirèrent au sol.

Ils se moquèrent d'elle sans pitié à propos de ses oreilles pointues et de son père absent. Certains disaient que son père était une fée ou un elfe Keebler, mais la plupart affirmaient qu'il avait dû mettre les voiles quand il avait vu quelle bête de foire elle était. Elle ne comprit pas tout de suite, jusqu'à ce qu'ils désignent leurs propres oreilles, de forme arrondie. Elle n'avait jamais vraiment fait attention aux oreilles des autres avant, s'assurant seulement que les siennes soient couvertes. Étaient-elles anormales à ce point ?

Le temps que sa mère vienne la chercher dans la cour de récréation, Arlyn était au bord des larmes. Elle ne dit pas un mot avant que la voiture s'engage dans leur allée.

— Est-ce que mon papa est parti parce que je suis une bête de foire ?

— Comment ? s'exclama Aimee en freinant si brutalement que leurs ceintures de sécurité se bloquèrent. D'où peux-tu bien sortir une idée pareille ?

— Je suis désolée, maman. Je sais que tu m'as dit de faire attention, mais je voulais vraiment essayer les barres de singe. Je devais juste le faire. Et alors Mark a défait ma queue-de-cheval, et tout le

monde s'est moqué de mes oreilles. Est-ce que je suis un elfe Keebler, ou une fée, ou une bête de foire ?

— Je savais que ça n'allait pas tarder à arriver, dit sa mère d'un air soucieux avant de couper le moteur et de se tourner vers Arlyn. Je t'ai toujours dit à quel point ton père t'aurait aimée s'il avait pu te rencontrer. Comment peux-tu penser qu'il est parti parce que quelque chose clochait chez toi ?

— Peut-être que tu n'as juste pas voulu me le dire.

— Arlyn Dianore Moore, tu sais que je ne te mens jamais.

Elle regarda sa mère d'un air belliqueux.

— OK. Alors dis-le-moi maintenant : pourquoi mes oreilles ont une drôle de forme ? Et qu'est-ce qui est arrivé à mon papa ?

— Je pense que je peux te le dire maintenant, mais une bonne partie de mon récit devra attendre que tu grandisses encore, lui confia Aimee en serrant sa main dans la sienne. Ton père n'est pas de ce monde, Arlyn. Beaucoup le désigneraient comme un elfe, mais pas du genre Keebler ou assistant du père Noël. Il n'a jamais su que tu existais. Il a dû retourner au royaume des elfes bien avant ta naissance.

~

ARLYN FUT RÉVEILLÉE en sursaut par un sanglot guttural. Si réelle. Sa mère lui avait semblé si réelle, si vivante. Un bras se resserra autour de sa taille, et elle croisa le regard de Kai en levant les yeux. Elle était blottie contre lui, ses larmes mouillant sa chemise, tandis qu'il jouait délicatement avec ses longs cheveux, étalés autour d'eux.

Arlyn bougea son bras – pour le repousser ou l'attirer plus près ? – et poussa un petit cri sous le coup de la douleur provoquée par ce mouvement.

— Qu'est-ce qui s'est passé ?

Puis la mémoire lui revint brusquement, et elle eut la réponse à la question qu'elle n'avait pas posée. La clairière. La flèche. La sensation de dériver, allongée sur une table dans une pièce qu'elle n'avait jamais vue auparavant. L'esprit de Kai comme un point d'ancrage pour le sien. Alors qu'elle le regardait dans les yeux, elle fut submergée par l'inquiétude qu'ils reflétaient, et son cœur vacilla.

— Est-ce que je vais me rétablir ?

— Chuuut, répondit-il en levant son autre main pour caresser son visage. Lial affirme que oui. Pardonne-moi de m'inquiéter ainsi.

Arlyn avait les paupières de plus en plus lourdes, mais elle ne voulait pas dormir.

— Maman était dans mon rêve pendant un moment. Puis plus rien. Juste une obscure solitude.

— Tu n'es plus seule à présent, la rassura Kai en déposant un baiser sur son front. Repose-toi. Je vais rester avec toi.

Arlyn se rendormit dans le confort de ses bras, avec le sentiment d'être en paix. Et peut-être bien amoureuse.

Lyr s'apprêtait à rendre visite à Eradisel lorsque Norin revint avec trois jeunes hommes. Au vu de leurs armures en *peresten*, il réalisa avec étonnement qu'ils appartenaient à la garde domaniale. Contrairement aux *tayn*, ces derniers étaient les défenseurs visibles du domaine et ceux qui resteraient sur place si les troupes étaient appelées au combat. Mais les gardes du corps d'Arlyn n'auraient pas dû être issus de ce groupe ; non, ils auraient dû être recrutés parmi les soldats d'élite de Lyr. Non seulement ça, mais ces trois-là étaient relativement jeunes. Il serait surpris qu'ils aient déjà terminé leur apprentissage.

Ils s'arrêtèrent devant Lyr pour les salutations de rigueur, mais il décela peu d'inquiétude dans leurs regards. Leur attitude contrastait fortement avec celle des tayn, qui s'étaient pratiquement prosternés devant lui.

— Qui sont ces hommes que vous amenez devant moi, *Belore* Norin ?

— Ceux-là ne méritent pas des présentations formelles, *Myern*. Korel, Leral, et Fenere, soldats de la garde domaniale, anciens gardes du corps d'*Ayala* Arlyn.

— Les *tayn* m'ont informé du fait que vous n'aviez pas été vus à proximité de ma fille, alors que vous aviez pour mission de la protéger. Qu'avez-vous à dire pour expliquer ce manquement ?

Le dénommé Fenere haussa les épaules.

— Elle est partie avec Kaienan. On a pensé qu'elle était suffisamment en sécurité avec un éclaireur.

Lyr ne put que les fixer pendant un instant, abasourdi.

— Vous avez pensé qu'elle était suffisamment en sécurité ? À moins que je me trompe sur ce point, vous n'aviez pas reçu l'ordre de vous tourner les pouces et de la confier à la garde d'autrui. On vous a *ordonné* de la protéger à tout moment dès lors qu'elle sortait de la maison. Ce genre d'incompétence est inexcusable.

— Comme ils viennent tout juste de s'unir, on a supposé qu'ils allaient dans les bois pour être seuls, rétorqua Korel d'un ton sec, le visage colérique. Je ne pensais pas que vous étiez du genre à vouloir admirer ces choses-là sans y avoir été invité. Surtout avec votre propre fille.

Avant même que les autres assimilent l'insulte, Korel était à terre, une main sur sa lèvre ensanglantée. Lyr était dressé au-dessus de lui, son regard glacial le clouant sur place.

— Tu n'es certainement qu'un enfant pour oser t'adresser à moi de façon aussi grossière.

Les deux autres reculèrent en détournant le regard tandis que Korel se redressait en position assise.

— Quel respect devrais-je accorder à quelqu'un qui désigne une mi-humaine comme son héritière ?

— Vraiment ? rétorqua Lyr en agrippant la tunique du soldat pour le remettre brusquement sur ses pieds. On dirait bien que tu es tombé au mauvais endroit, menaça-t-il avant de regarder les deux autres. Vous êtes du même avis que lui ?

Fenere fit non de la tête, et Leral pâlit.

— Non, *Myern*. C'était ma première fois en tant que garde du corps. Comme Fenere, j'ai cru que...

— Votre première fois en tant que garde du corps.

Lyr envoya Korel valser sur le côté, indifférent au fait que les autres se soient fait bousculer au passage. Prêt à exploser de rage, il se tourna vers Norin.

— Expliquez-moi pourquoi ces trois-là, et non des vétérans de ma garde d'élite, ont été choisis pour protéger ma fille.

— Ils avaient besoin de faire leurs armes, *Myern*, et Arlyn n'est qu'une enfant.

— Elle est assez âgée pour avoir pu lier son âme à une autre, une particularité que les dieux n'accordent pas aux enfants. Et dans tous les cas, j'étais moi-même sous la garde de soldats d'élite quand je n'étais qu'un enfant.

Norin se renfrogna.

— Elle a du sang humain dans les veines. Je ne voulais pas risquer d'offenser les gardes d'élite en affectant certains d'entre eux à sa garde.

— Vous allez en trouver trois qui sont prêts à protéger l'héritière de notre maison, ou je leur ordonnerai de le faire, annonça Lyr d'un ton implacable. Quant à ces trois-là? Si Fenere et Leral veulent être formés au poste de garde du corps, ils peuvent faire leur apprentissage avec la garde d'élite durant le temps réglementaire. Korel peut faire ses bagages et rentrer chez lui.

— C'est injuste, répliqua Korel en serrant les poings.

— Vraiment? rétorqua Lyr en prenant un air étonné. Nous sommes les gardiens du portail vers la Terre et les territoires de nombreuses créatures féeriques. Je ne peux faire preuve d'aucune tolérance envers un soldat qui a refusé de protéger une sang-mêlé.

— Les créatures féeriques, d'accord. Mais les humains?

Lyr lui lança un regard noir.

— Auriez-vous oublié vos cours d'histoire? Nous avons les mêmes origines. Votre branche est peut-être trop éloignée pour être au fait de cette vérité.

Norin s'avança vers Lyr.

— *Myern...*

— Ma décision est sans appel, affirma Lyr d'un ton cinglant. Sortez, avant que je décide de tous vous renvoyer chez vous en disgrâce. Je ne tolérerai aucune insubordination dans les rangs de ma garde.

Lyr resta impassible alors qu'ils le saluaient – y compris Korel, malgré sa colère – et quittaient son bureau, mais il brûlait de rage au fond de lui. C'était la première fois que Norin tenait des propos discriminatoires envers les humains. Combien partageaient son opinion parmi ses guerriers ? Il ne voulait pas faire remplacer Norin, mais il n'aurait peut-être pas le choix. Il allait devoir se montrer plus attentif. Arlyn était son héritière et serait un jour formée pour diriger les forces armées sous son commandement. Il n'était pas envisageable que leur capitaine œuvre contre elle.

L'air soucieux, Lyr se dirigea vers sa chambre pour aller chercher conseil auprès d'Eradisel.

CHAPITRE 21

ARLYN OUVRIT péniblement les yeux tandis que son esprit embrumé s'efforçait de se rappeler ce qui s'était passé. Elle était seule, son bras gauche posé sur un oreiller, et le soleil brillait derrière les rideaux de sa chambre. L'élancement douloureux qu'elle ressentit en changeant de position lui rappela subitement les événements de la journée. Elle haleta, la poitrine oppressée.

Où était Kai ?

Il avait dit qu'il resterait avec elle. Arlyn porta sa main droite à sa gorge et essaya de raisonner son cœur battant la chamade. Elle devait s'assurer que tout le monde allait bien. Iren était avec eux tout à l'heure. L'avait-elle entendu crier ? Des hurlements de douleur avaient empli la clairière, mais elle ne savait pas qui les avait poussés.

La porte s'ouvrit en grand et Kai entra en trombe, un plateau dans les mains. Il le posa sur le bureau sans grande délicatesse et se précipita à son chevet.

— Qu'est-ce qui ne va pas ?

— Tu avais dit que tu resterais avec moi, répondit-elle d'une voix éraillée, fermant les yeux pour tenter de retrouver une respiration régulière. Est-ce que le garçon va bien ? Iren ?

— Il va bien, affirma Kai en se glissant dans le lit et en l'entourant de ses bras. Lial a dit que tu n'allais pas tarder à te réveiller. J'ai pensé que tu aurais peut-être faim.

Même si son corps protesta contre le mouvement, Arlyn se tourna vers lui, posant son bras sur son torse avec précaution. Après avoir repris son souffle, elle ouvrit les yeux.

— Désolée.

Kai afficha un sourire bienveillant.

— Pas besoin de t'excuser. Je sais d'expérience ce que ça fait de se réveiller comme ça. Comme si le monde avait pris un tournant sans toi.

— Oui.

Arlyn se blottit davantage contre lui, avant de s'écarter lorsqu'elle sentit quelque chose de gênant sous sa joue. Tournant la tête, elle regarda d'un air circonspect la ligne en relief sous sa chemise.

— C'est quoi, ça?

— Quoi? dit-il en suivant son regard. Oh, soupira-t-il en extirpant une fine chaîne en argent de dessous sa chemise. Le collier de ma mère.

Il était splendide, les fils d'argent aussi fins que des cheveux entrelacés de manière si complexe qu'on aurait dit que la chaîne était faite d'une pièce. Si Arlyn ne l'avait pas vu d'aussi près, elle n'aurait jamais pu les distinguer.

— Il est magnifique.

— Il fait partie du peu de choses qu'il me reste d'elle. Moren l'a gardé lorsqu'elle est morte et a veillé à ce qu'il me revienne quelques années après ma naissance.

— Je ne savais pas que tu avais aussi perdu ta mère. Je suis désolée.

Kai lâcha la chaîne en haussant les épaules.

— Ne le sois pas. Elle est morte quelques jours après ma naissance, alors je ne l'ai jamais connue. C'est surtout l'absence d'une mère qui m'a peiné en fin de compte. Mais j'ai cinq cent quarante-deux ans, Arlyn. J'ai eu largement le temps de m'en remettre.

— Cinq cent quarante... répéta-t-elle avant de s'interrompre et de grimacer. Je ne vais pas penser à ça. Tu es bien trop vieux pour moi.

Kai rit.

— C'est bien la première fois qu'on me pense trop vieux pour quelque chose. La plupart me considèrent encore comme un jeune homme. En plus, mes parents avaient un millénaire de différence d'âge. La nôtre est négligeable en comparaison.

Arlyn reposa sa tête sur son torse maintenant que la chaîne avait été écartée. Son corps était lourd de fatigue, et son bras la lançait en permanence. Mais la douleur qu'elle avait ressentie en le bougeant en valait la peine. La garde baissée, elle se détendit et profita simplement du moment présent avec Kai. Si c'était là le cœur du lien d'âmes, elle ne voyait pas comment elle pourrait y renoncer un jour.

Non qu'elle y soit obligée.

Kai soupira contre ses cheveux.

— Te sens-tu assez en forme pour parler à ton père ?

— Maintenant ?

— Je suis sûr qu'il aimerait constater par lui-même que tu récupères, justifia Kai, et il a aussi besoin de savoir de quoi tu te souviens à propos de l'attaque.

— D'accord, marmonna-t-elle. Aide-moi à m'asseoir.

— Tu devrais rester allongée.

Elle entrouvrit un œil.

— Je ne pense pas qu'il sera ravi de nous trouver comme ça. Tu te souviens de la dernière fois ?

L'éclat de rire de Kai la surprit.

— Il avait l'air plutôt contrarié en effet.

— Ça ne t'a pas fait rire sur le coup.

— Pas à ce moment-là, c'est vrai.

Kai s'exécuta et l'aida à s'asseoir en la calant contre des oreillers et la tête de lit. Arlyn laissa néanmoins échapper un petit sifflement plaintif lorsqu'il souleva son bras pour le positionner correctement. Sans cette douleur lancinante, elle se serait sans doute rendormie. Le simple fait de s'être redressée l'avait secouée.

Kai posa le plateau de nourriture sur ses genoux au moment même où quelqu'un frappait à la porte. Regardant d'un air dubitatif la miche de pain brun et la tasse en terre cuite devant elle, Arlyn invita son père à entrer. Elle jeta ensuite un bref coup d'œil à Kai.

— Qu'est-ce que c'est ?

— Du pain et du bouillon.

— Du bouillon ?

— C'est efficace pour refaire le plein d'énergie, répondit Lyr à la place de Kai en se postant à côté du lit, ses épaules se détendirent lorsqu'il croisa le regard de sa fille. Tu as meilleure mine que ce à quoi je m'attendais.

Arlyn haussa les sourcils en levant la tasse.

— Merci ?

— Je ne voulais pas t'offenser. C'est juste que je ne m'attendais pas à ce que tu sois réveillée, expliqua-t-il en regardant le bandage autour de son bras. Le fer t'a tellement affectée que je pensais qu'il te faudrait bien plus de temps pour restaurer ton énergie. Surtout sans entraînement.

— Mon sang humain a peut-être des avantages finalement.

Lyr afficha un air songeur.

— Peut-être, oui.

Arlyn prit une gorgée du bouillon et se détendit en sentant le liquide chaud couler dans sa gorge. On aurait dit un bouillon de viande, probablement à base d'un volatile proche du poulet, avec un mélange d'herbes. Elle sourit.

— Et *ça*, c'est meilleur que ce à quoi je m'attendais.

Lyr rit.

— Je transmettrai tes compliments.

Kai s'assit sur la chaise à côté du lit – celle qu'Arlyn avait occupée lorsqu'elle veillait sur lui – tandis que Lyr en plaçait une de l'autre côté. Sa fille but encore un peu de bouillon et prit une bouchée de pain le temps qu'il s'installe.

— Je suppose que tu es prêt à entendre ce qui s'est passé.

— Tu te sens d'attaque ? demanda Lyr, l'air inquiet.

— Pas vraiment, répondit Arlyn en reposant la tasse. Mais je veux te le dire quand même.

LORSQUE LE SORT de communication prit fin, Selia ôta sa main du cadre du miroir et contempla fixement son propre reflet pendant un long moment d'un air absent. Elle ne savait pas trop comment réagir aux nouvelles qu'elle venait de recevoir de son père. Elle souhaita presque ne pas avoir été curieuse, ne pas avoir posé de questions. Mais les talents d'Arlyn étaient trop proches des siens pour que ce ne soit qu'une simple coïncidence.

Je me demandais si tu allais finir par le découvrir. C'est sans importance de toute façon. Les mots de son père résonnèrent une fois de plus dans sa tête, aussi dérangeants que la première fois. Sans importance ? Elle venait d'apprendre qu'elle avait eu un frère, mort depuis plusieurs décennies maintenant. Comment son père avait-il pu lui cacher une telle chose ? Il n'y avait aucune raison valable. Il n'avait jamais lié son âme à celle de sa mère ; en réalité, ses parents n'étaient plus ensemble depuis presque six cents ans. Il n'avait pas de compagne à Moranaia un siècle auparavant, lorsque son frère avait été conçu et n'avait pris aucun engagement qu'il aurait pu s'inquiéter de briser.

Je l'ai aimé, Selia, autant qu'il était possible. Mais il était à moitié humain. Sa place n'était pas ici. Elle se rappelait le temps où son père avait décidé de se rendre chez les humains. Se sentant blasé et terriblement seul, il était parti sur Terre et avait passé presque une décennie à découvrir ce monde. Mais Selia n'avait pas été mise au courant de tout. Il s'était apparemment amouraché d'une fille dans un endroit qu'on appelait l'Irlande et avait couché avec elle. L'histoire avait fait scandale au début, car la fille n'était pas mariée et enceinte, mais elle avait juré avoir reçu la visite d'une créature venue d'une colline de fées située à proximité. Lorsque son fils, Aidan, était né avec des oreilles pointues, le village avait cru à son histoire. Son père ne s'était pas inquiété en le laissant derrière lui, sachant que les villageois ne maltraiteraient pas le garçon par peur de se mettre les Sidhes à dos.

Une fois adulte, Aidan, écœuré par les superstitions, avait rejoint le continent américain où il s'était marié. Quelques années après, son unique enfant avait vu le jour. Aimee, la mère d'Arlyn.

Selia savait déjà qu'Arlyn était issue du clan des Mornia, mais elle ne s'était pas attendue à découvrir qu'elle était sa propre nièce. Et son père s'était empressé de la convaincre de venir ici en étant *parfaitement au courant* de la situation. Ses mains tremblaient de colère. À neuf cent quatre-vingt-deux ans, elle était certainement assez âgée pour encaisser la vérité. Mais si elle ne l'avait pas découvert par elle-même, son père ne lui aurait jamais dit. Elle aurait quitté cet endroit, après avoir formé cette élève comme les autres avant elle, sans jamais savoir. Sans jamais entendre parler de son frère.

Par tous les dieux d'Arneen, elle pouvait à peine croire qu'il était mort ! Il n'avait vécu que pendant vingt-neuf ans. Un miracle toutefois, étant donné qu'il avait travaillé dans une aciérie. Comment son père pouvait-il justifier le fait d'avoir laissé son unique fils, mi-humain ou non, faire une telle chose ? Aidan aurait pu vivre pendant au moins plusieurs siècles, et sans doute plus, si on lui avait appris les choses à éviter, comme l'acier, ainsi que la façon d'utiliser sa magie intrinsèque pour se régénérer. C'était inexcusable. Elle ne savait pas si elle pourrait un jour pardonner son père.

Sa sœur était-elle au courant ? Niasen étant à la fois l'aînée et l'héritière de son père, il s'était peut-être confié à elle. Mais Selia songea que c'était peu probable, étant donné qu'il n'avait pas hésité à la pousser à venir former Arlyn sans rien lui dire avant son départ. Loren avait prétendu avoir aimé son fils, mais il n'avait pas jugé nécessaire de parler de lui. Elle allait devoir appeler sa sœur pour s'assurer qu'elle soit également au courant.

Mais devait-elle en parler à Arlyn ? Selia ne voulait pas perpétuer le secret honteux de son père, mais elle ne voulait pas non plus faire de la peine à sa nièce. Elle ne serait peut-être pas enchantée de ce nouveau lien de parenté. Arlyn ne semblait cependant pas avoir de problème avec le fait d'être à moitié elfe ; le lien du sang en lui-même ne ferait donc sans doute pas une grande différence pour elle. Mais le délaissement dont Aidan avait été victime la mettrait certainement en colère. Quel était le bon choix ? Selia se frotta les yeux d'une main lasse. La famille était tout. Ne pas reconnaître ce lien de parenté serait la pire des insultes.

Ah, tous les problèmes que cela allait causer ! Son père avait tout bonnement assumé qu'elle garderait le silence et serait furieux si elle forgeait une nouvelle alliance avec la maison Dianore en révélant la relation qui existait entre eux. Le fait d'avoir entaché par négligence la pureté d'une lignée magique aussi puissante que la leur, qui se retrouvait maintenant mêlée à celle des Callian, allait faire scandale. Les Taian étaient aussi renfermés sur eux-mêmes qu'il était possible de l'être, rencontrant rarement les individus des autres branches et s'accouplant encore moins avec, par souci de garder leurs facultés magiques pour eux. Et à présent l'héritière du troisième duc dans la branche des Callian les possédait presque toutes. Son père allait devoir rendre des comptes.

Mais ce n'était pas son problème. Selia se souciait plus des réactions d'Arlyn et de Lyrnis, chacun pour des raisons différentes. Arlyn allait devoir faire face à une nouvelle vérité déconcertante à propos du côté supposément humain de sa famille, ce qu'elle ne prendrait pas forcément bien. Et Lyr allait devoir gérer la complexité du nouveau lien entre leurs maisons, un enchevêtrement social qu'elle-même devrait aussi aider à démêler.

Un choix difficile. Mais Selia savait, au final, qu'il n'y avait qu'une chose à faire.

~

LYR TOURNAIT en rond dans son bureau, songeant à sa discussion à venir avec Arlyn. L'heure du dîner était tout juste passée, mais il doutait d'avoir l'opportunité de manger. Il y avait trop à faire. Arlyn avait dit que l'énergie qu'elle avait perçue avant l'attaque avait semblé étouffée, comme un son lointain, et les barrières magiques du domaine n'avaient pas sonné l'alerte.

Étouffée. Dissimulée.

Leur assaillant avait-il porté ou revêtu quelque chose qui lui avait permis de passer les barrières sans se faire remarquer? L'estomac de Lyr se serra, et il fut soudain content de ne pas avoir dîné. La responsabilité qu'il avait envers tous ceux sous sa protection lui tordait les entrailles. Comment pouvait-il les protéger contre quelqu'un qui connaissait si bien son dispositif de sécurité? Et comment ce dernier avait-il obtenu ces informations?

Lyr se tourna vers la porte lorsqu'il entendit frapper. Il fut si surpris de percevoir la présence de Selia qu'il remarqua à peine le soupçon d'impatience dans l'énergie qu'elle dégageait. Poussant un petit soupir, il la pria d'entrer. Il n'était plus à un contretemps près. Il lui restait encore dix-huit heures avant le petit-déjeuner. Il aurait peut-être même le temps de rattraper son retard dans les affaires courantes.

Improbable, mais pas impossible.

L'expression de Selia lui indiqua que cette entrevue n'allait pas être simple. Avait-elle découvert quelque chose de grave à propos des barrières magiques? Elle joignit ses mains pour les empêcher de trembler, et il faillit pousser un grognement. Il devait s'agir d'autre chose pour qu'elle soit si nerveuse. Et ces jours-ci, les surprises étaient rarement plaisantes.

— Bonsoir, Dame Selia. J'espère que tout se passe bien pour vous depuis notre dernière entrevue.

— Parfaitement bien, *Myern* Lyrnis. J'ai tout ce qu'il me faut, et votre maisonnée fait preuve d'une grande courtoisie.

Était-ce une pointe d'anxiété qu'il avait décelée dans sa voix?

— Je ne vois pas le jeune Irenel. Est-il bien installé?

— Il gambade dans le jardin malgré les événements récents, annonça Selia en détournant le regard. Il a été plutôt secoué, mais il se remet vite. Je pense qu'il sera heureux ici une fois qu'il se sera habitué au domaine.

— Je souhaite qu'il en soit de même pour vous, dit Lyr avec un sourire.

Ils comprirent tous deux ce que ni l'un ni l'autre n'avait dit – que c'était à Lyr de faire en sorte que ses invités puissent surmonter les difficultés qu'ils avaient rencontrées jusque-là.

— Je suis certaine que ce sera le cas, affirma-t-elle en lui retournant un sourire sans joie. Et j'espère que je n'interromps pas votre travail.

— C'est toujours un plaisir pour moi de m'entretenir avec une invitée dans ma demeure.

Une fois les politesses de base échangées, Selia amorça la transition vers les nouvelles qu'elle était venue délivrer.

— Ce que j'ai à dire va malheureusement provoquer un grand bouleversement. J'ai parlé à mon père plus tôt dans la journée et j'ai appris des choses que je ne peux pas, en toute bonne conscience, ignorer. Bien qu'Arlyn mérite d'être la première informée, je ne sais pas trop à quel moment elle sera suffisamment rétablie pour que je puisse lui révéler. Il est donc préférable que je vous en parle maintenant.

— Quel est le problème, Dame Selia ?

— Le choc est si grand que les mots me manquent pour le dire autrement que franchement. Arlyn est ma petite-nièce. Mon père est son arrière-grand-père.

— Venez, asseyez-vous.

Lyr lui fit signe de s'asseoir sur la chaise la plus proche puis s'installa à côté d'elle. Il prit un moment pour rassembler ses pensées. La façon abrupte dont elle avait délivré ces informations l'avait presque autant surpris que ses mots.

— Nous savions déjà qu'Arlyn était issue de la branche des Taian et du clan des Mornia, mais cela va au-delà de ce que nous avions supposé. Votre père n'a jamais rien dit à ce propos auparavant ?

Selia se raidit.

— Bien sûr que non. Je pensais que mon père m'avait encouragée à venir ici dans mon propre intérêt. Il n'a rien dit qui aurait pu me pousser à croire que cette situation était possible. *Rien.* Ma sœur aînée, son héritière, n'était même pas au courant. Nous sommes tombées d'accord sur le fait que ce secret devait être révélé.

— Je suis désolé, Dame Selia, je ne voulais pas vous offenser.

Lyr résista à l'envie de se masser les tempes dans un élan de pure frustration. La semaine qui venait de s'écouler avait sérieusement émoussé sa capacité à rester calme.

— Je ne m'attendais pas à de telles nouvelles. D'après ce que je sais, le clan des Mornia est plutôt étendu. Il semblait plus probable qu'Arlyn soit issue d'une famille non noble.

— C'est ce que je croyais aussi. Puis je l'ai examinée, soupira Selia. Ses talents sont très similaires aux miens, et encore plus à ceux d'Iren, avec des différences minimes. C'est typique d'un lien de parenté étroit.

— La situation est plutôt sérieuse. Je suis certain que je n'ai pas besoin de vous dire à quel point. Par les dieux, Arlyn pourrait être considérée comme la quatrième en lice pour le titre de votre père. Cette alliance va demander de prudentes négociations entre nos deux familles, expliqua Lyr, serrant les poings de contrariété. En revanche, je suis obligé d'être franc à mon tour. Il me sera difficile de négocier quoi que ce soit avec quelqu'un qui a volontairement omis de reconnaître son propre enfant, mi-humain ou non. Je donnerais n'importe quoi pour avoir su pour Arlyn, pour avoir pu la reconnaître même avant sa naissance.

— Je dois pour ma part faire le deuil d'un frère que je n'ai pas connu.

Lyr s'accorda un instant pour digérer sa colère et sa souffrance avant de poursuivre.

— Je vais devoir m'entretenir avec le duc de votre branche, si ce n'est avec le roi lui-même.

— Ma sœur et moi sommes disposées à apporter notre aide de toutes les manières possibles. Nous avons honte de ce que notre père a fait, avoua Selia en frémissant. Par Arneen, heureusement qu'Arlyn et Kai se sont liés si rapidement ! Si j'avais refusé de venir et qu'on avait envoyé un homme pour son apprentissage, la possibilité qu'elle tombe amoureuse de quelqu'un de la maison Baran aurait été bien réelle.

— Par tous les dieux, dit Lyr dans un souffle.

Il y avait une raison, en dehors de la fierté familiale, pour laquelle les elfes étaient si consciencieux dans le suivi des lignées. Même si la consanguinité était mauvaise pour les humains, ils se reproduisaient si vite que les quelques incidents isolés n'avaient plus de répercussions après quelques générations. Mais pour les elfes, qui vivaient si longtemps et avaient des enfants bien moins fréquemment, les conséquences étaient désastreuses. L'inceste était l'un de leurs plus grands tabous. En réalité, les membres des trois premières familles ducales de chaque branche, descendant tous des neuf enfants de la première reine de Moranaia, ne se mariaient toujours pas entre eux plusieurs millénaires après la colonisation initiale.

Même si elle se trouvait sur la troisième sous-branche des Dianore, la famille de Kai, la maison Treinesse, n'avait aucun lien de parenté avec eux. Seuls les neuf premiers ducs descendaient des fondateurs de Moranaia. Les autres ducs, et toutes les sous-branches consécutives, étaient apparus au fil du temps pour diverses raisons. L'ancêtre de Lyr avait créé une troisième seigneurie pour un fils de la famille Treinesse qui avait sauvé la vie de son âme sœur et de leur jeune enfant au prix d'un grand sacrifice personnel. Les membres de ces deux familles nobles ne s'étaient jamais mariés entre eux au cours des millénaires écoulés depuis.

— Vous avez tout à fait raison, Dame Selia, affirma Lyr avant de se mettre subitement à rire, la faisant sursauter. Pardonnez-moi. Je trouve simplement amusant le fait d'avoir été si contrarié par le comportement hâtif de Kai alors que cela s'avère finalement bénéfique. Voilà au moins une chose dont je n'aurai pas à m'inquiéter dans tout ce désordre.

Si seulement le reste de ses problèmes pouvait être aussi aisément résolu.

CHAPITRE 22

— R ALAN VIENT DE ME RECONTACTER.

Arlyn cligna des yeux, les paupières lourdes, essayant de se concentrer sur son père. Elle était restée éveillée assez longtemps pour que Lial s'occupe de son bras et pour boire quelques gorgées de thé, mais elle avait encore l'esprit embrouillé par la fatigue. Des éclairs zébraient le ciel et éclaircissaient la lueur sombre de l'aube qui filtrait à travers les rideaux de la fenêtre située derrière son âme sœur. Ce dernier ignorait sa propre tasse de thé tandis qu'il regardait fixement Lyr.

— Et alors ? demanda Kai.

— Il m'a rappelé le délai qu'il nous avait fixé, répondit Lyr, la mâchoire crispée. Il ne te reste qu'aujourd'hui pour traverser le Voile et le ramener ici avec sa fille.

Kai reposa sa tasse sur le bureau d'un geste assez sec pour faire déborder quelques gouttes de thé.

— Sérieusement, il insiste encore pour que je vienne ?

Arlyn les étudia tour à tour d'un air perplexe.

— Quel est le problème ? demanda-t-elle.

Les deux hommes tournèrent un regard incrédule vers elle. Kai secoua la tête de contrariété.

— Tu es blessée. Toi, mon âme sœur. Comment pourrais-je partir à un tel moment ?

— Je ne vais pas mourir.

Kai s'avança vers elle.

— Tu as bien failli.

— Pas vraiment, répliqua Arlyn avant de lever une main pour l'arrêter alors qu'il s'apprêtait à la contredire. Je ne pense pas que je me serais laissée partir. Je ne dis pas que ta présence réconfortante n'y était pour rien. Mais la blessure n'était pas si méchante.

— En soi, non, intervint Lyr, mais ton allergie au fer est sévère. C'est pour ça que Lial ne peut pas te guérir entièrement. Certains fragments étaient trop petits pour pouvoir les extraire. S'ils ne ressortent pas par eux-mêmes, il va devoir trouver un moyen de les déloger. Le risque est encore grand.

— OK, mais je suis clouée au lit. Kai peut se rendre sur Terre.

— Ce n'est pas si simple, dit l'intéressé en soupirant. Notre lien n'en est qu'au premier stade, encore ténu, et tu es faible. Je ne sais pas trop ce qui pourrait se passer avec une telle distance entre nous.

— Peut-être rien.

— Et merde ! s'exclama Kai d'une voix grognarde. Comment pourrais-je prendre ce risque ? s'énerva-t-il en passant une main dans ses cheveux. Et comment ne pas le prendre alors que la vie d'une enfant est en jeu ?

Arlyn se sentit oppressée par le désarroi qu'il lui transmettait.

— Je gérerai s'il y a un problème.

Lyr et Kai se regardèrent dans les yeux, puis son père se tourna vers elle d'un air songeur.

— Lial pourrait peut-être te plonger dans un sommeil profond. Ça t'aiderait aussi à guérir plus vite.

— Tu plaisantes, pas vrai ?

Arlyn se redressa en disant cela, faisant valser le plateau sur ses genoux. Le tonnerre gronda à l'extérieur, comme pour souligner sa colère.

— Arrêtez de penser pour moi. Si je me sens mal, inconfortable, ou même à l'agonie, je gérerai. Parce que je suis une *grande fille.*

Son père détourna le regard. Kai trépigna sur place puis leva les mains en l'air de frustration.

— Tu as raison. Mais il y a d'autres guides. Je ne comprends pas pourquoi il insiste pour que ce soit moi.

Lyr voûta les épaules.

— Ralan a eu une vision.

— Une vision ? répéta Arlyn.

— C'est un devin, expliqua Kai d'une voix empreinte de contrariété. Sa vision lui a apparemment révélé que ce devait être moi.

— Alors tu dois y aller. Et laisse-moi m'occuper de moi-même. Sors maintenant. Je voudrais faire une sieste.

LE TEMPS que Kai revienne quelques heures après, Arlyn était pratiquement prête à sortir de son corps. Combien de temps une personne pouvait-elle rester au lit sans perdre la tête ? Elle fit courir son index le long des fleurs brodées sur l'édredon. Une fois de plus. Pour la millième fois. Elle s'apprêtait à sortir du lit au moment où la porte s'ouvrit.

— Arlyn ! s'exclama Kai en se précipitant vers elle. Tu ne peux pas te lever.

Elle le repoussa quand il tenta de la forcer à se rallonger.

— Si je dois rester ici un instant de plus, je vais me mettre à hurler.

— Mais ton bras...

— ... me fait mal. Pas le reste de mon corps, dit Arlyn en lui lançant un regard noir. Je ne t'ai pas déjà dit d'arrêter de me traiter comme une enfant impuissante ?

Sous la main de sa compagne, les muscles de Kai se contractèrent, et son regard s'embrasa.

— Je t'assure que je ne t'ai jamais considérée comme telle.

— Vraiment? rétorqua-t-elle en le repoussant suffisamment fort pour pouvoir se lever. Tu ne peux pas me dire que ton attitude protectrice vient du fait que je ne sois pas armée, comme le jour de mon introduction.

— C'est vrai. Je ne peux pas, rétorqua Kai en enserrant sa joue. Il s'agit de sentiments ici.

Arlyn tressaillit.

— Oh...

Il l'attira plus près de lui.

— L'idée que tu sois en danger. Que tu souffres. Que tu sois contrariée ici sans moi, poursuivit-il en resserrant ses mains autour de sa taille. Ça me transperce le cœur.

Sa bouche trouva la sienne, et elle se perdit en lui. Emportée par le désir qui tournoyait autour d'eux et entre eux. Elle fit glisser ses mains dans ses cheveux en réprimant un geignement. Arlyn se fichait de la douleur dans son bras – elle voulait simplement être plus près de lui. Mais Kai perçut l'élancement et s'écarta, posant son front contre le sien.

— Le moment est encore une fois mal choisi, murmura-t-il.

Arlyn ne put s'empêcher de sourire.

— Tu es en train de prendre cette habitude ou c'est un comportement normal chez toi?

— Je ne sais pas trop, répondit Kai en riant, ce qui les surprit tous les deux. Il faudrait demander à mon entourage.

Elle poussa un petit sifflement plaintif en s'écartant, le mouvement ayant provoqué une nouvelle douleur. Soutenant son bras contre sa poitrine de son autre main, elle soupira. Cette situation était sacrément pénible.

— Je voulais te parler de quelque chose.

— Ah oui?

Le ton décontracté que Kai avait essayé d'employer ne trompa pas Arlyn. La façon dont il se raidit aussitôt l'aurait trahi même si elle ne pouvait pas ressentir ses émotions.

— C'est à propos de notre lien. Tu as dit qu'il était ténu?

— Arlyn...

Elle prit sa main dans la sienne.

— On pourrait peut-être se débarrasser de ce problème.

Kai comprit enfin le sens de l'expression « glacer le sang ».

— C'est ta décision.

— Relax, le rassura Arlyn en pressant sa main. Je ne suis pas sur le point d'appeler un prêtre.

Le cœur de Kai tonnait dans sa poitrine comme l'orage qui les avait réveillés avant l'aube.

— Que veux-tu faire ?

— J'ai réfléchi à tout ça, admit Arlyn en le lâchant pour attraper le pendentif qu'elle avait imprégné de son énergie. Il y a quelque chose d'indéfinissable à propos de toi. À propos de ce lien, avoua-t-elle en souriant. Je me sens parfaitement complète par moi-même. Mais je ne suis pas certaine de vouloir vivre sans toi.

Même le souffle de Kai se figea lorsqu'elle fit passer le collier que Lyr lui avait donné par-dessus sa tête pour le lever haut devant elle.

— *i'Tayah ay nac-mor kehy ler ehy anan taen.*

Kai regarda Arlyn dans les yeux, leurs profondeurs vertes emplies de joie et d'incertitude, et tendit la main pour agripper la sienne, ainsi que la chaîne qu'elle tenait. Le pendentif se mit à rayonner, une lueur plus vive que lorsqu'il lui avait donné le sien, et Kai tressaillit alors que le lien se renforçait. Sa main tremblait lorsqu'il empoigna le médaillon, encore empreint de la chaleur du corps d'Arlyn.

Il caressa les gravures du pouce en soutenant le regard de son âme sœur. L'air était brûlant entre eux. Et teinté de frustration. Kai baissa les yeux vers le bras d'Arlyn, qu'elle tenait de nouveau serré contre sa poitrine. Même si son corps était tendu de désir à l'idée de finaliser leur lien, il savait qu'il ne pouvait pas. Il ne voulait pas risquer qu'elle souffre lorsqu'ils consommeraient enfin leur union.

Par tous les dieux, il espérait qu'elle serait vite rétablie !

~

— JE NE PEUX PAS CROIRE que tu veuilles faire ça maintenant, maugréa Kai.

Arlyn sourit et s'appuya sur lui alors qu'il l'aidait à descendre l'escalier. Elle était encore faible, mais ses jambes flageolaient à peine tandis qu'ils avançaient.

— Si je veux donner une chance à notre union, je vais devoir rester ici. Mon père doit en être informé. En plus...

Kai pressa son bras pour la rassurer alors qu'ils arrivaient dans le hall d'entrée.

— Il ne va pas te demander de partir.

— Probablement pas, concéda-t-elle en levant des yeux inquiets pour croiser son regard amusé. Mais il pourrait en avoir envie. Je lui ai causé pas mal de soucis. Et je pourrais bien ne jamais m'intégrer ici.

Kai s'arrêta avant le couloir menant au bureau de Lyr. Une douce énergie émanant de l'arbre sacré poussa Arlyn par-derrière, et elle laissa échapper un petit rire devant le soupçon de réprimande qu'elle contenait. Kai haussa les sourcils d'un air étonné.

— Qu'est-ce qu'il y a ?

— Eradisel n'approuve pas ce que je viens de dire.

Kai jeta un coup d'œil à l'arbre.

— Elle sait que tes peurs sont infondées. Si tu veux t'intégrer ici, tu le feras. Tu as des siècles devant toi pour t'acclimater.

— Facile à dire pour toi, rétorqua Arlyn en levant les yeux au ciel et en le tirant en avant. Allez, viens.

Elle savait qu'il voulait ajouter quelque chose, mais il laissa tomber le sujet. Comment pouvaient-ils défendre leur point de vue de toute façon ? Seul le temps pourrait donner raison à l'un ou à l'autre. Arlyn avança en silence, se concentrant plutôt sur le fait d'avoir une démarche assurée. Elle ne pouvait pas cacher son état de faiblesse à Kai, mais elle aimerait autant que son père ne s'en aperçoive pas.

Lyr les pria d'entrer d'une voix manifestement absente. Arlyn allégea son appui sur Kai lorsqu'ils passèrent du petit couloir au bureau, puis elle se figea sur place. Kai la regarda d'un air curieux, mais elle ne pouvait pas détacher son regard de la scène devant elle. Le bureau de son père était couvert de papiers empilés, plus nombreux que tout ce qu'elle avait vu jusque-là. Lyr était penché sur une petite pile, son front reposant sur sa main tandis qu'il était concentré sur sa lecture.

Arlyn trépigna de nervosité et Lyr leva la tête.

— Pardonne-moi. D'autres dossiers sont arrivés pendant que tu te reposais. Il y a toujours plus d'affaires à régler à l'approche des récoltes.

Elle se mordilla la lèvre.

— On peut revenir plus tard.

— Non, dit Lyr en se redressant avant de regarder Kai d'un air avisé. Je suppose que vous avez quelque chose d'important à m'annoncer ?

Arlyn prit une grande inspiration et lâcha le bras de Kai pour s'approcher. Lorsqu'elle se retourna pour voir si son âme sœur la suivait, elle remarqua le pendentif qui brillait sur son torse. Pas étonnant que son père semble déjà au courant. Elle se retourna vers Lyr, mais son expression était fermée. Était-il contrarié par ce qu'elle avait fait ?

— Je crois que c'est évident, commença-t-elle en s'efforçant d'empêcher ses jambes de flageoler lorsqu'elle atteignit son bureau et pria pour qu'elles ne flanchent pas. J'ai décidé de donner une chance à cette union. J'espère que tu n'es pas fâché.

Lyr se pencha en arrière et sembla se détendre. Était-ce un soupçon de soulagement qu'elle voyait dans ses yeux ?

— Pourquoi le serais-je ?

Arlyn réprima un éclat de rire.

— Tu as bien failli mettre une raclée à Kai il y a à peine quelques jours à cause de ça.

— Je ne vais pas nier le fait que ce n'est pas facile. Une partie de moi aurait aimé avoir plus de temps avec toi, juste tous les deux. Du temps pour apprendre à nous connaître.

Kai prit la main d'Arlyn, lui offrant un support moral silencieux.

— Je ne me mettrai pas en travers de ça, promit-il.

— Je n'en doute pas, affirma Lyr en observant Kai pendant un long moment. J'ai eu le temps de réfléchir à tout ça, quand je n'avais pas la tête dans toute cette paperasse, confia-t-il en esquissant un sourire. Si vous êtes heureux, alors je ne peux que l'être aussi.

Arlyn déglutit malgré une gorge soudain sèche.

— Alors... ça ne t'ennuie pas si je reste ici ?

Lyr se leva et contourna son bureau pour la rejoindre.

— Arlyn, j'ai réalisé que rien ne me ferait plus plaisir. Ne pense jamais le contraire.

ARLYN ÉTAIT ASSISE près de la fenêtre, l'un de ses livres sur l'étiquette ouvert sur la table à côté d'elle. Elle avait hésité à proposer son aide, mais le regard épuisé de son père lorsqu'il était retourné s'asseoir à son bureau l'avait convaincue de le faire. En plus, elle n'avait rien d'autre à faire le temps que Kai rassemble ce dont il avait besoin pour son voyage à travers le Voile.

Elle pouvait à peine croire la facilité avec laquelle son père avait accepté son aide. Lyr lui avait *tout* montré, y compris le tiroir sécurisé de son bureau. Sans y réfléchir à deux fois. Se mordillant la lèvre, elle prit l'un des papiers de la pile qu'il lui avait donné et espéra qu'elle saurait se montrer utile. Il voulait simplement qu'elle rédige une synthèse. Même elle pouvait assurément faire ça.

Après trois heures de travail et seulement deux dossiers épluchés, Arlyn avait commencé à douter de cette affirmation. Elle s'était retrouvée à consulter le livre sur l'étiquette à de multiples reprises, essayant de séparer les informations importantes de la profusion de propos courtois. Dommage que le sortilège utilisé pour lui inculquer la langue elfique ne lui ait pas également donné une compréhension immédiate de la culture.

Une autre demi-heure passa avant qu'Arlyn lève les yeux vers son père en laissant échapper un grognement de frustration.

— J'ai du mal à croire que ce que je fais te rend service. Je parie que tu aurais déjà fini tout ça plus une dizaine ou une vingtaine de plus à l'heure actuelle.

Lyr s'adossa à sa chaise en souriant.

— C'est possible, mais le temps que tu as passé sur ses dossiers m'a permis de gérer d'autres problèmes. Les dossiers que je t'ai donnés étaient les moins urgents, alors rien ne presse. En plus, ça te permet d'en apprendre davantage sur notre monde, ainsi que sur les gens et les terres dont tu seras un jour responsable en tant qu'héritière.

— Pas la peine de me le rappeler.

Arlyn frotta ses yeux fatigués. À ce rythme, cela lui prendrait des décennies pour comprendre de simples salutations. Elle devait espérer que son père allait vivre très longtemps – et ne pas renoncer à la vie sous prétexte qu'il ne pourrait jamais trouver une autre âme sœur.

— Je vais te tuer si tu deviens suicidaire.

— Je garderai ça en tête, répondit Lyr en riant.

Ils continuèrent à travailler tout en s'accordant un déjeuner léger constitué de salade, de fromage, et de viande blanche étrangement pimentée. Arlyn constata qu'elle parcourait les dossiers de plus en plus vite, mais elle avait seulement effectué huit synthèses en tout. Son père avait bouclé d'innombrables dossiers durant le même laps de temps, les traits souvent marqués par un ennui à peine dissimulé. De temps en temps, il lui faisait part des cas les plus frustrants ou les plus amusants, comme celui de cet homme qui demandait réparation après avoir été temporairement transformé en statue par un mage dont il avait insulté la femme.

Lyr avait ri pendant un bon moment après avoir fini de lui expliquer la situation.

— Je ne sais pas à quoi il pensait quand il a insulté quelqu'un de la maison Bian. Leurs tempéraments caractériels sont presque aussi réputés que leurs facultés magiques.

— Tu as mentionné le fait qu'ils se sont querellés dans un bar. Je suis contente de savoir que les humains ne sont pas les seuls à faire ce genre de choses.

— En effet, même si ça arrive moins fréquemment chez nous. Les répercussions sont souvent plus graves, rappela-t-il en regardant son document d'un air sévère. Même si la situation me fait rire, elle doit être traitée avec prudence pour éviter que les choses s'enveniment. Les torts sont partagés, mais parfois ça ne change rien.

Arlyn jeta un coup d'œil à la vallée au loin par la fenêtre.

— J'ai toujours du mal à croire qu'il y a un village là-bas. Je ne peux même pas le voir d'ici.

— Une fois que la menace qui pèse sur notre maison sera écartée, je t'emmènerai le voir. Je doute que nous puissions profiter du voyage si nous sommes entourés de tous les gardes nécessaires. Et j'aimerais autant que ceux qui résident en dehors de la maison domaniale ne soient pas alertés de nos problèmes.

Les épaules voûtées, Arlyn se remit au travail sur un rapport plutôt ennuyeux concernant les récoltes prévisionnelles d'une ferme. Fort heureusement, son père choisit ce moment pour faire une pause, et elle mit le papier de côté avec grand soulagement. Elle allait avoir du mal à identifier ce qu'il pourrait trouver d'important parmi toutes ces informations. Le seigneur ou la dame à la tête du domaine étaient-ils supposés mémoriser tout cela? Si c'était le cas, elle était fichue en tant qu'héritière. Ils feraient tous mieux d'espérer que son père vive très longtemps.

CHAPITRE 23

Arlyn marchait entre Kai et Lyr sur la route menant au portail, même si tous deux auraient préféré qu'elle se repose. Mais elle avait encore fait une sieste après avoir aidé son père – s'endormant sans problème suite à la lecture des rapports agricoles – et avait également bénéficié d'une autre séance de soins avec Lial. S'ils ne forçaient pas l'allure, elle tiendrait le coup. Il faisait moins chaud en plus comme le soleil se couchait. Pas encore frais, mais ça irait.

— Comment faut-il s'y prendre alors pour saluer un prince elfe correctement ?

— Saluer un prince et saluer Ralan sont deux choses qui peuvent s'avérer très différentes, répondit Lyr en riant. Je ne m'inquiéterais pas trop des formalités avec lui.

— Je me permets de te contredire, coupa Kai.

Lyr parut étonné.

— Combien de fois s'est-il emporté contre nous en nous reprochant d'avoir été trop formels ?

— Contre nous, oui. Parce qu'il nous connaît. Mais Ralan est un être pervers. En dépit de toutes ses protestations, il est tout de même membre de la royauté. Les gens ont fait preuve de déférence envers lui durant les trois cents premières années de sa vie, et on ne peut pas vraiment dire qu'il ait vécu de manière humble parmi les humains. Il pense peut-être pouvoir se passer des formalités, mais je suis prêt à parier que si un étranger le saluait de manière familière à son retour, ça le refroidirait.

— Vraiment, tu crois ?

Kai haussa les épaules.

— Il n'a jamais réussi à se défaire de ses manières princières autant qu'il le prétend. Regarde la façon dont il t'a ordonné de m'envoyer à travers le portail pour lui. Il endosse aisément son rôle quand ça l'arrange.

Lyr fronça les sourcils.

— Tu n'as pas tort.

— Ce qui nous ramène à ma question initiale, intervint Arlyn, interrompant leur débat.

— Si j'avais le temps, je t'enseignerais les salutations de mise pour la Haute Cour, répliqua Lyr avec un sourire espiègle. Il s'attend peut-être à une marque de déférence, mais *ça*, ça le mettrait vraiment en rogne.

Arlyn regarda fixement son père.

— Tu sembles curieusement amusé à l'idée d'agacer un prince. Est-ce que c'est une sorte de tradition bizarre que je devrais connaître ?

— Non, pas du tout. Ralan et moi sommes bons amis depuis des siècles. Je suppose que c'est simplement une blague de longue date entre nous.

Ils atteignirent le portail, une arche en pierre ordinaire, qui scintillait sous le clair de lune.

Si Arlyn n'avait pas elle-même émergé des brumes à cet endroit-là, elle n'aurait pas cru que cette construction avait une quelconque importance. Elle ressemblait à une grande porte d'entrée d'un édifice disparu. La pierre n'était même pas sculptée, l'absence d'ornements contrastant fortement avec la beauté de la demeure de son père.

La clairière était tout aussi sobre, avec seulement quelques rondins pouvant éventuellement servir de bancs. Arlyn s'attendait à moitié à voir des ruines croulantes en toile de fond.

— C'est plutôt petit pour quelque chose de si important.

— Le portail est plus difficile à trouver et plus facile à garder avec cet aspect trompeur, répondit Kai en rajustant le sac qu'il portait sur son épaule.

Ils s'arrêtèrent à quelques pas de l'arche en pierre. Même si les arbres situés derrière étaient visibles à travers, l'énergie crépita jusque dans les os d'Arlyn. La même énergie dont elle avait suivi la trace depuis la Terre.

— Ça va prendre combien de temps ?

Kai haussa les épaules.

— Ça dépendra du Voile. De quelques minutes à quelques heures.

— Génial, marmonna-t-elle, espérant avoir assez d'énergie pour tenir le coup.

Kai l'étreignit brièvement. Ses yeux inquiets croisèrent les siens.

— Je préférerais que tu sois en train de te reposer. La traction que tu vas ressentir sera désagréable.

— Le fait de rester à proximité du portail va peut-être faciliter les choses.

— On ne va pas tarder à le savoir, concéda-t-il avant de se tourner vers Lyr. Essaie de la distraire.

Sans ajouter un mot, Kai se tourna vers l'arche en pierre et s'enfonça dans les brumes. Le temps d'un battement de cœur, il disparut du radar sensoriel d'Arlyn comme de sa vue, et elle retint son souffle, sa main volant vers son cœur sous le coup du manque soudain. Mais presque aussitôt, elle perçut de nouveau sa présence. Elle relâcha un long souffle tremblant. Le lien était toujours là, même si elle avait l'estomac noué par sa torsion et son étirement.

Lyr agrippa son coude.

— Allons nous asseoir.

Avec un regard soulagé, Arlyn se laissa tomber sur le rondin le plus proche. Elle tenta de fermer les yeux, mais cela ne fit qu'accentuer sa désorientation. Elle se contenta donc de prendre une grande inspiration et se concentra sur son père.

— Et si tu me parlais de ce prince elfe qui a choisi de vivre parmi les humains il y a si longtemps?

— Maintenant?

Elle fit oui de la tête.

— Je te rappelle que tu dois me distraire.

— Pour avoir toute l'histoire, il faudra que tu t'adresses directement à Ralan. J'ai juré de garder le secret.

Le regard de Lyr se fit lointain, songeur.

— C'est en grande partie à cause de son père. Ralan est le plus puissant des devins nés dans la famille royale depuis deux générations. Après la mort de sa grand-tante alors qu'il venait à peine d'avoir cent douze ans, il a dû mettre ses visions au service de son père pour la remplacer. Ralan détestait ça. Je peux simplement dire que le roi est allé trop loin dans ses demandes de prédictions, et que Ralan est parti en jurant de ne plus jamais revenir. Sa fille doit être dans un état critique pour qu'il brise ce serment.

— Si c'est un devin, comment se fait-il qu'il ne savait pas qu'il allait revenir?

— Après ce que son père avait fait, il a refusé d'utiliser de nouveau ses pouvoirs. Ne lui demande pas de te prédire l'avenir, à moins que ta vie en dépende. Il ne réagit généralement pas bien à de telles demandes.

Qu'est-ce qui avait bien pu pousser un prince à prendre des mesures aussi drastiques? Arlyn frémit. Elle n'était pas certaine de vouloir le découvrir.

Kai émergea des brumes devant la maison de campagne de Ralan, quoique le terme « maison » était trop faible pour décrire l'immense bâtisse. Ce manoir imposant construit par une famille aisée dans les années 1840 était entouré d'un terrain de cinq cents acres entièrement clos par un haut mur en pierre. En grande partie à cause du portail naturel, Ralan avait acheté et rénové ce domaine environ cinquante ans auparavant.

La porte s'ouvrit alors que Kai arrivait sur le porche. Ralan en personne se tenait debout dans l'entrée ; soit il n'avait plus de gouvernante, soit il était trop anxieux pour l'attendre. En voyant son ami, Kai serra les poings de colère. La traversée en elle-même avait été simple, mais la traction sur son lien le rendait malade. Tous les muscles de son corps étaient crispés à cause de cette effervescence.

— Bienvenue Kai, le salua Ralan en reculant et en lui faisant signe d'entrer. Merci d'avoir accepté ma requête.

— Une requête ? Si Votre Altesse souhaite l'appeler ainsi, lança Kai d'un ton sec en entrant.

Ralan referma la porte dans un claquement.

— Lyr a dû te dire ce qui se passait. Je n'avais pas le choix.

— Un autre que moi aurait pu faire le déplacement, rétorqua Kai en faisant de son mieux pour contenir sa colère avant qu'elle se répercute sur Arlyn. As-tu une petite idée de ce que ça fait de traverser le Voile avec un lien incomplet ? Ton égoïsme nous met tous en danger.

— Je ne sais pas, non, mais je sais en revanche à quel point c'est douloureux de regarder ma fille mourir, répondit Ralan en faisant un pas vers Kai. Tu as une petite idée *toi* de ce que ça fait de voir la santé de ton propre enfant se détériorer jour après jour ? Je dois la ramener sans que mon père intervienne. Un autre guide serait directement allé le trouver.

— Que ton père aille se faire voir ! s'exclama Kai avec hargne, sans se soucier du fait qu'il venait d'insulter son roi. Tu as passé trop de temps à essayer de l'éviter. Ta peur de son pouvoir a causé davantage de problèmes dans une situation déjà délicate que tu ne comprends même pas. Tu saurais peut-être ce qui se passe si tu n'avais pas si peur d'utiliser ton don de double vue.

Ralan recula comme si on l'avait poussé.

— Tu es l'une des rares personnes à savoir ce qui s'est passé, et pourtant tu oses me dire une telle chose ? Notre amitié n'est peut-être pas aussi solide que je le pensais. Si je n'avais pas besoin de ton aide pour...

— *Laial.*

La petite voix mit fin à la tirade de Ralan avec plus de facilité que n'importe quel cri l'aurait fait. En se tournant vers celle qui avait prononcé ce mot, Kai eut le souffle coupé. Il n'avait jamais vu un enfant elfe dans un tel état. La peau de son corps frêle était pratiquement translucide sous une cascade de longs cheveux noirs. Son énergie était ce qu'il y avait de pire. Non seulement elle en avait peu, mais Kai voyait bien qu'elle était incapable de puiser une once de l'énergie naturelle les entourant. Pourquoi ne pouvait-elle pas se connecter à la terre pour reconstituer ses réserves ?

Kai remarqua alors à quel point Ralan avait l'air épuisé ; le visage pâle du prince était sillonné de ridules de fatigue. C'était sans doute lui qui réapprovisionnait l'enfant en énergie. Un sentiment de honte brûlant l'assaillit, étouffant en partie sa colère. L'inconfort d'un lien tiraillé n'était rien, vraiment rien, comparé à ça.

— Pardonne-moi, Ralan. J'étais loin de m'imaginer ça.

— Peu d'entre nous le pourraient, répondit le prince en prenant la fillette dans ses bras. Ma fille, *Moranai Aldiaberen i Erinalia Moreln nai Moranaia.* Eri, pour ses proches.

— Je suis ravi de te rencontrer, Eri, annonça Kai en prenant soin de ne pas élever la voix pour ne pas l'effrayer.

Il balaya le vestibule du regard et remarqua la malle posée sur le côté.

— Est-ce là tout ce que tu souhaites emporter ? demanda-t-il à Ralan.

Ce dernier acquiesça d'un hochement de tête.

— J'ai besoin de peu de choses de ma vie ici.

Kai laissa échapper un petit sifflement plaintif sous le coup d'une pression subite sur son lien et de la pointe d'anxiété qu'il ressentit en provenance d'Arlyn.

— Il faut y aller. Je prie les neuf divinités pour que ta vision s'avère exacte parce que je ne suis pas certain de pouvoir tous nous faire traverser sans encombre.

Au vu des traits tirés de Ralan, Kai projeta un brin d'énergie destiné à faire léviter la malle derrière lui. En temps normal, il aurait laissé cette tâche à Ralan pour se concentrer sur la traversée, mais cela ne lui demandait pas un gros effort. Le prince était déjà occupé à prodiguer de l'énergie à Eri, et ce n'était pas la première fois que Kai devait guider des bagages durant la traversée. Alors qu'ils se dirigeaient vers le portail, un flux d'énergie flotta devant eux et des barrières magiques se dressèrent autour de la propriété. Ces sortilèges dissimuleraient le domaine aux yeux des curieux pendant au moins des siècles. Son ami n'avait visiblement pas l'intention de revenir avant un bon moment.

Arlyn soupira de soulagement alors que son corps se détendait. Le lien entre elle et Kai était de plus en plus solide et stable. Il ne devait plus être très loin.

— Je pense qu'ils arrivent.

Lyr esquissa un sourire.

— Vraiment pratique le fait que tu puisses aussi bien percevoir sa présence. Au moins je n'ai pas eu besoin de rester debout devant le portail pendant une heure.

— Comment fais-tu pour toujours savoir l'heure qu'il est ? demanda Arlyn alors qu'ils retournaient vers le portail.

— C'est une question d'expérience, comme pour toutes les mesures. Après tout ce temps, je suppose que c'est instinctif.

Avant qu'elle puisse ajouter quelque chose, une malle en bois ordinaire apparut, puis Kai, et enfin un elfe aux cheveux noirs qui lui sembla étrangement familier, avec une enfant dans les bras. Arlyn sursauta quand le lien se raffermit subitement, puis posa une main sur son estomac soudain fébrile alors que l'épuisement de Kai se répercutait en partie sur elle. Il s'adossa à l'arche en pierre, le visage presque aussi livide que lorsqu'il s'était fait poignarder.

— *Que s'est-il passé ?*

— *La traversée a été rude. Beaucoup de turbulences. Ralan a sans doute bien fait de faire appel à moi,* répondit Kai en se passant une main sur la figure. *Lui et sa fille étaient tous les deux trop souffrants pour une longue traversée.*

Curieuse, Arlyn jeta un coup d'œil au prince, puis étouffa un petit cri de surprise. Il avait les yeux fermés avec une expression béate, et elle vit les ridules autour de ses yeux et de sa bouche se lisser, lui donnant l'air d'avoir plusieurs années de moins. Ce qui arrivait à l'enfant était encore plus stupéfiant. La fillette était immobile et aussi livide qu'un cadavre en arrivant, mais ses joues reprenaient des couleurs alors qu'elle se redressait dans les bras de son père.

— Bienvenue à Braelyn, *Anderteriorn* Ralantayan, salua Lyr en inclinant légèrement la tête. Nous sommes heureux de vous accueillir chez nous. Permettez-moi de vous présenter une étrangère pour vous, *Callian Ayala i Arlyn Dianore se Kaienan nai Braelyn.*

Alors que ces salutations lui auraient semblé formelles il y a peu, Arlyn pouvait deviner à présent qu'elles ne l'étaient pas. Même quand il lui avait présenté le capitaine de sa garde, à qui il parlait tous les jours, Lyr avait utilisé son titre complet. Quel type d'amitié révélait le fait de n'utiliser qu'une forme abrégée pour s'adresser à un prince ? L'expression de ce dernier portait à croire qu'il avait été surpris.

Puis Ralan prit enfin la parole.

— *Ayala ?* Bon sang, depuis quand as-tu une fille ? s'exclama-t-il en lançant un regard abasourdi à Kai. Et déjà liée ? On dirait bien que notre conversation aurait dû être plus longue malgré la distance, Lyr.

Arlyn oublia aussitôt les salutations qu'elle avait soigneusement préparées devant les propos francs du prince. Même elle se rendait compte qu'il venait de se montrer extrêmement grossier selon l'étiquette elfique. Mais à côté d'elle, son père se contenta de rire.

— Quel bel exemple pour nos deux enfants, mon ami !

Le prince s'empourpra, mais afficha un sourire espiègle.

— Pardonnez-moi, *Ayala* Arlyn. J'ai passé trop de temps chez les humains. Que la joie, et non la misère, puisse vous accompagner pour les nombreuses années à venir.

— Merci. Que vous et votre fille puissiez prospérer au sein de notre foyer, répondit Arlyn avec un sourire. Je tiens à ajouter qu'il serait difficile de m'offenser, Votre Altesse. Je suis née et j'ai grandi dans le monde des humains, et je suis ici depuis moins d'un mois.

— Vraiment ? s'étonna-t-il en s'approchant. Alors passons-nous de ces maudites formalités et rejoignons un endroit plus confortable. Tu pourras me raconter en chemin pourquoi tu es née chez les humains alors que ton père n'en est clairement pas un. Et je t'en prie, appelle-moi Ralan.

Kai avait raison ; même si Ralan affichait un mépris évident à l'égard de l'étiquette elfique, il était sans conteste de sang royal. Son rang élevé était apparent dans sa posture et sa façon de parler, ainsi que dans sa certitude d'obtenir des réponses auprès des autres. Malgré cela, il écouta attentivement son histoire, tout en portant sa fille avec la plus grande délicatesse. Le temps que Lyr, Kai, et elle-même finissent de raconter à Ralan tout ce qu'il avait raté, Arlyn s'était prise à espérer qu'elle pourrait elle aussi se lier d'amitié avec le prince.

— Je dois m'excuser, lâcha Ralan en secouant la tête d'incrédulité. Je n'aurais jamais imaginé qu'il s'était passé tant de choses ici. Lyr a mentionné des dommages corporels, c'est vrai, mais tout ça en moins d'une semaine ?

Arlyn observa l'enfant, qui bondissait maintenant d'excitation dans les bras de son père.

— Vous aviez d'autres préoccupations.

Ils passèrent par la porte située à côté de la bibliothèque, et Ralan s'arrêta net, visiblement tendu. Arlyn suivit son regard et vit Lial qui attendait dans le couloir. Le guérisseur écarquilla les yeux, et elle crut y voir un soupçon d'étonnement, et peut-être d'amertume, avant qu'il n'adopte une expression fermée. Elle l'avait déjà vu exprimer son caractère grincheux de diverses manières, mais jamais de façon aussi réservée.

Lial s'inclina avec révérence.

— Mon Prince, quel immense plaisir de vous voir de retour parmi nous. Notre famille se réjouira de revoir un visage absent depuis si longtemps.

— Bon sang, redresse-toi, cousin ! Tu sais très bien que peu d'entre eux ont dû remarquer mon absence, à moins qu'ils aient eu besoin de mes capacités, rétorqua Ralan d'un ton sec.

Lial se redressa en lui lançant un regard noir.

— Je ne vois pas comment tu saurais ça étant donné ton départ précipité et l'absence de tout contact. Ta mère...

— ... ne se soucie de personne d'autre que d'elle-même, coupat-il avec hargne avant de soupirer. Pardonne-moi, Lial. Je n'ai aucun grief contre toi. Il y a beaucoup de choses que tu ne sais pas, mais ça devra attendre. J'ai besoin de ton talent de guérisseur.

— Pour toi ? demanda Lial d'un air étonné. Je ne vois rien qu'un peu de repos ne puisse arranger.

— Pas pour moi. Pour ma fille.

Pour la première fois, Lial sembla remarquer la présence de la fillette blottie dans les bras de Ralan. Elle soutint le regard du guérisseur, son attitude ne reflétant aucune timidité, tandis que ce dernier la dévisageait d'un air choqué.

— Tu as une fille ?

— En effet, lui confirma Ralan en serrant sa fille un peu plus fort. Voici la princesse Erinalia. Je dois insister sur le fait que mon père ne doit pas en être informé.

Contre toute attente, Lial se mit à rire. Il lui fallut un moment pour se reprendre, certainement encouragé à le faire rapidement par la colère de Ralan.

— Tu ne te rappelles pas, pas vrai ? La dernière prophétie de ta grand-tante ?

Ralan devint livide.

— Non, dit-il dans un souffle. Ma sœur ou l'un de mes frères ont forcément eu un enfant depuis le temps. Ça fait plus de trois cents ans.

— Tu es le premier, annonça Lial en jubilant. Par décret du roi suite à la dernière prophétie de ta grand-tante, tu es l'héritier, reprit-il avec sourire ironique. Bon courage avec ça !

CHAPITRE 24

— Eh bien, c'était intéressant, lança Arlyn en clignant des yeux.

En entendant les paroles de Lial, Ralan était devenu blanc comme un linge puis était sorti d'un pas furieux, le guérisseur sur ses talons ; Lyr et Kai étaient encore en train de fixer la porte par laquelle ils étaient partis. Est-ce qu'elle, une étrangère, aurait dû être témoin de cette dispute ? Arlyn se mordilla la lèvre. Au moins elle savait pourquoi Lial était si impérieux maintenant. En tant que cousin de Ralan, il faisait partie de cette fichue famille royale.

Kai se tourna vers elle.

— C'est le moins qu'on puisse dire.

— Pourquoi je n'ai jamais entendu parler d'un tel décret ? demanda Lyr en fixant toujours la porte, hébété. Le roi a toujours désigné Teyark, son aîné, comme son héritier. Nous avons été présentés. C'était mentionné dans son titre. C'est une sérieuse infraction de mentir à propos d'une telle chose.

— Il n'a peut-être pas menti. Le décret aurait pu désigner Teyark comme héritier à moins qu'un autre engendre un enfant avant lui, hasarda Kai en fronçant les sourcils. Ralan doit bien réaliser qu'il va devoir contacter son père maintenant.

Lyr arracha son regard de la porte, l'air soucieux.

— Je n'aime pas ça. De l'énergie empoisonnée, des attaques non revendiquées, et un devin en tant qu'héritier au trône? La dernière fois que des événements retentissants comme ceux-là ont eu lieu en si peu de temps, une guerre a éclaté.

~

RALAN S'EFFORÇAIT de ralentir son cœur battant la chamade tandis que Lial les menait vers l'une des tours réservées aux invités. Qu'allait-il faire? Il n'avait jamais souhaité être roi. Jamais. Kien avait hérité du zèle nécessaire pour ça. Il fit de gros efforts pour ne pas trop resserrer ses bras autour d'Eri au souvenir de la trahison de son frère. C'était déjà assez terrible que Kien ait couché avec sa bien-aimée, mais encore pire qu'ils aient conspiré ensemble pour essayer de le tuer.

Et son propre père l'avait traité de menteur quand il lui avait raconté ce qu'il avait vu.

Le roi avait pourtant tout fait pour que Ralan découvre le pot aux roses à travers ses visions. Il était au courant de la liaison entre Kien et Kenaren. Il savait à quel moment ils avaient prévu de se retrouver. Et il avait ordonné à Ralan de regarder, de lire l'avenir pour voir ce que sa bien-aimée allait faire ce jour-là. Le souvenir de l'amour de sa vie au lit avec son frère lui faisait encore bouillir le sang après trois bons siècles.

— Teyark est-il toujours en vie?

— Oui, répondit Lial en lui adressant un regard surpris par-dessus son épaule. Y a-t-il une raison qui prouverait le contraire?

— Je n'ai pas eu de vision, si c'est ce que tu te demandes. Et Kien?

— Il a été banni peu de temps après ton départ. Personne ne sait pourquoi, hormis ton frère et ta sœur peut-être, répondit Lial en ouvrant la porte de sa chambre. Si ta mère est au courant, elle simule bien. Elle passe la plupart de son temps à se lamenter de l'absence de deux de ses enfants.

— Je ne doute pas que le reste du temps elle soit en train d'essayer de négocier une autre alliance maritale avec mon père, maugréa Ralan.

Comme le roi n'avait jamais lié son âme à une autre, il avait contracté des mariages à plusieurs reprises pour engendrer et élever ses enfants, mais ces alliances prenaient toujours fin une fois les enfants devenus adultes. Avec au moins quelques siècles de liberté entre chaque.

— C'est probablement aussi pour ça qu'elle se lamente. Dommage pour elle que mon père considère que quatre enfants suffisent largement.

Ralan installa Eri sur le lit et se poussa pour laisser la place à Lial. Le guérisseur s'accroupit à côté d'elle avec un sourire, toute tension envolée.

— Est-ce que ça te dérangerait que je t'examine avec ma magie ?

Elle sourit.

— Je sais déjà ce que vous allez trouver.

— Eri, intervint Ralan, le ton de sa voix l'avertissant de ne pas révéler l'existence de son don.

— OK, OK ! s'exclama-t-elle en levant les yeux au ciel. Ça ne me dérange pas.

Il ne fallut que quelques instants à Lial pour réaliser un examen plus poussé que ce que Ralan aurait pu faire, ce dernier possédant une capacité limitée pour analyser la santé d'autrui. Tandis qu'il attendait, le père réfléchissait à ce que son cousin avait dit. Pourquoi Kien avait-il été banni ? Et où avait-il été exilé ? Lorsqu'il avait dit à son père que son frère avait prévu de l'assassiner, le roi avait réfuté cette vérité avec tant de véhémence que Ralan ne pouvait que supposer que cette fois-ci son fils cadet avait dû être pris en flagrant délit de trahison plutôt que dénoncé par un autre devin. Même lorsque Kenaren avait tenté de mettre à exécution le plan que Ralan l'avait vue fomenter avec Kien, le roi avait refusé de reconnaître qu'il disait la vérité.

Tandis que la lueur bleue s'estompait dans les mains de Lial, il se tourna vers Ralan.

— Est-ce qu'elle est supposée avoir un problème qui ne puisse être résolu par quelques heures de sommeil ?

Ralan parut étonné.

— As-tu cherché des traces de poison ?

— Bien sûr que j'ai cherché des traces de poison, répondit Lial avec exaspération. Je commence vraiment à regretter de travailler pour cette maison. Qu'est-ce que je suis censé chercher d'autre, exactement ? Quelque chose d'inhabituel ou de rare, je suppose.

— Ton humour grinçant est une perte de temps avec moi, cousin.

Ralan examina lui-même Eri avec ses modiques capacités et la trouva presque en parfaite santé. C'était insensé.

— Sur Terre, elle était incapable d'emmagasiner de l'énergie par elle-même. La magie était comme corrompue. Je devais la purifier pour nous deux.

— Elle ne montre aucun signe d'un tel problème ici. Quelle qu'en ait été la raison, ça ne venait pas d'elle. Je devrais peut-être t'examiner aussi.

Le prince s'ouvrit à la magie de Lial sans dire un mot. L'énergie le traversa, analysant son état de santé de manière plus approfondie qu'il n'aurait pu le faire. Il se détendit, ses muscles se relâchant sous la sensation apaisante accompagnant l'énergie du guérisseur. Une astuce éprouvée pour s'assurer la coopération de ses patients. Ralan eut un pincement au cœur lorsque l'examen prit fin, n'ayant pas réussi à se détendre comme ça depuis bien longtemps.

— Alors ?

— Pas de poison, mais... hésita Lial, comme s'il cherchait les bons mots. Tes canaux sont à vif. Comment as-tu pu utiliser tes facultés sans souffrir le martyre ?

— Assez simplement. Je ne les ai pratiquement pas utilisées.

Arlyn était de nouveau alitée, en train de regarder Kai faire le tri dans une malle contenant ses affaires. Quelqu'un était venu pendant qu'ils s'étaient absentés, car deux malles avaient été posées sous la fenêtre, et des étagères avaient été installées au mur près de la porte. Elles étaient en bois, avec des ornements aussi délicats que ceux du lambris sur la moitié inférieure des murs. Si ce n'était pas sa chambre, elle aurait supposé que ces étagères avaient toujours été là. Comment un tel travail avait-il pu être réalisé en seulement quelques heures? Magique, littéralement.

— Tu as ordonné la fabrication de ces étagères?

— J'ai *demandé* qu'elles soient fabriquées, rectifia-t-il avant de marquer une pause en se redressant. Ça te dérange? J'ai pensé que ce serait bon comme tu as décidé de compléter la seconde étape, mais si tu préfères attendre un peu, je peux enlever mes affaires. Je ne veux pas te mettre la pression.

— Oh, du calme! s'exclama Arlyn en levant les yeux au ciel. J'étais juste curieuse. À moins qu'il y ait un genre de code qui dit que je dois coucher avec toi parce que tu as installé des étagères?

Kai éclata de rire, effaré.

— Pas que je sache.

— Ça m'est égal où tu mets tes affaires. Quand je serai certaine de vouloir finaliser notre lien, je te le ferai savoir.

Le regard de Kai s'embrasa, et ses doigts se resserrèrent sur le vêtement qu'il avait dans les mains.

— Je ferai de mon mieux pour te convaincre. Mais après la façon dont notre histoire a commencé, le choix t'appartient.

Arlyn crut qu'il allait s'approcher, l'embrasser encore peut-être. Mais il baissa les yeux vers ses mains. Dommage. Un peu de persuasion aurait été la bienvenue après cette journée agitée. Puis il déploya le vêtement, et elle retint son souffle. Il s'agissait d'une tunique, avec des broderies élaborées représentant une scène forestière. Les branches semblaient se balancer dans une brise imaginaire tandis que Kai défroissait le vêtement. Des points de couleur accrochèrent son regard, et elle plissa les yeux pour les observer. Étaient-ce des oiseaux?

Kai étala cette superbe pièce sur le bureau et se retourna pour extirper une longue veste de la malle, de coupe assez similaire au paletot que son père avait porté lors de la cérémonie pour son introduction. Enthousiaste à l'idée d'en voir plus après la tunique, Arlyn se redressa et alla s'installer au bout du lit pour voir le vêtement de plus près. Au lieu des brumes mouvantes de la veste de Lyr, les broderies de celle-ci représentaient de manière très précise la vue sur les collines boisées qu'elle avait admirée au lever du soleil par la fenêtre du bureau de son père. Il aurait pu s'agir d'une photographie.

— Je n'ose même pas imaginer ce que tu as dû débourser pour un vêtement pareil ! s'exclama-t-elle, émerveillée.

— J'ai troqué mes services en tant que guide pour ça.

Arlyn parut surprise.

— Tu as pu avoir quelque chose comme ça pour seulement quelques minutes passées dans le Voile ?

— Ça demande plus d'efforts parfois. Dans ce cas, la couturière voulait plusieurs plantes rares utilisées pour créer des teintures plutôt coûteuses.

Il tourna la veste pour qu'Arlyn puisse mieux voir le dos, où des rayons de soleil finement brodés filtraient à travers les arbres.

— Cette teinte dorée en fait partie, en fait. L'endroit où les plantes nécessaires poussent n'est pas facile d'accès depuis notre monde. J'ai dû faire deux arrêts avant qu'on y arrive, et ça m'a demandé beaucoup d'énergie. Après ça, et la fortune que je lui ai fait économiser, elle a volontiers confectionné cette veste pour moi.

— Je ne pensais pas qu'un boulot de guide était aussi rentable. Tu dois être plutôt riche.

— Oui, sans doute, répondit-il en haussant les épaules.

Kai mit la veste de côté en souriant, puis il sortit un objet empaqueté et visiblement assez lourd de la malle et se dirigea vers les étagères.

— Tu veux t'unir avec moi parce que je suis riche ?

Arlyn resta bouche bée, puis sourit à son tour lorsqu'elle perçut à travers leur lien que Kai plaisantait.

— Sérieusement, Kai? Tu sais très bien que c'est ton corps que je convoite.

Son rire la fit jubiler.

— Je t'assure qu'il est à toi quand tu veux.

— Eh bien...

Elle oublia ce qu'elle allait dire quand il déballa l'objet qu'il avait placé sur l'étagère. Il s'agissait d'une magnifique figurine d'une fée émergeant des eaux, si réaliste qu'elle se demanda pendant un moment si elle n'allait pas s'envoler.

— Je peux la voir?

Kai la lui apporta d'un pas hésitant. Il sembla presque retenir son souffle tandis qu'il plaçait la figurine en verre dans ses mains. Arlyn n'en revint pas quand elle la contempla de plus près. De loin, elle avait semblé peinte, mais de près, elle réalisa que le verre lui-même avait été coloré avec soin. Elle pouvait à peine imaginer le temps qu'il avait sans doute fallu pour réaliser cet objet ni le temps nécessaire pour le créer. Tout en nuances de bleu, la fée des eaux qu'elle avait entre les mains était plus vraie que nature. Les ailes avaient dû à elles seules nécessiter des heures, peut-être même des jours, de travail.

Arlyn effleura du doigt les boucles délicates de la chevelure de la fée.

— Où as-tu dû emmener l'artisan pour obtenir un aussi bel objet?

— Je... je l'ai fait moi-même.

Avait-il rougi? Le regard stupéfait d'Arlyn fusa vers lui.

— Tu as fait ça? Je ne savais pas que tu possédais un tel talent.

— C'est seulement un passe-temps.

— Un passe-temps? répéta-t-elle en l'étudiant fixement. Une pièce comme celle-ci devrait être exposée dans une galerie.

Il reprit la figurine des mains d'Arlyn et alla la reposer sur l'étagère.

— Chez les humains, peut-être. Tu devrais voir le travail des artisans de la branche des Rieren. L'essentiel de leur magie réside dans l'artisanat. Je peux seulement espérer égaler leurs créations un jour.

— Tu es trop dur avec toi-même.

Kai haussa les épaules, mais ses yeux étaient rieurs.

— L'un de leurs meilleurs artisans a construit toute sa maison en verre.

— Ça ne me semble pas pratique, commenta Arlyn en plissant le nez. Sans parler du manque d'intimité.

Sa remarque fit rire Kai.

— L'intérieur est occulté. Mais ça vaut quand même le détour.

— Tu pourrais peut-être m'emmener la voir un jour, proposat-elle en reportant son regard sur la figurine posée sur l'étagère. Dis-moi, les fées existent-elles ? Je m'attendais à voir plus de créatures surnaturelles en venant ici.

— Beaucoup d'entre elles sont restées dans des royaumes plus étroitement liés à la Terre, et le peu qui ont décidé de venir dans ce monde sont plutôt discrètes. Il y a un groupe de fées vivant près de la frontière de Braelyn. Les créatures les plus nombreuses sont cependant les dragons, qui ont une colonie insulaire dans l'océan oriental.

— Des dragons ? répéta Arlyn d'un air surpris.

— Ne t'attends pas à les voir, tempéra Kai en se renfrognant. L'histoire n'est pas paisible entre nos deux races.

Au diable les livres sur l'étiquette ! Elle allait devoir piller la bibliothèque pour s'offrir un cours accéléré sur l'histoire de Moranaia. Arlyn ouvrit la bouche pour poser d'autres questions, mais un coup frappé à la porte l'interrompit. Elle soupira alors que Lynia passait la tête par l'encadrement pour les convier à dîner. Arlyn aurait largement préféré entendre parler des dragons plutôt que d'assister à un repas formel où elle allait devoir essayer de ne pas faire de gaffes devant le prince.

Même si ledit prince n'était autre que le sympathique Ralan.

~

ARLYN ÉTAIT ASSISE à la droite de Lyr, avec Kai à côté d'elle. En tant qu'invité de plus haut rang, Ralan était en face d'elle, Selia à sa gauche. Il y avait ensuite Eri et Iren, ainsi que Lynia à l'autre bout de la table. Ce repas était pour l'instant moins animé que tous ceux auxquels elle avait pris part auparavant, en raison du curieux mélange entre les membres de la famille, les amis, et les nouvelles connaissances.

Du coin de l'œil, Arlyn crut voir Lyr triturer sa serviette de table, et elle réprima un sourire. Elle soupçonnait qu'il aimerait plaisanter avec Kai et Ralan, mais que la présence de sa mère l'incitait à se tenir à carreau. Il n'était jamais bon de contrarier sa mère, même chez les elfes.

Selia avait certainement été prompte à attraper le bras d'Iren lorsque le prince avait été introduit. Mais malgré son regard espiègle, le garçon s'était bien comporté jusque-là. Lorsqu'il n'était pas en train de fixer Eri. À présent, ils étaient penchés l'un vers l'autre, bavardant à voix basse. Arlyn songea qu'elle préférait ne pas savoir de quoi ils discutaient avec tant d'intérêt.

Ralan poussa un grognement de satisfaction qui attira son attention. Il venait juste de prendre une bouchée de pain et avait fermé les yeux de contentement. Arlyn ne put s'empêcher de s'accorder également un moment pour apprécier non pas le pain, mais la plastique du prince. Elle était accouplée, pas morte, et c'était l'un des plus beaux hommes qu'elle ait jamais vus. Ce sentiment n'irait néanmoins pas au-delà de la simple admiration. Même si elle n'avait jamais rencontré Kai, Ralan n'était pas son type. Elle ne pouvait cependant pas détacher ses yeux de lui, car son visage lui disait vraiment quelque chose. Mais où aurait-elle pu le rencontrer auparavant? Un homme comme lui n'était pas facile à oublier.

Kai se raidit à côté d'elle lorsque Ralan la surprit à le dévisager. Le prince esquissa un sourire entendu.

— Déjà lassée de Kai?

— Désolée pour le regard insistant, s'excusa-t-elle en fronçant les sourcils. Est-ce qu'on s'est déjà rencontrés ? Je pourrais jurer que c'est le cas, mais je ne vois pas du tout où.

— Il était probablement célèbre, maugréa Kai.

— Célèbre ?

Arlyn observa encore le prince pendant un moment avant que cela lui revienne.

— Roland Morn, le créateur de mode ! Plusieurs de mes amis étaient persuadés que vous étiez gay, jusqu'à ce que...

Arlyn s'interrompit au milieu de sa phrase, réalisant soudain que tous, y compris les enfants, avaient cessé leurs bavardages pour l'écouter.

Ralan rit en la voyant rougir d'embarras.

— Pourquoi les humains ont-ils une vision si étriquée sur les genres ?

— Je suppose que vous avez su profiter de la situation, conclut-elle avec un sourire, malgré la rougeur persistante sur ses joues. Je me disais bien aussi que cette robe d'apparat du dix-huitième siècle que vous aviez présentée lors d'un défilé avait l'air carrément authentique. J'imagine qu'elle l'était plus que ce que tout le monde pensait.

Ralan afficha un sourire grivois derrière sa tasse de thé.

— J'ai vu pas mal de ces robes de près et de façon très intime.

— Si tu n'arrêtes pas de flirter avec mon âme sœur, je vais t'étriper, prince ou non, coupa Kai en se penchant en avant.

Selia retint son souffle, et Lynia écarquilla les yeux.

— Kaienan ! Je te prierai de ne pas menacer un invité à ma table, gronda Lynia avant de reporter son attention sur Ralan. Même si ledit invité a oublié la bienséance de base.

Lyr toussa dans sa main alors que Kai marmonnait des excuses. Même si Ralan souriait toujours, il inclina la tête.

— Pardonnez-moi, Dame Lynia. Je crains d'avoir été absent trop longtemps. Je vais cesser mes plaisanteries si cela vous incommode.

Lynia hocha la tête d'un air approbateur.

— Permettez-moi de vous suggérer un autre sujet de discussion. Vous pourriez peut-être nous en dire plus à propos de l'énergie sur Terre. Mes recherches suggèrent que l'empoisonnement n'est pas accidentel.

— J'aimerais en entendre parler aussi, reprit Kai.

Il s'adossa à son siège, mais il demeurait tendu comme un arc. Arlyn lui lança un regard préoccupé, mais il se contenta de secouer la tête et poursuivit :

— Le problème énergétique semblait limité aux royaumes souterrains jusque-là. L'homme qui m'a poignardé m'a averti de ne plus intervenir dans les affaires des Sidhes. Mais rien à propos de la Terre.

— Eri ne pouvait pas emmagasiner de l'énergie naturelle par elle-même. Je ne savais pas vraiment pourquoi, mais j'ai supposé que c'était à cause de son sang humain, expliqua Ralan en reposant sa tasse de thé d'un air perplexe. J'avais tort puisqu'elle peut facilement puiser de l'énergie ici. Lial a dit que mes canaux étaient à vif à cause de toute l'énergie que j'ai dû purifier.

— Vous voulez dire que vous ne l'aviez pas remarqué ? demanda Selia avant de pincer aussitôt les lèvres d'un air contrit. Pardonnez-moi, Prince Ralan. Cette question était trop personnelle.

— Ne vous inquiétez pas, la rassura-t-il avec un geste nonchalant de la main. C'est une question pertinente. En vérité, je me suis rarement servi de mes facultés sur Terre, en particulier durant les dernières décennies.

Selia ouvrit la bouche pour ajouter quelque chose, mais la referma aussitôt. Arlyn observa son maître de magie s'efforcer de ne pas poser davantage de questions et eut pitié d'elle.

— Pourquoi ? demanda-t-elle en jetant un bref coup d'œil à Lyr. Je veux dire, pourquoi ne pas avoir utilisé votre magie ? Je ne suis pas sûre que j'aurais pu résister si j'avais su comment utiliser la mienne.

Ralan baissa les yeux vers son assiette.

— Il y a moins de chances de se faire repérer comme ça. La

technologie humaine a rendu la vie sur Terre suffisamment plaisante en plus.

— Dommage que tu n'aies jamais essayé de remonter la piste de l'origine du poison, dit Lyr.

— Le temps que je réalise que ce n'était pas naturel, j'étais déjà entièrement accaparé par les problèmes de santé d'Eri.

Même si elle n'avait pas semblé prêter attention, Eri interrompit sa conversation à voix basse avec Iren.

— Je sais qui c'est !

Ralan regarda sa fille en lui faisant les gros yeux.

— N'avons-nous pas déjà parlé de ça, Eri ?

— Je ne peux pas cacher ce que je suis, *laial*, répondit-elle d'un ton sérieux. En plus, je ne vais pas te dire de qui il s'agit. Si tu veux le savoir, tu devras regarder par toi-même.

CHAPITRE 25

L E MANOIR ÉTAIT calme tandis qu'Allafon arpentait ses couloirs. Aucun de ses serviteurs – car chez lui il s'agissait bel et bien de serviteurs – n'oserait l'interrompre au vu de son humeur actuelle. Il empoigna ses cheveux blond platine coupés court et son regard sévère se tourna vers la fenêtre la plus proche. Où était Morenial ? Après avoir tué ce misérable raté de sang-mêlé quelques jours auparavant, Allafon avait réalisé qu'il n'avait plus qu'un de ces morveux sous la main. Ils étaient durs à trouver et encore plus à former, constituant une ressource précieuse qu'il ne fallait pas gaspiller. S'accoupler avec une humaine était répugnant, ou il aurait créé une armée par lui-même. Mais même lui n'était pas prêt à aller si loin pour se venger.

Il allait devoir impliquer son fils dans ses machinations. Morenial haïssait les Dianore autant que lui, alors cela ne devrait pas être un problème. Si seulement il pouvait rentrer de ce stupide mariage d'alliance. Quel intérêt de toute façon ? La femme finirait naturellement par trahir l'ami de Morenial. Sa propre compagne, son âme sœur, l'avait fait. Tous les membres de la lignée Dianore allaient mourir quant à eux, tous sauf Lynia. La compagne de Telien allait remplacer celle qu'il avait lui-même perdue. Il laisserait peut-être même Lyrnis vivre assez longtemps pour en être témoin.

Allafon retourna dans son bureau d'un pas rageur et sortit un parchemin de son écritoire. Il n'allait pas attendre le retour de Morenial. Il était temps pour lui d'arrêter de compter sur les autres pour assouvir sa vengeance. La lettre qu'il allait envoyer demanderait une formulation prudente et beaucoup de réflexion, mais il avait peut-être trouvé un moyen. Le sang allait bientôt couler. Beaucoup de sang.

~

— COMMENT ÇA, tu ne vas pas me le dire ? demanda Ralan en regardant sa fille d'un air perplexe. On se fiche de savoir de quel devin provient l'information. Si tu connais la cause de ces problèmes, dis-le.

La fillette regarda son père sans ciller, avec une lueur dans les yeux qu'il ne connaissait que trop bien.

— Si je te le dis maintenant, tout sera perdu. Aucune lignée ne sera épargnée si tu ne cherches pas la vérité par toi-même. Quand tu regarderas, tu sauras.

Ralan agrippa le rebord de la table. *Megelien.*

— Le guérisseur m'a dit d'éviter d'utiliser mes facultés pendant un jour ou deux, le temps que mes canaux se rétablissent entièrement.

— Quand tu seras enfin prêt, le moment sera venu, répondit-elle.

Puis Eri cligna plusieurs fois des yeux et sourit alors que la sensation étrange d'une présence s'était évanouie.

Pourquoi la déesse ne s'était-elle pas adressée à lui dans son esprit, comme elle le faisait jadis ?

Un silence total s'était installé à table, tous les regards étant tournés vers eux. Lyr avait laissé tomber un fruit couvert de miel dans son assiette en entendant les paroles d'Eri. Kai agrippait sa tasse de thé avec tant de force que ses articulations avaient blanchi. Ralan n'avait pas besoin de faire appel à son talent de devin pour savoir que l'avalanche de questions était imminente, mais il ne savait pas ce qu'il allait pouvoir répondre. Même si Lyr et Kai étaient ses amis, deux des personnes en qui il avait le plus confiance, Ralan aurait voulu qu'ils ne soient pas au courant pour le don d'Eri. Il serra les dents de contrariété face à sa désobéissance. Avait-il été si impétueux avec ses propres facultés à son âge?

— Elle n'a pas encore sept ans? demanda Selia à voix basse derrière lui.

Ralan résista à l'envie dévorante de prendre sa fille sous le bras et de partir. Il ne permettrait pas qu'on l'utilise.

— J'étais dans ma huitième année quand j'ai commencé à avoir des visions. J'avais espéré qu'elle n'hériterait pas ça de moi, et je vous conjure de le garder pour vous.

Avant qu'aucun d'entre eux ne puisse répondre, Eri reprit la parole.

— On ne devrait pas cacher ce que nous sommes, *laial*. Si jamais quelqu'un voulait me forcer à lire l'avenir, je me ferai un plaisir de le conduire vers un futur qu'il ne souhaite pas. Les lendemains ne sont pas radieux quand on vit dans la peur.

Ralan eut le souffle coupé par ses mots. Avait-il vécu dans la peur plutôt que dans une colère justifiée? Il lui avait semblé logique autrefois d'abandonner son don après la trahison de son père, de sorte que personne ne pourrait le forcer de nouveau à aller à l'encontre de ses propres intérêts. Mais n'avait-il pas permis qu'on fasse de lui une victime? Même si le roi lui avait ordonné d'invoquer une vision à propos des activités de Kenaren, il aurait pu refuser. Son père savait aussi bien que tout le monde à quel point il était risqué d'essayer de forcer un devin. Alors pourquoi l'avait-il fait? Il savait qu'il allait devoir se pencher sur cette question.

— Tu as peut-être raison, mais il n'empêche que ce n'est pas très malin de parler de ton talent à tout le monde, et surtout à n'importe qui. Tu as beaucoup à apprendre en matière de finesse.

Le visage pâle et l'expression sévère, Lyr croisa le regard du prince.

— Par Arneen, Ralan, qui mieux que toi pour lui enseigner.

~

KAI ÉTAIT TROP CALME. Il installait d'autres figurines en verre sur les étagères avec les épaules tendues et en évitant son regard. Pire, Arlyn percevait la contrariété qui le rongeait, mais elle hésitait à violer son intimité en allant chercher plus loin à travers leur lien. Était-il si contrarié par ce que la fillette avait dit ?

En tout cas, les mains d'Arlyn avaient tremblé d'effroi face à cette présence. Elle n'avait jamais entrevu une divinité auparavant. Et elle n'avait jamais vraiment cru à leur existence. Après avoir étudié de très nombreuses théories sur la magie et la religion lorsqu'elle recherchait des informations sur les elfes, elle avait résolument décidé d'être agnostique. Comment quiconque pouvait-il savoir quelle version était vraie en matière de divin ? Où si elles n'étaient pas toutes vraies ? Jusqu'à ce jour, elle n'avait reçu aucune preuve directe.

— Est-ce que tu es contrarié par ce qu'a dit Eri ?

Kai leva les yeux de la forêt en verre miniature qu'il avait placée sur l'étagère.

— Pas autant que l'intervention de la déesse. L'intérêt de Megelien est inquiétant.

— C'est mauvais signe à ce point ?

— Plutôt, oui, répondit-il en retournant vers la malle ouverte.

Arlyn fronça les sourcils dans son dos.

— Au point de te mettre en rogne comme ça ?

— En rogne ? répéta Kai en faisant volte-face, manquant faire tomber Arlyn à la renverse avec ses yeux colériques. Avec notre lien, tu ne peux pas deviner que c'est bien plus que ça ?

Arlyn serra les poings et plissa les yeux.

— J'ai choisi de ne pas violer ton intimité. Si tu as un problème, je t'écoute.

Pendant un instant, elle n'entendit rien d'autre que les battements erratiques de son propre cœur. Puis elle perçut de la souffrance et de la colère à travers leur lien alors que les traits de Kai se crispaient sous le coup de ses émotions. Il fit un pas en avant.

— Veux-tu rompre notre lien ?

— Pardon ? dit-elle d'un air confus alors que son cœur se serrait de douleur.

— Ralan. La façon dont tu t'es comportée avec lui, souligna-t-il alors que ses traits se durcirent encore. Je peux sentir ton attirance pour lui. Veux-tu que je m'en aille ?

Arlyn relâcha son souffle dans un éclat de rire surpris.

— Tu plaisantes, pas vrai ?

Kai franchit la distance qui les séparait et la regarda droit dans les yeux.

— Tu ne voulais pas de ce lien en premier lieu. Je ne permettrai pas que tu sois malheureuse.

— Juste comme ça ? répliqua Arlyn en posant une main sur sa poitrine oppressée, un geste futile pour contrer la douleur de plus en plus intense. Tu me laisserais partir, juste comme ça ?

— Je ne sais pas.

— Tu ne sais pas ? Après tout ce qu'on a traversé ? demanda-t-elle en enfonçant son index dans le torse de Kai. Tu m'as l'air plutôt sûr de toi. Je rêve !

— *Clechtan !* Arlyn, je...

Il l'attira brusquement contre lui, et elle perçut la souffrance profondément ancrée dans ses mots.

— Et merde ! Tu seras toujours mienne.

Sa bouche vint ravir la sienne et l'air s'embrasa entre eux. Les mains de Kai glissèrent de ses hanches à son dos, où il empoigna ses cheveux alors que son baiser brûlant la consumait. Des émotions faisaient vibrer leur lien. La jalousie de Kai. La peine d'Arlyn. Le désir partagé. Tout cela entrelacé comme leurs corps tandis qu'Arlyn entourait aussi son âme sœur de ses bras et l'attirait plus près.

S'ils ne finalisaient pas leur lien dans les plus brefs délais, elle allait exploser. Et pas de la façon dont elle aimerait le faire.

Le cœur d'Arlyn battait la chamade alors qu'il la poussait à reculer, jusqu'à ce que ses jambes viennent heurter le bord du lit. Elle tira Kai vers elle, et ils basculèrent tous les deux. Elle glissa ses mains sous sa tunique, le long de son dos. Un gémissement s'éleva entre eux à ce toucher. Venant de lui ou d'elle? Ils brûlaient du même feu tandis qu'ils se déshabillaient mutuellement.

Kai recula devant le geignement plaintif d'Arlyn lorsque sa robe accrocha son bras. Haletant, il la regarda dans les yeux.

— Bon sang, Arlyn. Tu es blessée. On devrait attendre avant de faire ça.

— Je ne suis pas une damoiselle en détresse, tu te souviens?

Elle ôta sa robe, esquissant un sourire lorsque Kai reporta son attention sur son corps. Il fit pourtant non de la tête.

— Si on fait ça, le lien...

— Ferme-la, Kai.

Arlyn le repoussa sur le lit, sa bouche coupant court à toute discussion. Son corps était en feu. Même son âme brûlait tandis que le lien se resserrait entre eux. Ne l'avait-elle pas choisi dès l'instant où elle avait accepté son collier? La partie consciente de son esprit ne l'avait peut-être pas réalisé, mais son subconscient l'avait fait. À présent, tout son être le voulait. Quel homme borné ! Ne pouvait-il pas le sentir?

Elle le fit rouler sur le dos et se dressa au-dessus de lui.

— Serais-tu en train de changer d'avis?

— Arlyn... murmura Kai dont le regard s'adoucit, avant de faire courir un doigt sur sa joue. Jamais.

— Alors pourquoi?

Il agrippa ses hanches.

— Je veux que *toi* tu me choisisses.

— C'est déjà fait.

Arlyn tressaillit lorsqu'elle se mit à califourchon sur lui et plongea ses yeux dans les siens. Ils frissonnèrent ensemble quand elle s'abaissa, joignant leurs deux corps. Une lueur se mit à briller entre eux lorsqu'elle commença à bouger sur lui, et elle eut le souffle coupé au moment où leurs âmes fusionnèrent. Agrippant les mains de Kai avec les siennes, elle laissa la passion la consumer. Les consumer tous les deux.

Un éclat de lumière jaillit dans la chambre lorsqu'ils jouirent ensemble.

Arlyn s'affala en travers du torse de son compagnon, épuisée, et se blottit plus près lorsqu'il l'entoura de ses bras. Un sentiment de paix – de justesse – l'envahit, et elle soupira contre son cou. La tension précédente entre eux s'était envolée, emportée par leur union. Il ne restait rien d'autre que du bonheur tandis qu'il traçait paresseusement des cercles dans son dos.

Puis Arlyn se laissa glisser sur le côté et se blottit de nouveau contre lui, posant son bras blessé sur sa taille en grimaçant. Il remua à côté d'elle et elle put quasiment percevoir son froncement de sourcils.

— Est-ce que ça va ?

Elle entrouvrit un œil.

— Tu as vraiment besoin de demander ?

— Je ne parlais pas de *ça*, mais de ton bras, répondit-il, sa poitrine se soulevant tandis qu'il riait.

— Ce n'est pas pire que toutes les égratignures que j'ai pu avoir au fil des ans, affirma-t-elle en haussant les épaules.

— Bien, conclut Kai en la retournant sur le dos, un sourire grivois aux lèvres. À mon tour maintenant.

Après le petit-déjeuner, Arlyn réussit à convaincre Kai de braver à nouveau le terrain d'archerie. Depuis le jour où elle avait été blessée, aucune trace de l'assassin n'avait été trouvée, et il n'y avait pas eu d'autres incidents. Elle ne put cependant s'empêcher de balayer la ligne des arbres du regard, ses doigts se resserrant sur son arc, malgré la présence de Selia derrière eux, prête à intervenir en cas de besoin.

En plus de son maître de magie, Arlyn pouvait voir des gardes autour d'eux sans avoir besoin de consulter sa carte mentale. La sécurité avait été renforcée partout, surtout après l'arrivée de Ralan. Les elfes avaient-ils quelque chose d'équivalent aux services secrets chez les humains ? Si c'était le cas, le roi les enverrait sûrement. Elle essaya de se faire rire elle-même en visualisant des elfes en costards noirs avec des lunettes de soleil, mais ce fut peine perdue. Elle n'arrivait pas à se détendre.

Kai posa une main sur son bras pour la rassurer, et Arlyn tressaillit. Elle ne savait peut-être pas avec certitude si elle était amoureuse, mais elle était pleinement satisfaite du lien qui existait entre eux. L'était-il, lui ? Ses doigts tremblaient tandis qu'elle bandait son arc. Que se passerait-il si sa blessure l'avait rendue inapte au tir à l'arc, la discipline dans laquelle elle était la plus douée ? Kai ne serait peut-être pas si heureux que ça de s'être lié à elle dans ce cas.

— Tu perçois quelque chose ? demanda Kai, un soupçon d'inquiétude dans la voix.

— Non, répondit Arlyn en poussant un long soupir. Je suis juste nerveuse. J'ai déjà bandé un arc avec un bras plus douloureux que ça, mais je ne voudrais pas me ridiculiser.

Il pressa son bras et recula.

— Ça va bien se passer.

Elle enfila un gant à sa main droite. Avec ses cent vingt centimètres de long, son arc de style gallois était le plus petit des trois qu'elle avait emportés en quittant la Terre, mais son arc classique et son arc long requéraient plus de force et de stabilité que ce dont elle était capable avec un bras blessé. Si elle avait été blessée au bras droit, elle n'aurait même pas essayé. Garder l'arc suffisamment stable pour un tir correct serait déjà bien assez difficile.

Arlyn encocha sa flèche d'entraînement au bout émoussé, arma, et visa. Souriant, elle se concentra sur l'une des nombreuses cibles placées à différentes distances et hauteurs. Ses insécurités s'évanouirent, remplacées par la paix que le tir à l'arc lui avait toujours apportée. Elle était dans son élément avec cette activité qui lui était si familière. Entre deux respirations, elle se sentit traversée par une énergie d'une telle force qu'elle faillit perdre sa concentration sous le coup de la surprise. Mais même la douleur cuisante dans son bras cessa de compter lorsqu'elle tira sa première flèche, avant de les enchaîner sans hésitation ni doute. Chacune de ses flèches atteignit la cible qu'elle s'était fixée.

Elle tendit le bras en arrière pour attraper une autre flèche et ne trouva que de l'air. Abaissant son arc, elle demeura sur place, pantelant à cause de son membre douloureux. Malgré cela, elle se sentait plus elle-même à cet instant que durant ces derniers jours. Souriant toujours, elle alla récupérer ses flèches, et Kai la suivit sans dire un mot. Sur la première cible, elle en avait placé plusieurs au centre, certaines assez proches pour se toucher. Sur la seconde cible, située plus loin et quelques centimètres plus haut, sa performance était moins impressionnante ; seules deux flèches étaient plantées au centre, et une autre se trouvait dans le plus grand des anneaux. Elle était néanmoins contente d'elle.

S'adossant à un arbre, Arlyn finit par tourner les yeux vers Kai, qui la regardait avec un sourire en coin.

— Qu'est-ce qu'il y a ?

— Je ne vois pas trop pourquoi tu étais si inquiète, répondit-il. Tu as failli briser une hampe avec une autre flèche, et plusieurs d'entre elles sont si proches qu'on ne pourrait même pas glisser un parchemin entre elles. Tu aurais pu espérer fendre une flèche en deux sur un coup de chance, mais ces tirs sont plutôt rares, même pour nous, en tout cas sans utiliser un sort dont l'utilité ne vaut généralement pas l'énergie dépensée.

Requérant à la fois une visée parfaite et une hampe avec le bon fil de bois, de tels tirs étaient presque mythiques sur Terre. Elle n'avait jamais rencontré personne en ayant réussi un en fait, mais elle s'était imaginé que les elfes légendaires pouvaient aisément réaliser cette prouesse.

— Pourquoi les elfes sont-ils dépeints comme d'incroyables archers dans nos histoires, alors ?

— Principalement à cause de notre vitesse, d'une précision

née de siècles de pratique, et de notre capacité hors du commun à fabriquer un équipement de qualité supérieure.

Arlyn baissa les yeux vers son arc.

— Hé, j'ai fait celui-là.

— J'imagine qu'à ton époque les elfes ne côtoyaient pas suffisamment les humains pour partager leur savoir-faire, supposa-t-il avant d'éclater de rire. Je plaisante, ton arc est très bien. Je devrais quand même te présenter l'un de nos artisans un de ces jours. Je n'ai aucune idée de la façon dont ils travaillent, mais je pense que ça te plairait de comparer les techniques.

— J'aimerais bien, oui, approuva Arlyn en débandant son arc avant de le ressangler sur son dos. Je me suis vraiment bien débrouillée, alors ? Mieux qu'à l'épée ?

— Il faudra que je vous compare quand tu auras pleinement récupéré, mais tu es peut-être même meilleure que Lyr, répondit Kai alors qu'ils arrivaient à la hauteur de Selia. On dirait bien que les aptitudes à la magie de combat que ton père t'a transmises se manifestent de manière plus évidente dans cette discipline.

— Je suis d'accord, renchérit Selia. J'ai examiné l'énergie qui vous traversait, et je ne comprends pas comment elle a pu circuler correctement avec le fer que vous avez dans le bras. Ça a dû être douloureux.

— Au début, oui, confirma Arlyn en regardant sa blessure d'un air circonspect. Ça fait encore mal maintenant, avoua-t-elle en réfléchissant. C'était comme si le fer repoussait ma magie tout à l'heure. J'ai continué à forcer jusqu'à ce qu'il finisse par céder.

Alors qu'ils se tournaient pour retourner au terrain d'entraînement principal, Arlyn croisa le regard de son père.

Un regard empli de fierté.

LES RIRES de sa fille procuraient à Ralan un sentiment de paix qu'il n'avait jamais connu. Depuis la fenêtre de leur chambre dans l'une des tours réservées aux invités, il observait Eri et Iren jouer dans le jardin en contrebas. Elle courait – oui, *courait* – autour d'un petit étang ornemental en essayant d'échapper à Iren dans un curieux jeu du loup à seulement deux protagonistes. Il était difficile de croire qu'elle avait eu à peine l'énergie de marcher ces dernières années. La voir se comporter comme une enfant normale emplissait Ralan de suffisamment de joie pour compenser son propre désarroi à l'idée de devoir rentrer chez lui. Il tenta de se raccrocher à ce sentiment alors qu'il se préparait à appeler son père. Il ne pouvait plus retarder l'inévitable.

Ralan se tourna vers le miroir de communication sur pied, doté d'un superbe cadre en argent avec des ornements représentant des fleurs appelées *lari*. À moins que son père ait mis un terme à la routine qu'il affectionnait depuis plusieurs millénaires, il serait en train de faire une pause dans son bureau entre la réunion avec ses conseillers et l'audience royale du matin. Puisque Ralan n'était pas suffisamment rétabli pour couvrir la distance les séparant par télépathie, il allait devoir utiliser le miroir. Le roi ne serait pas aussi disponible pour lui répondre en personne à un autre moment. Si Ralan attendait, il allait devoir passer par plusieurs assistants incompétents et d'innombrables heures protocolaires pour pouvoir le joindre.

Ralan mit moins de temps qu'il n'aurait voulu pour activer le sortilège. Il y eut un bref délai, puis l'image de *Moranai Lor i Alianar* apparut dans le miroir. Ralan fut surpris par les changements qu'il remarqua chez son père. Autrefois, on aurait pu les prendre pour des frères, mais la chevelure noire de son père était presque entièrement grise à présent et son visage était ridé. Plus surprenant encore fut le moment où son père le reconnut subitement et que son expression refléta de l'étonnement, du chagrin, et peut-être même de l'espoir. Après leurs adieux empreints de colère, Ralan ne s'attendait pas du tout à cet accueil.

— Ralan ? lâcha Alianar dans un souffle, presque comme s'il avait peur d'effrayer son fils en parlant trop fort. Après tout ce temps, j'avais renoncé à l'espoir de revoir un jour ton visage.

Pendant un instant, Ralan se sentit vraiment perdu. La

dernière fois qu'il avait parlé à son père, il lui avait ordonné de partir et de ne jamais chercher à le recontacter. À ce souvenir, il se raidit.

— Vu la façon si différente dont tu t'adresses à moi aujourd'hui, je ne peux que supposer que tu as de nouveau besoin d'un devin.

Son père tressaillit.

— Je vois que tu n'es pas là parce que tu m'as pardonné.

— Il est difficile de pardonner à un père qui vous a désavoué pour avoir énoncé une vérité que vous avez découverte parce qu'il vous a manipulé.

Les épaules d'Alianar s'affaissèrent.

— Rentre à la maison, Ralan. Il y a beaucoup de choses dont nous devons discuter. Certainement plus que ce qui devrait être dit à travers un miroir.

Ralan se laissa presque convaincre par le regard triste et fatigué de son père, mais l'horreur de toute la situation l'assaillit de nouveau. Kien et Kenaren faisant l'amour avant de planifier son assassinat. Le sourire méprisant d'Alianar lorsque Ralan avait commencé à lui parler de leur trahison, suivi de sa colère et de son refus glacial d'admettre la vérité. *Tu mens parce que tu refuses d'accepter le futur que tu as vu. Quel genre de devin es-tu donc pour faire cela ? Un fils prêt à trahir son frère n'est plus un fils.*

— Tu as dit tout ce que tu avais à dire avant que je parte, reprit Ralan en serrant les dents. Je ne reviendrai pas pour être de nouveau ton pantin.

— Pourquoi m'avoir contacté, alors, si ce n'est pas pour améliorer la situation ? demanda le roi d'une voix éraillée par le chagrin.

— J'ai quelque chose à t'annoncer, répondit Ralan d'un ton sec.

Il était surpris que son père parle d'améliorer la situation. Croyait-il vraiment qu'une réconciliation était possible ?

— Je n'aurais pas pris la peine de le faire si je n'avais pas parlé à

Lial, mais je ne souhaite pas déshonorer le reste de ma famille. Je dois t'informer que j'ai une fille.

Si le roi avait semblé étonné auparavant, ce n'était rien comparé à l'expression qu'il afficha en entendant ces mots.

— Une fille ? Qui vient de naître ?

— Elle a six ans en années moranaiennes.

Alianar pâlit.

— Tu as une fille depuis tout ce temps et tu n'as jamais rien dit ? Est-ce que tu réalises ce que tu as fait ?

— Ce n'était pas volontaire.

Ralan grimaça en songeant au nombre incalculable de fois où son frère avait dû être présenté de manière incorrecte. Fort heureusement, peu de personnes en dehors de la famille étaient au courant pour le décret de son père, donc le déshonneur serait moindre.

— Je pensais que tu m'aurais désavoué depuis bien longtemps. Elle est à moitié humaine en plus. J'ai supposé que ça suffirait à l'écarter de la succession.

— N'étais-tu donc pas au courant de la prophétie ? Megliana a annoncé que mon héritier devrait être celui qui engendrerait un *sang-mêlé* en premier. Pourquoi crois-tu que je t'ai encouragé à accepter un mariage d'alliance avec les Galaren ? Teyark avait peu de chances d'engendrer, Kien était inapte, et ta sœur n'était encore qu'une enfant elle-même.

Ralan serra les poings.

— Je suis content de savoir que je ne représentais rien de plus à tes yeux que l'accomplissement de la prophétie de ma grand-tante. Ne comprends-tu pas ? Le pouvoir ne doit pas être confié à une lignée de devins. Par tous les dieux, ce serait trop dangereux ! Ça ne doit pas arriver.

— Une *lignée* de devins ? demanda Alianar d'un air étonné. Ta fille a hérité de ce talent ?

Miaran ! Ralan avait pourtant vécu suffisamment longtemps parmi les humains pour ne pas laisser une telle information lui échapper.

— Reste en dehors de la vie d'Eri. Je ne te laisserai pas lui faire du mal comme tu m'en as fait.

— Par Arneen, Ralan, tu es injuste envers moi, dit Alianar en secouant la tête d'un air affligé. Je ne comprends pas. N'as-tu rien vu de tout ce qui s'est passé durant ces trois cents dernières années ? Tu devrais savoir à quel point j'ai souffert de ton absence.

— Je n'en sais rien parce que je ne me suis pas servi et ne me servirai plus de mon don.

Ralan faisait de gros efforts pour que son père ne remarque pas à quel point il était peiné. Il savait que le roi était très doué pour mentir, et il ne se laisserait pas manipuler.

— Je ne reviendrai pas. Je me fiche de savoir qui tu considères comme ton héritier.

Alianar afficha une expression presque désespérée en entendant ses paroles.

— Dis-moi au moins où tu te trouves, que je puisse envoyer des gardes d'élite pour vous protéger tous les deux.

— Tu n'as pas besoin de faire ça, répondit Ralan avec un sourire sinistre. Je suis au domaine de *Callian Myern i Lyrnis Dianore nai Braelyn*, et il veillera à notre protection. Je t'avertis de ne pas venir ici et de ne pas nous déranger d'une quelconque manière. Fais-le et j'irai vivre avec ma fille dans un monde si lointain que nos noms disparaîtront des mémoires.

Ralan mit si abruptement fin à la communication que le geste ne pouvait être pris pour autre chose qu'une grave insulte. Cette conversation lui avait fait plus de mal que ce à quoi il s'était attendu. Il pensait que la colère était la seule émotion qui lui restait envers son père, mais il s'était apparemment trompé. L'amour et le chagrin étaient si profondément ancrés que c'était difficilement supportable. Le cœur serré, il se détourna du miroir, seulement pour se trouver face au visage baigné de larmes de sa fille.

CHAPITRE 26

Ralan s'accroupit à côté de sa fille.

— Que se passe-t-il, Eri ? Pourquoi pleures-tu ?

— Si je fais une erreur un jour, tu me pardonneras ? demanda Eri, son regard larmoyant rivé sur lui.

— Bien sûr, répondit-il d'un air étonné.

— Et si c'était toi qui faisais une erreur ?

— Que veux-tu dire ?

Le regard affligé de sa fille l'inquiéta autant que sa question.

— As-tu vu quelque chose qui t'a contrariée ?

Eri regarda le miroir avec insistance.

— Oui, mais ce n'était pas dans le futur.

Ralan faillit tomber à la renverse, abasourdi. Il était clair qu'elle avait entendu bien trop de choses de sa dispute avec son père. Il l'attira dans ses bras malgré sa réticence et la tint serrée contre lui.

— Je suis désolé, Eri. Si tu savais tout ce qui s'est passé, tu comprendrais.

— Je sais mieux que toi, rétorqua-t-elle en se dégageant brusquement de son étreinte. Si je me concentre très fort, je peux voir le passé parfois. Vous avez tous les deux fait des erreurs.

Ralan eut du mal à respirer.

— Tu peux aussi voir le passé ?

— Quand Megelien le souhaite.

— Alors...

Ralan ferma les yeux, essayant de retrouver une contenance. Il ne pouvait pas s'inquiéter de ce que cela impliquait. Pas maintenant. Après avoir pris une grande inspiration, il observa de nouveau sa fille dans les yeux.

— Alors tu sais qu'une telle chose n'est pas facile à pardonner.

Les yeux d'Eri s'emplirent à nouveau de larmes.

— Si on se dispute un jour, est-ce qu'on pourra se réconcilier ? J'ai peur. Et si je disais que je suis une devineresse à quelqu'un qu'il ne fallait pas et que tu te fâchais pour de bon ?

— Tu peux lire l'avenir pour le savoir.

— Les lendemains sont toujours incertains, *laial*, et il y a tellement de chemins. Tu le sais. Je t'aime. Ne te fâche pas aussi avec moi.

Ralan ne put que regarder sa fille sortir en courant de la chambre, hébété. Devrait-il la rattraper ? Que pourrait-il bien lui dire ? Il ne pouvait pas dénier la vérité dans ses paroles. Il avait fait sa part d'erreurs, étant devenu si aigri par les choses que son père lui avait demandé de prédire qu'il avait délivré son dernier rapport sous le coup d'une colère noire. Il aurait pu rester après l'agression de Kenaren et essayer de convaincre son père. En vérité, il avait fui bien plus que la colère du roi ; il avait tenté d'échapper à lui-même. S'il avait été utilisé ou manipulé par les autres, c'était parce qu'il les avait laissés faire.

Il ne pourrait jamais en vouloir à Eri. N'est-ce pas ? Elle était tout pour lui, et il l'aimerait quoi qu'elle fasse. Comment pouvait-elle penser qu'il pourrait rester fâché avec elle ? Même s'il n'aimait pas le fait qu'elle révèle si aisément ses capacités, il ne pourrait jamais lui en vouloir indéfiniment. Et si c'était lui qui faisait une erreur ? Son cœur se serra à l'idée qu'Eri puisse le détester. De douleur, et parce qu'il avait indéniablement pitié de son propre père.

~

ARLYN ÉTAIT ASSISE à côté de Selia sur le muret en pierre entourant le terrain d'entraînement, attendant le retour de Lyr et Kai qui étaient partis chercher leurs épées. Elle voulait s'entraîner, mais elle devait attendre que son bras lui fasse moins mal. Son père et son âme sœur allaient donc s'entraîner en premier. Elle était supposée analyser la façon dont son père utilisait sa magie durant un combat. Si elle arrivait à comprendre comment.

— C'est bien que nous puissions passer un moment seules, annonça Selia, attirant l'attention d'Arlyn.

L'estomac de la jeune femme se noua.

— Ah oui ?

— J'ai des choses à vous dire, admit Selia en avisant l'expression d'Arlyn avant de sourire. Pas de panique. Vous n'avez rien fait de mal.

Arlyn prit une grande inspiration.

— C'est déjà ça.

— J'espère que vous me pardonnerez pour le caractère franc et informel de cette entrevue, poursuivit Selia avant de marquer un temps d'arrêt, visiblement un peu gênée. J'ai découvert l'origine du sang elfe du côté de votre mère. C'est la première fois que j'ai véritablement l'occasion de vous en parler.

— Oh... répondit Arlyn en se tordant les doigts sur les genoux. Les nouvelles sont mauvaises ?

— Non, mais c'est un déshonneur pour ma maison, répondit Selia en détournant le regard. Votre grand-père était mon frère.

Arlyn parut blessée par ce que son maître de magie venait de dire.

— Je suis désolée de vous faire honte.

Selia agrippa le bras d'Arlyn alors qu'elle s'apprêtait à se lever.

— Oh, non, Arlyn, ce n'est pas ce que je voulais dire. Le déshonneur vient du fait que mon père a négligé son fils. Je suis extrêmement honorée que nous fassions partie de la même famille.

— Même avec mon sang humain ?

— Mon frère était mi-humain, expliqua Selia en se redressant, la tête haute. Sa petite-fille ne mérite pas moins de considération.

— Je dois réfléchir à tout ça.

Selia acquiesça d'un hochement de tête.

— Je comprends. La façon dont mon père s'est comporté... J'en suis vraiment désolée. Mais j'espère que nous pourrons être amies un jour.

Arlyn frotta ses paumes moites sur son pantalon. Elle ne s'était pas attendue à une telle offre de la part de son sympathique, mais cérémonieux maître de magie, et elle n'était pas certaine de savoir comment répondre. Accepter ? Refuser ? Y avait-il un protocole à respecter en matière d'amitié ? Laissant tomber ses réflexions, elle se contenta d'acquiescer d'un hochement de tête.

— Ce serait chouette.

Elle avait certainement dit ce qu'il fallait, car Selia se détendit.

— Merci.

Arlyn était sur le point de la questionner sur son grand-père, mais Lyr et Kai revinrent avant qu'elle puisse le faire. Tandis qu'ils se mettaient en position, Arlyn se pencha vers Selia et lui demanda à voix basse :

— Est-ce que mon père est au courant ?

Selia fit oui de la tête.

— Je lui ai dit pendant que vous étiez alitée. Je voulais vous en parler d'abord, mais ces nouvelles ne pouvaient pas attendre.

Arlyn ouvrit la bouche pour lui répondre, mais Lyr croisa son regard depuis l'endroit où il se tenait sur le terrain.

— N'oublie pas d'étudier ma technique.

— Je ferai de mon mieux, répondit Arlyn en adressant un bref sourire à Selia pour s'excuser.

Lorsque Kai et Lyr commencèrent à s'entraîner, « splendide » fut le seul adjectif qui lui vint à l'esprit. C'était comme une danse mortelle. Tous deux se mouvaient avec autant de fluidité que l'eau autour des pierres, leurs frappes d'une qualité irréprochable tour à tour offensives et défensives. Ils s'abaissaient et pivotaient, leurs lames s'entrechoquant encore et encore, sans jamais rencontrer leurs chairs. Elle n'en revenait pas qu'ils puissent enchaîner leurs coups à cette vitesse.

Arlyn poussa un petit cri quand la lame de Kai passa à un cheveu de Lyr. Son père recula avec agilité, puis revint à l'attaque alors que Kai se remettait en position. Il évita de justesse la frappe de Lyr, qui aurait pu infliger une vilaine blessure à son autre flanc s'il n'avait pas rapidement pivoté. Ils se battirent sur toute la surface du terrain à un rythme incroyablement effréné, accordant si bien leurs pas qu'elle pouvait presque entendre de la musique comme s'ils dansaient réellement.

Même si Arlyn essayait de se concentrer sur la façon de répliquer un tel savoir-faire, elle avait envie de fermer les yeux devant ce spectacle. Un seul faux pas pourrait entraîner une sérieuse blessure pour l'un ou l'autre. Pourquoi n'avaient-ils pas revêtu une armure s'ils prévoyaient d'utiliser de véritables épées ? Cela semblait stupide de leur part, même s'ils étaient indéniablement doués. Elle avait assez d'expérience pour savoir que son père ne se donnait pas à fond, pour ménager son âme sœur, mais Kai était tout de même un formidable épéiste.

Le fait de le savoir ne lui dénoua pas l'estomac.

L'entraînement prit néanmoins fin avant que son malaise se transforme en angoisse. Kai laissa tomber son épée à côté de lui et essuya la sueur sur son visage avec son autre main. Contrairement à la fois où il s'était battu contre elle, il pantelait.

— Assez.

Son père n'avait même pas l'air fatigué.

— Allez, Kai. Ça fait presque une heure. Tu ne peux pas tenir quelques minutes de plus ?

Arlyn cligna des yeux, étonnée que tant de temps se soit déjà écoulé.

— Ne t'arrête pas à cause de moi.

Kai la regarda dans les yeux.

— J'ai bien senti que ça te perturbait.

— Désolée, marmonna-t-elle en rougissant. Vous ne portez pas d'armures. Et si l'un de vous faisait une erreur ?

— Les lames sont enchantées pour minimiser les risques, mais il arrive qu'on se blesse parfois, c'est vrai, expliqua Lyr en haussant les épaules. Nous avons tous donné du fil à retordre à Lial à un moment ou à un autre.

Arlyn rit en secouant la tête.

— Pas étonnant qu'il soit aussi grincheux.

— En effet !

Son père sourit, et pour une fois, elle se sentit dans le coup.

— Si Kai est fatigué, que dirais-tu de prendre sa place ? Tu te sens d'attaque pour une leçon ?

Le sourire d'Arlyn s'évanouit.

— Je pense que ça ira. Promets-moi simplement de ne pas te moquer.

ARLYN FIT TOURNER la poignée de son épée d'entraînement dans sa main, puis s'efforça de se tenir bien campée sur ses jambes. Elle regarda Lyr et lui adressa un bref hochement de tête.

— Finissons-en avec ça.

Son père parut étonné.

— C'est une leçon, Arlyn, pas une exécution. Je ne vais pas te faire de mal.

— Bien sûr que non, répondit-elle en levant sa lame d'un air résigné. Mais je vais probablement te faire honte.

— Ça m'étonnerait beaucoup.

Lyr commença par la tester, enchaînant les positions offensives et défensives pour voir ce qu'elle savait faire. Les joues d'Arlyn étaient en feu, et les regards de leur public pesaient lourdement sur elle. Elle tenta de faire abstraction de ce qui l'entourait, d'oublier sa maladresse, mais c'était impossible. Le visage de son père affichait toujours la même concentration polie, ce qui ne faisait qu'accentuer sa frustration. Elle n'avait aucune idée de ce qu'il pensait de ses capacités.

Enfin, il s'arrêta.

— Pourquoi ne puises-tu pas d'énergie quand tu manies une épée ?

— Comment ça ?

— Elle te traverse sans problème quand tu t'entraînes avec ton arc, répondit-il en levant son épée. Essaie encore. Ressens l'énergie.

Arlyn fut forcée d'admettre qu'il avait raison. Lorsqu'elle avait un arc entre les mains, c'était comme une prolongation d'elle-même. Mais elle n'avait jamais eu cette sensation avec une épée. Peut-être parce que les épées étaient en acier sur Terre et non en *peresten* comme dans ce monde ? Elle ferma les yeux et chercha à ressentir l'énergie qui l'avait traversée durant l'entraînement d'archerie. Après quelques respirations, elle se sentit emplie de cette force, qui se propagea à travers l'épée. Son corps entier vibrait.

Aussitôt, son épée devint plus légère et ses sens plus aiguisés. Elle retravailla les premières positions, de manière hésitante d'abord, puis avec plus d'assurance. Son père ne tarda pas à se joindre à elle, et elle commença à comprendre la danse. La magie de combat ne faisait pas d'elle une experte – elle se battait toujours à une vitesse bien inférieure à celle des autres –, mais elle pouvait percevoir le flux d'énergie, la façon dont chacun des mouvements de son père faisait vibrer l'air autour d'eux. Elle commença à se fier à la musique qu'elle connaissait sans jamais l'avoir entendue.

Lorsqu'ils eurent terminé, Arlyn entretenait une lueur d'espoir pour le futur. Elle rejoignit le muret en pantelant sur des jambes flageolantes et se laissa tomber dessus, trop fatiguée pour se soucier de la douleur dans son bras, qui était d'ailleurs moindre que lors de son entraînement d'archerie. L'exercice lui avait-il permis d'évacuer les fragments de fer de son corps ? Elle allait devoir se renseigner auprès de Lial.

Lyr – qui ne transpirait même pas, maudit soit-il – s'arrêta devant elle. Ses yeux reflétèrent son sourire.

— Excellent travail. Encore cinquante ans et tu seras probablement capable de battre Kai.

— Cinquante ans ? répéta Arlyn en riant. Tu as sans doute voulu me rassurer, mais curieusement, ça n'a pas fonctionné.

KAI REPOUSSA une mèche de ses cheveux encore humides suite à sa baignade post-entraînement et essaya de ne pas trépigner d'impatience. Lyr aurait bientôt fini de parcourir le dossier, et son empressement ne servirait à rien. Mais il avait les nerfs à vif. Arlyn avait tellement apprécié ses figurines en verre que ses doigts fourmillaient de l'envie de lui en confectionner une. Il lui fallait juste un endroit où travailler.

— Combien de temps penses-tu qu'ils mettront pour terminer le bâtiment ? demanda Kai dès que Lyr eut reposé le document.

Lyr regarda le dossier sur son bureau, semblant réfléchir, puis leva les yeux vers Kai.

— Il y a quelques maisons de prévues avant. Deux semaines, peut-être, si le temps se maintient.

— Je vais commencer à regarder ce que je peux troquer contre des outils, dit Kai, s'apprêtant à partir pour aller rejoindre son âme sœur. Je leur donnerais bien mon ancien atelier à Oria, mais je ne veux pas avoir affaire à mon père. Je préférerais encore guider une caravane de ces roublards de marchands Sidhes.

— Certains des éléments nécessaires pour la verrerie sont coûteux.

— Très. Ce n'est pas un problème cependant. J'ai entendu dire que le dirigeant de ma nouvelle maison est plutôt riche, souligna Kai avec un sourire espiègle.

Lyr rit.

— Tu gagnes probablement mieux ta vie en tant que guide que moi en tant que *myern* !

Un petit coup fut frappé à la porte et Kera entra par la porte de côté, un parchemin plié à la main. Kai parut étonné alors que Lyr lui faisait signe de s'avancer. La plupart des gens communiquaient à travers les miroirs enchantés, réservant les missives papier aux affaires plus importantes. De quoi pouvait-il s'agir ?

Après avoir lu la lettre, Lyr regarda Kera.

— Connaissiez-vous le messager ?

— Non, *Myern*. Mais les gardes d'Oria sont plutôt discrets. Ils ont tendance à nous éviter.

— Merci de m'avoir apporté ce message aussitôt, Kera.

Elle hocha la tête puis le salua avant de retourner à son poste. Lyr reprit la missive et la relut attentivement tandis que Kai s'approchait.

— A-t-elle dit Oria ? Ça vient de mon père ?

— Il demande que notre famille lui rende une visite formelle aussitôt que possible afin qu'il puisse rencontrer ton âme sœur, répondit Lyr. Plutôt curieux. Ça semble non seulement précipité pour une réunion formelle, mais en plus il ne porte pas notre famille dans son cœur.

Kai tapota ses doigts sur son genou.

— Il doit vouloir quelque chose, mais je ne vois pas quoi. Il ne fait rien qui ne soit pas dans son propre intérêt.

Lyr sortit une feuille vierge de son bureau.

— Veux-tu que je refuse ?

— Même si j'en tirerais une certaine satisfaction, je pense qu'il vaut mieux accepter pour en finir avec ça. Il faudra bien le faire à un moment ou à un autre de toute façon, comme l'exige la tradition.

— Tu es sûr de toi ?

Kai se raidit, en proie à un sentiment de malaise croissant. Cette requête était étrange de la part de son père. Presque suspicieuse. Un vague souvenir de l'avertissement de son frère refit surface. Il avait néanmoins conclu à une simple hallucination ou un rêve à cause de son empoisonnement au fer, non ? Lial lui avait dit que sa famille n'avait pas été contactée, et son frère n'aurait pas pu s'approcher autant sans alerter les gardes.

Et pourquoi son père ou son frère voudraient-ils lui faire du mal ? Même s'ils n'étaient pas proches, Moren et lui avaient toujours eu des rapports plutôt amicaux. Son père avait de son côté exprimé des regrets quant à la distance entre eux la dernière fois qu'il l'avait vu. Il s'inquiétait sûrement pour rien ; c'était un rêve et rien de plus. Allafon avait peut-être réellement envie de rencontrer Arlyn et de faire amende honorable auprès de son fils.

Dans tous les cas, ils devaient en avoir le cœur net.

— Oui, répondit finalement Kai. Mais laissons-le attendre. Demain sera bien assez tôt.

LE DOUX REFLET du quart de lune brillait sur la surface du cours d'eau dans le jardin. Arlyn ne savait pas trop depuis combien de temps elle était assise ici, mais l'autre lune était déjà passée derrière les arbres. Deux lunes. Avaient-elles des noms ? Elle sut aussitôt après s'être posé la question que celle qu'elle pouvait encore voir s'appelait Meridar et l'autre Torinar. Le kit linguistique dont son père l'avait gratifiée incluait apparemment ce genre de choses. Utile, même si un peu troublant.

Bien qu'elle soit épuisée, Arlyn n'avait pas réussi à s'endormir. Elle avait l'estomac noué par l'angoisse, à tel point qu'elle avait même refusé de se laisser réconforter par Kai, le tenant autant que possible à l'écart. Il ne ferait que s'inquiéter pour elle, et son anxiété ne ferait qu'accroître la sienne. La journée avait été trop riche en émotions. Lorsqu'il lui avait exposé les méandres de la visite formelle prévue pour le lendemain, une terrible angoisse l'avait assaillie, l'obligeant à s'isoler pour tenter de se calmer. La peine de Kai face à son retrait l'avait transpercée à travers leur lien, mais il n'avait pas essayé de la retenir. Il savait à quel point elle avait besoin de ce moment de solitude.

En dépit des difficultés auxquelles elle s'était heurtée jusqu'à présent, Arlyn se plaisait énormément à Moranaia, et elle avait arrêté d'essayer de se convaincre du contraire. Mais pourrait-elle jamais vraiment s'intégrer ? Elle s'était toujours considérée comme une adulte sûre d'elle sur Terre, même si elle vivait en marge de la société, plus spectatrice qu'actrice. Mais ici ? Ici elle n'était qu'une enfant, en tout point incompétente. Iren, et même Eri quelque part, en savaient bien plus qu'elle sur les interactions sociales. Elle avait même besoin d'un manuel pour les aspects les plus basiques de la culture moranaienne. Et son père l'appelait son héritière ! Avec un rire amer, elle imagina à quel point les gens qu'il dirigeait seraient atterrés s'il devait lui passer le relais. Elle les pousserait probablement à la révolte.

Sérieusement, de combien de niveaux de formalité une civilisation avait-elle besoin ? Arlyn allait devoir marcher sur des œufs demain, et elle n'y était absolument pas préparée. Il y avait des règles pour ceux d'un rang plus élevé visitant un subordonné. Des règles pour les alliances entre les maisons suite à la formation d'un lien d'âmes. Bon sang, il y avait probablement des règles sur la façon dont elle devait porter ses sous-vêtements ! La bourde était inévitable.

Hormis peut-être pour les sous-vêtements. Peut-être.

Son âme était en paix à Moranaia, mais son esprit était confus. Si elle ne pouvait pas mettre son ego de côté et se laisser le temps de patauger, d'apprendre comme un enfant le ferait, elle ne parviendrait jamais à s'intégrer ici. Arlyn ne savait absolument pas ce qu'elle ferait dans ce cas-là. La Terre n'était pas une option ; elle n'avait aucun parent vivant et aucun ami proche. Kai pourrait peut-être la guider vers un endroit plus adapté à ses connaissances et à ses capacités. Comme elle était liée à lui, il souffrirait aussi de son échec, bien entendu. Elle était pratiquement paralysée par la pression sur ses épaules.

Un petit bruit attira son attention et elle leva les yeux pour trouver Selia à quelques pas de là, un sourire hésitant aux lèvres.

— Pardonnez-moi de faire irruption comme ça. Je ne pensais pas trouver quelqu'un dans le jardin à cette heure tardive.

— Ne vous inquiétez pas, la rassura Arlyn en haussant les

épaules. Je voulais être seule tout à l'heure, mais ça ne m'aide pas beaucoup au final.

— Puis-je m'asseoir ?

Arlyn accepta et Selia s'installa sur la pierre la plus proche. Elle lissa sa robe pendant un long moment avant de lever les yeux vers Arlyn.

— Je pensais ce que j'ai dit plus tôt à propos du fait de devenir amies. Si vous avez besoin de parler à quelqu'un, vous pouvez vous confier à moi, du moment que ça ne vous met pas mal à l'aise.

— Merci.

Arlyn regarda son mentor avec un respect renouvelé. Même si Selia se tordait les doigts avec nervosité, elle s'efforçait de surmonter sa gêne.

— J'admets que j'ai du mal à m'adapter. Il y a tant de choses que je ne comprends pas dans ce monde.

— Vous devez arrêter de penser comme une humaine. Personne ne le fait ici, rappela Selia en contemplant le cours d'eau pendant un moment avant de se tourner de nouveau vers Arlyn. Comprenez-moi bien. Je ne veux pas dire que la façon de penser des humains est mauvaise. Vous pouvez certainement être fière de cette partie de vous. C'est juste que quand on a une espérance de vie aussi réduite, tout a un caractère immédiat. Un humain qui ne s'adapte pas rapidement se retrouve souvent dans une situation délicate. Vous ne vivez pas selon ces termes ici. Même s'il vous faut un siècle ou plus pour apprendre une nouvelle compétence, ce n'est rien. Nous ne sommes généralement pas considérés comme des membres à part entière de la société avant nos deux cent cinquante ans.

Arlyn réfléchit aux propos de son maître de magie.

— Mais comment puis-je être à la fois une adulte et une enfant ? Comment se fait-il que j'aie pu me lier à quelqu'un si tôt ?

— La maturité sexuelle et les liens d'âmes n'ont pas grand-chose à voir avec ça. Les humains sont-ils tous considérés de la même manière une fois qu'ils sont en âge de se marier ?

— Ça dépend de leur culture, mais pas de là où je viens.

Arlyn entortilla un brin d'herbe autour de son doigt. Cette variété était plus souple que l'herbe sur terre ; le brin glissa aisément sur sa peau lorsqu'elle retira ensuite son doigt.

— En Amérique, on devient adulte à dix-huit ans, mais la plupart ne sont pas pris au sérieux avant leurs vingt-cinq ans. On doit avoir au moins trente-cinq ans pour être président – une sorte de roi élu.

Selia hocha la tête.

— Voilà qui rejoint ce que je disais. On peut gagner le respect des autres à un jeune âge, en ayant aussi l'avantage de ne pas être puni aussi durement en cas de transgression des règles. Prétendez simplement que vous avez dix-huit ans !

Arlyn ne put s'empêcher de rire en entendant ça, ce qui plongea son maître de magie dans la confusion.

— Je suis désolée. Votre conseil était avisé. C'est juste qu'à l'âge de dix-huit ans, les gens vont généralement à l'université dans mon pays. C'est un lieu de formation, mais la plupart passent autant de temps à faire la fête qu'à étudier. Imaginez la tête de mon père si je commençais à passer mes nuits à boire de l'alcool et à mettre la musique à fond.

Selia sourit.

— L'université doit être un endroit fascinant.

— Oh, il y a beaucoup d'étudiants sérieux malgré ce qu'on raconte. Mais vous avez raison, c'est un endroit fascinant.

Arlyn sourit à son tour. Elle se sentait moins stressée après cette discussion. Les paroles de son mentor l'avaient certainement plus aidée que le fait de broyer du noir dans son coin. Les choses allaient peut-être bien se passer après tout.

CHAPITRE 27

ARLYN ÉTAIT ASSISE devant la coiffeuse de son dressing et regardait son reflet dans le miroir tandis que sa grand-mère lui tressait les cheveux. Lynia s'était portée volontaire pour cette tâche lorsqu'elle lui avait apporté sa nouvelle robe, constituée d'au moins dix couches de tissu diaphane dans des tons gris. Elle était entièrement couverte par les motifs brodés, mais elle se sentait quand même nue. Elle fit courir un doigt sur les volutes chatoyantes en fil gris. C'était comme porter les brumes qu'elle avait traversées pour venir ici.

Elle croisa le regard de Lynia dans le miroir.

— Comment se passent tes recherches ?

— Pas aussi bien que je le voudrais, répondit Lynia en faisant la moue. Je n'ai pas trouvé un seul exilé capable de jeter le sort à l'origine de l'empoisonnement de l'énergie.

Arlyn sursauta d'étonnement, puis s'excusa d'une petite voix en constatant que le mouvement avait arraché une mèche de cheveux des mains de sa grand-mère.

— Tu veux dire que vous envoyez vos criminels sur Terre ? Vous les laissez simplement là-bas, en liberté ?

— Non. Une partie du travail de Lyr consiste à les surveiller. Il voyageait là-bas lui-même pour cette raison autrefois. En plus, personne de dangereux n'est exilé sur Terre. Il s'agit principalement de fainéants. Ceux qui ne veulent pas contribuer au bon fonctionnement de la communauté.

— C'est dur.

— Sans doute, condéca Lynia en haussant les épaules. Ça peut être dur à supporter avec une espérance de vie de plusieurs millénaires. Pas mal d'entre eux sont revenus dans de meilleures dispositions après une décennie passée dans le monde dépourvu de magie des humains.

Cela paraissait sensé d'une certaine manière, surtout que chaque citoyen avait droit au gîte et au couvert. Mais tout de même. Arlyn s'apprêtait à demander ce qui arrivait à ceux qui étaient véritablement dangereux, mais elle changea d'avis au dernier moment. Le remue-ménage dans son estomac lui suggérait qu'elle connaissait déjà la réponse. Ça et l'absence de prison sur sa carte mentale.

Lynia croisa de nouveau son regard.

— Nous ne pouvons pas laisser quelqu'un capable de raser une ville entière, et déterminé à le faire, en liberté, expliqua-t-elle d'une voix posée.

Arlyn ne put réprimer un frisson. Un meurtrier – un psychopathe – capable de manier la magie? Elle n'avait jamais réfléchi au côté sombre de la vie ici. Pas à ce degré-là. Et son père était responsable de toutes les décisions à ce sujet. Comment pouvait-elle espérer le remplacer un jour? Son estomac se serra et elle commença à regretter d'avoir déjeuné.

— Pardonne-moi, Arlyn, dit Lynia d'un air soucieux. Je ne voulais pas t'inquiéter. De telles personnes sont rares. Nous n'avons pas eu de crime sérieux depuis au moins une décennie.

Arlyn prit une grande inspiration et s'efforça de se détendre. Cela ne lui apporterait rien de bon de se soucier de tout ça maintenant. Après un moment, elle parvint à afficher un sourire.

— Merci de m'aider pour ma coiffure.

— Je le fais avec plaisir. J'espère que tu me pardonneras pour avoir été si distante cette semaine. Entre le fait d'avoir appris la vérité sur la mort de Telien et celui d'aider ton père, j'ai été plus occupée que d'habitude.

— Je comprends.

Lynia prit une autre mèche de cheveux et commença à la tresser.

— J'espère simplement que je serai en mesure de trouver des réponses. Un lien avec le meurtrier de Telien. Ce que je ne donnerais pas pour connaître le nom du coupable !

— Si je peux me permettre de demander…

Arlyn s'interrompit. Ses doigts trituraient l'ourlet de sa robe tandis qu'elle regardait Lynia dans le miroir.

— Comment se fait-il que tu n'aies pas su ce qui lui était arrivé ? Comme vous étiez liés…

— Je dormais. Sa mort a été si subite que je n'ai rien senti d'autre que la rupture du lien. Je me suis réveillée dans la douleur avec une sensation de vide que je te souhaite de ne jamais connaître.

Les mains de Lynia tremblaient tellement qu'elle ne put pas finir la tresse.

— Je suis désolée.

Sans se soucier de ses cheveux, Arlyn tendit le bras en arrière pour serrer la main de sa grand-mère dans la sienne.

— La question était pertinente, la rassura Lynia en soupirant et en rassemblant les cheveux d'Arlyn pour finir la tresse. Mais assez avec cette conversation morose. Je ne veux pas que tu sois dans un mauvais état d'esprit avant ta rencontre avec Allafon.

— Tu le connais ?

— Pas très bien. Il est du genre étrange.

— Dans quel sens ?

Sa grand-mère sembla réfléchir.

— Rien en particulier, mais j'ai toujours trouvé sa relation avec la mère de Kai curieuse. Elle avait également le talent de guide, tu sais, et Allafon n'a jamais pu le supporter. Il avait presque l'air jaloux, ce qui n'est pas habituel entre deux âmes sœurs de longue date. Son amertume est encore plus grande depuis la mort de sa compagne.

— On dirait bien que cette visite va être des plus agréables, soupira Arlyn d'un ton aussi inquiet qu'ironique.

— Et à présent j'ai réussi à te rendre encore plus nerveuse, remarqua Lynia en laissant échapper un rire éraillé. Nous aurions sans doute dû faire appel à quelqu'un d'autre pour tresser tes cheveux. Tu vas finir d'humeur maussade et anxieuse avec moi.

— Ne t'en fais pas. J'avais besoin de savoir tout ça.

Lorsque sa grand-mère eut fini, elle tendit un petit miroir à Arlyn, qui observa avec admiration le magnifique enchevêtrement de tresses couronnant sa tête. Elles étaient bien serrées, mais elle constata avec étonnement qu'elle ne ressentait aucun tiraillement et que la coiffure n'était pas pesante.

Impulsivement, elle se tourna et étreignit Lynia, puis recula brusquement en rougissant.

— C'était probablement contraire à la bienséance.

Sa grand-mère sourit, ses yeux reflétant une véritable joie.

— Pas avec la famille.

EN MOINS DE temps qu'elle ne l'aurait voulu, Arlyn se retrouva devant le portail par lequel Selia était arrivée. Un Kai anxieux faisait les cent pas près d'Eradisel, mais elle avait remarqué que son âme sœur se tenait toujours à une distance avisée et respectueuse de l'arbre sacré. Elle n'avait aucune idée de la manière dont il parvenait à se mouvoir avec aisance dans son paletot pesant – les broderies de celui-là représentant des feuilles tombant au sol –, qui s'évasait jusqu'à près d'un mètre derrière lui.

Au moment où Arlyn s'apprêtait à contacter son père par télépathie, il arriva. Il était vêtu comme Kai, avec un paletot encore plus sophistiqué. Elle se rapprocha de lui pour observer ce qui s'apparentait à une œuvre d'art ; la scène dépeignait un elfe aux cheveux noirs agenouillé devant une reine en train de placer un diadème sur sa tête, le même qui ceignait actuellement le front de son père. La broderie était si détaillée que l'image était presque aussi réaliste qu'une photographie.

— L'image a été reproduite à partir d'un tableau représentant les origines de notre maison. Il s'agit de Delvian, le septième fils de la reine, qui fut le premier *myern* de la branche des Callian.

— Notre lien avec le roi vient donc de là. Un parent *très* éloigné, je suppose.

— Oui, quoique peut-être pas autant que tu ne le penses. La lignée de Delvian n'a pas été aussi prolifique que certaines, mais nous avons tendance à vivre très longtemps. Je suis seulement le cinquième *myern* depuis que cette maison a été confiée à Delvian il y a plus de trente-sept mille ans.

— Trente-sept... répéta Arlyn en écarquillant les yeux. J'ai *vraiment* besoin d'un livre d'histoire.

Kai sourit.

— Je t'en trouverai un dès qu'on en aura fini avec cette stupide visite.

De plus en plus nerveuse, elle se tourna en même temps qu'eux vers le portail. Kai s'avança pour activer le sortilège, puis fronça les sourcils en avisant la pièce sobre aux murs en pierre qui apparut.

— C'est curieux. Le portail principal est fermé.

Lyr plissa les yeux d'un air contrarié, mais finit par hausser les épaules.

— Le comportement d'Allafon a toujours frisé l'insulte. Mon père s'en amusait, contrairement à moi.

Le cœur d'Arlyn se serra d'angoisse à la vue de la pièce de l'autre côté du portail. Le reste de la maison était-il si austère ? Ses épaules la démangeaient pratiquement de l'envie de porter l'arc qu'elle ne pouvait pas emporter pour ce genre de visite. Les hommes avaient au moins des dagues de cérémonie sur eux. Elle-même ne pourrait pas en porter une avant la fin de son entraînement officiel.

Prenant une dernière grande inspiration, Arlyn agrippa la main de Kai et passa à travers le portail.

Ralan regardait une fois de plus par la fenêtre de sa chambre dans la tour, mais le jardin était vide aujourd'hui. Eri lui adressait à peine la parole, et il ne savait absolument pas quoi faire. Il avait toujours cru qu'il serait heureux de ne jamais remettre les pieds à Moranaia, mais avait-il jamais été heureux durant le temps qu'il avait passé sur Terre ? Il grimaça. Jusqu'à la naissance de sa fille, la réponse était non. Et à présent, son passé amer affectait la relation qu'il avait avec elle, qui représentait tout pour lui.

Eri avait peut-être raison. Il était peut-être temps de reprendre sa place en tant que devin. Il s'était passé tant de choses ici et sur Terre qu'il ne pouvait pas laisser sa peur le contrôler, et la seule façon pour lui de comprendre pourquoi sa fille était contrariée était de regarder par lui-même. Il espérait simplement que son talent ne s'était pas trop émoussé à force d'être inutilisé. Il aurait besoin de beaucoup de pratique pour rattraper toutes les années perdues. Avec un grognement maussade, il se détourna de la fenêtre et s'installa sur son siège, prêt à déverrouiller une partie de lui qu'il pensait ne plus jamais utiliser.

— *Voilà que tu viens de nouveau vers moi.*

Le regard de Ralan fusa à travers la pièce, mais il ne trouva pas l'origine de la voix. Cette voix qui ressemblait à celle de...

— M'AS-TU OUBLIÉE ?

Il pâlit devant la colère noire que son ton dénotait.

— *Déesse Megelien, je ne vous ai évidemment pas oubliée. Cela fait si longtemps que je n'ai pas été gratifié de votre présence que cela m'a pris un moment pour reconnaître votre voix.*

— *Ton départ m'a profondément affectée, même en sachant pendant des années que cela arriverait sans doute. Ne me fais pas regretter de me réjouir de ton retour.*

En dépit de ses efforts pour que ce ne soit pas le cas, elle avait aussi manqué à Ralan. Même s'ils n'étaient pas croyants au sens traditionnel du terme, les devins avaient une forte relation avec la déesse du Temps. Ceux qui naissaient avec de grandes capacités avaient été choisis par Megelien avant la naissance, et leurs talents psychiques intrinsèques étaient ensuite amplifiés par la déesse. Seule. Elle savait pourquoi certains accédaient à un statut plus élevé, et de tels secrets n'étaient jamais révélés, pas même aux devins.

— Pardonnez-moi, Déesse Megelien. Je ne pensais pas que vous pouviez me contacter sur Terre. Il se tut un instant puis secoua la tête. *Ce n'est pas tout à fait vrai. J'avais peur... de mes facultés et de votre colère suite à ma décision de ne plus les utiliser.*

— Il est arrivé ce qui devait arriver. Tu es revenu vers les tiens et vers ta destinée. Ouvre ton esprit et vois.

Ralan retint son souffle tandis que des images de l'avenir emplissaient son esprit. Tant de possibilités, tant de fils du destin. Il était perdu dans un univers de « et si? ». Et si cet homme soupirait et tournait la tête de l'autre côté? Et si le chef faisait un pas de plus vers la gauche dans la cuisine? Ralan empoigna ses cheveux, pressant ses tempes tandis que les différents chemins le submergeaient. Il avait perdu l'habitude de ressentir cet afflux débridé.

Alors qu'il commençait à flancher, à douter, l'influence apaisante de Megelien emplit son esprit. Lui rappela comment gérer les fils. Il se concentra davantage et écarta les moins probables et les plus insignifiants. Puis il tourna son attention vers les fils du destin des personnes les plus proches de lui.

EN MOINS DE DEUX SECONDES, ils avaient passé le portail. Après avoir mis autant de temps à effectuer la traversée entre la Terre et Moranaia, Arlyn avait appréhendé ce passage, mais cette expérience s'était apparentée au fait de franchir un seuil de porte. Elle se retourna pour voir l'image du hall d'entrée de la maison de son père avant que le portail se referme et fut surprise de constater que deux gardes étaient venus flanquer ce dernier. Lyr s'attendait-il à des problèmes ? Elle n'avait décelé aucune menace visible dans la pièce où ils venaient d'entrer, qui était en réalité plutôt petite et terne, avec seulement des murs grisâtres et une porte en bois ordinaire sans ornements.

La porte s'ouvrit et un elfe de petite taille vêtu d'une tunique simple et d'un pantalon leur fit signe de les suivre. Son père s'exécuta sans dire un mot, même si Arlyn savait à travers son lien avec Kai que quelque chose ne tournait pas rond. Elle s'était attendue à être accueillie par le père de Kai, tout comme elle et Lyr avaient accueilli Selia. La situation était assurément différente de ce qu'elle avait imaginé, mais elle ne savait pas trop si cela devait être considéré comme impoli selon l'étiquette en vigueur à Moranaia.

— *Est-ce que c'est normal ?* demanda-t-elle à son âme sœur.

— *Je n'aime pas ça. Pourquoi s'est-il donné la peine de nous inviter pour ensuite nous faire un tel affront ?*

Arlyn frissonna dans le couloir glacial qu'ils traversèrent.

— *On devrait peut-être s'en aller ?*

— *Lyr ne courbera pas l'échine devant quelqu'un sous son commandement. S'il y a un problème, c'est à lui de le résoudre. Reste simplement sur tes gardes.*

L'elfe leur fit traverser deux couloirs, puis tourna à gauche. Rien d'autre qu'un silence lugubre. Bien qu'elle se soit habituée à la nature discrète des Moranaiens, cela allait au-delà de ce qu'elle considérait désormais comme normal. Les pierres elles-mêmes dégageaient une froideur consternante. Les murs étaient nus, sans tableaux ni ornements, et les appliques murales étaient les plus simples qu'elle ait jamais vues. Le tout était flippant en toute honnêteté. Arlyn avait du mal à imaginer que Kai ait pu grandir dans un tel endroit.

— *Pourquoi ce domaine est-il si différent ?*

— *Ma famille s'est installée à Moranaia bien plus tard que la tienne. Mon grand-père a choisi un style qui correspondait à sa vie d'avant.*

Arlyn ne voulait même pas savoir d'où ils étaient venus si l'endroit ressemblait à *ça*.

L'elfe se dirigea vers une grande porte, qui elle présentait des ornements sculptés. C'était si inattendu qu'Arlyn trébucha. Leur guide, qui s'efforçait d'ouvrir la porte en faisant le moins de bruit possible, ne sembla pas le remarquer. Il balaya la salle du regard avant de leur faire signe d'entrer, puis partit précipitamment sans dire un mot.

Arlyn crispa les doigts dans l'étoffe de sa robe alors que Kai l'entraînait à sa suite. Avec un regard inquiet, il serra son autre main plus fort. Quelque chose n'allait pas. Pas du tout. Ne pouvaient-ils pas le sentir ? Mais alors qu'elle percevait le malaise de Kai, lui et son père semblaient détendus, leurs expressions impassibles. Ce qui se passait ici était peut-être normal après tout. Comment le saurait-elle ?

Sans aucune hésitation, son père entra, avec elle et Kai sur ses talons. Arlyn dut faire appel à toute sa volonté pour ne pas s'arrêter une fois de plus sur le seuil. La pièce ressemblait à la grande salle d'un château médiéval, du trône installé au fond aux tapisseries, en passant par les gardes alignés le long du mur. Des gardes qui portaient tous une épée.

Un elfe avec des cheveux blonds coupés court était assis sur un siège en pierre sculpté installé au centre d'un immense dais. Son visage était fermé, mais Arlyn eut la chair de poule en avisant ses yeux, aussi froids que son expression. Ne devrait-il pas se réjouir de voir son fils ? Même en présence d'étrangers, elle se serait attendue à cela. Avec sa tunique, son pantalon, et son paletot présentant diverses nuances de rouge, il aurait pu n'être qu'une décoration de plus dans cette pièce ostentatoire. Elle eut soudain la bouche sèche.

Alors qu'ils s'arrêtaient au pied du dais, Allafon fronça les sourcils.

— Où se trouve dame Lynia ?

Les deux hommes se raidirent devant cette question abrupte, et Lyr fit un autre pas en avant.

— Ma mère se repose chez nous. Depuis la mort de son âme sœur, elle quitte rarement Braelyn.

— Je suis surpris que tu la laisses s'isoler comme ça. Ce n'est pas bon pour sa santé.

— La santé de ma mère ne vous concerne en rien, répondit Lyr d'un ton glacial.

— Ce sera bientôt le cas, annonça Allafon en se levant avec un sourire narquois. Ta maison m'est redevable.

— Notre maison a toujours rempli ses obligations envers vous, rétorqua Lyr en se raidissant, alors qu'Arlyn le vit serrer les poings. Que signifie tout ceci, Allafon ? Il est clair que votre invitation nous a volontairement induits en erreur, et l'accueil que vous nous avez réservé est plus qu'insultant.

Allafon descendit du dais, son paletot rouge s'évasant autour de lui comme une mare de sang.

— Ne le sais-tu pas, mon garçon ? Nous sommes en guerre. Nous le sommes depuis que ton père a confié une ultime mission à mon âme sœur, celle qui lui a coûté la vie. J'attends ce moment depuis bien longtemps.

— De quoi parles-tu ? demanda Kai en s'avançant, entraînant Arlyn avec lui. Je croyais que ma mère avait chuté dans l'escalier ?

Allafon afficha un sourire qui n'avait rien de plaisant.

— J'ai poussé cette garce infidèle dans cet escalier. Elle est revenue de cette mission avec toi dans son ventre, engrossée par je ne sais qui. Probablement un misérable humain. Je l'aurais volontiers tuée à ce moment-là, mais je savais que ça aurait l'air suspicieux. J'avais espéré que le fait de t'élever comme mon fils m'apporterait quelques avantages, mais j'aurais dû faire preuve de plus de jugeote. C'est à cause de Telien Dianore qu'elle a été tentée. Elle aurait dû rester dans cette maison, là où était sa place.

L'écho de ses mots s'estompa pour laisser place au silence. À travers leur lien, Arlyn perçut la nausée subite de Kai, qui était abasourdi. Alors qu'elle s'efforçait d'occulter sa propre confusion, Arlyn jeta un coup d'œil à son père, lui aussi stupéfié. L'hostilité d'Allafon était insensée. L'*histoire* était insensée. Elle n'était pas avec Kai depuis longtemps, mais elle savait déjà que le fait de tromper son âme sœur avait des répercussions désastreuses. Allafon devait être fou pour s'être imaginé une telle chose.

La main de Kai vola jusqu'à sa dague.

— Tu mens !

— Je t'assure que c'est la vérité, rétorqua Allafon en souriant de plus belle. Et je ne tirerais pas ma lame si j'étais toi. J'ai trois archers avec des pointes de flèche en fer pointées sur vos cœurs.

Sur un geste de sa part, les trois hommes en question apparurent au balcon, leurs flèches soudain en évidence. Les gardes le long du mur s'avancèrent, trois d'entre eux portant de lourdes entraves en fer. Le cœur d'Arlyn vacilla alors qu'elle tentait de ne pas paniquer. S'ils les attachaient avec ça, les conséquences seraient catastrophiques pour son père. Elle ouvrit la bouche pour poser une question afin de gagner du temps, mais Allafon tira une dague en fer de sa ceinture. D'un mouvement trop rapide pour être anticipé, il saisit Arlyn par-derrière et posa la lame contre sa gorge.

— Laissez mes gardes vous enchaîner, ou elle mourra devant vos yeux. Faites le bon choix.

CHAPITRE 28

Ralan vérifia une fois de plus les fils du destin, mais il n'y avait aucun doute possible. Et il ne pouvait pas y faire grand-chose. Poussant un cri, il s'arracha à son état de transe et maudit les secondes qu'il lui fallut pour retrouver ses repères. Même s'il savait ce qui allait arriver, il envoya une pensée vers Lyr, seulement pour se heurter aux barrières magiques entourant le domaine d'Allafon, comme il s'y attendait. Il pourrait prendre le temps nécessaire pour forcer le passage, mais cela lui coûterait cher. Leur coûterait cher à tous.

Les futurs possibles étaient étonnamment divers, et tant d'actions pouvaient mener au désastre si tous ceux qui étaient impliqués se trompaient de chemin. Ralan bondit sur ses pieds et se dirigea en courant vers la porte. Il avait une infime chance de pouvoir les aider. Descendant les marches quatre à quatre, il projeta sa conscience, à la recherche de Lial. Lorsqu'il trouva son cousin, il se fraya un passage à travers ses boucliers mentaux sans la moindre considération.

— *Retrouve-moi à la bibliothèque.*

Ralan perçut la colère de Lial.

— *Tu abuses de ton talent.*

— *J'ai eu une vision*, argua Ralan en arrivant sur le palier, avant de se diriger vers le bon couloir. *Ramène tes fesses à la bibliothèque. Tout de suite ! Sur ordre de ton prince.*

Ralan ferma son esprit à celui de Lial, sans se soucier des récriminations de son cousin. Il projeta son esprit le long des fils du destin en espérant que quelque chose avait changé. Mais non. Il accéléra le pas. Et pria les Neuf de pouvoir arriver à temps.

LE NIVEAU supérieur de la bibliothèque était l'endroit favori de Lynia pour lire. Elle pouvait voir la plus grande partie du domaine par les larges fenêtres, et peu se donnaient la peine de gravir tant de marches pour venir la trouver. Après des siècles passés ici avec Telien, cet endroit comblait sa solitude comme aucun autre. Parfois, elle pouvait presque l'entendre murmurer, partageant ses opinions avec elle comme il le faisait jadis.

Et quand ses recherches devenaient frustrantes, cette chaise était celle où elle s'asseyait toujours.

Comme aujourd'hui.

Lynia tapota ses doigts sur la page du livre ouvert qu'elle tenait à la main. Rien. Elle avait vérifié de nouveau, mais pas un exilé sur Terre n'était capable de jeter un sortilège pour empoisonner l'énergie. En réalité, la seule personne exilée depuis les quatre derniers millénaires qui aurait été capable de le faire était Kien, le frère de Ralan, mais il avait été banni à perpétuité dans un monde distant. Se pourrait-il qu'il ait trouvé un moyen de lancer ce sortilège à travers le Voile ? Elle allait devoir consulter Selia pour savoir si c'était possible.

Elle entendit la porte s'ouvrir en bas et regarda par-dessus la rampe pour trouver Norin en train de la regarder en souriant. Il faisait partie des rares personnes qui connaissaient sa préférence pour la bibliothèque, mais il ne la dérangeait pratiquement jamais ici. En vérité, il lui avait à peine adressé la parole depuis la mort de son âme sœur. Travaillant pour la famille Dianore depuis pratiquement un millénaire, et capitaine de la garde depuis presque six cents ans, il était devenu assez proche de Telien. Par respect pour lui, qu'ils avaient tous les deux pleuré, ils se voyaient très peu.

Poussant un soupir de désappointement, elle le regarda monter les marches de l'escalier en colimaçon de la tour. Bien qu'elle n'ait rien contre lui, Lynia aurait préféré qu'il fasse demi-tour et s'en aille. Elle n'était pas de bonne compagnie en ce moment, et les politesses requises lui semblaient difficilement supportables. Elle allait déjà devoir se plier à une discussion courtoise avec Selia. Même si le mage avait l'air sympathique, sa solennité la fatiguait d'avance.

Lynia aurait préféré se rasseoir près de la fenêtre et poursuivre sa lecture.

En dépit de son vœu silencieux que le contraire se produise, Norin la rejoignit promptement.

— Bonjour à vous, Dame Lynia.

— Et à vous, *Belore* Norin, répondit-elle, parvenant à peine à réprimer un soupir.

— Veuillez excuser mes salutations abrégées. J'ai été envoyé par le *myern* Lyrnis pour solliciter votre présence à Oria. Le père de Kaienan a été plutôt contrarié par votre absence.

Il était monté tout en haut de la tour pour lui délivrer un tel message alors qu'il aurait pu la contacter par télépathie? Son expression était plaisante, comme s'il l'avait rencontrée durant une promenade dans le jardin, mais Lynia resserra tout de même ses mains sur son livre. Lyr ne lui aurait pas demandé de venir, peu importe le degré de contrariété d'Allafon. Même s'il avait lui-même perdu son âme sœur avant que leur lien soit finalisé, son fils comprenait mieux que quiconque son chagrin et son besoin d'iso-lement. Il aurait même été jusqu'à s'opposer au roi à ce sujet si nécessaire.

— De quoi s'agit-il réellement, Norin? Même si Oria est à bonne distance d'ici, il ne fait aucun doute que Lyr aurait pu me contacter lui-même pour me faire une telle demande.

Le sourire de Norin se durcit.

— Vous allez venir avec moi. Le *myern* a été très insistant.

Lynia referma son livre d'un geste brusque et se leva.

— Je ne vous crois pas.

— Le seigneur Allafon vous expliquera tout. Il nous récompensera tous les deux quand il aura mis un terme à ses préoccupations actuelles.

— Ses préoccupations?

Norin tenta d'agripper le bras de Lynia, mais elle s'écarta de côté.

— Nous ne devons pas côtoyer les humains, Lynia. Telien y réfléchissait. Saviez-vous qu'il avait prévu de nous faire retourner dans leur monde?

— Il envisageait de rétablir le contact avec eux, oui.

Lynia resserra sa prise sur le livre en espérant ne pas avoir à s'en servir comme arme. Les taches de sang étaient difficiles à faire partir sur le papier, même avec un sortilège.

— Où voulez-vous en venir, Norin?

— Saviez-vous que la propre âme sœur d'Allafon l'avait trompé lors d'une mission en tant qu'éclaireuse?

Lynia s'efforça de ne pas trembler devant l'étrange lueur d'insanité dans les yeux de Norin.

— Ce que vous dites n'a aucun sens.

— Avec un *humain*, Lynia, précisa Norin en serrant les poings. Allafon pense qu'elle a couché avec un humain. Et à présent, Lyr a introduit davantage de sang impur dans notre maison. Mais Allafon va nous en débarrasser.

Par tous les dieux. Il avait perdu la tête. Lynia se dirigea à reculons vers l'escalier, sa seule chance de s'échapper. Ses boucliers mentaux pouvaient la protéger contre une frappe de magie, mais Norin était un guerrier. Et elle ne s'était pas entraînée à se défendre depuis des décennies. Elle se concentra uniquement sur lui alors que ses doigts se resserraient autour du livre relié en cuir qu'elle tenait à la main. Est-ce que cela pourrait l'aider?

— Elerie n'aurait jamais trompé son âme sœur, contra-t-elle en faisant lentement un autre pas en arrière. Et les discussions de Telien à propos des humains étaient purement utopiques.

— Utopiques ? répéta-t-il d'un ton hargneux, ignorant son autre affirmation. Ses projets étaient suffisamment concrets pour avoir entraîné sa mort.

Lynia poussa un cri étranglé.

— Vous ! s'exclama-t-elle malgré sa gorge serrée. Vous l'avez tué. Et durant tout ce temps, je ne l'ai jamais su !

Norin haussa les épaules d'un air indifférent.

— J'ai essayé de le faire changer d'avis. Mais j'ai échoué, et mes supérieurs m'ont ordonné de le tuer.

— C'est de la folie pure.

— Ce qui est fou, c'est de faire venir une sang-mêlé ici et de la désigner comme héritière, argumenta Norin en tirant sa lame. Vous allez venir avec moi maintenant. Vous pourrez peut-être faire entendre raison à votre fils.

— Je ne pense pas qu'Allafon souhaite me faire venir pour ma capacité à le raisonner. Je n'irai pas avec vous. Je ne le laisserai pas se servir de moi pour faire du mal à mon fils.

Lynia atteignit la première marche au moment où il agrippa son bras. Avant qu'elle puisse se dégager, le claquement de la porte qu'on avait ouvert à la volée et des bruits de pas pressés les surprirent tous les deux. Écarquillant les yeux devant la panique dans les yeux de Ralan, elle se figea pendant un instant. Puis Norin resserra sa prise sur son bras, et elle tenta une fois de plus de se dégager avec une vigueur renouvelée. Le livre échappa à ses mains moites et tomba à ses pieds avec un bruit sourd.

Lynia commença à basculer dans l'escalier juste avant de ressentir une douleur cuisante sur le côté, due à la morsure de la lame de Norin. Elle poussa un hurlement qui résonna dans la tour et Norin afficha un sourire méprisant. Telien avait-il vu cette même expression avant de mourir ? Puisant dans ses dernières forces, Lynia agrippa le poignet de son assaillant. Un sourire de satisfaction aux lèvres, elle entraîna le meurtrier de son âme sœur avec elle par-dessus la rampe. Si elle devait mourir, elle ne partirait pas seule.

~

— NON ! s'exclama Ralan en se précipitant vers elle. Non, Lynia !

Il s'agenouilla au côté de son corps immobile, en partie affalé sur celui de Norin. Elle avait réussi à faire basculer le capitaine de sorte qu'il prenne le plus gros de la chute, mais son bassin et ses membres inférieurs avaient heurté le sol en pierre. Ralan tendit les bras, puis s'arrêta aussitôt. Il ne pouvait pas la déplacer si sa colonne vertébrale était brisée. Seul Lial serait en mesure de l'aider à présent, en supposant qu'il ait pris le chemin le plus court pour venir ici.

Si le guérisseur s'était arrêté en route pour parler à son assistant, Lynia était condamnée.

Elle poussa un geignement alors qu'elle essayait de bouger, et Ralan se risqua à poser légèrement sa main sur sa tête pour la calmer.

— Ne bougez pas. Vous êtes gravement blessée.

Il perçut l'effleurement de l'énergie de Lynia dans sa tête, si léger que quelqu'un avec moins de capacités ne l'aurait sans doute pas remarqué, et il lui ouvrit son esprit sans hésiter.

— *Prenez soin de Lyr. Dites-lui combien je l'aime.*

— Vous n'allez pas mourir, répondit-il à voix haute, espérant l'ancrer dans ce monde. Tenez bon.

Sa respiration se fit irrégulière et la douleur émanant d'elle, que Ralan perçut à travers leur connexion mentale, le fit tressaillir.

— *Promettez-moi.*

— Vous savez que je protégerai toujours Lyr. Vous n'avez pas besoin de mourir pour ça.

La présence de Lynia s'estompait à mesure que sa respiration faiblissait. Ralan prit sa main dans la sienne, jetant un bref coup d'œil au regard vitreux de Norin. Ce fumier aurait mérité bien pire qu'une mort si rapide. Si seulement Lynia l'avait poussé en arrière au lieu de tirer pour se dégager. Dans ce futur, Norin aurait trébuché sur le livre et aurait basculé seul vers la mort.

Ralan entendit le cri étranglé de Lial qui franchissait la porte, puis le bruit de ses chaussures sur le sol en pierre. Le guérisseur tomba à genoux de l'autre côté de Lynia, une lueur bleue émanant déjà de ses mains tandis qu'il les faisait planer au-dessus de son corps. La gorge de Ralan se serra. Tant de futurs possibles.

S'il avait recommencé à se servir de son don plus tôt, il aurait pu éviter tout cela.

— *Même les divinités peuvent simplement entrevoir les possibilités*, murmura Megelien dans son esprit. *Le libre arbitre ridiculise les prophéties plus souvent que tu ne le crois.*

Lial agrippa le poignet de Ralan pour le faire reculer et croisa le regard inquiet de son cousin.

— Alors ?

— Aide-moi à l'installer sur l'une des tables, lança Lial en se levant, les mains tremblantes, je ne peux pas la guérir comme ça. J'ai lancé un sort pour ne pas aggraver les dommages sur sa colonne vertébrale en la déplaçant.

Ralan s'empressa de l'aider, tout en se posant des questions sur la réaction de son cousin. Lial et Lynia étaient-ils proches ? Il ne pouvait pas imaginer une autre raison pour laquelle un guérisseur aussi expérimenté que son cousin était si visiblement éprouvé. Il l'avait déjà entendu converser à propos des plats au menu pour le déjeuner tandis qu'il soignait un homme qui s'était empalé après une mauvaise chute. Il ne perdait jamais son aplomb en temps normal.

— Veux-tu que j'appelle ton assistant ? demanda Ralan pendant qu'ils installaient Lynia sur la table la plus proche, sur laquelle elle avait bien failli s'écraser avec Norin.

— C'est déjà fait, répliqua Lial soudain déterminé. Pousse-toi maintenant. Il me faut de la place si je veux réussir à la sauver.

Ralan recula de quelques pas et se protégea les yeux alors que la lueur bleue devenait aveuglante. Constatant après un moment qu'elle ne faiblissait pas, il recula davantage et se tourna vers la porte. Eri attendait là, les mains jointes et le visage baigné de larmes. Le cœur serré, il la rejoignit.

— Je suis désolée. Je ne pouvais pas te prévenir.

Il tomba à genoux à côté d'elle.

— Viens là, Eri.

Elle hésita un instant avant de s'approcher.

— Je ne pouvais pas regarder pour savoir ce que tu dirais. Ne me déteste pas parce que je n'ai rien dit, je t'en prie.

— Chuuut.

Ralan prit sa fille dans ses bras et enfouit son visage dans ses cheveux à l'odeur sucrée.

— C'est moi qui suis désolé. Nous ferons face à l'avenir ensemble. Toujours.

Lyr luttait pour garder les yeux ouverts alors qu'il se vidait progressivement de son énergie. Kai et Arlyn, enchaînés avec les mains au-dessus de leurs têtes à deux des trois autres murs, tournèrent les yeux vers lui en l'entendant pousser un grognement. Son paletot pesait lourdement sur ses épaules endolories, et ses poignets étaient en feu à cause du contact constant avec le fer pur. Comment s'était-il retrouvé dans cette situation ridicule ? C'était un guerrier inspirant la crainte sur les champs de bataille, et pourtant il était là, enchaîné à un fichu mur, sa magie s'amenuisant à chacune de ses respirations.

Son esprit était de plus en plus embrumé, et il faisait de gros efforts pour tenter d'élaborer un plan. Il y avait sûrement un moyen de s'échapper. Ils n'étaient pas dans un cachot ; Allafon les avait seulement placés ici le temps de compléter quelques tâches obscures. Il n'avait pas eu besoin de se casser la tête étant donné la façon dont le fer les affectait tous. Ils ne pouvaient même pas utiliser leur magie pour briser ces simples chaînes.

— Je sais que tu avais mentionné le fait que ton père ne t'aimait pas, mais à ce point-là, bon sang ! murmura Arlyn à Kai.

L'expression de ce dernier se durcit.

— S'il s'agit bien de mon père. Je suis peut-être aussi un sang-mêlé.

— Non, répondit Lyr en secouant la tête, avant de faire une pause le temps que son tournis passe. Je pense que Lial l'aurait remarqué, vu toutes les fois où il s'est occupé de toi. Ce genre de faiblesse aurait été évidente.

— Hé ! s'exclama Arlyn.

Lyr grimaça.

— Je n'ai rien contre les humains, mais ils ne guérissent pas aussi vite que nous. Lial aurait dû dépenser beaucoup plus d'énergie pour le soigner.

Tout de même vexée, sa fille haussa les épaules comme elle le put, faisant grincer les chaînes.

— Il ne s'est pas plaint quand il m'a soignée. Même si je m'attendais à ce qu'il le fasse.

— Le quart de sang elfe de ta mère a sans doute...

Une douleur intense transperça Lyr, le forçant à s'interrompre au milieu de sa phrase. Il se mit à convulser contre le mur, et le fer fit saigner ses poignets tandis que ses bras tiraient sur les entraves. *Laiala.* Une blessure mortelle. Un gémissement s'échappa de ses lèvres, mais il le remarqua à peine.

— Ce n'est pas possible, dit-il dans un souffle.

Il s'agissait sûrement d'une ruse, d'un horrible stratagème pour le blesser.

Mais le vide qui l'envahit alors que l'âme de sa mère commençait à s'éloigner lui indiqua qu'il se trompait.

CHAPITRE 29

IL N'ÉCHOUERAIT PAS. NE POUVAIT PAS ÉCHOUER.

Lial puisa davantage d'énergie dans son environnement et la canalisa entièrement vers son talent de guérisseur. Vers cette lueur bleue brûlante qui le plongeait dans un état second jusqu'à ce qu'il ne voit rien d'autre que la personne qu'il soignait. Le cœur serré par la peur, il se laissa guider par son expérience. Il aimait Lynia depuis bien trop longtemps pour la laisser mourir parce qu'il ne parvenait pas à maîtriser ses émotions.

Sa colonne vertébrale était gravement atteinte, mais il devait d'abord suturer la plaie sur son flanc. Il soupira de soulagement en s'apercevant que la lame de Norin avait été stoppée par l'une des côtes de Lynia. Le coup avait été porté dans le but de l'affaiblir, pas de la tuer. Lial projeta son énergie dans la plaie, suturant le muscle et les chairs. La respiration de Lynia était cependant toujours erratique. Elle commençait à s'enfoncer.

Il pratiqua une analyse au niveau de son abdomen et... là ! Une hémorragie interne. Il soigna également cela avec dextérité, puis projeta davantage d'énergie dans son corps pour la stimuler.

— Reste avec moi, Lynia.

Lial utilisa son œil intérieur pour analyser toute la longueur

324

de sa colonne vertébrale et tressaillit. Elle était fracturée à au moins deux endroits, et de nombreuses zones avaient été gravement endommagées. Il lui fallait davantage d'énergie, car ses réserves ne lui permettraient jamais de tenir suffisamment longtemps pour accomplir ce travail fastidieux. *Clechtan !* Il ne voulait pas perdre de temps, mais il savait qu'il ne pourrait plus rien faire s'il s'épuisait. Il leva les yeux, espérant que son assistant était arrivé, mais seuls Ralan et Eri étaient là.

— Ralan, viens me donner de l'énergie. Notre lien de parenté est suffisamment étroit pour que je puisse la transformer assez facilement.

Son cousin acquiesça d'un hochement de tête et laissa sa petite fille derrière lui après lui avoir donné une accolade pour la rassurer. Lial se remit au travail. Lorsque Ralan se connecta à lui, il absorba toute l'énergie qu'il put et la laissa se fondre dans le feu de sa magie. La lueur bleue s'embrasa, et il ferma les yeux. Il n'avait pas besoin de voir.

Il devait seulement ressentir les choses.

ARLYN POUSSA un petit cri surpris lorsque son père commença à convulser, les yeux dans le vide et emplis de douleur. Était-ce le fer ? Elle tira sur ses bras, la panique l'empêchant de respirer, mais ne parvint pas à se libérer.

— Qu'est-ce qui se passe ? Qu'est-ce qui ne va pas ?

Le corps de Lyr se relâcha entièrement, son immobilité soudaine presque plus alarmante.

— Ce n'est pas possible, lâcha-t-il d'une voix éraillée.

Arlyn était de plus en plus angoissée.

— Quoi donc ?

— *Laiala*, dit-il en relevant la tête avec l'expression la plus affligée qu'elle ait jamais vue. Elle a été blessée, je peux à peine percevoir sa présence à présent.

Arlyn fronça les sourcils en regardant Kai.

— Comment peut-il savoir une telle chose ? Il doit se tromper.

— Les enfants sont connectés à leur mère via un lien presque aussi fort qu'un lien d'âmes. On passe les neuf premiers mois de notre vie baignés dans leur essence, leur énergie. Plus l'être est doté de magie, plus la connexion est forte.

— Mais tu peux quand même toujours la sentir, pas vrai ? demanda Arlyn en tentant d'occulter la peur qui l'assaillait. Quelqu'un peut sans doute l'aider là-bas.

— Elle est presque partie, murmura-t-il.

Arlyn frissonna en entendant ses mots. Il fallait absolument qu'ils sortent d'ici. Hormis le fait que sa grand-mère était blessée, Lyr n'allait pas bien. Pas bien du tout. Sa peau était si pâle à présent qu'elle était presque grise, et même elle voyait bien qu'il se vidait rapidement de son énergie. Tout comme elle – et Kai, dans une moindre mesure. S'ils ne parvenaient pas à s'échapper rapidement, ils allaient tous mourir.

Arlyn tira de nouveau sur ses chaînes, mais cela ne fit qu'accentuer la morsure du fer dans sa chair. Elle regarda Kai.

— Une petite idée ?

— Pour contrer les effets du fer ? répondit Kai en cognant sa tête contre le mur derrière lui, les paupières lourdes. Non. Aucun d'entre nous n'est capable d'utiliser sa magie en sa présence.

Elle serra les dents.

— C'est stupide. Il y a du fer dans notre sang.

— Ça vient de l'énergie. On peut consommer du fer provenant de quelque chose qui était vivant, végétal ou animal, parce que ce fer a déjà été transformé pour un usage naturel. Mais du fer pur, extrait du sol ? La magie ne peut pas le transformer. Pas si on est allergique en tout cas.

Arlyn leva les yeux vers les chaînes en grimaçant. Donc, certains elfes pouvaient transformer le fer au sein de leur propre corps, mais d'autres en étaient incapables ? Elle détailla le métal d'un air songeur. Y avait-il un lien avec le magnétisme ? La polarité intrinsèque du fer ? Elle se souvint de la douleur cuisante dans son bras lors de son entraînement d'archerie. Le fer logé dans son membre avait repoussé son énergie, mais elle avait été trop absorbée par ce qu'elle faisait pour s'en préoccuper.

Oui, le métal lui avait opposé une résistance. Jusqu'à ce qu'il finisse par céder.

Arlyn se redressa et ferma les yeux. Elle ignora le geignement sourd de son père et le grincement des chaînes lorsque Kai bougeait. Mais comment procéder ? Arlyn se détendit et se rappela toutes les fois où elle avait utilisé sa magie. Elle se laissa traverser par elle, se répandre dans son corps jusqu'à ce qu'elle atteigne ses poignets et le fer qui les entravait.

Comme deux aimants avec leurs pôles positifs face à face, sa magie et le métal se repoussèrent mutuellement. Elle poussa encore plus fort pour que son énergie fasse céder le fer. Pour se libérer. Elle entendit vaguement Kai pousser un juron, mais elle l'ignora. Ignora tout hormis la bataille qui faisait rage autour de ses poignets.

Puis, avec un cliquetis presque audible, le fer céda et se transforma.

Arlyn faillit s'effondrer contre le mur. Mais elle n'était pas encore libre. Elle ouvrit les yeux et aperçut Kai en train de la fixer.

— Quoi ?

— Ce truc... Comment as-tu fait ça ?

— J'ai continué à pousser jusqu'à ce que le fer se transforme.

Un sourire se dessina lentement sur les lèvres de Kai.

— Je ne sais pas trop si c'est complètement fou ou brillant !

— Oui, enfin, on n'est pas tirés d'affaire, rétorqua-t-elle en faisant grincer ses chaînes.

Lyr poussa de nouveau un grognement, et le cœur d'Arlyn se serra en voyant sa tête retomber mollement sur son torse et ses yeux se fermer. Kai échangea un regard inquiet avec elle avant de dire :

— Laisse-moi essayer.

~

LIAL S'AFFAISSA, s'agrippant au bord de la table pour ne pas tomber. Si cela avait duré plus longtemps, il se serait effondré à terre, tête la première. Son regard se posa sur Lynia, et il poussa un long soupir en voyant son visage reprendre des couleurs. Les os de sa colonne n'étaient pas complètement réparés, mais il avait soigné le plus gros de ses blessures.

Il allait encore devoir effectuer des soins lourds durant plusieurs heures à présent pour ressouder ses os.

Son assistant, Elan, travaillait avec Ralan pour faire léviter le corps de Lynia jusqu'à un brancard. Même si Elan n'était pas encore un guérisseur accompli capable de prendre tout un domaine en charge, son aide était précieuse pour toutes les petites choses qu'il y avait à faire. Comme préparer le transfert des patients vers le cabinet de Lial pour que lui-même puisse conserver son énergie pour les soins. Ou s'occuper des blessures bénignes en cas d'urgence. Un travail crucial.

Lial se redressa sur ses pieds, étouffant un juron lorsqu'il chancela. *Miaran !* Il avait besoin de vacances. Mais il finirait probablement par soigner aussi les gens sur son lieu de villégiature. Souriant à cette idée, il suivit Ralan et Elan tandis qu'ils portaient Lynia en direction de la porte. Il sursauta quand une petite main agrippa son poignet.

Il croisa le regard de la plus jeune de ses cousines.

— Oui, Erinalia ?

— Juste Eri, dit-elle avec un sourire. Mon lien de parenté avec vous est aussi assez étroit pour que je puisse vous donner de l'énergie.

Il ne put que la regarder d'un air hébété.

— Ça ira, je te remercie. Je ne pourrais jamais puiser de l'énergie chez un enfant, surtout s'il vient tout juste de se rétablir lui-même.

— Tu le feras si tu veux la sauver.

— Eri...

Lial s'interrompit en avisant l'étrange lueur dans ses yeux. Une lueur qu'il avait souvent vue dans ceux de Ralan. Mais une enfant de cet âge ?

— Ton père pourra m'aider en cas de besoin. Tu es trop jeune pour tenter une chose pareille.

L'énergie s'embrasa en elle, brillant dans son regard doré.

— J'ai vu bien plus de choses que toi malgré tes nombreuses années d'existence. Accepte mon offre ou laisse-la mourir.

Lial frissonna et chancela de nouveau. Par tous les dieux, elle avait raison.

— Très bien. Si ton père dit...

L'énergie afflua vers lui avant qu'il puisse finir sa phrase. Il se redressa alors que son corps la transformait sans effort et que sa faiblesse s'estompait. Petite maligne. Elle avait parfaitement compris que Lial s'apprêtait à lui dire de demander la permission à son père. Il lui lança un regard de semonce, mais elle se contenta de lui sourire en retour. Puis elle suivit Ralan en sautillant comme si rien ne s'était passé.

Lial sourit également. Il n'enviait pas à Ralan de devoir élever cette enfant-là.

KAI JURA COPIEUSEMENT. *Si proche du but cette fois !* Si proche, mais son énergie ne parvenait pas à transformer le fer.

— Je ne suis pas certain d'y arriver.

Arlyn se mordilla la lèvre.

— Tu abandonnes peut-être trop vite.

— Ça nécessite peut-être d'avoir du sang humain.

— Bon, je vais essayer autre chose, annonça-t-elle avant de souffler pour écarter une mèche de cheveux de ses yeux. Je peux peut-être faire sauter les verrous des menottes. J'ai bien réussi à nous téléporter sans savoir comment.

— Non ! coupa Kai en se jetant vers l'avant dans un grincement de chaînes. C'est trop risqué.

— Il faut bien essayer quelque chose.

Kai s'efforça de se détendre. Autant que possible alors qu'il était enchaîné à un fichu mur.

— Je vais réessayer. Qu'est-ce que les humains disent déjà ? À trois c'est bon ?

— La troisième fois sera la bonne, marmonna Arlyn d'un air exaspéré.

Kai ferma les yeux et inspira profondément. Une fois son esprit apaisé, il puisa de l'énergie dans le sol sous ses pieds. Son premier foyer – l'endroit où il était né, une connexion que même Allafon ne pourrait pas rompre. Son énergie vacilla, et il dut se forcer à occulter cette pensée désagréable tandis qu'il en emmagasinait davantage.

Il pourrait se soucier de son père plus tard.

Comme il avait vu Arlyn le faire, Kai projeta l'énergie vers les chaînes. Comme précédemment, le métal s'y opposa en la repoussant. Il serra les dents. Il n'allait pas laisser Arlyn se blesser en essayant de trouver un moyen de les libérer. Se concentrant, il puisa davantage d'énergie et la projeta avec force une dernière fois.

Il sentit alors quelque chose céder et le métal se transforma.

Haletant, Kai s'adossa au mur. Sa sueur lui coulait dans les yeux, et il se tourna pour essuyer son visage dans sa manche. Arlyn le regardait en souriant.

— On dirait que mon stratagème a fonctionné.

Il haussa les sourcils d'un air étonné.

— C'était du bluff ?

— En partie seulement, répondit-elle en haussant les épaules. Si tu n'avais pas réussi, j'aurais tenté autre chose.

Lyr poussa un grognement qui attira l'attention de Kai.

— Je dois nous faire sortir d'ici. Je devrais pouvoir déverrouiller ces menottes en un rien de temps.

Kai leva les yeux vers ses poignets entravés, se concentrant sur le mécanisme de verrouillage. Simple, en effet. Son pèr... Allafon avait dû penser que le fer serait suffisamment dissuasif en lui-même. Kai avait appris à forcer ce type de verrou en jouant au soldat lorsqu'il était enfant. Un soupçon de magie, et après quelques battements de cœur, les menottes s'ouvrirent.

Frottant ses poignets, Kai fit quelques pas en avant puis s'arrêta, regardant tour à tour Arlyn et Lyr. Son âme sœur soutint son regard.

— Occupe-toi d'abord de mon père. Son état est plus grave.

Les pieds de Kai restèrent cloués au sol, et son regard passa une fois de plus de l'un à l'autre. Puis Lyr releva la tête, le regard fixe.

— Arlyn d'abord. En tant que *myern*, je t'en donne l'ordre.

— Lyr...

— Exécution !

Malgré un pincement au cœur, Kai ne perdit pas une minute de plus. Il se précipita vers Arlyn, agrippant ses menottes sans prêter attention au frisson instinctif qui le parcourut. Mais le fer ne brûla pas sa peau, et sa magie œuvra sur les verrous. Le métal émit un petit cliquetis, puis la relâcha. Poussant un petit cri, Arlyn étreignit Kai un instant avant de s'écarter.

Tandis qu'elle s'appuyait contre le mur pour ne pas chanceler, Kai percevait à travers leur lien la douleur cuisante qui irradiait dans son bras tandis que son sang circulait de nouveau librement, et cela lui faisait aussi un mal de chien. Il s'efforça de séparer ses émotions des siennes alors qu'il se tournait pour aller libérer Lyr. S'il pouvait encore transformer du fer dans l'immédiat. Arlyn s'était montrée bien plus douée que lui pour ça, mais elle aurait du mal à se concentrer alors qu'elle souffrait autant.

Kai avait presque rejoint Lyr quand la porte s'ouvrit brusquement, la voix d'Allafon le précédant.

— J'espère que je vous ai laissé assez de temps pour apprécier...

Il s'interrompit en voyant Kai sans ses chaînes et adressa un bref geste de la main aux deux hommes derrière lui.

— Eh bien, eh bien... Il semblerait que vous ayez appris quelques tours intéressants. Norin m'avait pourtant dit que vous étiez allergiques au fer.

Lyr redressa subitement la tête, la douleur ayant laissé place à la fureur dans ses yeux.

— *Norin ?*

— Dommage que cet imbécile soit mort. Je l'aurais tué moi-même sinon.

Allafon s'avança, sa dague en fer à la main, puis il s'arrêta devant Lyr pour faire glisser sa lame sur son torse de façon sadique.

— Je vous suggère à tous les deux de rester où vous êtes, à moins que vous vouliez que je le tue immédiatement. Ce qui importe peu finalement, puisqu'il va mourir de toute façon.

Kai se figea et l'un des gardes le tira en arrière. Si seulement ils ne lui avaient pas pris sa dague de cérémonie. Ornementale ou non, ç'aurait été mieux que rien. Il sentit un métal froid contre sa gorge, sur le point de lui transpercer la peau. Seulement du *peresten* néanmoins. Il se raidit en entendant Arlyn marmonner un juron derrière lui.

— *Tiens-toi tranquille.*

Il perçut de l'exaspération à travers leur lien.

— *Je ne suis pas idiote.*

— Quelle est la vraie raison derrière tout ça ? demanda Lyr. En admettant que votre âme sœur vous ait bel et bien trompé, ce n'est pas notre faute. Mon père n'avait aucun contrôle sur ce qu'elle faisait.

— Oh, mais je suis certain du contraire. Toute votre lignée est stupide, voulant en permanence s'associer avec des êtres inférieurs. S'il ne l'avait pas envoyée à la rencontre de ces beaux parleurs... expliqua d'Allafon alors que sa voix se brisa et qu'il s'étranglait de colère. Pire encore, tu côtoies les humains. Nous vivions pratiquement comme des dieux dans ma famille jusqu'à ce que les premiers Moranaiens abandonnent la Terre. Pendant des siècles, nous nous sommes efforcés de conserver notre pouvoir jusqu'à ce qu'ils finissent par nous renverser. Nous n'étions plus assez nombreux pour faire face à ces bêtes se reproduisant si rapidement. Et à présent, je suis supposé vivre comme un seigneur de bas rang au service d'un elfe qui a forniqué avec une humaine ? Je ne crois pas. Je les soumettrai, ou je les tuerai tous. Une fois que ton portail sera à moi.

Lyr redressa la tête de façon altière.

— Je doute qu'une humaine daigne coucher avec vous. Vous êtes plus bestial que tous les animaux de ma connaissance.

Poussant un cri rageur, Allafon enfonça sa lame.

CHAPITRE 30

*L*E TEMPS SEMBLA S'ÉCOULER au ralenti, même si le coup avait été porté si rapidement qu'Arlyn eut à peine le temps de crier. Elle se débattit contre le garde qui la maintenait, la lame de ce dernier la blessant à la gorge avant qu'il puisse la forcer à se tenir tranquille. Poussant un juron, le garde abaissa sa dague, mais raffermit sa prise. Le sang ruisselait le long du cou d'Arlyn, mais elle ne sentit même pas la douleur. Elle était entièrement concentrée sur son père alors qu'Allafon reculait, révélant le torse lacéré de Lyr.

Arlyn aperçut un éclat métallique et écarquilla les yeux en voyant le pendentif révélé par la déchirure dans sa tunique. Le collier que sa mère lui avait demandé de porter. Allafon poussa un juron alors que Lyr baissait les yeux d'un air reconnaissant vers le pendentif qui avait arrêté la lame avant qu'elle fasse trop de dégâts.

— Merci, Aimee.

— Tu as toujours le collier, constata Allafon en regardant la blessure de Lyr d'un air furieux. Je vois que tu as menti à propos de ton lien avec l'humaine. Ta supercherie ne te sauvera pas deux fois cependant, dommage pour toi.

Le corps d'Arlyn était en feu. À cause de sa fureur. À cause de la douleur irradiant de son bras blessé que le garde avait agrippé, et à cause de l'entaille sur sa gorge. Elle voulait bien être pendue si elle ne parvenait pas à empêcher cette ordure de tuer son père alors qu'elle venait tout juste de le trouver. Ou Kai, cet amour qu'elle ne s'était jamais attendue à rencontrer en revanche. Elle ne reculerait devant rien pour les sauver.

— *Une petite idée ?* demanda-t-elle à Kai par la pensée.

— *Tu penses à l'Amour ? Tu ne peux pas penser des trucs comme ça et faire comme si...*

— *Plus tard. Quand nous serons tous sortis d'ici vivants, OK ?*

Le soupir de Kai attira l'attention d'Allafon.

— Est-ce que tout ça t'ennuie ?

— J'attends que tu nous révèles tes plans, répondit Kai d'une voix nonchalante. Où est-ce que c'est prévu pour plus tard ?

Arlyn ne pouvait pas voir son visage, mais elle était persuadée qu'il souriait.

— Silence, dit Allafon avant d'adresser un geste de la main aux deux gardes. Si l'un d'eux parle encore, tranchez-lui la gorge.

— *Quand mon père se tournera, fais semblant de t'évanouir. Ça ne te permettra pas de t'échapper, mais ça provoquera une distraction.*

— *Tu plaisantes, pas vrai ?*

— *Les femmes s'évanouissent rarement chez les elfes, mais ça ne les étonnera pas de la part d'une humaine.* Arlyn perçut son amusement à travers leur lien. *Sois la damoiselle en détresse pendant un instant. Et prouve-leur qu'ils se sont trompés après.*

Arlyn leva les yeux au ciel. Qui se laisserait berner par une ruse aussi connue ? Mais bon, elle n'était pas sur Terre, et elle n'avait pas assez d'expérience en matière de combat elfique pour pouvoir espérer se libérer, alors autant essayer. Elle attendit qu'Allafon se retourne vers son père, puis elle feignit un malaise. Le garde tituba et se heurta au mur, ne s'étant pas attendu à devoir supporter tout son poids. Il la tourna face à lui dans ses bras et lui donna une gifle. Elle prit vraiment sur elle pour ne pas réagir.

Au bruit d'une épée qu'on tirait, suivi par un grognement de douleur, Arlyn eut une suée. Mais elle n'ouvrit pas les yeux. Si Kai était blessé, elle le sentirait, non ? Puis le garde la lâcha, et elle n'eut plus le temps de s'inquiéter. Se laissant tomber à terre, elle évita de justesse un traumatisme crânien. Elle demeura immobile alors qu'il l'enjambait, puis agrippa sa jambe avant qu'il repose son deuxième pied.

Ouvrant les yeux, Arlyn tira de toutes ses forces, déséquilibrant le garde. Il finit par prendre un coup qui était destiné à Kai et s'effondra au sol avec l'estomac ouvert. Mais il n'était pas mort. Sa main tâtonna pour trouver la dague qu'il avait laissé tomber, mais Arlyn parvint à l'attraper avant lui. Le temps sembla ralentir de nouveau tandis que leurs regards se croisaient, jusqu'à ce qu'elle n'entende même plus le bruit de Kai en train de se battre et le rire d'Allafon.

Son estomac se révulsa à l'idée de ce qu'elle s'apprêtait à faire. Elle n'avait jamais fait de mal à personne, pas de cette façon en tout cas. Cet homme était peut-être innocent. Un simple pion. Puis les yeux du garde se remplirent de haine et sa bouche se tordit en un rictus hargneux alors qu'il tentait de se relever. Prenant une grande inspiration chevrotante, Arlyn invoqua sa magie de combat, suivit son instinct pour déterminer le meilleur endroit où frapper, et enfonça profondément la dague.

La sensation de la lame tranchant la gorge du garde, le craquement quand elle lui brisa la colonne vertébrale... Arlyn ne parvint pas à le supporter et vomit sur le sol, là où elle était encore agenouillée. Le ricanement d'Allafon brisa le silence qui s'était subitement installé.

— Je ne pensais pas que tu aurais le cran de le faire.

Elle leva la tête en tremblant et observa la scène sous ses yeux. Lyr pendait mollement sous ses chaînes, terriblement immobile. Kai pantelait, dressé au-dessus de l'autre garde tandis qu'il extirpait une épée de son corps. Où diable l'avait-il trouvée ? Secouant la tête pour reprendre ses esprits, elle croisa le regard aliéné d'Allafon. Il avait toujours sa dague en fer à la main, et si le fait d'être désormais seul l'inquiétait, il ne le montra pas.

— Allez, viens, la provoqua-t-il en se tournant vers Lyr. Voyons si tu peux m'atteindre avant que je le tue.

Ce cinglé leva le bras pour frapper de nouveau. Arlyn s'efforça de se relever, encore tremblante, tandis que Kai se jetait en avant, mais aucun d'eux n'était assez proche pour l'atteindre à temps. Alors qu'Allafon s'apprêtait à enfoncer sa lame, le cœur d'Arlyn sembla s'arrêter de battre. Mais son geste fut interrompu. Il hurla de douleur tandis que ses doigts relâchaient la dague, son poignet ayant été transpercé par une flèche.

Arlyn se retourna pour voir d'où elle était venue et aperçut une version blonde de son âme sœur dans l'encadrement de la porte, avec son arc armé. Arlyn se figea sans trop savoir où était la véritable menace à présent. Le nouveau venu réservait-il sa prochaine flèche à Allafon ou à Lyr ? Elle regarda Kai et son expression stupéfaite ne la rassura pas.

— Moren ? lança Kai dans un souffle.

Allafon fit un pas chancelant vers lui.

— Que fais-tu ?

— Je mets un terme à ta folie. Tu es allé trop loin.

— Mon fils. Mon unique fils.

Allafon resta planté devant lui un moment, semblant déconcerté, avant que sa rage refasse surface.

— Même *toi* tu m'as trahi !

Les yeux soudain empreints d'animosité, Allafon extirpa la flèche de son poignet sans ciller. Il regarda le sang couler pendant un instant avant de lever son bras pour le faire ruisseler sur sa tête. Arlyn entendit Moren retenir son souffle et perçut un vent de panique en provenance de Kai. La scène, plus qu'étrange, l'emplissait d'effroi. Puis elle entendit leur ennemi entonner une chanson dans sa barbe. L'énergie s'accumula dans la pièce, une force menaçante qui se ressentait jusqu'à la moelle des os. Elle frissonna devant la sinistre vibration de l'air autour d'elle.

Moren tendit son arc, mais Kai lui fit signe de ne pas tirer. Allafon abaissa son bras pour laisser le sang couler sur la pierre lisse à ses pieds. L'aliéné ferma les yeux un instant alors que son chant devenait si strident qu'Arlyn avait envie de crier. Lorsqu'il commença à rouvrir les yeux, Kai frappa. La lame de l'épée trancha le cou de son père d'un coup et sa tête roula jusqu'aux pieds de Moren alors que son corps s'effondrait lentement. L'énergie malveillante s'évanouit aussi rapidement et nettement que le coup avait été porté.

L'estomac de nouveau révulsé, Arlyn se pencha en avant, les mains sur ses genoux. Elle se donna le temps de reprendre son souffle avant de se forcer à se redresser. Le sang avait éclaboussé les murs et se répandait à présent sur le sol. Au milieu de tout ça gisait Allafon, son paletot aussi rouge que son sang le faisant ressembler à une curieuse fleur macabre. Moren était figé sur place, son arc abaissé, les yeux rivés sur la tête de son père. Les yeux de Kai étaient fermés, son épée raclant le sol alors qu'il pantelait. Sa souffrance agonisante et sa confusion firent monter les larmes aux yeux d'Arlyn.

Puis Lyr grogna, et ils se remirent tous en mouvement. Arlyn essaya de ne pas marcher dans le sang lorsqu'elle se précipita au côté de son père, à peine conscient. Sa blessure saignait abondamment, sans signe de la coagulation qui aurait déjà dû se produire. Elle se tourna en entendant un bruit de déchirure, et elle fut étonnée de voir Moren lui tendre un lambeau de sa tunique. Avant qu'elle se décide à l'accepter, Kai s'en empara et le pressa sur la plaie de Lyr.

— Transforme le fer, *mialn*, pour qu'on puisse lui ôter ses chaînes.

Alors qu'Arlyn s'exécutait, Kai tourna les yeux vers son frère.

— Alerielle travaille-t-elle toujours comme guérisseuse ici ?

— Je l'ai appelée, elle va arriver.

Une fois qu'Arlyn eut terminé, Kai ne perdit pas de temps pour déverrouiller les menottes. Lui et Moren soulevèrent Lyr et le sortirent de la pièce pour aller l'allonger sur un banc dans la grande salle. Plusieurs guerriers étaient présents, incertains de ce qu'ils devaient faire alors qu'ils avisaient la traînée de sang sur le sol en pierre. Sur un geste de Moren, ils se détendirent. Trois corps étaient affalés dans un coin, mais Arlyn ne prit pas la peine de demander comment ou pourquoi c'était arrivé. Elle était entièrement concentrée sur son père. Il était si pâle à présent que sa peau semblait pratiquement translucide.

Une femme d'un âge avancé entra dans la pièce et s'approcha d'eux sans hésiter. Ouvrant la sacoche en cuir qu'elle portait, elle bouscula l'un des soldats qui les regardaient bouche bée pour pouvoir passer. Ses yeux gris étaient doux, mais déterminés, son expression bienveillante, mais vive. Avec ses cheveux entièrement blancs et des rides profondes sur sa peau, elle était la plus ancienne des elfes qu'Arlyn avait vus jusque-là. Elle pouvait seulement imaginer le nombre de millénaires que cette femme avait vécu, et combien de blessures elle avait dû soigner.

— Que s'est-il passé ici, *Ayal* Morenial ? demanda-t-elle en s'agenouillant au côté de Lyr avec une aiguille et du fil.

— Je suis le *dorn* à présent, Alerielle, répondit Moren en inclinant la tête. Mon père n'est plus.

— Il était temps, marmonna la guérisseuse.

Elle commença à suturer l'entaille sur le torse de Lyr avec une dextérité née d'une longue expérience.

— C'était stupide de votre part de laisser cette situation perdurer pendant si longtemps. Vous auriez dû vous débarrasser de lui après le retour de cette pauvre Elerie, peut-être même avant.

— Honorable aînée, commença Kai d'un air hésitant, mon pèr... Allafon a dit que je n'étais pas son fils. Savez-vous quelque chose à ce sujet ?

Elle lui jeta un regard bref, mais franc, poursuivant ses soins.

— Tu ne l'es pas. J'ai moi-même présidé à ton accouchement. Dans son agonie, ta mère s'est confiée à moi. Allafon n'était pas son âme sœur. Ton véritable père l'était.

AU MILIEU de tout ce chaos, Kai luttait avec ses émotions et son désir de connaître la vérité. Il y avait bien d'autres choses plus importantes – la santé de son ami, trouver ceux qui étaient dévoués à Allafon, ce qui se passait à Braelyn –, mais il ne parvenait à se concentrer sur aucune d'entre elles. Il voulait questionner la guérisseuse, savoir si ses affirmations étaient basées sur des faits. Il avait été très contrarié que Lyr ne connaisse pas son nouveau nom juste après l'amorce de son union avec Arlyn, mais son ancien nom était un mensonge bien pire. Les réponses de la guérisseuse feraient de lui un homme nouveau. Un homme libéré.

Plus de cinq cents ans de culpabilité et de souffrance, d'incompréhension face à la haine que son père lui vouait, et à présent Kai savait enfin pourquoi. C'était si simple et pourtant si compliqué. Rien de ce qu'il aurait pu faire n'aurait jamais contenté Allafon. Rien. Aucune action, aucune accolade n'auraient pu lui faire oublier ses origines. Ce soupçon de soulagement ne mit pas un terme à sa souffrance. Sa mère était toujours morte et il ne connaissait pas l'identité de son véritable père. Il ne savait plus qui il était.

— A-t-elle donné le nom de mon vrai père ?

La guérisseuse fit non de la tête, les yeux empreints de tristesse.

— Elle craignait pour sa sécurité si Allafon découvrait qu'elle en avait parlé. Mais je sais qu'il s'agissait d'un Sidhe.

Le grognement de Lyr résonna dans la salle. Même si Alerielle avait déjà suturé la plaie, Kai était étonné qu'elle ait permis à son patient de se réveiller. La douleur devait être atroce, et pourtant la guérisseuse aida Lyr à s'asseoir et à s'appuyer contre le mur. Il fit reposer sa tête contre les pierres, le souffle court. Puis il regarda Kai dans les yeux.

— Nous devons retourner à Braelyn. Les barrières d'Allafon sont-elles tombées lorsqu'il est mort ? Pouvons-nous utiliser le portail principal ?

Kai consulta la carte mentale de son domaine, songeant que son accès aux informations avait été limité. Il n'avait jamais eu connaissance de la pièce dans laquelle ils avaient été retenus.

— Oui, mais tu devrais rester ici avec Moren. Tu es sérieuse-ment blessé.

— Braelyn est sous ma responsabilité, tout comme la protec-tion d'Eradisel. En plus, ma mère est peut-être encore en danger.

Kai se tourna vers son frère.

— As-tu besoin d'aide pour trouver les acolytes de notre pèr... d'Allafon ?

Moren fit non de la tête.

— Je connais tous les traîtres au sein de ce domaine. La plupart sont déjà morts.

— Il y a beaucoup de choses dont nous devons discuter, annonça Lyr en lançant un regard avisé à Moren. Il semblerait que vous en sachiez beaucoup sur cette conspiration. Si j'avais du temps devant moi, vous pouvez être sûr que je vous questionne-rais sur-le-champ. Pour l'heure, je dois exiger que vous me prêtiez allégeance, comme cela se faisait jadis.

— Ma loyauté a toujours été vôtre, répondit Moren d'une voix posée.

— Vous m'excuserez de ne pas vous croire sur parole.

Lyr se leva péniblement et s'appuya lourdement contre le mur. Il chancela, mais parvint à rester debout.

— Morenial Treinesse, me prêtez-vous allégeance en tant que *dorn* des terres d'Oria, troisième branche sous l'autorité du *myern* de Braelyn ?

Moren tira la dague qu'il portait à sa ceinture et entailla sa paume sans ciller. Il tourna sa main pour laisser les gouttes de sang tomber au sol devant Lyr.

— *i'Bey'i'dahn ay mor kehy ler ehy taï'i narano key merdial Beyar Braelyn.*

Non sans mal, Lyr se pencha pour toucher le sang, le frottant de manière symbolique sur sa peau en se redressant.

— *i'Tehyn te narno.* Vous serez maintenant connu sous le nom de *Callian ay'iyn Dorn i Morenial Treinesse nai Oria.* Présentez-vous devant moi pour me faire votre rapport lorsque le domaine d'Oria aura été sécurisé.

Tandis que l'énergie vibrait dans l'air, Kai rejoignit Lyr pour le soutenir alors qu'il se dirigeait d'un pas mal assuré vers le portail. Il n'avait jamais vu quelqu'un prêter officiellement serment avant ; il s'agissait d'une tradition ancestrale rarement mise en pratique après des millénaires de paix. *Lié par mon sang, mon être jure fidélité au domaine de Braelyn.* L'essence de Moren était maintenant affectée au service de Lyr et de ses successeurs, et s'il tentait d'agir à l'encontre de ce serment, il serait meurtri au-delà des mots dans sa chair et dans son âme. Devant l'air interloqué d'Arlyn, Kai lui envoya une explication par la pensée tandis qu'elle se glissait sous l'autre bras de Lyr pour aider à le soutenir.

Kai activa le sortilège qui les ramènerait à Braelyn. Une lumière aveuglante jaillit de l'arche, puis s'affaiblit pour révéler la salle principale du domaine. Au lieu des deux qu'ils avaient laissés derrière eux, cinq gardes montaient désormais la garde devant le portail, et plusieurs autres veillaient attentivement sur Eradisel. Leurs visages étaient impassibles, mais ils durent quand même être surpris en les voyant. Non seulement Lyr était manifestement blessé, mais ils avaient tous des habits déchirés et tachés de sang. Les gardes n'hésitèrent néanmoins qu'une fraction de seconde avant de s'écarter pour les laisser passer.

<h1 style="text-align:center">CHAPITRE 31</h1>

Lorsque Lyr remit les pieds au sein de son domaine, il se sentit revigoré par un flux d'énergie qui était le bienvenu et qui provenait en grande partie d'Eradisel. Ce n'était pas suffisant pour le guérir ou pour parer à son grand état de faiblesse, mais il put de nouveau tenir sur ses jambes par lui-même. Il remercia silencieusement l'arbre sacré tandis qu'il se dirigeait vers son second, debout à côté d'un Ralan à l'air morose. Aucun des gardes ne semblait blessé ; il doutait même qu'un combat ait eu lieu. Il n'y avait pas même une éraflure sur leurs armures.

— Koranel, au rapport, ordonna-t-il d'un ton sec, trop à bout d'énergie et de patience pour les politesses.

Le garde parut légèrement surpris, mais se contenta de le saluer.

— Prince Ralan nous a ordonné de protéger le portail suite à...

— ... l'attaque qui a grièvement blessé ma mère. Je l'ai sentie, compléta Lyr pour épargner à Koranel la peine de délivrer ces nouvelles. Que s'est-il passé ?

Les épaules voûtées, Ralan s'avança.

— C'était Norin. Ta mère était en train de lire dans la bibliothèque de la tour quand il est venu la chercher. Pour la livrer à Allafon. Dans la lutte, elle est tombée par-dessus la rampe et a entraîné Norin avec elle.

Lyr fronça les sourcils.

— Qui en a été témoin ?

— Moi, répondit Ralan en détournant les yeux. J'ai trouvé le fil du destin correspondant quelques minutes avant que ça arrive, trop tard pour pouvoir changer radicalement les choses. Si je n'avais pas renoncé à mon don, si j'avais regardé plus tôt, j'aurais pu empêcher tout ça. Je suis désolé. Lial pense qu'elle va survivre, mais ce n'est pas garanti.

— Être capable de lire l'avenir ne te rend pas responsable des actions des autres. Certaines choses sont destinées à arriver. Certaines doivent arriver. Tu es bien placé pour le savoir.

— Savoir les choses est souvent différent de la façon dont on les ressent.

Lyr acquiesça d'un hochement de tête.

— Trop souvent, oui. Où est-elle ?

— Dans le cabinet de Lial, répondit Ralan en faisant un pas en arrière, le regard rivé sur le torse de Lyr. Par les dieux, on dirait bien qu'une petite visite là-bas ne te ferait pas de mal aussi.

— Je vais probablement survivre, rétorqua Lyr en haussant les épaules, essayant d'ignorer le vertige qui accompagna ce geste. Y a-t-il eu d'autres problèmes ?

— Non, *Myern*, répondit Koranel. Tout a été calme en dehors de la trahison de Norin. Si d'autres travaillaient pour lui, ils n'ont pas été assez stupides pour se manifester.

— Maintenez une garde renforcée autour d'Eradisel. Les autres peuvent retourner à leurs tâches habituelles, mais dites-leur de rester vigilants.

Lyr se dirigea vers l'entrée principale, le chemin le plus court pour rejoindre le cabinet du guérisseur, puis s'arrêta un instant pour regarder par-dessus son épaule.

— Si Morenial arrive par le portail avant mon retour, faites-le attendre dans mon bureau.

Arlyn croisa le regard de son père.

— Est-ce que je peux venir avec toi ? J'aimerais la voir.

— Bien sûr, répondit Lyr en ouvrant la porte en grand.

LYR SERRA LES DENTS, se forçant à faire encore un pas. Puis un autre. Le cabinet de Lial ne se trouvait pas trop loin de la bâtisse principale du domaine, mais il aurait tout aussi bien pu se trouver à un jour de marche vu l'effort que cela lui demandait. Après avoir été si dangereusement vidé de son énergie par le fer, il aurait dû être en train de se reposer. Mais sa mère avait toujours été là pour lui, et il n'en ferait pas moins pour elle.

Lorsqu'un devin vous disait qu'un rétablissement n'était pas garanti...

La gorge serrée, il occulta cette spéculation. Se poser des questions ne servirait à rien, et il n'y avait aucun moyen de savoir si Ralan avait vu un futur peu réjouissant. Il s'était peut-être simplement contenté de répéter les mots de Lial. Lyr n'allait pas tarder à le savoir. À condition bien sûr qu'il ne tombe pas dans les pommes au beau milieu d'un sentier qu'il aurait normalement parcouru en seulement quelques minutes.

Il entendit Arlyn et Kai approcher. L'inquiétude de sa fille se glissa à travers ses boucliers mentaux et il grimaça. Il ne trompait personne.

— Je peux y arriver.

Il ne manqua pas son petit soupir d'exaspération.

— Si tu nous laissais te soutenir, la marche serait plus facile. Ou même mieux, va te reposer !

— Pas avant d'avoir vu *laiala*, répliqua Lyr en jetant coup d'œil à sa fille, ce qui le fit trébucher. Et je ne peux pas me permettre de trop afficher ma faiblesse. En particulier si Norin avait des alliés qui pourraient encore se manifester.

Arlyn renifla avec dérision.

— Tu ne trompes personne.

Lyr esquissa un sourire en remarquant qu'elle venait de faire écho à ses propres pensées. Ils étaient plus semblables qu'il ne l'aurait cru.

— Tu resterais bien sagement au lit si on te disait que j'avais été blessé ? J'en doute.

Le petit rire de Kai emplit le silence qui s'était installé.

Lyr eut de nouveau le tournis, et il lui fallut un moment pour réaliser que son corps avait également vacillé. Il sentit la morsure d'une écorce rugueuse dans son dos. Le souffle coupé par un élancement, il appuya sa tête contre l'arbre et ferma les yeux. *Miaran !* Il n'arriverait jamais à rejoindre sa mère dans cet état.

— Très bien, maugréa-t-il, vous avez ma permission.

Il s'attendait à quelques plaisanteries, surtout de la part de Kai, mais ils ne dirent rien, se contentant de s'avancer pour l'aider. Arlyn se glissa sous son épaule gauche et Kai sous la droite. Lyr grimaça, mais s'appuya en partie sur eux, et ils reprirent leur route vers la tour en marchant bien plus vite. Ses muscles tremblaient à chaque pas. Tremblaient vraiment. Il ne se rappelait pas avoir jamais été aussi faible.

Ils arrivèrent enfin en vue du cabinet de Lial. Le bâtiment carré était petit comparé à d'autres, mais il avait été surnommé « la tour ». Lyr s'était toujours demandé si les gens l'appelaient ainsi en raison du mauvais caractère de Lial plutôt que de la hauteur de l'édifice. Tout le monde savait en effet qu'avec lui, demander à se faire soigner après avoir fait quelque chose de stupide était aussi risqué que de prendre une tour d'assaut.

Kera était postée devant la porte, la main sur la poignée de son épée. Ses yeux aiguisés balayaient le périmètre, et même si son expression demeura impassible, Lyr savait bien qu'elle avait déjà évalué son état. Il y a peu de personnes à qui il ferait plus confiance qu'à Kera pour garder sa mère en période de crise. Personne n'entrerait tant qu'elle serait encore en vie.

— Myern, dit Kera en inclinant la tête pour le saluer.

Lyr fit de même.

— Merci de veiller sur dame Lynia.

— C'est un honneur pour moi, répondit-elle alors que son expression s'assombrit. Je regrette de ne pas avoir été en poste à la bibliothèque.

— Vous ne pouvez pas être partout, Kera. Lorsque votre tour de garde sera terminé, je vous prie de venir me trouver. Pour peu que je ne sois pas inconscient.

— Ai-je fait quelque chose de mal, Seigneur Lyrnis ?

Lyr sourit.

— Non. Mais j'aimerais que vous envisagiez la possibilité de prendre la place de Koranel lorsqu'il sera promu capitaine. Ce sera un changement certain pour vous, mais j'ai besoin de quelqu'un de confiance.

— Myern, dit-elle d'une voix étranglée, les yeux écarquillés.

— Réfléchissez-y, s'il vous plaît.

— Bien sûr.

Lyr laissa échapper un petit rire devant son expression effarée, mais sa légèreté s'envola dès qu'Elan ouvrit la porte. Visiblement étonné, ce dernier les arrêta avant qu'ils puissent entrer et leur désigna la grande vasque en pierre près de la porte. Lyr regarda ses mains et grimaça.

— Je tiens encore assez debout pour me laver les mains.

Il nettoya le sang sur ses mains et son visage, puis s'écarta pour qu'Arlyn et Kai puissent faire de même. Par les dieux, ils étaient vraiment mal en point. Il aurait au moins pu se changer, mais il avait eu peur de s'effondrer à la vue de son lit. *Laiala* passait en premier. Ignorant le vertige qui l'assaillit, Lyr passa la porte par lui-même. Il remarqua la forte senteur des herbes dans l'air tandis qu'il se dirigeait vers le lit en prenant appui sur le mur à sa droite. Lynia était allongée là, si pâle et immobile qu'il s'arrêta avant d'arriver à son chevet, la gorge serrée par la peur.

Lorsque Lyr vit sa poitrine se soulever et s'abaisser, il put respirer de nouveau.

Massant ses tempes, Lial était affalé dans une chaise à côté d'elle, sa pâleur était presque aussi choquante. Il leva les yeux vers Lyr et se renfrogna en avisant son torse lacéré.

— *Miaran !* Je ne peux vraiment pas te laisser seul une minute.

— Ne commence pas, dit Lyr en se laissant tomber sur l'autre chaise et en prenant la main de Lynia dans la sienne. Norin travaillait pour Allafon. Si je l'avais compris plus tôt, rien de tout cela ne serait arrivé. Nous avons tous payé le prix de mon échec, pas vrai ?

Pour une fois, Lial s'abstint de lui répondre de manière sarcastique.

— Je suis désolé. Les soins que j'ai effectués sur Lynia ont été laborieux, et je ne suis pas certain d'avoir assez d'énergie pour faire grand-chose pour toi, l'informa-t-il en soupirant. Alerielle t'a recousu ? Je suppose qu'il y avait du fer dans l'histoire ?

— Oui et oui.

Lyr ferma les yeux et resserra ses doigts autour de la main de sa mère. Mais pas au point de lui faire mal. Il ne ferait jamais cela.

— Quelle est l'étendue des dégâts ?

— Une partie de sa colonne vertébrale a été complètement brisée, et il y avait beaucoup de dommages internes, expliqua-t-il alors que la main de Lial tremblait alors qu'il écartait une mèche de cheveux de son visage. J'ai stoppé les hémorragies et guéri ses organes, avant de commencer à travailler sur sa colonne. Mais cette région est des plus délicates à réparer et les dégâts sont importants.

Lyr retint son souffle.

— Qu'essaies-tu de dire ?

— Je pense que je peux faire en sorte qu'elle remarche, mais ça prendra beaucoup de temps, même pour quelqu'un comme nous. Ce ne sera pas facile.

— Tu *penses* ? Mais les elfes..., commença Arlyn avant de s'interrompre.

Lyr sursauta et leva les yeux pour trouver sa fille et Kai à son côté. Arlyn avait le visage crispé, semblant chercher ses mots.

— Les elfes peuvent se remettre de n'importe quelle blessure, non ? C'est ce que j'ai toujours entendu dire.

— Notre magie intrinsèque peut réparer beaucoup de choses, mais nous ne sommes pas des dieux malgré ce que croient les humains, lui expliqua calmement Lial.

Une note curieuse dans la voix de Lial retint l'attention de Lyr. Un soupçon de chagrin auquel il ne s'était pas attendu. Le guérisseur avait plutôt tendance à éviter Lynia et l'avait toujours fait d'aussi loin que Lyr s'en souvienne. Mais la lueur dans ses yeux alors qu'il la couvait du regard. La façon dont ses mains tremblaient. Se pourrait-il qu'il soit amoureux de Lynia ? Lyr écarquilla les yeux. Sûrement pas.

— Lial ?

Le guérisseur leva les yeux, son regard plus aiguisé devant le ton interrogateur de Lyr.

— Ça ne te regarde pas.

Lyr hocha la tête, acceptant à la fois qu'il l'admette et qu'il l'envoie promener. Il se trémoussa sur son siège, visiblement mal à l'aise. Lial et *sa mère* ? Il ne voulait vraiment pas penser à cela.

— Mais elle vivra ?

— Oui. Et si tu veux aussi rester en vie, va te reposer.

DE RETOUR DANS LEUR CHAMBRE, Arlyn passa ses bras autour de la taille de Kai et l'attira vers elle. Son cœur, encore lourd d'avoir vu sa grand-mère ainsi, se serrait à cause de la souffrance émanant de son âme sœur.

— Est-ce que ça va ?

— Oui, répondit-il en soupirant assez fort pour ébouriffer les cheveux d'Arlyn. Non.

Ses cheveux. Sa main vola jusqu'à ses tresses, maintenant toutes défaites, et elle s'écarta brusquement de lui.

— Bon sang, nous sommes couverts de sang ! Celui de papa. Des gardes, constata-t-elle en tressaillant. D'Allafon. Je ne veux même pas y penser. Viens, allons nous laver et changer de vêtements. N'importe lesquels plutôt que ceux-là.

Plus tard – bien plus tard –, ils étaient allongés dans leur lit, la tête d'Arlyn posée sur le torse de Kai.

— Tu veux en parler ?

— Je ne sais pas.

Elle lui offrit la seule chose qu'elle pouvait. Du réconfort… et son amour. Kai sursauta, surpris, lorsqu'elle lui transmit ces deux émotions à travers leur lien, et elle sourit contre son torse.

— Quand tu voudras.

— Comment ? demanda-t-il alors que sa main plongea dans ses cheveux détachés à l'endroit où ses boucles cascadaient sur ses hanches. Je ne comprends pas comment j'ai réussi à mériter ton amour.

Arlyn rit.

— Tu ne mérites peut-être pas mon cœur, mais il est à toi quand même.

Une pointe d'amusement vint partiellement occulter sa tristesse.

— Je t'ai tendu la perche.

— Et toi ? l'interrogea-t-elle alors que son cœur battait la chamade, et qu'elle se mordilla la lèvre. On ne se connaît peut-être pas depuis assez longtemps pour que tu ressentes la même chose.

— Arlyn, tu dois bien savoir que je t'aime aussi, affirma Kai précipitamment d'une voix éraillée. Mais je ne sais même plus qui je suis aujourd'hui, alors comment pourrais-tu réellement me connaître ? Mon vrai père pourrait être n'importe qui parmi les Sidhes.

Perplexe, elle se redressa pour le regarder dans les yeux.

— Tu plaisantes ? Par tous les dieux que tu vénères, je ne vois pas comment ça pourrait être pire qu'Allafon ! Mais même si c'était le cas, quelle importance ? Je te connais. Je fais partie de toi. Personne ne pourrait te connaître mieux.

— Si on a des enfants…

Arlyn se blottit contre lui en souriant de nouveau.

— Ils seront un merveilleux mélange de nos sangs mêlés.

Kai se détendit et la serra contre lui.

— Oui. Ils seront parfaits.

~

LE SEUL SON audible dans le bureau de Lyr était l'eau qui s'écoulait goutte à goutte dans la clepsydre. Il s'affala dans sa chaise derrière son bureau pour attendre la venue de Moren et en souhaitant pouvoir oser faire une autre sieste ici. Mais il devait se concentrer sur son devoir de protection envers le domaine et de tous ceux sous sa responsabilité. Peu importe que ses muscles tremblent de fatigue ou que sa poitrine soit en feu.

Moren avait au moins envoyé un message pour le prévenir que le fait de nettoyer après Allafon – dans le sens littéral et figuré du terme – s'avérait plus long que prévu. Les deux heures de repos que Lyr avait pu s'accorder lui permettaient de se tenir droit sans risquer de s'évanouir. À peine. Même avec l'aide apportée par Eradisel, la régénération de son énergie prenait un temps fou. Maudit fer. Sans sa relation privilégiée avec l'arbre sacré, il ne serait sans doute même pas réveillé.

Il méritait peut-être toute cette douleur. Cette faiblesse. Comment ne s'était-il pas rendu compte de la duplicité d'Allafon? De Norin? Lyr avait chargé Norin d'enquêter sur les agressions de son père et de Kai et l'avait cru quand il lui avait dit ne rien avoir trouvé. Norin avait-il assassiné Telien lui-même? Il allait devoir demander à sa mère ce que ce traître lui avait dit, s'il avait dit quoi que ce soit, quand elle se réveillerait. Cette pensée lui fit remonter la bile dans la gorge.

Et Allafon? Il avait toujours été sinistre, ouvertement acrimonieux envers la famille Dianore. Mais ce genre de ressentiment était courant entre les différentes maisons moranaiennes. Lyr n'aurait jamais imaginé que cela l'amènerait à fomenter une trahison. Il était même allé jusqu'à utiliser des sortilèges de magie noire interdits depuis bien longtemps. Kai avait stoppé leur ennemi de la seule manière possible étant donné qu'il ne connaissait pas de contre-sort. Une mort subite. Si Allafon avait vu l'attaque venir, il aurait projeté toute son énergie d'un coup et les aurait tous tués. Lyr avait dû mal à imaginer le genre de haine qui avait pu le pousser à de telles extrémités.

Comment avait-il pu l'ignorer ?

Lorsqu'il sentit le portail s'ouvrir, Lyr s'adossa à sa chaise, ferma les yeux, et tenta de conserver autant d'énergie que possible. Il avait demandé à Kai et Arlyn de venir à la rencontre de Moren au portail à l'heure convenue pour s'épargner cela. Rester debout trop longtemps était fortement déconseillé dans son état. Pas s'il voulait arriver au bout de cette réunion.

Au coup frappé à sa porte, Lyr se redressa, s'efforçant d'afficher une expression impassible alors qu'il les priait d'entrer. Kai, Arlyn, et Moren s'arrêtèrent au milieu de la pièce, ce dernier s'inclinant sans hésitation. Il avait troqué ses vêtements tachés de sang pour une tunique et une veste adaptées à cette rencontre formelle, et ses longs cheveux blonds étaient attachés avec une chaîne en or. Lyr l'observa pendant un long moment et fut heureux de constater qu'il n'y avait aucune trace de nervosité dans la posture de son interlocuteur. Son nouveau seigneur était soit très doué pour dissimuler ses émotions, soit confiant quant à ce qu'il avait à rapporter.

S'appuyant sur son bureau, Lyr se leva alors qu'Arlyn et Kai venaient se placer de chaque côté de lui. Au moins personne ne s'attendait à des formalités poussées vu les circonstances.

— *Callian ay'iyn Dorn i Morenial Treinesse nai Oria*, soyez le bienvenu ici.

Moren le salua brièvement.

— Je vous remercie de me permettre de me présenter devant vous, *Myern*. Ma maison a beaucoup de fautes à expier.

— En effet. Il se pourrait que vous ne restiez pas longtemps à votre poste de *dorn* au sein du domaine d'Oria si vous ne pouvez pas m'expliquer votre façon d'agir de manière satisfaisante, menaça Lyr en soutenant son regard. Morenial Treinesse, avez-vous contribué à nuire aux personnes dont vous aviez la charge en travaillant de concert avec votre père ?

— Même si mon père était persuadé du contraire, personne n'a été blessé par mes paroles ou mes actes parmi mes gens.

— Vous semblez être véritablement au fait des crimes d'Allafon, cependant vous n'avez jamais rien rapporté, ni à moi ni à mon père à ma connaissance. J'attends vos explications.

Moren se redressa de façon presque imperceptible, son expression déterminée.

— Je ne peux pas dire avec certitude à quel moment mon père a basculé dans la folie, même si c'était certainement quelque temps avant ma naissance. Je sais qu'il était obsédé par ma mère, qu'il l'a menacée de mort si elle refusait de prétendre qu'elle était son âme sœur. Je n'ai pourtant pas réalisé à quel point il était dangereux avant la naissance de Kai. La mort de ma mère était suspicieuse, mais je n'ai jamais pu prouver qu'il avait commandité son meurtre. J'ai commencé à surveiller tout ce qu'il faisait à partir de là. C'était difficile, parce qu'il ne me faisait pas confiance, mais après deux ou trois cents ans, j'ai fini par le convaincre de ma loyauté. Durant ce temps, il n'a rien fait de manifeste. Il parlait souvent de sa haine pour votre père et votre maison, mais je n'ai rien vu qui aurait pu indiquer qu'il allait passer à l'action.

— Avez-vous mis mon père au courant ?

— Je ne l'ai pas fait. Beaucoup de gens critiquent les autres dans l'intimité de leur foyer. Je n'ai trouvé aucune preuve d'une quelconque conspiration. Je me suis posé des questions quand votre père est mort, mais aux dires de tous, il s'agissait d'un accident.

Lyr sortit d'un tiroir le poignard qui avait été utilisé sur Kai. Il leva le pommeau en faisant signe à Moren de s'approcher.

— Reconnaissez-vous ce sceau ?

Lyr haussa les sourcils devant les vociférations qui sortirent de la bouche de Moren.

— En effet, oui. Je cherche à remonter sa piste depuis un moment. Où l'avez-vous eu ?

— Votre frère l'a extirpé de son corps après l'attaque qui a failli lui coûter la vie. L'épée qui a été utilisée pour tuer mon père portait le même sceau. Vous connaissez ce sceau sans avoir eu vent de ces événements ?

— J'ai eu connaissance de la tentative de meurtre sur Kai après les faits. J'ai essayé de l'avertir ensuite pour qu'il se réfugie ailleurs, mais ça n'a clairement pas fonctionné, expliqua Moren en adressant un regard contrarié à Kai avant de se retourner vers Lyr. *Myern*, essayer d'espionner mon père n'a pas été une chose facile. Sa haine envers vous était si grande que je n'ai jamais osé me présenter devant vous. Alors, j'ai fait de mon mieux pour découvrir ce qu'il avait en tête. Très récemment, il avait commencé à travailler avec quelques sang-mêlé qu'il avait trouvés je ne sais où, qui pouvaient combiner leur magie au fer. Il avait également fait fabriquer deux capes qui permettaient de se faufiler à travers les barrières magiques, l'une d'elles étant en ma possession. Je crois qu'il travaillait aussi avec quelqu'un d'autre, mais je n'en suis pas certain, reprit-il en poussant un long grognement de frustration. Bien que j'aie aperçu ce sceau sur des missives, je ne sais toujours pas qui les a envoyées. J'étais proche du but. J'étais parti suivre une piste peu de temps après avoir averti Kai, seulement pour rentrer bredouille une fois de plus et être forcé d'arrêter mon père lorsqu'il vous a attaqués. Je ne sais plus où chercher à présent.

Lyr secoua la tête d'un air affligé.

— Comment en sommes-nous arrivés là, Moren ? Pourquoi *personne* n'est venu me trouver ? Cinq cents ans, c'est une longue période pour laisser une telle folie perdurer.

— La peur. Il tuait tous ceux qui s'opposaient à lui ou détenait leurs proches captifs. Il leur disait agir sous votre commandement. Après un temps, ils l'ont cru, révéla Moren en perdant sa contenance et en affichant sa tristesse. J'ai aidé ceux que je pouvais, quand je le pouvais, mais la perversité de mon père ne connaissait pas de limites. Ceux que je n'ai pas pu aider hanteront toujours mes rêves.

— Vous n'avez laissé tomber personne, assura Lyr en reposant le poignard sur son bureau et en se penchant en avant. Il est de la responsabilité de cette maison de s'occuper de tous ceux de notre branche. Il semblerait que nous soyons devenus complaisants avec le temps. Je frémis en songeant que d'autres pourraient dissimuler une telle folie. Nous devrions peut-être rétablir la forme ancestrale du serment d'allégeance.

— Sans doute, approuva Moren en tournant de nouveau les yeux vers son frère. Pardonne-moi, Kai. Dans mes efforts pour gagner la confiance de mon père, j'ai été un piètre frère pour toi. Je ne connais pas le nom de ton vrai père, car notre mère a refusé de me révéler trop de détails. Elle a seulement dit que la clé était la chaîne en argent qu'elle a laissée pour toi. Trouve son premier propriétaire, et tu trouveras ton père.

Alors que Kai extirpait la chaîne en question de dessous sa tunique, Lyr regardait fixement le petit poignard. Tant de questions restaient sans réponse en dépit de tout ce qu'ils avaient appris.

— Savez-vous quelque chose à propos de l'énergie empoisonnée qui affecte la Terre et les royaumes souterrains ?

— Mon père était impliqué, mais il ne m'a pas dit grand-chose. Je fouillerai dans ses papiers pour voir si je peux trouver des informations.

Lyr étouffa un grognement de mécontentement. Il n'avait rien d'autre hormis les suspicions de Moren au sujet d'une autre personne impliquée. Il aurait voulu croire qu'Allafon avait agi seul, mais il ne pouvait pas.

— Apportez-moi tout ce que vous pourrez trouver.

Moren acquiesça d'un hochement de tête.

— Dès que possible.

— Merci. Il semblerait que nous ayons tous beaucoup de travail devant nous.

Lorsque Moren fut parti, Lyr s'affaissa sur sa chaise. C'était peut-être inévitable. Les elfes allaient sans doute bel et bien devoir retourner sur Terre.

ÉPILOGUE

ANDIS QUE LE SOLEIL se levait à l'horizon, Arlyn observait le village niché dans la vallée baignée d'une lumière dorée. Il était paisible et inoccupé, car tous les habitants étaient rassemblés sur la colline en contrebas du grand dais où elle se tenait debout avec son père et Kai. Devant eux s'étirait une file de Moranaiens d'origine noble se préparant à prêter allégeance selon la forme ancestrale.

La semaine précédente avait été chargée alors que son père avait envoyé des messages à tous ceux sous son commandement, qui étaient plutôt nombreux. Mais Arlyn n'avait pas besoin d'un talent spécial pour déceler la colère qui couvait sous l'apparence calme de Lyr. Elle brûlait dans ses yeux chaque fois que Lial accompagnait Lynia pour le dîner. Chaque fois que le frère de Kai lui envoyait un rapport inutile de plus sur toutes les choses qu'il n'avait pas trouvées.

Si un autre elfe était derrière les actions d'Allafon, il avait emporté le secret de son identité dans la tombe. L'énergie empoisonnée allait-elle rester ? Elle n'avait pas vraiment eu l'occasion de poser des questions avec tout le remue-ménage concomitant à la venue de cette flopée de nobles. *Plus tard*, lui avait dit Lyr, *une fois que Braelyn aura été sécurisé. Nous y réfléchirons alors.* Elle savait bien cependant qu'il passait déjà des nuits entières dans son bureau à se creuser la tête à ce propos.

Kai devrait peut-être lui-même se rendre sur Terre pour enquêter, et si cela arrivait, elle serait à ses côtés. Mais Arlyn reviendrait ensuite à Moranaia. Malgré toutes les bizarreries et tout ce qu'elle devait apprendre sur leur façon de vivre, elle reviendrait toujours. Pour la première fois de sa vie, elle se sentait à sa place.

Et n'était-ce pas ce qu'elle avait toujours voulu ?

Merci d'avoir lu *L'Âme Sœur*. Si vous souhaitez savoir quand le prochain tome sera disponible ou me poser des questions, allez à https://www.bethanyadamsbooks.com/livres pour vous inscrire à ma liste de diffusion. Aussi, vous pouvez m'envoyer un e-mail à bethanyadams@bethanyadamsbooks.com

Je répondrai en personne, alors merci par avance de m'excuser pour toutes mes erreurs. Je dois encore étudier le français, je sais, mais c'est une langue que j'adore.

À PROPOS DE L'AUTEUR

Depuis qu'elle a déniché *Casque de feu* à la bibliothèque scolaire, Bethany Adams est une grande fan de fantasy. Déjà à l'école, elle soumettait à ses camarades des histoires griffonnées dans ses cahiers. Enfin, elle a décidé de publier ses propres romans. Quand elle n'écrit pas, Bethany adore la lecture et les jeux vidéo.

https://www.bethanyadamsbooks.com/livres

www.ingramcontent.com/pod-product-compliance
Lightning Source LLC
Chambersburg PA
CBHW061044190726
48286CB00006B/1601